John d'Aubert

Das wird ein Spaziergang

Und der Rest ist dann ganz normal

Impressum:

© 2024 John d'Aubert

Herstellung und Verlag:

BoD – Books on Demand, Norderstedt

ISBN: 9783759729262

Lektorat:

Matthias Gruner (https://www.gruner-korrekt.de)

FSC
www.fsc.org
MIX
Papier aus ver-
antwortungsvollen
Quellen
Paper from
responsible sources
FSC® C105338

Endlich Urlaub

Genau vor der Haustür gibt es natürlich keinen Parkplatz. Also drehe ich noch eine Ehrenrunde um den Block. Vor einer anderen Haustür fährt gerade jemand weg, das passt ja prima. Aus der Einkaufstasche ragt ein Bündel Kultur-Löwenzahn aus Frankreich heraus. Monique zaubert daraus sehr schmackhafte Salate, brät ihn auch manchmal mit anderen Gemüsen in der Pfanne an. Und da ist auch schon das Haus mit unserer Wohnung. Jetzt macht sich bei mir doch eine gewisse Erleichterung breit. Das Semester ist zu Ende, heute war der letzte Tag. Ich habe erst mal vier Wochen Urlaub, der Druck ist raus und ich freue mich auf mein Zuhause und auf eine entspannte Zeit. Wir wohnen ganz unten in einem dreistöckigen Altbau. Die Räume sind hoch, fast überall ist Holzfußboden verlegt, in den beiden größeren Räumen liegt sogar schönes, altes Parkett. Küche und Bad sind mit praktischem Terrazzoboden ausgestattet. Unsere neuen Ikea-Küchenmöbel fügen sich sehr gut ein und da liegt ein Zettel auf der Arbeitsplatte, auf den mit Lippenstift ein Herz gemalt ist und mit Bleistift ein Hinweis von Monique:

Bitte den Buchweizen kurz abspülen und in Butter anrösten, mit einem halben Liter Wasser ablöschen, und wenn es gekocht hat, einfach stehen lassen und dann aber alles ausschalten.

À bientôt.[1]

Chéri, tu me manques![2] *Oh, vergessen! Einen Brühwürfel ins Wasser tun und schön umrühren. Schmatz!*

Ach du meine Güte, ich bekomme schon Herzklopfen, wenn ich etwas von ihr lese. Monique ist wundervoll.

Die Einkäufe verteile ich auf den großen Gemüsekorb und den Kühlschrank. Der Topf steht schon bereit.

"So, Kirk an Scotty, Energie!" Auf höchster Stufe erhitze ich Butter, die zunächst verläuft, während der Buchweizen gewaschen wird. Noch einen Moment warten, bis die Butter goldbraun wird, und jetzt kommen unter viel Getöse die abgetropften Körner dazu. Ist Buchweizen eigentlich Getreide? Ja, was sonst! Oh halt, stopp, das hatte sie mir doch mal erklärt. Buchweizen gehört zu den Knöterich-Gewächsen. Ja, Monique kennt sich bestens aus. Ich rühre, bis das restliche Wasser verdampft ist und die Knöterich-Körner zu knistern beginnen. Jetzt noch mit dem Stahlschieber immer wieder den Boden frei kratzen, damit alle Körnchen ihre Röstung bekommen, aber trotzdem nicht anbrennen. Währenddessen fülle ich ein Bierglas mit Wasser, und bevor noch etwas schiefgeht, wird gelöscht.

In der Abstellkammer suche ich nach Rotwein. Die Flasche fülle ich um in den Dekanter, der dann mit zwei Gläsern auf den Esstisch kommt.

Im Topf blubbert es inzwischen kräftig. Sicherheitshalber bleibe ich am Herd stehen und rühre schön um und verteile den Brühwürfel. So, abstellen, Deckel drauf und ein bisschen schräg legen. Jetzt kann ich das hier wohl alleine lassen.

Mit einem Glas Rotwein schau ich mir die Fotos an, die unseren Flur verzieren. Unser Hochzeitsbild ist immer der erste Punkt, an dem ich verklärt innehalte. Monique hatte zuvor ihr Musikstudium hierher verlegt und auf dem Foto trägt sie ein lachsfarbenes, kurzes Kleid und sieht mit ihrer roten Blüte im Haar einfach hinreißend aus. Ich stehe stolz daneben in einem Nadelstreifenanzug von C & A. Auf der linken Seite sind Erinnerungen von Monique in einem großen, alten Bilderrahmen untergebracht. Da sind ihre Großeltern vor dem Hotel in Dakar, in dem später die Geschäfts- und Wohnräume der Familie waren. Außerdem Bilder von ihr und ihrem Bruder neben dem afrikanischen Taxifahrer, der die beiden immer in einem klapperigen Peugot zur Schule und abends wieder sicher nach Hause brachte. Monique am Strand, Monique mit ihrer Mutter in Strasbourg, ihre Eltern, als sie ganz frisch verliebt am Atlantik zelten. Und da, das Bild mit Monique, als sie das alte Cello auspackt, das ich ihr über ihren Dozenten in Hannover wieder besorgt hatte. Sie war so traurig gewesen, weil sie es im Laufe des Studiums verkaufen musste, um sich das neue leisten zu können.

Weiter in der Ecke ist dann meine dunklere Dschungel-Vergangenheit. Ein Bild, von einem Zugbegleiter auf dem Bahnsteig geschossen, zeigt Suzanne und mich nach ungefähr einem Jahr im Regenwald. Die Kollegen, mit denen wir dort eigentlich hätten arbeiten sollen, sind mit dabei, und dann sind da ein paar Leute unseres Institutes und aus dem Sekretariat. Danny, der Hüne aus Holland, steht seitlich hinter Suzanne und hat den Arm auf ihrer Schulter. Der hatte immer noch Tränen in den Augen. Es würde mich nicht wundern, wenn Suzanne irgendwann mit diesem Seebären von vorne anfängt. Ihren Ex kenne ich ja nicht wirklich, aber Danny ist ein Pfundskerl. Ich finde, die beiden würden zusammenpassen. Und da ist auch ein Foto von den Wasserfällen bei Canaima. Die hatte uns Lucas aus der Schweiz geschickt, zusammen mit Bildern aus der Pension, in der wir untergebracht waren, bis Suzanne und ich von Pedro nach Caracas mitgenommen wurden. Die Gegend dort, mit diesen Wasserfällen, ist wirklich ein Juwel. Und es ist nicht ganz zwei Jahre her, dass wir dort waren. Für mich ist dies alles allerdings schon sehr weit weg, besser gesagt, eher eine Parallelwelt.

Gedankenversunken mache ich es mir auf dem grünen Kanapee gemütlich. Der Wein ist prima. Ich nehme noch einen Schluck und schiebe mir die vielen bunten Kissen zurecht, strecke mich aus. Mein Leben ist gerade perfekt, ich bin total glücklich. Gedanken ziehen vorbei, der völlig besoffene Abend in Caracas, Antonio taucht auf, Meister Paul, der erste Tag als frischgebackener wissenschaftlicher Assistent bei Suzanne, das Bild auf dem Uni-Ausweis, die Fete in Hannover, bei der ich endlich Monique wiedertraf, und dann die Cuba-Libre-Zeremonie bei ihr im Zimmer, der Moment, als ich sie drei Wochen später aus dem Zug steigen sah. Die Situation in dem Dorf, mitten im Dschungel, als uns jemand Rotwein besorgt hatte. Suzanne und ich hatten nicht schlecht gestaunt. Und jetzt sieht das Glas mit Rotwein auf dem Wohnzimmertisch genauso aus wie das Glas, mit dem ich zusammen mit Suzanne auf eine schnelle Rückkehr in die Zivilisation angestoßen hatte. Das grüne Kanapee ist allerdings deutlich gemütlicher als die Holzpritsche damals im Urwald. Ich werde müde. Die Realität wird zu einem Traum. Die Welten vermischen sich ...

Es begann mit dem neuen Job.

Der Urlaub nach dem geglückten Examen fiel eher sparsam aus. Ein paar Tage Wacken-Open-Air sowie der Besuch einiger Freunde, ebenfalls in Norddeutschland, sollten eigentlich eine Rucksack-Tour nach Norwegen einleiten. Aber noch bevor ich die Fähre über das Skagerrak buchen konnte, bekam ich die E-Mail. Es ging um die Stelle als Assistent, verbunden mit der Bereitschaft, an einer Exkursion nach Venezuela teilzunehmen. Ein erst 2002 entdecktes Höhlensystem im Südosten des Landes sollte mein erstes Forschungsziel sein. Der allererste Gedanke: *Wie kommen die auf mich?*, wurde schnell von der Vorstellung weggewischt, in einem winzigen Propellerflugzeug über endlose Urwälder zu fliegen. In Anbetracht der immer sehr dynamischen See zwischen Nord- und Ostsee hatte ich mir ein gutes Sortiment an Medikamenten gegen Reisekrankheit zugelegt. Das könnte auch jetzt für eine Reise ans andere Ende der Welt hilfreich sein. Natürlich hatte ich mich auf dem Markt umgesehen, einige Bewerbungen und Interessens-bekundungen verschickt, aber ausgerechnet eine Exkursion nach Südamerika sollte mein Einstieg in die Arbeitswelt werden? Noch wusste ich nicht, ob ich das gut oder erschreckend finden sollte. Jedenfalls war das die einzige positive Reaktion auf meine Bemühungen, irgendwo unterzukommen. Wenige Tage später bekam ich jedenfalls eine Checkliste in die Hand gedrückt und folgende Frage gestellt: "Hast du so was schon mal gemacht?"

Nachdem ich schon ewig lange den Raum gesucht und das Gefühl bekommen hatte, der Letzte zu sein und außerdem der Jüngste, war mein Selbstbewusstsein den Blicken der neuen Kollegin kaum gewachsen. Und dann auch noch nach Südamerika. *Warum habe ich eigentlich nicht postwendend abgesagt?*, war in meiner Aufgeregtheit durch meinen Kopf zirkuliert. So wie ein blöder Schlager, den man vom Frühstück mitnimmt und nicht mehr loswird.

Und jetzt stehe ich unsicher meiner neuen Kollegin gegenüber.

"Suzanne Rush, Geologie und Biologie. Suzanne reicht. Die zwei von Tübingen kommen erst in Caracas dazu. Den Mailverkehr leit ich dir weiter. Gib mir bitte dein Mail-Adresse.

Ach so, das is Sven und Jochen, die wollen nur lästern."

"Ich bin Frank Junker."

Wir geben uns die Hände, Suzanne hat sich wieder zum Tisch gedreht und ist mit Unterlagen beschäftigt. Sven und Jochen sagen brav *hallo*, verschwinden dann durch die Tür, die ich vor lauter Aufregung offen gelassen hatte.

Ihr Slang ist echt so cool, würde ich in lockerer Runde sagen, und so, wie sie *Fräänk* sagt, lässt mich das vor meinem inneren Auge wie einen sehr tollen Typ erscheinen. Allerdings suggeriert sie mir damit auch, eine amerikanische Superfrau zu sein, die alles kann.

"Ich habe so einen Uni-E-Mail-Account aus Hannover, da bekam ich auch die Bestätigung vom Institut. Ich meine, da warst du mit im Verteiler. Ich schreib dich dann nachher mal an. Ansonsten habe ich Europa bis jetzt nicht verlassen."

"Mach dir keine Sorgen, die Tübinger sind die Supergranaten. Wir sind mehr für Dekoration dabei. Hast du den Impf-List gesehen? Und du solltest dir so ein paar Sachen aus ein Globetrotter-Shop besorgen. Ein anständiges Taschenmesser und Regenklamotten zum Beispiel. Heavy duty[3]. Weißt du, wo du Outdoor-Sachen bekommst? Komm, weißt was, wir gehen nachher ein Pizza essen und besprechen das. Außerdem ist noch Zeit. Ich bin nur hektisch grade."

"Pizza ist eine prima Idee. Ich komme mir gerade wie ein Volldepp vor, um ehrlich zu sein."

"Ich pass auf dich auf. Das wird ein Spaziergang!"

Und das sagt Suzanne mit so einem derartigen Grinsen, dass ich wirklich das Gefühl bekomme, ich darf in der Kinderwippe sitzen und den Großen zuschauen.

"Wie spät is denn? Hast du Hunger?"

"Halb zwei so was. Ja, nee, eigentlich nicht so wichtig, ich hatte Äpfel und zwei Croissants für die Fahrt dabei. Was kann ich denn jetzt mal machen?"

"Als was bis du hier jetzt angestellt? Du hast woanders studiert?"

Ich versuche mich dieser Unterhaltung im Telegrammstil anzupassen und sage kurz und deutlich:

"Ja, Hannover. Hier als wissenschaftlicher Assistent."

Meine neue Kollegin stutzt, dreht sich um und schaut mich an.

"Sorry!", schwäche ich gleich wieder ab.

"Also wir sind hier nich bei die Army, Frank. Alles wird gut. Suzanne is gestresst von diese Büro-Mist. Geh schon mal in Sekretariat und melde dich an. Du brauchst ein Ausweis für die Mensa und Parkplatz und um in die Räume reinzukommen, und garantiert musst du 10 Formulare beschreiben. Hältst du noch durch bis vier Uhr? Ich denk, ich brauch Minimum bis drei. Komm einfach halb vier her, dann gehen wir was essen, okay?"

"Ja, klingt gut. Kann ich den Rucksack stehen lassen?"

"Ja, ich bin hier, wenn ich rausgeh, schließ ich ab. Willst du damit in die Dschungel?"

"Ich habe nur den, also in den etwas mehr reinpasst."

"Ich will dir lieber ein Gestell-Rucksack empfehlen, obwohl der da is schon klasse. Aber liegt sehr eng an. Meine Erfahrung nach is besser, wenn die Luft hinter dir is, also, wie sagt man, Platz an den Rücken hat. Is auch sehr groß. Sprechen wir nachher drüber. Ach Moment, hast du ein Reisepass?"

"Ja, den habe ich, ist auch noch über ein Jahr gültig. Dann bin ich um halb vier wieder hier. Alles klar."

Der Rucksack landet neben einem Sideboard mit Akten und ist hoffentlich nicht im Weg. Beim Rausgehen höre ich nur: "Mhmm."

Hier scheint gerade Stress in der Luft zu liegen. Egal jetzt. Bei der Suche nach dem Raum war ich vorhin an der Caféteria vorbeigekommen. Da muss ich erst mal eine Pause einlegen und nachdenken. Es ist nicht viel los. Ein Käsebrötchen und eine Cola nehme ich, suche nach einem netten Platz. Ich beiße ab, trinke, aber mit den Gedanken bin ich meilenweit weg. Wie labberich dieses Brötchen eigentlich ist, bemerke ich erst gegen Ende. Der letzte Rest aus der Cola-Flasche befördert, mit ein paarmal Nachschlucken, einen unangenehmen Klumpen in Richtung Verdauungssystem.

Ich schaue ins Leere. So, und jetzt? Vielleicht sollte ich einfach abhauen, in Hannover erst mal nachschauen, was diese Monique mit dem Cello macht. Meine Güte, mir schlägt schon wieder das Herz bis zum Hals. Die Frau hat mich beeindruckt. Blöderweise konnte ich sie erst nach zwei weiteren Gläsern Ouzo ansprechen, obwohl wir uns schon immer angeschaut hatten und dann doch auf Abstand geblieben waren. In der Küche unterhielten wir uns dann endlich über indische Philosophie. Da konnte ich dann lallend ein kleines Stück auf Sanskrit vortragen, was ihr wohl sehr gefallen hat. Und sie konnte den Text weiterrezitieren, als ich am Ende war mit meinen Kenntnissen. Jetzt beschleicht mich allerdings das Gefühl, dass sie irgendwie höhergestellt ist, einer ganz anderen Schicht angehört. Ob ich solch einer Frau genug bieten könnte?

Und wenn ich hierbleibe, weil ich den Job bekomme, und sie nie wiedersehe?!

FATAL ERROR ! CONTACT YOUR PERSONAL GURU !!, lese ich vor meinem inneren Auge.

So ein Mist! War das jetzt ein Fehler, das Jobangebot anzunehmen?

Das war ein Fehler, Frank!

Weiter weg, irgendwie entfernt von mir ist eine dunkle Wolke, auf die ich gerade mit Volldampf zusteuere.

Ideen wie: Ich sollte besser eine Lehre als Zimmermann anfangen oder als Surflehrer nach Malle verschwinden, schleichen sich ein.

Alles Blödsinn, rede ich mir energisch ein. Sobald dieses Projekt erledigt ist, muss ich wieder nach Hannover! Sobald wir zurück sind, rufe ich Nils an und melde mich für die nächste Studi-Fete an!

Meine Güte, habe ich plötzlich Fracksausen! Und ich habe anscheinend einen Job, aber vielleicht am falschen Ort! Oder etwas anderes stimmt nicht.

Eigentlich wollte ich doch nur einen ruhigen Job finden, nichts mit großer Karriere und alle Räder wieder neu erfinden. Vor ein paar Tagen fand ich die Idee noch total stark, in einer Höhle rumzu-buddeln, aber mir scheint, die Realität ist etwas stärker gewürzt. Vermutlich mit einem etwas irren Gesichtsausdruck starre ich noch einen Moment lang auf den blauen Plastikstuhl gegenüber und beschließe dann, ohne weiteres Grübeln den nächsten Checkpoint anzulaufen und die schützende Atmosphäre der Cafétéria wieder zu verlassen.

Diese Monique muss da oben in Hanover einfach noch eine Weile weiterstudieren. Außerdem hört man mit so was auch nicht einfach auf. Ich bin für Studienzwang!

So, weiter geht's. Flasche und Teller stelle ich zum Geschirr in einem Rollwagen mit Tabletts. Jemand räumt hinter dem Tresen herum. Ein Student fragt nach Kaffee, ich frage nach dem Sekretariat.

Wenig später muss ich meinen Personalausweis vorlegen, da ich das wichtige Schreiben vom Dekan nicht in Papierform vorlegen kann. Das kleine Smartphone-Display mit der E-Mail wird nicht akzeptiert.

"Im Zug war kein Drucker." Entspricht zwar den Tatsachen, aber das hätte ich mir wohl besser verkniffen. Frau Bauer schaut mich streng an.

"Nebenverdienste sind übrigens meldepflichtig, falls Sie noch an anderer Stelle als Clown auftreten."

Autsch, ja gut, der Ponyhof liegt wohl hinter mir.

"Entschuldigung, ich bin etwas durchgeschüttelt von der Anreise und so."

Der Drucker im Regal unter dem Fenster springt an, nach ein paar Gedenksekunden zieht er sich ein Blatt Papier ein und legt es dann beschrieben auf der Oberseite ab. Dieser Vorgang wiederholt sich ein paarmal. Dann liegt die E-Mail schön gedruckt vor mir. Andere Blätter hält Frau Bauer noch in der Hand.

"So was meinte ich!" Frau Bauer breitet das Schreiben zusammen mit einem mehrseitigen Formular zum Datenschutz aus. Der Kugelschreiber aus ihrer Hand ist angewärmt, aber schreibt nur mit Aussetzern. Meine Unterschrift sieht durch die mehrfachen Anläufe dementsprechend kindisch aus.

Mir doch egal. Habe das Zeug ja ohnehin nicht gelesen, denke ich so bei mir und spüre Protest aufflackern.

"Kennen sie Frau Rush? Und bitte kurz in diese Kamera dort lächeln, oder haben Sie sie schon kennengelernt?"

Erst jetzt fällt mir dieses kleine Kästchen auf dem Aktenschrank rechts an der Wand auf.

Oder haben Sie sie schon kennengelernt? Das klang jetzt, als würde mir das Lächeln spätestens dann vergehen. Auch egal. Also grinse ich einer kleinen Box zu, ohne eine Idee davon zu haben, wann sie sich für das Abspeichern meines Gesichts entscheidet.

"Fein", schmunzelt Frau Bauer, als sie auf den Monitor schaut. Sie tippt kurz etwas ein. Die Schublade einer größeren Box auf ihrem Schreibtisch fährt aus. Frau Bauer nimmt eine Karte mit Magnetstreifen aus einer Pappschachtel im Aktenschrank und gibt sie der Schublade. Das Gerät holt sich die Karte, macht Geräusche, blinkt rot, dann grün und gibt die Karte wieder her.

"Bitte damit hier auf der Rückseite unterschreiben."

Der dokumentenechte, fälschungssichere Filzstift schreibt jedenfalls ordentlich, riecht nach Lösungsmittel.

Meine Blicke verfolgen dann skeptisch das Bild auf der anderen Seite der Karte bis in eine Klarsichthülle mit Halsband.

"Ohne diese Karte existieren Sie hier nicht, also immer dabeihaben. Und als Nächstes müssen Sie damit zum Kollegen Schwenk, eine Tür weiter rechts. Der autorisiert diese Karte dann Ihrem Profil entsprechend. Die übrigen Unterlagen und Kopien erhalten Sie über den offiziellen Weg via Hauspost in den nächsten Tagen. Beim Studentenwerk melden Sie sich dann bitte auch noch. Wir haben ein Zimmer für Sie organisiert. Das Studentenwerk ist in dem großen Gebäude am Adenauer Ring untergebracht. Auf Wiedersehen."

"Prima, vielen Dank. Ja dann, vielen Dank."

Ich verlasse das Büro mit der nun endlich ausgedruckten E-Mail und dem Ausweis und einer gewissen Erleichterung.

"Ach, du ..." Als ich das Bild auf der Vorderseite aus der Nähe sehe bin ich schon, sagen wir mal, beeindruckt. Ein Auge halb zu, ein insgesamt schiefes Gesicht. Ich sehe aus, als hätte ich einen Vollrausch. Auf dem Schild an der nächsten Tür steht: Paul Schwenk.

"Sie müssen mit ihr zuerst über Katzen reden, wenn Sie so etwas wie Protest ausstrahlen, kommen zum Beispiel solche Fotos dabei heraus!" Das erklärt mir Herr Schwenk schmunzelnd, als er den Ausweis entgegennimmt.

"Das wusste ich in dem Moment noch nicht."

"So lernt man, Herr Junker."

Herr Schwenk steckt die Karte in ein Lesegerät und tippt an seinem Computer etwas ein.

"Da gibt es die Frau Rush, haben Sie die schon getroffen? Jedenfalls bekommen Sie das gleiche Berechtigungs- und Zutrittsprofil. In der Bibliothek stehen Computer, die Sie mit dieser Karte benutzen können. Das sollten Sie bei Gelegenheit ausprobieren. Da finden Sie alle aktuellen Informationen, den Campus betreffend. Außerdem können Sie sich einen Account erstellen, mit Mailbox und etwas Speicherplatz. Sehr praktisch, unsere EDV hat das schon recht nett gemacht."

"Gut ja, das probiere ich dann mal. Die Frau Rush hatte ich schon gesehen, ich werde wohl erst mal eine Weile hinter ihr herdackeln."

Herr Schwenk entnimmt die Karte wieder und steckt sie in die Hülle zurück.

"So, erledigt. Dann wünsche ich Ihnen einen guten Start. Und die Frau Bauer hat übrigens zwei Maine-Coon-Katzen, die ihr gelegentlich das Mobiliar zerlegen. Die Frage nach der Herkunft ist besonders hilfreich, weil sie die Katzen tatsächlich bei einem USA-Aufenthalt im Staat Maine von einer Hippie-Familie geschenkt bekam. Die Tiere dann nach Deutschland zu bekommen, war natürlich fast nicht möglich und bedurfte einiger außergewöhnlicher Anstrengungen. Also danach eher nicht fragen!"

"Ach, klingt ja richtig ausgeflippt, das hätte ich jetzt nicht gedacht. Prima, guter Tipp! Und vielen Dank! Ja, ich bin sehr gespannt, als Erstes geht es nach Südamerika in eine Höhle. Vor ein paar Minuten dachte ich noch an Flucht, aber das kann man ja auch nicht machen."

"Ach ja, die Exkursion in das Cave-Muchimuk-Höhlensystem? Glückwunsch, da beneide ich Sie aber mächtig."

"Ich bin eher erschrocken, um ehrlich zu sein."

"Das ist aber durchaus positiv für Ihr Fortkommen als Wissen-schaftler, falls Sie diesen Weg einschlagen wollen. Kommen Sie doch mal vorbei, wenn Sie wieder zurück sind. Ich krabble in meiner Freizeit auch in Höhlen herum, natürlich in einer anderen Liga, reines Hobby."

"Cool! Ja, das mach ich gerne."

"Dann viel Spaß, Herr Junker!"

"Danke, ich werde berichten."

Die Tür klappert beim Zumachen, ich hänge mir den Ausweis um den Hals. Diese Begegnung war jedenfalls angenehmer. Es ist noch Zeit, ich spaziere ohne Ziel durch Gänge, lasse mich vom Tageslicht nach draußen locken. Um auch wieder zurückzufinden, schau ich mir die Gebäude genauer an, gehe gedanklich noch einmal zurück bis zu meinem Rucksack. Eine gute Stunde schlendere ich durch das Gelände, sitze entspannt auf Bänken und den Steinstufen an einem kleinen Teich mit Blick auf das Schloss. Auf dieser Seite schließt sich ein ausgedehnter Park an, auf der anderen Seite verläuft eine viel befahrene Straße in Richtung Innenstadt und zur Fußgängerzone. An der stadtabgewandten Seite ist das Hochhaus mit der Studentenvertretung. Ich folge den Schildchen und erreiche im Erdgeschoss ein Büro. Die Tür ist offen, es riecht nach Kaffee, geraucht wurde hier wohl auch, die Stimmung ist ausgelassen.

"Und wie seid ihr wieder nach Hause gekommen?", fragt im Aufstehen ein Mädel, das auf einem alten Sofa in der Ecke saß.

"Getrampt, natürlich!", erwidert eine andere ganz selbstverständlich. Und der Junge in der Strickjacke fragt weiter: "Nachts um zwei?"

Und fragt dann mich: "Ja, bitte?"

"Ich habe den Zug genommen, und hier ist wohl eine Bude für mich reserviert."

Dabei halte ich meinen Ausweis hin. Klar, beim Anblick des Fotos versagt erst mal jede Körperbeherrschung, aber der Typ bleibt verhältnismäßig gefasst. Zwei Sekunden später findet er nach etwas Räuspern seine normale Stimme wieder.

"Hmm, ja. Frau Bauer mag dich nicht, dann hast du bis jetzt schon mal alles richtig gemacht. Es gibt hier Profs, die haben solche Ausweisfotos aus Polaroid-Zeiten eingerahmt in ihrem Büro hängen. Wirklich! Den musst du gut aufbewahren.

Also, mal seh'n, hier war ein Zettel wegen eines Gastzimmers. Ich bin übrigens Felix."

Die anderen machen lange Hälse, um auch einen Blick zu erhaschen, während sich Felix einem Aktenschrank zuwendet. Er geht einen Ordner durch, legt die Stirn in Falten, kratzt sich am Kopf und untersucht dann die Ablagekörbe. Dann fällt sein Blick auf den Flachbildschirm, auf dem gerade eine stummgeschaltete Rock-Band ihr Bestes gibt. Ein gelber Klebezettel ist es.

"Hier, warte mal, ach so ja, du bist gar nich' Student, ach so. Ja, da ist in der fünften Etage ein Zimmer für dich."

Felix wühlt in einer Schublade, fischt schließlich zwei Schlüssel an einem Ring mit rotem Anhänger heraus.

"Ist nichts Besonderes, aber nach dem ersten Gehalt kannst du dir garantiert was Besseres leisten. Die Bude kostet übrigens 144 im Monat. Rechnung kommt dann mit der Post."

Er hantiert am Computer, die Band verschwindet, ein paar Klicks bis zu einem Formular, und dann springt der Drucker an. Die Dame, die heute Nacht noch mühselig hierhergetrampt war, stellt den Kaffeebecher ab, streckt sich zur Seite und reicht den Zettel über den Schreibtisch weiter an Felix.

"Und noch eine Unterschrift." Felix legt den Ausdruck auf den langen Tisch, der wie ein Tresen den wichtigen Teil des Raumes vom Besucherbereich trennt. Dann sucht er nach einem Schreiber und wird in der Hosentasche fündig. Mit warmer Tusche unterschreibe ich, auch wieder ohne den Text zu lesen.

"Alles klar, da liegt auch ein Plan oben, wann die Mensa aufhat, wo die Bücherei ist und so Sachen."

"Alles klar, besten Dank, bis später."

Auf dem Weg in den Flur hänge ich die neuen Schlüssel an meinen Schlüsselbund. Im Büro gehen die Gespräche weiter.

"Der neue Assi von der Rush. Geologie?"

"Weiß nich, die wollen irgendwo Bakterien suchen, Südamerika oder so."

Assi von der Rush klingt nicht gerade nach einem Traumjob. Manchmal hat man Pech, manchmal zieht man die Niete, oder so ähnlich. Immerhin ist der Fahrstuhl in Betrieb. Das rote Schildchen am Schlüssel trägt die Nummer 528. Nach wenigen Schritten stehe ich vor der Tür. Um das Schlüsselloch herum und am Türrahmen sind die Spuren häufiger Benutzung zu sehen. Zweimal rumgedreht, mich begrüßt ein abgestandener Geruch, undefinierbar. Die Tür schlägt an einen Schrank. Das Zimmer ist schmal. Gegenüber der Tür ist ein Fenster, es scheint hell durch eine schiefe Gardine herein. Links davor steht ein Schreibtisch mit einem Stuhl auf Rollen, rechts an der Wand steht das Bett mit Matratze. Eine rote Schreibtischlampe mit so einem Gelenkarm ist an das Fensterbrett geschraubt und deckt so den Schreibtisch als auch das Kopfende des Bettes ab. Ich klappe das Fenster auf. Kühle, frische Luft und entfernte Stadtgeräusche kommen herein. Wald ist zu sehen, in der näheren Umgebung sind Straßen, Gebäude, Parkplätze. Die fünfte Etage ist schön, man hat Abstand zu dem Trubel da unten. Ich würde sagen, das lässt sich eine Weile aushalten. Schlafsack und einen weichen Pullover als Kopfkissenersatz habe ich dabei. Das reicht fürs Erste. Die Lampe funktioniert auch. Gut, dann gehe ich wieder. Die Tür ist noch offen. Gegenüber dem Kleiderschrank ist eine kleine Kommode mit einem dünnen Hefter, Zettel liegen daneben, sogar ein Telefon gibt es. Der Hörer gibt allerdings keinen Ton von sich, ist wohl abgeschaltet. Ich schließe das Fenster wieder, dann die Tür und schaue mich im Flur um. Jeweils ein Feuerlöscher ist neben dem Fahrstuhl und am Ende der Ganges an der Wand angebracht. Mein Schlüsselbund fühlt sich jetzt größer an. Die Fahrt zum Erdgeschoss beginnt und endet wie vorhin schon mit Gewackel. Im Büro des Studentenwerks ist immer noch gute Stimmung.

"Kennst du das Bild mit dem alten Paul Schwenk, aus dieser uralten Fachschafts-Zeitung? Wo er bei seiner Erstsemester-Fete mit einem dicken Joint im Gesicht da vorne an die Laterne pinkelt? Mit langer Matte und so 'ner Jimi-Hendrix-Blumen-Weste?! Hahaaa, total abgefahr'n, ey. Eigentlich wollte jemand nur den schönen Neubau fotografieren."

Lustiger Verein hier, mal sehen, wie es mit meiner neuen Kollegin so läuft. Nach dem ersten Eindruck würde ich sagen, ihre Religion lässt sich vermutlich kurz in *Geht nicht, gibt's nicht!* zusammenfassen. Kerniger Händedruck, wilde Haare und ihr durchdringender Blick, also mein Selbstbewusstsein strebt im Moment asymptotisch der Null-Linie entgegen. So ist das wohl, man fängt immer wieder von vorne an. Andererseits habe ich noch gar nicht so viel angefangen. Egal, irgendwie wird es schon weitergehen.

Circa vier Wochen später bin ich gegen alles Mögliche geimpft, habe eine Schnellausbildung zum Open-Water-Diver und einen Erste-Hilfe-Kurs absolviert. Ein Arzt, der dem Institut nahesteht, hat uns außerdem ein Wochenende lang mit medizinischen Grundlagen für Notsituationen gequält. Ich durfte, oder sagen wir besser, musste Suzanne sogar unter den strengen Blicken des Arztes einen Venenzugang legen. Der Vortrag darüber hat geraume Zeit in Anspruch genommen. Es ist ein heikles Thema und erfordert präzises Vorgehen und Entschlossenheit. Es fing zur Einstimmung damit an, eine saumäßig brennende Salzlösung in eine fremde Vene zu spritzen. Wie unangenehm das ist, erfuhr ich allerdings erst ein paar Minuten später, als Suzanne mit der Spritze dran war und ich das Versuchskaninchen. Also in den Venen fremder Leute herumzustochern, war schon eine Überwindung. Aber die Krönung des Samstagabends war dann, sich selber so einen Butterfly zu setzen. Also, um das noch mal klarzustellen: Frank sticht sich selbst in die eigene Vene! Die Bezeichnung Butterfly finde ich übrigens irreführend, aber egal, man nennt die Dinger so. Mein anderer, nur wenig verpiekster Arm verfügte allerdings nicht über eine passende Vene. Meine Vermutung war, dass sich alle meine Gefäße aus Angst vor zittrigen Nadelstichen zurückgezogen hatten.

Grinsend sprühte mir Dr. Schuhmann Desinfektionsmittel auf den Handrücken und meinte: "Da geht's auch!"

Anschließend saß ich mit Suzanne wieder in der Pizzeria. Wir bestaunten noch mal unsere Pflaster und die Hämatome da drunter und ich bestellte zum Bier gleich einen Sambuca. Rum hatte man nicht. Von da an hatten wir endgültig ein wirklich gutes Verhältnis. Kleine Quälereien vertiefen anscheinend die Freundschaft. Am nächsten Tag war weiteres medizinisches Grobhandwerk an der Reihe. Zum Beispiel das Einrenken ausgekugelter Gelenke, die Versorgung offener Brüche und solche Sachen. Diesmal allerdings etwas theoretischer, wir brauchten uns nichts zu brechen oder auszukugeln.

Abends in der Bude im fünften Stock fällt mir die WG in Hannover ein. Da war es um Einiges familiärer. Das hier mag zwar die richtige Welt sein, aber zum Wohlfühlen reicht es noch lange nicht. Mal hören, ob Nils da ist.

"Störungsstelle!", kommt nach ein paar Freizeichen aus dem Handy.

"Moin Nils, hier spricht Frank, der Weltreisende."

"Moin Alter, ist ja witzig. Wir haben uns gerade vorhin in der Küche gefragt, wo du denn abgeblieben bist. Lange nix gehört von dir."

"Ja, stimmt. Ich bin hier im prallen Forschungsleben angekommen. Hier ist ganz schön Zug drin, mein lieber Schwan. Aber eins ist Fakt, bei der nächsten Fete bei euch da oben muss ich wieder mit dabei sein."

"Na klar! Ich schick dir eine Emaille auf deinen Account hier. Den hast du doch noch bestimmt."

"Ja, der lebt noch. Das mach mal. Ist diese Monique mal wieder aufgetaucht? Die schnackt doch manchmal mit Jasmin."

"Haa, die Südseeperle! Nee, weiß ich nicht genau, aber ich meine, dass sie die Architektur an den Nagel gehängt hat und jetzt Musik studiert. Ich glaube, die sucht eine Bude. Mal sehen, ob sich bei uns was drehen lässt. Die ist ganz schön nett! Was meinst du dazu, Frank?"

Nils amüsiert sich, der erinnert sich wohl auch an meinen Flirt-Versuch in der Küche.

"Ja klar, ich hab' noch nie so eine schöne Frau gesehen. Also für mich ist die der Wahnsinn. Und die kennt sich mit allen möglichen Sachen aus. Würde gerne noch mal mit ihr plaudern, am besten nüchtern."

"Du hattest ordentlich einen in der Krone beim letzten Versuch. Aber die läuft nicht weg. Ist auch komischerweise ganz solide. Ja stimmt, cooles Frauchen!"

"Ich bin erst mal mindestens fünf, sechs Wochen weg. Also da drüben in den Höhlen von Venezuela. Aber danach muss ich mal wieder meine alte Familie besuchen."

"Klingt nach mächtig viel Abenteuer. Da wünsch' ich dir mal Mast- und Schotbruch, Alter. Ja, melde dich, wenn du wieder im Land bist."

"Auf jeden Fall, Nils. Dann grüß mal die ganze Bande und bis neulich erst mal."

"Jo, Frank, bis denne! Tschüs!"

Also das Studentenleben war schon klasse. Mir fehlen sie gerade alle!

Und ich bin wirklich gespannt, was bei unseren Forschungen herauskommt und wie das alles abläuft.

Irgendwann finde ich mich mit meinem neuen Expeditions-Rucksack und einem kleinen Koffer in der Flughafenhalle wieder und fühle mich so verloren wie einmal als Kind im Karstadt, als meine Eltern verschwunden waren. Einzige Hoffnung: die Beruhigungspillen im Bauch und in der Hemdtasche.

Nachdem ich den Start einigermaßen überstanden habe, keimt die Idee auf, dass doch nicht alles so schlimm wird, wie ich Provinzler mir das ausgemalt hatte. Aber dieses Gefühl zu fliegen ist wirklich seltsam.

Ich nehme erst mal Mineralwasser. Suzanne bestellt einen Whiskey und eine Flasche Fosters.

"Schmeckt zwar wie Pferdepisse, aber als Australier muss man das Zeug eben trinken. Nimm doch auch ein bisschen von der Kaltschale aus Melbourne! Is schön kalt, denn geht das."

Ich nippe an meinem Wässerchen und versuche mich krampfhaft zu entspannen.

Suzanne amüsiert sich. Dann sagt sie: "Weißt du, ich denk, wenn man geborn wird, kriegt man mit den Geburtsurkunde gleich ein Totenschein dazu. Verstehst du? Irgendwann gehen wir alle drauf. Kommt nur drauf an, dass man dazwischen Spaß hatte. So what! Let's go for it! Weißt was? Ich nehm dich mal mit zu mein Bruder nach Montana, zum Rodeo, dann bist du geimpft gegen alles in diesen Welt hier!"

Sie hat schon irgendwie recht, aber es gefällt mir nicht. Leben muss doch mehr sein? Aber großartig darüber nachdenken wird im Moment nichts, die Beruhigungspillen scheinen zu funktionieren.

Caracas

Als ich wach werde, ist mir schlecht.

"Du schnarchst, Frankyboy."

Ich bin wirklich in einem Flugzeug. Oh, und mir ist wirklich nicht gut. Erst mal bewege ich mich nur vorsichtig, die Luft riecht irgendwie künstlich und abgestanden, es wackelt, komische Geräusche, Stimmen, fremde Sprachen. Lautsprecher verkünden: "Please fasten your seatbelts, we reach Caracas Airport in a view minutes.[4]"

Und dann das Ganze auf Spanisch, von dem ich kein Wort verstehe.

"Hast gleich geschafft, Großer!"

Jetzt riecht es nach rauchigem Whiskey. Suzanne ist offensichtlich bei guter Stimmung. Die Maschine fliegt wieder eine Kurve, außerdem muss ich dauernd schlucken und es knackst in den Ohren. Rechts sehe ich Berge von der Sonne angestrahlt, jetzt taucht eine Stadt auf. Wir drehen zurück, ich sitze wieder senkrecht, der Gurt ist unangenehm eng. Meine Güte, entweder muss ich öfter fliegen oder damit aufhören! Links ist das Meer zu sehen, dann wieder Himmel, wir schwenken wohl so allmählich auf die Landebahn ein. Rechts sind Wolken und steil ansteigende Berge. Das Gewackel wird stärker. Die Maschine dreht ein paar Grad um die senkrechte Achse, quer zur Flugrichtung. Das fühlt sich ganz seltsam an! Vermutlich kommt ein starker Wind vom Meer. Vor lauter Tiefatmung ist mir schon ganz komisch im Kopf, ich habe kalte Hände, die sich irgendwie verkrampfen wollen. Das Gerappel wird immer stärker, es quietscht. Jetzt haben wir wohl aufgesetzt. Ja, wir sind unten, es bremst wie verrückt, die Turbinen fahren mit Schubumkehr hoch. Die ganze Kiste schüttelt sich. Aus den Augenwinkeln heraus erkenne ich, dass draußen alles langsamer wird. Es wird ruhiger und man klatscht dem Piloten zu.

"So, Großer, das war jetzt den angenehmen Teil der Reise."

"Sehr beruhigend."

Auf was habe ich mich hier eingelassen? Scheiße! Ich warte stocksteif einfach nur noch auf den Moment, in dem alles zum Stillstand kommt und sich nichts mehr bewegt oder Krach macht. Dann wird es ruhiger, die Leute sammeln ihren Kram zusammen. Ich sehne mich nach einem Hotelbett, aber davor liegt wohl noch eine Tour durch Caracas. Fünf, sechs Millionen Einwohner, das Zentrum für alles in der Karibik. Klasse!

Es geht die Gangway entlang, eine Halle öffnet sich, das Fließband mit dem Gepäck kommt in Reichweite. Meinen Rucksack und den kleinen Rollkoffer hat Suzanne auch schon vom Band gegriffen, ich nicke ihr dankend zu. Nach einer Pseudo-Kontrolle erreichen wir eine andere Halle. Der gefliste Fußboden ist sehr unruhig. Gezackte Streifenmuster in krassen Farben, nichts für Epileptiker.

Der Tübinger Kollege hat uns entdeckt und begrüßt uns einen Moment später. Mario heißt er und sieht schmal aus, wie ein veganer Marathonläufer. Der freut sich total, scheint aufgeregt zu sein und spricht die ganze Zeit mit Suzanne. Die Luft ist schwer, es ist warm. Wir sind eben in der Karibik. Ich stolpere hinter den beiden her.

WC, steht da. "Sekunde kurz."

Suzanne stellt ihren Koffer zu meinem Gepäck. Die Tür zu den Toiletten öffnet automatisch. Es sieht alles sehr edel aus.

Gut, Erleichterung! Ich werfe mir ein paar Händevoll Wasser ins Gesicht, schon besser. Und wieder raus. Die Halle ist riesig, massenhaft Leute, es geht weiter und immer weiter, auf diesem irren Fußboden.

"Come on Frank, this way![5]"

Jo, Mann, ich komm ja schon on, denke ich so bei mir, was ist das überhaupt für ein Typ? Aber jetzt steck ich bis zum Hals drin in diesem Mist! Kein Weg zurück! Frank, du Idiot!

Es ist ein Van, riesengroß. Ich werfe den Rucksack durch die hintere Luke, den Koffer hinterher, und setze mich auf die Rückbank. Suzanne ist vorne, der Super-Forscher aus Tübingen am Steuer. Er redet und redet und wir kurven durch eine Großstadt, zusammen mit ein paar Millionen Wahnsinnigen mitten in der Rush-Hour.

Ich nehme mir vor, einfach auszusteigen, sobald wir das nächste Mal Schritt-Tempo erreichen, ab durch die Mitte, raus hier! Einfach weg!

"Hey Frankyboy, just there, da vorne ist es![6] Wir sind gleich zu Hause."

Zu Hause ist anders, finde ich, aber egal, steige ich eben da aus.

Tiefgarage mit Wachpersonal, Schranken, dann unser Stellplatz.

"Du siehst voll Scheiße aus. Wir sind jetzt da, alles wird gut, Großer!"

Was habe ich denn in diesem Rucksack drin, das Ding ist sauschwer, und dann noch dieser Koffer!

An der Rezeption bereiten die beiden Super-Forscher alles vor. Suzanne legt die Kreditkarte vom Institut vor und ich meinen Reisepass, jemand notiert etwas und ich unterschreibe, bekomme eine Zutrittskarte.

"Wir haben ein Doppelzimmer, Frank! Na, bringt dich das wieder nach vorne? Frau Bauer hat an alles gedacht! Hihi, hey, Frank, what's up?"[7]

"Super, Baby, einfach traumhaft. Ich bin so im Arsch, du kannst es dir nicht vorstellen."

Im Aufzug muss ich mir noch anhören: "Man gewöhnt sich mit der Zeit daran, Herr Junker. Wir haben alle mal so angefangen."

Der Fahrstuhl hält, ein Schnell-Schwätzer weniger an Bord. Wir fahren weiter bis zur nächsten Etage.

"Der Typ is geschieden, und so, wie das aussieht, hat er die Balz. So, Frank, raus jetzt!"

Dieser Scheißrucksack, meine Güte!

Nach einigen Metern zieht Suzanne die Zimmer-Zutrittskarte durch ein Lesegerät seitlich an der Tür.

Schnack, wir können rein. Suzanne macht Licht. Ich sehe zwei Betten, die getrennt stehen, der Koffer landet an der Wand neben dem Fenster, der Rucksack rutscht am Tischbein ab, kippt um, aber da liege ich auch schon. Mann, tut das gut! Suzanne inspiziert alles, packt etwas aus und räumt im Bad herum.

"Ich dusch mir die Muschi, in zwei Stunden essen wir zusammen, okay?"

"Mit dem röhrenden Hirsch?"

"Right![8] Und dann sauf ich eins an und spuck ihn nachher alles über die Hose. Gute Idee, findest du nicht?"

"Das hat was!"

Unsere Dialoge werden absurder. Und nur noch schlappe fünf Wochen, dann ist der Trip vorbei. Ich weiß immer noch nicht, wie die auf mich gekommen sind. Und die nächsten Zusagen werden wochenlang durchdacht, bis alle Termine verstrichen sind, ich schwör's! Und wenn ich anschließend nur noch mit dem Rasenmäher an den Hörsälen vorbeifahre, scheißegal!

Es duscht.

Und aus der Frau werde ich auch nicht schlau. Manchmal hatte ich schon gedacht: Ist doch cool, wenn dein bester Kumpel eine Frau ist! Und dann wieder ... ja, ist ja gut, einfach vergessen! Ich kann sie einfach nicht einschätzen. Und für eine Frau zum Verlieben ist sie irgendwie zu wenig Frau und zu viel Kumpel. Andererseits kann man mit ihr garantiert durch dick und dünn gehen, wobei ich vermutlich irgendwann die Memme wäre. Sie zeigte mir Fotos von einem Rodeo, bei dem sie im hohen Bogen von einem Pferd flog. Ich glaube, ich brauche es eine Stufe sanfter.

Monique zum Beispiel!

Jedenfalls bin ich mal gespannt auf das niveauvolle Gespräch nachher, unter Fachleuten. Am besten, ich bring sofort den Idiotenspruch, alle halten mich dann für den Volldeppen und ich habe es dann hinter mir. Keine Fragen mehr, die Ruhe des Schwachsinnigen, der ab und zu vielleicht noch den Narren gibt. Objektiv gesehen habe ich natürlich wirklich keine Erfahrungen und keine Ahnung von der Praxis. Vielleicht sollte ich es dabei belassen.

Es duscht immer noch.

Dann rauscht es nicht mehr, ich bin so müde.

"Hey Frank, halbe Stunde noch! Du sabberst!"

Oh Gott, ich war eingeschlafen, ach du meine Güte, Schwindel, mir ist schlecht.

"Moment mal." Ich wisch mir um den Mund rum. "Stimmt ja gar nicht. Was ist los?"

"Kleinen Test, Mensch. Also, essen, trinken und ein von Pferd erzählen. Wie geht es dir? Kriegst du das hin?"

Ihr Akzent ist einfach klasse, würde ich jederzeit wiedererkennen. Aber jetzt muss ich wohl irgendwie versuchen, die Senkrechte zu erreichen.

"Komm, weißt was? Du bleibst jetzt hier, Suzanne bringt dir ein Glas Wasser, ein Aspirin und dann lass die Zeit. Unten gibt das ein Kräuterschnaps, und bis das Essen kommt, bist du wieder okay."

Vollständig überzeugt bin ich nicht, aber sie bedient mich, das gab es ja noch nie.

"So, is schön kalt, is nich aus den Hahn, alles gut! Hier, schluck das runter."

Die Pille ist durch. Das Wasser ist wirklich angenehm. Pinkeln könnte ich auch mal wieder. So, alles der Reihe nach.

"Siehst du, tut gut!"

"Stimmt, danke."

Nach zehnminütiger Andacht stehe ich auf, immer noch seekrank und durchgeschüttelt. Ich peile das Bad an.

"Und einma fühfüh machen unter den Arm, okay?"

Mein Spiegelbild sieht mitgenommen aus, aber ansonsten keine Anzeichen, dass wir am anderen Ende des Erdballs sind. Mann, ist das verrückt!

Da steht 8×4-Fühfüh von ihr. Zisch hier, zisch da, jetzt kann's losgehen. Sie erwartet mich schon und ich stutze. Zum ersten Mal sehe ich sie mit offenen Haaren, eine wilde Mähne und die Augen sind anders. Und so was wie Maiglöckchen-Duft erfüllt den Raum. Suzanne sieht richtig weiblich aus, ich bin verblüfft!

"Na? Komm, wir machen ganz langsam. Du bist gleich wieder in Schwung."

Suzanne bringt uns ins Restaurant und da ist er wieder, Mario der Forscher, und auch er ist offensichtlich erstaunt, wie Suzanne aussehen kann. Sein Kollege ist cool, verzieht kaum eine Miene, kommt mir wie ein Seemann vor. Eher der rustikale Typ und ein Riese. Wir stellen uns vor und nach ein paar Runden Smalltalk kommt tatsächlich raus, dass Danny van Steevens auf Bohrinseln und Frachtern sein Geld verdient hat, um zu studieren. Mit dem Typen an Bord kann uns nichts passieren. Er erinnert wirklich an den

Seewolf, damals von Harmstorf gespielt. Ich habe allerdings immer noch Probleme, mein Englisch ist auch nicht so besonders, aber vor allem ist mir schlecht.

Auf die Frage, welchen Rum er empfehlen kann, verkündet der Kellner hocherfreut:

"Me gustaría sugerir Capique Gran Reserva, muy bien, señor! Good for jetleg, Sir![9]"

"I guess, I need a double.[10]" Der Kellner nickt mir zu.

"I need a double, too.[11]", meint Danny. "And some water for us.[12]"

"What about beer?[13]" Suzanne richtet die Frage an Mario.

"Das Polar ist einheimisch und das beste Bier hier. Aber ich trinke höchstens eins zum Essen. Morgen fliegen wir schließlich zum Stützpunkt. Danny, du auch?!"

"Blöde Frage, natürlich."

"Und du, Frank?", fragt mich Suzanne.

Mein Magen ist nicht überzeugt, aber ich sage mal: "Ja, Bier ist klasse."

"Cuatro Polar, por favor.[14]"

"Muy bien[15]", sagt der Kellner.

Danny hat anscheinend Hunger, legt seine Zimmer-Zutrittskarte auf den Tisch und bestellt, ohne die Speisekarte angesehen zu haben: "And for me such a Orinoco grill plate, you know, with steak and chicken, please.[16]"

"Qué más puedo señalar?[17]" Der Kellner schaut höflich fragend in die Runde.

"Möchtest du schon was essen?" Suzanne übersetzt. Leider kann ich mit der Karte nicht so viel anfangen. Aber die Zimmerkarte lege ich auch schon auf den Tisch, ich bin der Letzte.

"Weiß noch nicht, siehst du hier so was wie Kinderteller für Magenkranke?"

Suzanne lehnt sich zu mir rüber, als wären wir sehr vertraut miteinander. Ich wundere mich etwas, dann zeigt sie auf die Rubrik Arrancadores[18].

"Hier schau mal." Sie spricht mit mir, als hätten wir gerade das erste Mal geknutscht.

"Das hier ist mit süße Kochbananen, Frischkäse und so ein Avocado-Soße. Ist bestimmt lecker und nicht so viel."

"Gut", sage ich nur und bin dabei von ihrem Blick gefesselt. Unter anderen Umständen wäre ich jetzt der Meinung, dass ich diese Frau rumgekriegt hätte. Das hier ist allerdings, jenseits aller Zweifel, eine Finte.

Das kann ja noch was werden, ich ahne Böses.

"Okay, for me that Grill Plate, too, and for my colleague this here called Jardinera.[19]"

Mario sitzt Suzanne gegenüber und er staunt offensichtlich nicht schlecht. Nach einer Schrecksekunde bestellt er: "Lomito Guayanes, por favor.[20]"

Der Kellner notiert, besser gesagt tippt auf einer Art Taschenrechner herum, scannt die Barcodes unserer modernen Zimmerschlüssel und nimmt uns die Speisekarten ab.

"Muchas gracias, las bebidas vienen enseguida.[21]"

"Qué bueno, gracias.[22]" Suzanne plaudert los, als wäre das hier ihre Stammkneipe. Selbst Mario hält jetzt den Mund. Wir schweigen eine

Runde. Suzanne streckt sich aus, und zwar so lange, bis Mario endlich ihre Bluse auf durchscheinende Strukturen untersucht, dann lächelt sie mich zufrieden an.

"Nett hier", sagt sie und kämpft mit dem Impuls loszulachen.

"Das hat Frau Bauer ausgesucht. Die meint das aber gut, Frankyboy!"

"Ganz feiner Kram." Was Besseres fällt mir nicht ein. Aber ich spüre die Blicke von unserem schmalen Forscherkollegen.

"Suck me!", poltert Danny raus. "Mario, I'm starving. Oh, by the way, sollen wir in Deutsch sprechen?[23] Auch kein Problem."

"Ja, das können wir natürlich machen. Was meint ihr, Kollegen?"

Der gute Mario hat plötzlich etwas Formelles in der Stimme, als wollte er uns gleich nach den gültigen Fahrscheinen fragen.

"Gar nich schlecht, ich glaub unsern Frankyboy is dann auch entspannter."

Ich halte nur die Hand hoch und tatsächlich, Suzanne schlägt ein. "Five![24]", rutscht ihr ziemlich laut heraus und sie lacht los.

"Gut, dann ist das schon mal geklärt", beginne ich einfach mal.

"Was vermutet ihr denn in diesem Höhlensystem zu finden? Habt ihr eine Idee, was dort verborgen sein könnte?"

"Auf dem Papier steht natürlich etwas, um die Gelder möglichst einfach und umfassend zu bekommen. Es ist so", erklärt Danny: "Erst mal ist das eine normale Höhle. Wo Kontakt zur Außenwelt besteht, ist das normale Getier beteiligt, das man hier in der Gegend findet. Aber weil das System so riesige Ausmaße hat, besteht die Chance, eine Ecke zu finden, in der sich hochspezialisierte Lebensformen entwickeln konnten. Und auf so was hoffen wir. Im Idealfall wäre das eine mehr oder weniger hermetisch abgeschlossene Brühe in einer verborgenen Ecke. Ansonsten besteht der Auftrag darin, taxonomisch alles zu erfassen, was wir finden. Wir haben teilweise relativ gute Lagepläne, einige Teile sind genau vermessen, aber eben auch platt getrampelt. Da laufen schon jahrelang Leute rum. Aber egal, indem wir jetzt die Besiedelung, womit auch immer, mit genauen Koordinaten und den lokalen Bedingungen erfassen, lassen sich später statistisch Entwicklungsstränge ableiten. Auch über die Auswirkungen der Beforschung natürlich."

"Besteht denn die Hoffnung auf völlig unerforschte Bereiche überhaupt?", frage ich Danny.

"Ich denke schon, außerdem hat sich die Regierung seit einiger Zeit stärker eingemischt und vergibt Berechtigungen für bestimmte Bereiche. Das begrenzt schon mal die Anzahl der Leute, die da herumkriechen, und lässt darauf schließen, dass man da noch Überraschungen vermutet. Seitdem taucht dort Militär auf. Wir haben schon seit einiger Zeit Kontakt mit den entsprechenden Regierungsvertretern und hoffen auf grünes Licht für ein paar Ecken, die interessant erscheinen. Außerdem ist das System so riesig, dass es da bestimmt noch unentdeckte Winkel gibt."

"Ja, das wär's natürlich." Mir fällt mein Vater ein. "Idealerweise also ein Goldfischteich mit unbekannten Kokken und Saprophyten!"

Danny grinst: "Das wäre der Jackpot! Theoretisch reicht ein einfacher Kohlenstoffkreislauf in irgendeiner Form. Die Welt benötigt dringend neue Basisstoffe für Antibiotika."

"Ein anständiges Werkzeug gegen diese blöden Superbugs. Das wäre ein Meilenstein."

"Genau, da gäbe es zwar noch eine lange Strecke bis zum einsatzfähigen Mittel, aber man hat an der Stelle ziemlich gepennt."

"Mein Vater war Dialyse-Patient und hatte zum Schluss auch Ärger mit resistenten Enterokokken. Das war sehr mies."

"Oh sorry, Frank! Ja, diese VRE sind gefährlich. Und um Krankenhäuser sollte man meiner Meinung nach generell einen riesigen Bogen machen. Nirgends gibt es mehr resistenten Keime als dort."

"Así pues. Estas son las bebidas.[25]"

Der Kellner stellt uns einige Gläser hin, Mineralwasser und Flaschenbier. Außerdem verteilt er noch zwei anständige Humpen mit Rum, der mich an den Geruch auf diesen alten Butterdampfern erinnert, als es in Europa noch Grenzen gab und zollfreien Schnaps hinter der Dreimeilenzone.

"Salud![26]"

Ich greife zuerst zum Rum. "Na dann, prost!"

Danny und ich stoßen an. "Cheers![27]"

Suzanne füllt ihr Bierglas, die Hälfte ist Schaum, sie kommt dazu.

"Cheerio, friends![28]"

Mario hängt hinterher mit seinem Mineralwasser.

"Auf gute Zusammenarbeit!" Dabei versucht er, Suzanne ganz besonders – ja, ich weiß gar nicht wie –, einfach ganz besonders in die Augen zu schauen. Die trinkt aber schon und füllt bereits nach, als Danny und ich uns angrinsen.

"Borr, super!"

Und Danny: "Godverdomme, helemaal te gek![29] Also, saugut oder so!"

"Und was ist denn dein Lieblingsgebiet, Suzanne?", fragt Mario, um der Situation wieder einen akademischen Anstrich zu verleihen.

"Rodeo!", sagt sie knapp.

"… ähm bitte?" Man sieht an seiner Stirn, dass es dahinter denkt.

"Na ja, Geologie und Bio hab ich gelernt, um ein ordentlichen Beruf zu haben, aber richtig geil ist ein Ritt auf ein wilden Pferd."

"Really?!" Danny lacht aus vollem Hals. "Du bist schon mal Rodeo geritten?"

"Jep, dude![30] Aber weil ich mit fünfzig auch noch was von mein Leben haben will, hab ich das gelassen. So wie mein Bruder, der hat ein Ranch in Montana und züchtet Quarter Horses."

Dabei schüttet sie sich den letzten Schluck Bier rein, also trinkt aus, allerdings in Farmer-Manier.

"Trockene Luft hier, nich?" Dabei schaut sie sich nach dem Kellner um, aber Danny hat ihn schon in seiner Blickrichtung und winkt. Als der in Reichweite ist und fragend die Augenbrauen hochzieht, sagt Danny: "Eight Polar, please.[31]" Dabei zeigt er auf seine Zutrittskarte.

Mario stockt kurz der Atem: "Wir fliegen morgen da hin, Dan."

"Ach, so'n bisschen Bier." Danny hat ebenfalls ausgetrunken. "Ist doch früh am Tag! Ist ja auch alles organisiert."

"Ja schon, aber, also …!" Mario ahnt wohl auch Böses.

"Wir müssen schon fit sein morgen!"

Ich probiere das Bier, es ist kalt und schmeckt ziemlich gut. Suzanne schaut mich an, das merke ich aber nicht gleich und wundere mich dann etwas. Ihre Augen sind groß, verführerisch. Erst jetzt sehe ich bewusst, dass sie geschminkt ist, Donnerwetter! Diese unerwartete Intimität lässt mich allerdings zurückweichen. Und da ist auch so ein Funkeln in ihren Augen, als ob sie gerade etwas Ungeheuerliches plant. Der Kellner macht sich bemerkbar. Er trägt eine Art Auflaufform aus Edelstahl heran, über dem Arm ein Handtuch. Neben Danny und mir wäre noch Platz für zwei, drei Personen.

"Así, un poco de cerveza para tí.[32]" Dabei stellt er neben uns die Schale auf das Handtuch. Es sind acht Flaschen Bier auf Eis.

"Muchas gracias![33]" Danny lacht und salutiert lässig.

"De nada![34]", grinst der Kellner.

Suzanne streckt die Hand aus, bekommt eine neue Flasche Bier. Danny fummelt einen Öffner aus dem Eis heraus, nimmt ihr die Flasche wieder ab, hebelt den Kronkorken zischend herunter.

"So, und das mit dem Wildpferd musst du mir jetzt mal ganz genau erklären." Dabei bekommt sie die Flasche wieder. "Kein Scherz mit dem Rodeo?" Danny hat wohl noch einen Zweifel.

"Ich zeig dir mal Bilder auf mein Mobil, also auf Handy, you know. Nee, kein Scherz. Also wenn du mal wirklich Leben in dir und in ein anderes Geschöpf spüren willst, mach den Ritt auf ein ungezähmtes Pferd. Das verändert dein Leben, ich schwör's dir. Bei ein Turnier in Great Falls bin ich einmal 3,3 Sekunden drauf geblieben. Das ist mein Rekord. Nach 8 Sekunden is offiziell Schluss. Die guten Typen schaffen das sogar so lange. Und zwar auf den richtig heißen Geräten. Ich war auf ein paar Ackergäule unterwegs, for fun, bevor den richtigen Turnier losgeht. Aber die zwei, drei Sekunden sind der Hammer, absolutely."

Danny hält seine frische Flasche Bier hin, Suzanne hat ihr Glas inzwischen gefüllt und stößt an.

"Cool, dass du mit dabei bist, Suzanne. Du wirst uns den Arsch retten, wenn es hart kommt."

"Nenn mich Sue, das is mein Spitzname, wenn Alkohol im Spiel is. Ist einfacher, du merkst das noch."

Dann dreht sie sich zu mir: "Guten Tag, Frank, ich bin Sue."

"Sue, auf 'ne geile Zeit in der Höhle!", verkündet Danny.

"Mario, jetzt trink schon das Bier, Mensch."

Dabei schwenkt Suzanne ihr Glas vor seiner Nase. "Ein Bierchen is nich schlimm."

Also stoßen wir alle zusammen noch mal an, Suzanne lächelt zufrieden.

"Ich hab natürlich angegeben jetz, sorry. Also ich kann gut mit Pferde und mein Bruder hat mir gezeigt, wie das geht mit ein ungezähmten Pferd. Und bei diese Rodeos kann man mitmachen, so ohne Bewertung. Das habe ich dann gemacht. Ist aber nich vergleichbar mit den Turnier-Leuten, das is ein ganz andere Liga. Und is auch noch ein Teil Tierquälerei dabei, finde ich eigentlich nich so gut."

Zwei Kellner kommen mit dem Essen an unseren Tisch. Es riecht gut und sieht lecker aus. Komischerweise wird nicht gefragt, wer jetzt welchen Teller möchte. Das haben die sich irgendwie gemerkt. Meiner ist zum Glück nicht so üppig wie die anderen. Diese Orinoco-Platte ist eine gewaltige Portion! Aber für Danny und Suzanne wohl genau richtig, die freuen sich und prosten sich zu.

"Good choice, that's what I need.[35]" Suzanne greift schon nach dem Besteck.

"Buen apetito[36]", wünschen uns die beiden Kellner und ziehen sich auch schon wieder zurück.

"Thanks a lot.[37]" Suzanne untersucht schon die verschiedenen Fleischstückchen und schnuppert am Gemüse. Danny hat schon den Mund voll und hält den Daumen und die Gabel hoch.

"Muchas gracias!", bedankt sich Mario ordentlich mit Blickkontakt und unbewaffnet. Ich probiere von jedem eine kleine Gabel und muss feststellen, dass ich so etwas wohl noch nie gegessen habe. Die Gewürze erinnern mich, alles ist sehr schmackhaft. Selbst die Bananen. Bei der Avocado-Creme weiß ich noch nicht, aber eigentlich ist auch die lecker. Vielleicht stört mich auch nur die fettige Konsistenz.

Gefräßige Stille tritt ein, nur das Besteck klappert, kratzt manchmal auf den Tellern. Danny liegt nach kurzer Zeit in Führung, macht jetzt allerdings eine kleine Pause, um das dritte Bier zu öffnen.

"Noch jemand?", fragt er in die Runde und meint eigentlich nur Suzanne.

"Gern!", sagt sie, nachdem der Mund wieder leer ist.

"Und was war das mit Sue und Suzanne?", fragt Danny. "Das hatte ich nicht richtig verstanden."

"Das is so: In Teanager-Zeit haben wir heimlich Alkohol probiert, und wenn die Sprache schlechter wurde, haben wir Abkürzung gemacht. Mein Suffname is Sue!"

Sie lacht, hält sich die Hand vor den Mund. "Und ich war Susy, wenn ich ein Junge hinterhergeschielt hab, bei Sport, hihi!".

Mir scheint, so langsam wird es lockeres, pubertäres Gekicher am Tisch.

"Du bist die Härte, Sue." Danny scheint jemanden auf Augenhöhe gefunden zu haben. Mario dagegen mag es wohl lieber nicht ganz so rustikal.

Unterdessen muss ich feststellen, dass ich mit meinem Vorspeisenteller am längsten brauche. Wobei mein Magen noch vor einer Stunde eher auf Entleerung eingestellt war. Gemessen daran bin ich schon weit gekommen, finde ich. Vermutlich bin ich heute die Spaßbremse, wie der kleine Bruder, den man zu den Kumpels mitnehmen musste. Aber da ist noch ein ernster Mensch am Tisch. Mario seziert chirurgisch seine Happen auf dem Teller und isst vornehm. Suzanne beobachtet ihn mitleidig, stützt dann den Ellenbogen hörbar auf und winkt mit der Gabel.

"Mario, du sitz da wie ein biologischen Firewall. Come on, die nächsten Wochen arbeiten wir ganz ernsthaft für die Wissenschaft und heute haben wir frei und lassen das gut gehen! Okay?"

"Es ist auch alles vorbereitet", wiederholt Danny. Der hätte um Haaresbreite laut losgelacht und versucht jetzt, Suzannes Spruch zu überspielen.

"Wir brauchen morgen nur die Rucksäcke. Die und die Kisten aus der Halle ins Flugzeug laden, und dann geht es ganz gemütlich los. Antonio will uns Wasserfälle zeigen und alles, was hier sehenswert ist, die Landschaft ist einmalig. Also ich freu mich schon."

"Habt ihr den Piloten schon getroffen?", frage ich, um auch mal einen Betrag zu leisten.

"Ja, Antonio Álvarez fliegt für diese Charter-Gesellschaft", wirft Mario ein. "Der ist in Ordnung, ein witziger Typ. Und wir fliegen direkt. In der Nähe des Höhlensystems ist eine Station und eine Landebahn. Der Antonio sprach von circa vier, fünf Stunden Flugzeit. Wir warten dann, bis ihr mit dem Rest nachgekommen seid. Antonio sagte, dass er uns morgen hinbringt, übermorgen zurück nach Caracas fliegt, und dann checkt er einen Tag die Maschine und macht Pause. Wenn ihr nachgekommen seid, geht es dann mit einem Helikopter zur Höhle beziehungsweise zu dem Lager, das dort eingerichtet ist."

Suzanne dreht sich zu mir.

"Kann nix passiern, wir machen das zusammen. In Australien hat man mehr Angst vor Autofahren als vor Fliegen. Und Touristen zahlen viel Geld, die Tafelberge zu sehn. Wir kriegen das schon hin."

"Hast ja recht", sage ich ohne Überzeugung.

Danny hat seinen Teller leer gegessen und lehnt sich genüsslich zurück. Er macht den Gürtel locker und schaut zufrieden aus. Abwechselnd beobachtet er Suzanne und dann wieder Mario. Wenn sich unsere Blicke treffen, müssen wir beide grinsen. Mir scheint, wir sind jetzt schon ein gutes Team. Wenn wir erst in dieser Höhle sind beziehungsweise in diesem Lager, dann wird es wohl anfangen, richtig Spaß zu machen. Platz zwei im Wettlauf um blank geputzte Teller belegt wie erwartet Suzanne. Dank meines günstigen Handicaps, genauer gesagt durch die kleinere Portion erreiche ich Platz drei. Mario speist in Ruhe zu Ende und trinkt sogar die erste Flasche Bier aus.

"Und was gibt das da in den Camp?", fragt Suzanne nach dem letzten Schluck. "Müssen wir selber kochen? Ich kann Kängurus ausnehmen und grillen, aber das war's ungefähr."

Danny schiebt seinen Teller zur Seite und stützt sich auf.

"Ich war oft in der Pantry, wenn ich auf See war. Das gibt da dreimal am Tag warmes Essen. Du bekommst dann mittags mein Mikroskop und ich koch für dich, was hältst du davon?"

"Deal!", sagt Suzanne, beugt sich vor und hält die Hand hoch.

"Five!", klatscht Danny ab.

Der Tisch gerät kurz ins Schwanken unter dem Eindruck der geballten Lebenskraft.

"Nein, nein", wirft Mario sachlich ein. "Da ist ein Küchenteam, das uns versorgt."

"Sounds good[38]", meint Suzanne. "Gib noch ein Bier, Danny."

Danny trinkt auch aus, öffnet zwei Flaschen und reicht eine an Suzanne weiter. Mario mischt die letzten Gemüse- und Kartoffelstückchen mit Soße, isst genüsslich auf und tupft sich anschließend den Mund sauber. Das Besteck wird auf dem Teller ausgerichtet, die Stoffserviette landet in den Soßenresten.

"Klasse Essen!", meint Suzanne respektvoll und nickt Mario zu.

"Das stimmt, die Küche hier ist exzellent. Fast ein Grund, länger zu bleiben."

Mario lacht. Sein Humor meldet sich etwas überraschend. Wir lächeln anerkennend.

"Und jetz ein klein Absacker an der Bar!" Suzanne schaut erwartungsvoll in die Runde, meint aber eigentlich wieder nur Danny.

"Du hast doch noch Bier im Glas!", merkt Mario verständnislos an und begreift sofort, dass er besser den Mund gehalten hätte.

"Den nehm ich mit", erwidert Suzanne, ohne ansatzweise auf diese kritische Anmerkung zu reagieren. "Die sind doch cool hier! "

Die Keller bemerken unsere Unruhe und zwei beginnen abzuräumen. Einer zeigt auf die restlichen Bierflaschen und Danny signalisiert, dass die jetzt zur freien Verfügung stehen. Der Kellner bedankt sich mit einem lässigen Gruß.

Suzanne peilt schon die Bar an, wendet sich dann doch sehr diplomatisch Mario zu: "Was ist eigentlich dein Hobby, Mario?"

Und so, wie sie *Mario* betont hat, muss er sich jetzt geschmeichelt fühlen. So wie der kleine Junge, der von seiner Lehrerin aufgebaut werden muss.

"Rennrad fahren!"

Er hat es also nicht gemerkt, der arme Mario.

"Und du hast doch bestimmt ganz viele schicke Rennräder, nich wahr?"

Mario blüht augenblicklich auf wie eine Seerose. Suzannes Augen überfluten ihn mit einem Lichtkegel.

"Es sind nur drei, aber dafür ausgesuchtes Material! Und ehrlich gesagt fahre ich meinen Cham-p nur bei gutem Wetter."

"Und wenn vorher überall an den Wegen Gummibäume gepflanzt wurden, falls du doch von der Straße abkommst."

Das war Danny, der diese Geschichten anscheinend schon mitsingen kann.

"Dein Fahrrad Nummer drei ist teurer als meine vier alten Autos in den letzten Jahren."

"Immerhin bin ich elftausend Kilometer im vergangenen Jahr gefahren!"

"Weil dir der Sprit zu teuer ist." Danny winkt ab, hat anscheinend nicht so viel Verständnis und trinkt erst mal Bier. Dabei nickt er Suzanne zu. Die trinkt auch einen Schluck.

"Sein third-level-bike hat Hydraulik-Bremsen, eine öldruckgefederte Gabel und tausend andere Gimmicks. Votec. Falls dir das was sagt."

Suzanne ist beiden zugewandt, nickt so halb Kopf schüttelnd in die Runde.

"Never heard[39]. Das is auch nich mein Ding. In Australien kann man Fahrrad nich gebrauchen. Vielleicht in den Citys, aber tausend Meilen in Outback unterwegs? Mit Fahrrad? Damn shit[40], dann erschieß ich mich lieber gemütlich zu Hause."

"Ja klar, das wäre Blödsinn, obwohl es schon Sportler gab, die so was durchgezogen haben. Ich finde es gut, körperlich fit zu sein, und ich brauche nur zur Arbeit zu fahren, um zu trainieren. Das ist perfekt. Und mich fasziniert diese präzise Technik, die aus perfekt verarbeiteten, edlen Materialien hergestellt ist. Bis ins Letzte optimierte Technologie, die auch noch Spaß macht."

Mario ist in seinem Element, allerdings blicken seine Zuhörer eher hilflos aus den großen Augen. Ich probiere zu vermitteln.

"Also Votec-Räder sind einsame Spitze. Ich konnte mal eines fahren. Allein schon diese Scheibenbremsen sind ein Erlebnis. Die greifen ganz weich und definiert und machen wirklich zu, wenn man es braucht. Wahnsinn, auch die Abstimmung mit der Gabel- und der Schwingen-Federung. Wirklich starke Technik! Die natürlich ihren Preis hat."

Jetzt habe ich Mario offensichtlich einen Gefallen getan.

"Na ja, ein Fiat ist eben kein Mercedes!"

"Puh, ich habe langsam zerebralen Verschleißerscheinung. Sorry boys, was is jetzt mit ein Absacker an der Bar?"

Suzanne wird energisch, hat wohl nicht so den Sinn für Männerspielsachen. Danny trinkt aus und er spielt vermutlich auch mit anderen Kalibern.

"Come on, in malt we trust![41]", verkündet er feierlich.

Suzanne piepst vor Lachen und lässt sich von Marios Blicken dann wieder einfangen.

"Den Abend gemütlich machen, Mensch, nee, wie heißt das bei euch? You know what I mean.[42]"

"Ein Glas, Suzanne!" Mario ist also dabei.

Die Bar beginnt seitlich neben dem Durchgang zur Küche und erstreckt sich dann vom Speisesaal weg in einen großzügigen Raum mit gedämpftem Licht, großen in Gruppen angeordneten Sesseln und anderen Polstermöbeln zum Herumlungern. Dazwischen Tische unterschiedlicher Höhe und Größe. Der Tresen hat wiederkehrend Ausbuchtungen wie eine Girlande, sodass man sich Auge in Auge oder von anderen Gästen abgewendet betrinken kann. Wir platzieren uns um eine halbinselartige Erweiterung, rücken die Hocker zurecht. Suzanne peilt schon mit schmalen Augen das Schnapsregal an. Ohne sich zu setzen, fragt sie den Kellner: "Is it Aberlour a'bunadh over there?[43]"

"Yes!" Der Kellner freut sich. "Cask strength of cause.[44]"

"Hope so, four double, please.[45]"

Dabei kramt sie die Zimmer-Karte aus der Hosentasche.

"My bill.[46]"

Danny und Mario reden über die kleinen Behälter für DNA-Proben, die morgen mitgenommen werden, und ob die wirklich die Rückreise so überstehen, dass man Untersuchungen machen kann. Jetzt kommen vier schöne Whiskey-Gläser zu uns. Die sind bauchig wie Weingläser ohne Stil und halb voll! Suzanne schnappt sich das erste Glas.

"Okay gentlemen, let's go.[47] Auf ein tolle und erfolgreichen Zeit!"

Wir stoßen an. Danny trinkt aus, Suzanne auch, Mario und mir bleibt die Luft weg.

"Schluck das einfach runter, tut gut!"

Suzanne schaut fast gelangweilt in die Runde, als wenn das Hustensaft gewesen wäre und Medizin kann schon mal streng schmecken. Danny hat Mühe, sich das Lachen zu verkneifen. Spätestens jetzt ahnt auch er Böses.

"Auf welchem der sieben Weltmeere warst du eigentlich noch nicht unterwegs gewesen?", frage ich ihn.

"Oh verdomme, über die Pole war ich noch nicht, aber sonst fast in jeder Ecke. Hatte vor einer Weile hunderttausend Meilen auf der Uhr!"

"Donnerwetter, das ist viel!" Dabei fange ich an zu rechnen. Eine Seemeile sind über zwei Kilometer, ja jedenfalls, keine Ahnung. Und der Whiskey löst gerade eine Narkose aus.

"Nein, ist nicht wirklich viel, aber ich bin ja nur so nebenbei gefahren, zum Geldverdienen und um die Welt zu seh'n."

"Echt stark!", kann ich nur voller Respekt sagen.

Ich würge den kleinen Rest aus dem Glas runter. Offensichtlich will Mario nicht wie der totale Spaßbremser dastehen und dreht bereits sein leeres Glas vor und wieder zurück.

"Sorry, dass ich mit Radfahr'n nix anfangen kann, aber das geht auch so mit Reiten bei dir!"

Suzanne steht Mario schräg gegenüber, und wie es der Zufall so will, sind zwei der oberen Knöpfe an ihrem Hemd versehentlich aufgegangen und Suzanne bemerkt überhaupt gar nichts davon. Tja, Sachen gibt's!?

"Ist doch gut so, Suzanne. Zum Glück sind wir alle verschieden."

"Stimmt", sagt sie. "By the way, haben wir uns schon richtig geduzt? Wie heißt das noch? Bruderschaft heißt das doch."

Sie schaut bereits zum Barkeeper.

"Also, aber nicht wieder dieses Teufelszeug!", protestiert Mario.

"Jaja, schmeckt wie some kind of paint-stripper.[48] Oh, ich weiß was!"

Sie zeigt auf das Flaschenregal.

"What about that yellow stuff, right corner, looks like German Eierlikör. Yes, Verporto, I don't know, four double, please.[49]"

Der Barmann würde sich am liebsten ausschütten vor Lachen, aber er ist Profi! Mario reibt sich die Augen, rutscht auf dem Hocker hin und her, und prüft regelmäßig verstohlen, was es da unter dem netten Hemd unserer Kollegin zu entdecken gibt. Als die vier neuen Gläser kommen, lacht Danny los: "Klödenköhm! Haa, good Lord!"

"Come on Mario, ich heiß Suzanne, und du?" Dabei kichert sie sich weg, schlägt dann auf den Tisch. "Okay, jetzt ernst!"

Ihre Arme umschlingen sich über den Tisch hinweg. Suzanne trinkt nur einen Schluck ab. Mario versucht es mal richtig kernig und trinkt aus. Und sie küssen sich mit langen Hälsen, der Tisch ist im Weg.

Suzanne ist souverän, Mario stellt sich etwas an und ist offensichtlich beeindruckt. Sie klopft ihm auf die Schulter, als hätte er es gut gemacht, sich zumindest bemüht.

"Danny!" Sie geht auf die andere Seite an Mario vorbei, streicht dabei mit ihrer Hand an seinen Arm entlang. Dann steht sie vor unserem Seebären. Der grinst, sie legt den Kopf schief, schaut ihn fragend an.

"What's up?[50]"

Die beiden ungleichen Arme umschlingen sich, die Gläser sind leer und landen auf dem Tresen. Danny macht sich klein, Suzanne zieht ihn zu sich hin. Jetzt kommt küssen! Und zwar irgendwie ehrlicher, würde ich sagen. Beide wissen nicht, wohin mit den Händen.

"Hey brother! Done![51]"

"True enough![52]"

Mit gesenktem Kopf macht Suzanne jetzt einen Bogen um Mario, steht dann wieder neben mir. Ich schau sie an, könnte ja sein, dass … also. Sie grinst mich an.

"Du bist mein Assi! Hihi!" Sie lacht los.

"Sehr richtig, ein Untertan, Staub sozusagen."

Suzanne lacht immer lauter, hält sich die Hand vor den Mund, schüttelt den Kopf und hebt die Hand.

"Five, du Pfeife!"

Und klatsch! Wir schlagen ein. Das war cool. Suzanne ist echt cool!

"Das wird ein geiles Projekt, Leute!" Danny gefällt es gerade mit uns hier.

Der Eierlikör schmeckt mir auch ohne Küssen.

"Suz-z-zanne, du bist der Hammer!"

Mario redet los, ohne zu merken, dass er aufstoßen muss. Suzanne lacht sich erneut kaputt.

"Call me Sue, just trust me![53]"

Danny stimmt mit ein, sogar Mario kann sich plötzlich auch amüsieren, kneift die Augen zu und prustet los: "Wie war das? Five, du Pfeife?! Haaah, Sue, haaaah, oh nee, klasse, dass du dabei bist. Ich hatte ja meine Zweifel, aber, vergiss es, ich bin manchmal ein Erbsenzähler."

"Wie, Zweifel?", will es Suzanne jetzt natürlich genau wissen.

"Du hattest mal mit dem Kollegen Brüggemann bei uns zu tun, der ist übrigens unterdessen unser Chef. Und den hattest du in einer Video-Konferenz als, haaaaaa, den hattest du als Kompetenzsimulant bezeichnet. Da waren alle vom Stuhl gefallen, also bildlich, mein ich."

"Really?[54]" Danny schlägt die flache Hand auf den Tisch, alles wackelt.

"Sue, let's marry![55]"

"Later, Danny[56]. Aber danke für den Angebot."

Und zu Mario gewandt: "Das ist aber auch einen Idiot gewesen damals. Good Lord. Sag mal, was trinkst du denn so zum Erfrischen? Ich will jetz was Frisches."

"Ich habe das noch auf CD, schick ich dir, wenn wir wieder zu Hause sind. Der wollte eigentlich nur wissen, welche Projekte die anderen Universitäten planen, um die Gelder für diese Themen einfach schneller zu beantragen als die anderen."

"Damn shit!" Suzanne schlägt sich an die Stirn. "Jetz versteh ich. So einen ist das also. Na ja, forget about it, also was ist jetz mit dir? Wir trinken jetz was Frisches."

Mario überlegt. "Hmm ja, was Frisches. Ich mag gerne Tonic Water, so richtig eiskalt!"

"Mit Gin!"

"Nein!" Mario schüttelt vehement den Kopf.

"Das geht? Habe ich noch nie gehört." Und schon wieder den Barkeeper suchend, winkt sie und überprüft das Regal mit den Flaschen.

"Yeah, Queen-Mum's Bombay-Sapphire. Perfect!"

Danny stützt sich auf, beobachtet Suzanne interessiert und in Erwartung dessen, was wohl noch alles passiert.

"Aber dann müssen wir auch langsam die Kurve kriegen, Dan, da hilft nichts."

"Danny, Gin-Tonic oder was anderes?", fragt Suzanne beiläufig.

"Ich nehm' ein Bier."

"Ich auch!", sag ich schnell.

Danny wendet sich Mario zu, während Suzanne den Barmann instruiert.

"Ja natürlich, mach dir keine Sorgen, Mario."

In dem Moment hat Suzanne dem Kellner per Handzeichen durchgefunkt, dass in das eine Glas ein dreifacher Gruß von Queen-Mum gehört und ein kleiner Schuss Martini in beide für den Geschmack.

"Without alcohol, please[57]", jammere ich dazwischen, als der Kellner das Bier aus dem Kühlfach holen will. Mir kreist der Helm, ich bin besoffen, schwitze. Es wird böse enden!

Unser Barkeeper ist klasse, wir liefern ihm gerade die Munition für seine Barkeeper-Bücher. Danny bekommt ein normales Polar, meins hat einen roten Schriftzug, *Polar-zero,* und bei den beiden Gläsern mit einer Zitronenscheibe am Rand zwinkert der Kellner kurz, als er das erste mit einem roten Plastikhalm abstellt. Suzanne gibt es gleich weiter an Mario, der die Augenbrauen hochzieht, aber nichts ahnt. Sue, also Suzanne. Sue ist wirklich leichter, wenn Alkohol im Spiel ist. Jedenfalls hebt der Barkeeper, von Mario unbemerkt, den Daumen, als sie das Glas mit einem blauen Halm erhebt.

"Und jetzt was Frisches, cheers!"

Wir stoßen an. Bin ich froh! Das Bier ist kalt, schmeckt nicht so besonders, aber es erhöht nicht meinen Pegelstand.

"Mist, das schmeckt ja wirklich gut."

Und das war jetzt Mario, der gerade die Grenze zum Absturz passiert, so viel steht fest. In einer zweimotorigen Keksdose zu sitzen, ist für mich schon eine Horrorvorstellung. Aber mit einem Kater?! Vielleicht unterschätze ich auch Marios Kondition. Der saugt gerade noch weitere zwei Fingerbreit des Elixiers heraus. Suzanne ist zufrieden.

Ich lehne mich schräg an den Tresen, der hinter mir in einer angenehmen Kurve weitergeht. Auf was haben ich mich hier bloß eingelassen. Die Kollegen sind echt starke Typen, besonders Danny, der wirklich wie ein Fels in der Brandung dasteht und seinen Spaß hat. Mir geht's nicht so gut, der ewig lange Flug und die fettige Avocado-Soße waren wohl auch nicht so gut, ich löse den Knopf meiner Hose und stelle den Gürtel eins lockerer.

Mario kriegt sich kaum mehr ein, wenn er Suzannes Hemd inspizieren kann und strahlt dann mit großen Augen den Kellner an, als er plötzlich vier Campari Orange ordert. Der Barmann bekommt alles genau mit und schaut mich fragend an. Ich lasse nur einen winzigen Spalt zwischen Daumen und Zeigefinger, um zu zeigen, dass ich eigentlich nichts mehr Alkoholisches brauche. Und siehe da, das Glas mit dem roten Trinkhalm hat meinen Anteil dazubekommen und sogar noch einen extra Schuss. Damit die Farbe stimmt, bekommen die verdünnten Mischungen etwas von einem roten Fruchtkonzentrat dazu. Beim Verteilen läuft es wie gehabt. Sue bekommt Zeichen vom Kellner und Mario sieht irgendwas unter ihrem Hemd.

Ich schau mich um und wundere mich, dass es am anderen Ende der Welt im Prinzip genauso aussieht wie zu Hause in Deutschland in einer beliebigen Hotelbar. Mir ist nicht so ganz wohl, mein Nervensystem ist immer noch auf Gratwanderung zwischen einem dramatischen Kollaps und einer normalen Ohnmacht unterwegs.

Holger musste mir vor einiger Zeit einmal zeigen, dass sein Vater und sein Bruder Ralley-Begeisterte sind und sein Talent leider nur für das Erschrecken von Disko-Miezen reichte. Sein O-Ton übrigens. Anschleißend ging es mir so ähnlich wie jetzt. Jedenfalls sind wir von irgendwo nach Hause gefahren und er nahm eine Abkürzung über Feldwege. *Meine Teststrecke*, wie er meinte. Danach hatte ich eine Stunde das Bad blockiert, um sämtliche Verdauungsrückstände aus Magen und Darm abzuliefern. Dann bin ich mit Aspirin und zwei Flaschen Evian in mein Zimmer und kam erst einen Tag später wieder raus. In diese Plastikflaschen kann man auch wunderbar reinpinkeln, hatte ich während der Regenerierung herausbekommen.

Und in drei Tagen werde ich von Anfang an die stärksten Reisepillen einwerfen, die mir Dr. Schumann mitgegeben hat. Die Kollegen haben Spaß, aber ich überlege nur, wie ich es anstellen kann, aus diesem Traum auszusteigen.

Eine Weile später endet es wirklich böse. Mario wankt im Fahrstuhl herum, betätigt dabei versehentlich fast alle Knöpfe und wir fahren Etage für Etage rauf, bis Danny und Mario aussteigen. Danny boxt Sue zum Abschied freundschaftlich auf den Arm und dirigiert dann Mario in die richtige Richtung. Suzanne fällt so, wie sie ist, auf das

Bett. "Good Lord", sagt sie nur noch, macht sich die Hose auf und streift die Schuhe ab. Ungefähr eine halbe Stunde später reißt sie beim Einschalten die kleine Lampe vom Nachtschrank, die am Boden trotzdem weiterbrennt, und Suzanne stürzt dann hustend und würgend ins Bad. Sie übergibt sich diabolisch, kommt nach einer Weile nur mit einer Unterhose bekleidet wieder raus, greift torkelnd eine Wasserflasche aus der Minibar, trinkt schwankend und fällt zurück ins Bett. Ihre Lampe hatte ich wieder hingestellt und ich mache unsere beiden wieder aus. Das Prozedere wiederholt sich dann noch.

Drei Tage später fahren Suzanne und ich mit dem Taxi zu einem kleineren Flughafen am anderen Ende der Stadt, treffen dort Antonio Álvarez. Ein wirklich cooler Typ. Unsere beiden Kollegen hatte er bereits zu unserem Einsatzort gefolgen. Mit Suzanne macht er Späße, die ich nicht verstehe. Spanisch spricht sie also auch ziemlich perfekt.

Ein schmaler Typ taucht auf, ist ebenfalls gut gelaunt. Aus der Entfernung erinnert er mich mit seinem breitkrempigen Hut an einen Torero. Der Oberlippenbart ist grau und gezwirbelt und unterstreicht damit seine harten Gesichtszüge. Er unterhält sich mit Antonio und Suzanne. Ich verstaue derweil meine Sachen und schau mir die Maschine genauer an. Der Torero wendet sich dann einem einmotorigen Flugzeug im linken Teil der Halle zu. Diese Maschine ist allerdings erheblich länger und vermutlich noch älter. Daneben stehen Kisten und Maschinenteile auf Paletten. Antonio und Suzanne kommen mir entgegen, sprechen Spanisch. Der Torero pfeift kurz, streckt den Daumen nach oben und wir winken alle zurück.

"Das is Pedro", sagt Suzanne beiläufig. "Der fliegt in ein paar Tage nach Canaima. Mit ein halben Traktor. Der sieht total aus wie Chuck Berry in his early days. Cool guy!"

Antonio prüft noch, ob alles sicher untergebracht sind. Die Rucksäcke können bei den beiden Sitzen bleiben. So habe ich auch meine Beruhigungspillen in Reichweite.

Das Wetter macht mir nach wie vor Sorgen. Es weht sehr stark, die Sonne bleibt von dunklen Wolken verdeckt, es ist schwülwarm. Antonio erklärt uns stolz die Instrumente seiner zweimotorigen Beechcraft. Alles nicht ganz neu, aber es sieht edel aus und wir machen es uns in Ledersitzen bequem. Mit einer Packung Tavor in der Hemdtasche und einer Tablette im Magen fühle ich mich inzwischen gut gewappnet. Der Start macht mir sogar Spaß dieses Mal. Wir erheben uns über eine bergige Landschaft. Die Motoren der kleinen Maschine brummen beruhigend, die Ausstattung ist sehr luxuriös. Vier Ledersitze mit Klapptischen dazwischen. Wir haben die hinteren beiden, die mit der Flugrichtung orientiert sind. Der restliche Platz weiter hinten ist mit Kisten vollgestellt, die von Gurten gehalten werden. Antonio ist klasse, immer lächelnd, ruhig und humorvoll. Obwohl es einigermaßen laut ist, wirft er uns gelegentlich ein paar Worte zu. Für Suzanne auf Spanisch, wenn es allgemeiner sein soll, und mit dem Tower natürlich englisch. Leider ist das Wetter wirklich schlecht. Die Tabletten sind ein paar Nummern stärker als die Sorte für den Linienflug, eine gute Empfehlung. Ich bin leicht abgemeldet, aber dafür geht es mir einigermaßen gut. Leider ist das Wetter wirklich schlecht, dieser Flug wird also deutlich unruhiger. Das war schon beim Start klar. Antonio musste kräftig korrigieren, um auf der Piste zu bleiben. Der Blick aus dem runden Fenster bildet genau das Szenario meiner Befürchtungen ab. Nebelschwaden, Regen, weiter weg Berge, unter uns Dschungel.

Wir fliegen und fliegen, ab und zu macht Suzanne Witze. Es ist wie ein Film, der langsam, aber sicher zum Albtraum wird. Inzwischen zucken Blitze durch das Grau der Wolken. Ich habe keine Ahnung, wie lange wir schon unterwegs sind. So richtig gut geht es mir auch nicht mehr.

"Schlechte Straßen in diese Gegend", scherzt Suzanne sehr cool mit ihrem Dialekt. Antonio ist immer häufiger am Funk. Mir ist es ein Rätsel, wie man aus dem Rauschen und Gebrumme überhaupt etwas Sinnvolles entnehmen kann. Antonio probiert unterschiedliche Flughöhen aus. Das merke ich an meinen Ohren. Er orientiert sich unten an Flüssen und markanten Felsformationen und zeigt dann strahlend irgendwo hin.

"Look, how beautiful![58]"

Aber ich habe nur einen einzigen Gedanken: *Hoffentlich ist dieser Trip bald vorbei!*

Und wir fliegen und fliegen und es wird immer schlimmer. Würde gerne aus dem Traum aufwachen. Unsere kleine Maschine sackt immer öfter durch, Antonio jubelt dann die Motoren hoch. Schüttelnd erreichen wir wieder Höhe, Antonio nimmt den Schub zurück. Ich mag das nicht, überhaupt nicht! Luftlöcher sind das wohl. Ein sehr harmloser Begriff, wenn man gerade zu Hause vor dem Fernseher sitzt. Ich suche nach der Plastiktüte, die irgendwo in der Cargo-Hose steckt. Das Frühstück hatte ich bewusst sparsam gehalten, aber die zwei Scheiben Toast drängen jetzt doch langsam zurück in die Freiheit. So ein Mist, mir wird schlecht. Antonio funkt, dann dreht er sich zu uns.

"We just sidestep that weather front and then follow it snugly back to our little airport. Just stay cool and relax![59]"

Suzanne kramt eilig eine Whiskeyflasche aus dem Rucksack, nimmt hastig ein paar Schluck. Mein Frühstück geht zurück in die Plastiktüte. Scheiße, ich hab's gewusst. Warum bin ich nicht zu Hause geblieben, so eine Scheiße! Suzanne reist mir die Tüte aus der Hand, übergibt sich hustend.

"Damn shit … I hate that![60]" Dabei gibt sie mir die Tüte zurück. Draußen ist es ziemlich finster geworden. Ab und zu leuchten Wolken auf. Die Sicht ist schlecht durch die regennassen Fenster.

Ein Wahnsinnsknall schlägt mir mit einer Druckwelle in den Magen, die Ohren sind zugefallen, alles war kurz gleißend hell, krampfhaft halte ich die Tüte fest, ich sehe dann alles schemenhaft und wie durch ein Kaleidoskop, wie durch farbige Kristalle, Dunkelheit, die Kabine ist dunkel, entfernter Lichtschein von blitzdurchzuckten Wolken, die Geräusche weit entfernt und fremd, Regen peitscht mir seit dem Knall zusammen mit so was wie Kieselsteinen ins Gesicht, warum brummen die Motoren nicht mehr, Geruch von Kabelbrand, Öl

und wie nach Wunderkerzen. Ich habe die Tüte losgelassen,
Scheiße! Der Sitz taucht unter mir weg, mein Kopf schlägt irgendwo
an, hier geht gerade irgendwas fürchterlich schief …

Meldungen

Seit Donnerstag wird in Venezuela eine Maschine mit zwei Insassen und dem Piloten vermisst. Es handelt sich um zwei deutsche Forscher. Der Pilot gilt als außerordentlich erfahren.

Angaben der Flugbehörden zufolge brach der Funkkontakt zu dem Kleinflugzeug während eines starken Gewitters ab.

Höchstwahrscheinlich ist die zweimotorige Maschine außerhalb des Canaima-Nationalparks abgestürzt.

In Venezuela wird ein zweimotoriges Flugzeug abseits des Canaima-Nationalparks vermisst. An Bord befanden sich zwei deutsche Wissenschaftler. Der Pilot galt als einer der erfahrensten Kenner der Region. Es herrschten ungewöhnlich starke Gewitter.

Die Suche nach dem vermissten Flugzeug wurde aufgrund der schlechten Wetterlage abgebrochen. Allerdings sind die Überlebenschancen im Falle eines Absturzes in dem unwegsamen Gelände relativ gering.

Von der seit zwei Tagen vermissten Maschine fehlt nach wie vor noch jede Spur. Durch die schlechten Wetterverhältnisse konnte erst heute wieder die Suche fortgesetzt werden. Da der Pilot per Funk angab, die Wetterfront umfliegen zu wollen, ist das Suchgebiet relativ groß.

In der seit zwei Wochen in Venezuela vermissten Maschine befanden sich unsere Mitarbeiter Suzanne Rush und Frank Junker. Sie waren auf dem Weg zu einem Forschungsprojekt im Höhlensystem des Churi tepui im Südosten von Venezuela. Es muss damit gerechnet werden, dass die beiden Kollegen bei einem Absturz ums Leben kamen.

Hallo WG! Leider saß Frank in der seit zwei Wochen vermissten Maschine in Venezuela. Ich habe heute bei seinem Institut nachgefragt. Es besteht keine Hoffnung mehr.

Heute Abend 20 Uhr ist deswegen eine WG-Sitzung. Bis nachher, Nils

In der Stuttgarter Innenstadt kam es in den Abendstunden zu außergewöhnlich vielen Staus. Ursache war ein Verkehrsunfall, bei dem die Steuerung einiger Ampelanlagen im Stadtzentrum beschädigt wurde. Ein 40-jähriger Autofahrer übersah ein Rotlicht und rammte ungebremst einen Streifenwagen der Polizei. Dabei wurde der Streifenwagen gegen den Schaltkasten der Ampelanlage gedrückt, was zu Kurzschlüssen führte. Auslaufender Treibstoff im Bereich der elektrischen Anlage musste von der Feuerwehr beseitigt werden. Der glücklicherweise nur leichtverletzte Fahrer des Streifenwagens war allerdings eingeklemmt worden und musste ebenfalls von der Feuerwehr befreit werden. Der Unfallverursacher gab an, kurzzeitig sehr stark abgelenkt gewesen zu sein. Aus dem Radio hatte er vom Tod seiner geschiedenen Frau erfahren, die vor circa zwei Wochen in Venezuela bei einem Flugzeugabsturz ums Leben gekommen war.

Dschungel

Ich drehe mich auf die andere Seite, drücke das Kissen zurecht, schnaufe durch. Mir geht es gut, ich fühl mich wohl, bin allerdings noch ziemlich schläfrig. Es scheint langsam hell zu werden. Bilder von Traumwelten aus der Nacht flackern in schneller Reihenfolge auf, so ähnlich wie im Kino die Vorschau auf die kommenden Streifen, bevor der eigentliche Hauptfilm beginnt. Bei meinen Vor- oder in dem Fall wohl eher Rückschauen sind komische Sachen dabei, das Schönste ist dieser Urlaubstraum: eine einsame Hütte im Schlaraffenland. Eine schöne Frau sitzt mir gegenüber und spielt Cello. Außer wohlfühlen und entspannt diese Frau anhimmeln passiert nichts. Da muss aber diese Nacht auch wieder dieser stressige Traum dabei gewesen sein. Chaotische Bilder, schlechtes Wetter, Zeitdruck, immer zu spät dran, immer irgendwelche Sachen, die ich nicht geregelt kriege, Menschen, die ich treffe und die dann plötzlich nicht mehr da sind. Ich suche und suche, aber sie sind verschwunden.

Egal, jetzt geht's mir gut. Soll ich jetzt wach werden oder weiterschlummern? Die Cello-Spielerin interessiert mich. Vielleicht schaffe ich es, wieder von ihr zu träumen, wenn ich abends fest an sie denke. Ich blinzele, sehe den Reißverschluss meines Moskitozeltes. Das war wirklich eine gute Idee mit diesem Moskitozelt. Suzanne kennt sich aus, das muss man ihr lassen. Es wird hell, durch die Tür und das Fenster kommt diffuses Licht herein. Meine Augen sind noch nicht darauf eingestellt. Es ist angenehm kühl, die Luft ist frisch, voller Gerüche, mir fallen Waldspaziergänge mit meinem Opa ein. Mit dem war ich viel draußen unterwegs. Die Tür ist keine Tür, es ist ein Durchgang, der Eingang zu dieser Hütte eben. Natürlich, was sonst. Vor dem hellen, nebelartigen Lichtschein, der hereinfällt, taucht eine Silhouette auf. Eine Frau. Sie kommt auf den Eingang zu. Ihr Lächeln tut so gut. Ich glaube, ich warte auf dieses Lächeln. Ja, sie kommt zu mir. Schön. Wie immer mit einem Tablett. Behutsam, fast lautlos betritt sie den Raum. Die Dielenbretter machen nicht einmal das leiseste Geräusch. Ich kenne ihren Namen nicht, sie hat noch nie ein Wort zu mir gesprochen. Langsam kommt sie näher, hält dann den Kopf schräg und lächelt. Sie begrüßt mich wortlos, sagen wir mal, ich fühle mich begrüßt und lächle zurück. Neben dem Bett steht ein kleiner Tisch. Dort stellt sie das Tablett ab. Wie immer zwei Holzschalen und ein kleiner Teller mit drei Keksen. Schon verstanden, beide Schalen austrinken. Also, sie hat nichts gesagt, aber … ja, wie eigentlich? Also ich habe verstanden, dass ich auch diese komische Ziegenmilch trinken muss. Das war anfangs immer etwas Überwindung, aber so langsam habe ich mich doch daran gewöhnt. Ist schon komisch, wir unterhalten uns, aber sagen dabei keinen Ton. Manchmal wenn sie Cello spielt, das klingt toll! Moment, halt stopp, das ist eine andere Frau! Da spielt mir jemand auf dem Cello vor, ich weiß es genau! Ist das jetzt hier oder woanders? Ich träume auch davon, aber manchmal ist es kein Traum.

Merkwürdig! Wie lange bin überhaupt schon hier? Irgendwann müssen doch auch diese Ammonium-Cracker zu Ende sein. Suzanne hatte mir drei kleine Pakete davon auf den Berg Kleidung gelegt, als ich beim Basislager die Klamotten für diese Exkursion gekauft hatte. Auf der Packung stand etwas von Ammoniumbikarbonat, was wohl Backpulver ist. Seitdem hießen die bei uns Ammonium-Cracker. Die gute Fee verabschiedet sich wieder mit einem freundlichen Blick, geht zur Tür und taucht in den heller werdenden Morgen ein. Ich strecke mich aus, genieße die Ruhe, es ist wunderbar.

In einer Packung sind immer 18 Kekse, also müsste ich insgesamt 36 Stück dabeigehabt haben. Suzanne hatte mir nämlich in Caracas eine Packung abgeknöpft, als sie nach unserem ersten Abend an der

Bar ihren Kater auskurierte. Komisch, drei Kekse am Tag würde logischerweise zwölf Tage bedeuten. Aber ich bin doch schon Wochen hier! Anfangs saß meine gute Fee noch oft auf dem Stuhl da in der Ecke. Moment mal! Muss ich jetzt aufwachen? Was ist denn jetzt Traum und was ist Wirklichkeit? Mich beschleicht ein ganz merkwürdiges Gefühl des Zweifels. Ich taste an der Unterlage herum, auf der ich liege. Nicht gerade weich, die Betten hier. Das Moskitozelt ist meins, aus dem Basislager. Die Wolldecke, unter der ich liege, riecht wie gewohnt und erinnert mich. Auf den Ellenbogen gestützt untersuche ich die Decke. Kann nicht sein, das ist die Decke, in die ich meine Mutter immer eingewickelt hatte, als sie krank war. Diese Wolldecke war dann später in meiner Studentenbude auf dem grünen Sofa gelandet, für kalte Wintertage. Aber die habe ich doch auf keinen Fall mit in den Dschungel genommen!

Der Reißverschluss des Moskitozeltes klemmt wie gewohnt nach circa zwanzig Zentimetern, dann muss man beide Seiten festhalten und vorsichtig weiterschieben. Beim ersten Test im Institut war das schon so gewesen. Das hier ist auf jeden Fall mein Moskitozelt. Mich überkommen Zweifel, ich schau mich um. Das ist die Hütte, in der ich seit einiger Zeit bin. Was ist mit dem Job in der Höhle? Ich bin doch mit Suzanne zu dieser Höhle hin, um dort nach Mikroorganismen zu suchen, eine Bestandsaufnahme zu machen, alles detailliert zu dokumentieren. *That paperwork is your job, Sir!*[61], sagte Suzanne und lachte sich kaputt. Was war gestern? Ich habe gepennt, dann kam … die Krankenschwester? Moment, wie komm ich denn jetzt da drauf? Krankenschwester … sie ist meine Krankenschwester! Na klar! Dreimal am Tag kommt sie mit einem Tablett zu mir. Morgens die Ziegenmilch, Wasser und drei Kekse. Wenn es wärmer ist, so gegen Mittag vermutlich, eine Schale Wasser und Obst. Das schmeckt immer sehr lecker. Papayas, Litschis, Melone und ich weiß jetzt gar nicht, was alles. Abends, wenn es dämmert, bringt sie eine Schale mit Fruchtsaft und eine mit Wasser. Wenn es schon dunkel ist, holt sie das Tablett wieder ab, da schlafe ich meistens schon wieder und erahne sie nur wie als ein Teil des Traumes, in dem ich unterwegs bin. Mein Blick schweift, das ist die altbekannte Hütte. Hier bin, fühle ich mich zu Hause. Aber was ist passiert? Was ist mit dieser Exkursion? Wenn ich nicht nachdenke, ist alles bestens, so wie es sein soll, aber diese komischen Fragen versetzen mich jetzt gerade in Panik. Ich schlag mir die flache Hand ins Gesicht. Das hier ist jetzt jedenfalls kein Traum! So etwas wie Verzweiflung steigt auf. Schnell trinke ich die Ziegenmilch, Pflicht erfüllt, erledigt. Die schmeckt ziemlich nach Ziege, wie immer. Was heißt das, *wie immer*? Ich fühle mich wie der kleine Junge bei der ersten Textaufgabe. *Ein Mann kauft 58 Melonen, und so weiter und so weiter … wie alt ist der Bauer in Honduras.* Plötzlich könnte ich mich kaputtlachen, 58 Melonen, es gibt nichts Unlogischeres als Textaufgaben. Aber von dem, was ich gerade sehe und denke, bin ich genauso verwirrt wie damals in der zweiten Klasse von den ersten Textaufgaben, in denen es natürlich nicht um Melonen ging. Gleichzeitig ist alles total logisch. Inzwischen sitze ich auf der Bettkante, schlüpfe in die Flipflops, auch im Basislager gekauft, und ich versuche Ordnung in meine Gedanken zu bringen. Mir fällt eine Naht an meinem T-Shirt auf. Die verläuft auf der linken Seite, schräg, bis ungefähr zum Brustbein. Das wurde fein säuberlich vernäht, und zwar von Hand, das sieht man deutlich. So näht keine Maschine, der Faden wäre gröber, die Stiche symetrischer. Die Shorts, die ich trage, sind natürlich auch aus dem Basislager-Laden. Ich bekomme Panik. Ist irgendwas passiert? Um mir Normalität einbilden zu können, nehme ich einen Keks. Wenn das die letzten drei sind, ist heute Tag zwölf. Das passt allerdings überhaupt nicht mit dem Zeitgefühl zusammen, das ich habe. Meine gute Fee kommt wieder herein. Komisch, sie hatte mir doch gerade erst Frühstück gebracht. Sie sagt, ich soll mitkommen, also sie sagt nichts, aber ich habe sie so verstanden. Irgendwas ist hier total komisch.

Ich stehe auf, verschließe das Moskitozelt und ziehe es mit der Schnur, die oben am Gestänge befestigt ist und an der Decke über einen Balken läuft, nach oben. Das andere Ende der Schnur wickle ich ein paarmal um den Pfosten des Bettgestells. Meine Schritte hört man, ihre nicht. Auch komisch. Die gute Fee ist schon draußen, ich folge ihr. Wir schlendern gemütlich den Weg entlang, machen Witze, wortlos, wie immer. Wieso wundert mich das nicht. Sie geht dann vor. Wir folgen einem Weg nach rechts, der weiter in den Dschungel führt, schmaler wird, bis hin zu einer Lichtung. Wie auf einem Wildwechsel folgen wir der Spur über eine Wiese mit Gräsern und vielen verschiedenen bunten Blumen. Schmetterlinge flattern herum. Überall schwirren Insekten, weiter weg raschelt es. Wir gehen einem riesigen, alten Baum entgegen, der aus zwei Stämmen zu einem gotischen Bogen zusammengewachsen ist und wie der Eingang zu einer Kathedrale anmutet. Der Baum lehnt sich in einem Bogen, der über vier Meter hoch ist und sicher drei Meter breit, an den Felsen an. Dies ist der Zugang zu einer Höhle. Wir betreten einen Stollen, der mindestens vier, eher fünf Meter hoch ist und locker sechs Meter breit. Der Boden ist sandig, nach etwa zwanzig Metern öffnet sich eine Halle. Es ist ungefähr so hell wie in der Morgendämmerung. Meine Begleiterin ist wieder neben mir. Die Atmosphäre wird immer bedeutungsvoller, als würden wir einen mystischen Tempel betreten. Die Halle, in die wir jetzt eintreten, erinnert mich an Indiana-Jones-Filme. Steinsäulen, wie Tische mit orientalischen Gläsern, in denen Kerzen flackern. Pflanzen wachsen aus Nischen heraus. Es riecht nach Sandelholz und irgendwie frisch und blumig. Rechts auf einem Felsvorsprung in etwa zwei Metern Höhe ist eine Holzkonstruktion, ein Podest, und dort sitzt jemand im Schneidersitz auf bunten Tüchern. Rundherum sind Kissen, kleine Tischchen in verschiedener Höhe mit Obstschalen. Es ist ein Mann mit sehr langen, dunklen Haaren, er trägt ein helles Gewand.

"Hi Frank! Na, alles im Pegel?"

Wir gehen noch ein paar Schritte auf die Person zu, dann winkt meine Begleiterin mit einem Lächeln und verabschiedet sich. In dem Maße, wie sie sich entfernt, bekomme ich zunehmend Sehnsucht nach dieser kleinen Hütte da hinten, mit dem gemütlichen Bett und der Ziegenmilch.

"Wie gefällt es dir bei uns? Lässt sich doch aushalten, oder?"

Ich bin also irgendwo mitten im Urwald und jemand spricht Deutsch mit mir. Was ist hier los? Also, für den Fall, dass das jetzt kein Traum ist. Wie ganz selbstverständlich versuche ich ungefiltert loszuplaudern: "Nee, alles klasse. Nur diese komische Ziegenmilch ist krass."

"Ja klar, die ist schlimmer als Pferdepisse, aber die ist gesund und nahrhaft ohne Ende."

Ich stutze.

"So wie Fosters."

Der Mann amüsiert sich: "Haa, genau! Die Kaltschale aus Melbourne. Aber richtig eiskalt schmeckt das Zeug doch besser als unsere Ziegenmilch!"

Mir fallen ungefähr alle schlechten Filme ein, von Zeitreisenden und was ich sonst noch jemals an Blödsinn gesehen habe.

"Also ehrlich gesagt, ich blick hier nicht mehr durch. Was ist passiert?"

"Tja, Frank, die Sache ist kompliziert. Und nenne mich einfach Meister Paul, mit meinem richtigen Namen kannst du nichts anfangen."

Meister Paul ist mit einer sehr eleganten Bewegung und federleicht von seinem Podest heruntergesprungen und geht vor mir auf und ab, sein Kopf ist gesenkt, als würde er nach einer passenden Formulierung suchen.

"Also, Suzanne geht es gut, sie ist auch hier, ihr trefft euch später. Die Sache ist die: Ihr seid ja mit Antonio geflogen und wolltet zu diesem Stützpunkt südlich des Churi Tepui. Leider seid ihr in dem Gewitter abgestürzt. Antonio hat es nicht geschafft."

"Scheiße!", murmele ich vor mich hin, aber eigenartigerweise erschreckt mich die Nachricht nicht. Es ist so, als hätte ich es schon lange gewusst.

"Und wie lange ist das jetzt her?"

Meister Paul schaut mich an, er sieht erleichtert aus.

"Das war vor schlappen elf Monaten, Frank."

"WAS!?" Das schockt mich jetzt allerdings schon.

"Ihr hattet einige Verletzungen, das mussten wir erst mal reparieren."

Unwillkürlich bewege ich Arme und Schultern, horche dabei nach innen, ob ich etwas Verdächtiges spüre. Es ist alles wunderbar, genauer gesagt, ich habe mich noch nie so wohl und gesund gefühlt. Wenn ich früher aus dem Bett aufstand, hatte meistens der Rücken die ersten paar Schritte lang rebelliert. Und das linke Fußgelenk neigte dazu, nach längeren Pausen schmerzhaft und steif zu sein. Ich hatte eben diese eine Landung mit dem Gleitschirm versaut und humpelte anschließend sechs Wochen eingegipst herum. Aber das wird mir jetzt erst richtig klar, davon ist keine Spur mehr zu merken.

"Ja, es ist uns gut gelungen", triumphiert Meister Paul grinsend.

"Elf Monate, aber ich habe davon nichts mitbekommen, also heute wusste ich nicht richtig, was nun Traum und was Wirklichkeit ist. Von der Zeit davor weiß ich nur, dass ich mich irgendwie ausgeruht habe."

"Das ist doch prima, Frank. Und so war es ja eigentlich auch."

"Wir sind hier also im tiefsten Urwald und es gibt eine Krankenstation?"

"Ja, Frank, das klingt komisch! Aus deiner Sicht sind wir hier wirklich mitten im Gebüsch, aber wir verfügen über sehr alte und effiziente Techniken, um einen kranken menschlichen Körper wieder in Ordnung zu bringen."

"Und bei Antonio hat's dann doch nicht geklappt?"

"Frank, so kennen wir dich. Du willst es immer ganz genau wissen. Tja, der Antonio, das ist eine wirklich lange Geschichte. Vor Urzeiten, aus deiner Sicht jedenfalls, war er der Spross einer Schamanen-Dynastie. Um es kurz zu machen, sag ich dir mal, dass er Mist gebaut hat. Am Tag des Absturzes wurde ein altes Gelübde eingelöst. Er wurde vom Blitz getroffen."

"Oh, heftig! Aber für Blitze habt ihr keine passenden Pflaster!"

"Wie gesagt, eine alte Geschichte. Antonio ist nur Pilot geworden, um dann später in diesem Gewitter zu sterben. Er hatte schon als Kind nur vom Fliegen gesprochen. So ist das mit Verstrickungen in dieser Welt. Antonio hatte sich lange davor, also in einem anderen Leben, mit zweifelhaften Kräften eingelassen, um einen noch mächtigeren Zauber zu veranstalten. Es war eben eine alte Rechnung. Andererseits ist er jetzt befreit und hat keine Altlasten an der Hacke. Witzigerweise hat er manchmal rechts und links verwechselt, wenn es aufregend wurde. Die Kinder haben ihm schon beim Spielen manchmal zugerufen: *Nein Antonio, die andere linke Seite!* Es war immer lustig mit ihm. Und so hatte er dann Funkkontakt und mit den Kollegen am Boden die beste Route abgesprochen, aber er ist dann in einem schönen Bogen mitten in das Gewitter reingeflogen, anstatt zur anderen linken Seite auszuweichen. In dem Moment war dann der Osten im Westen."

"Komische Geschichte, ehrlich. Aber warum musstet ihr uns dann wieder aufpäppeln? Mitgefangen, mitgehangen!"

"Nein, Frank, so einfach ist das nur in den Vorabendserien eurer
Fernsehprogramme. Ihr beide habt mit Antonios Geschichte nichts zu
tun. Also konnten wir euch retten."

"Was genau bedeutet retten?"

"Frank, du bist anstrengend! In einem Krankenhaus, so wie du es
kennst, würdest du jetzt auch langsam entlassen werden,
vorausgesetzt, du wärst dort rechtzeitig angekommen. Allerdings
würdest du jetzt im Rollstuhl sitzen, mit Sprachstörungen und
erblindet. Deine Wirbelsäule war geknickt, ein Metallteil hatte deinen
Schädel gespalten. Sprach- und Sehzentrum waren beeinträchtigt.
Dazu 38 Knochenbrüche, hier und da fehlte etwas Fleisch."

Mir fällt wieder die Tüte ein, die ich im Flugzeug krampfhaft
festgehalten hatte und in die ich meinen Mageninhalt entleerte. Jetzt
kommt wieder ein Gefühl hoch, als würde ich all meine Kraft
verlieren.

"Oh, Scheiße! Entschuldigung, mir scheint, ich kapier noch nicht, was
los ist."

Meister Paul lacht sich weg, hüpft herum. "Aaaaahaa, ja stimmt
natürlich, aber mach dir nichts draus, alles gut! Kannst jetzt wieder
Farbe im Gesicht kriegen! Und du wirst sehen, es wird dir guttun,
dass du hier warst. Deine Kollegin Suzanne ist ein ganz harter Hund,
die braucht noch etwas mehr Zeit."

Ich befürchte, verrückt zu werden, und spüre sowohl Aggression als
auch eine noch nie erlebte Hilflosigkeit.

"Aber Englisch kannst du auch!"

"Das ist natürlich nicht das Problem, Sir. Suzanne hat aber eine eher
materialistische Einstellung, wobei sie der Meinung ist, einfach nur
realistisch zu sein. Sie sagte mal zu dir: *Mit der Geburtsurkunde
erhält man eigentlich gleich seinen abgestempelten Totenschein.*

Natürlich ist das nicht wirklich falsch, aber ganz richtig ist es auch nicht. Der Aufenthalt hier wird ihr sicher helfen, ihr eingefahrenes Weltbild zu erweitern. Du bist anders. Du hast dich schon mal mit der Bhagavad Gita und anderen Schriften beschäftigt. Ihr habt eben nur drei Dimensionen für den Normalfall zur Verfügung. Das ist vergleichsweise sparsam, angesichts der vollständigen Realität. Andererseits ist es auch gut so, weil die Menschheit mit ihrer derzeitigen Bewusstheit mit dieser dreidimensionalen Projektion bereits alle Hände voll zu tun hat. Die vollständige Realität würde auch dir die Mütze sprengen."

"Sorry, aber was heißt vollständige Realität und kennst du diese Realität? Und warum sprengt das dir nicht die Mütze?"

"Langsam versteh ich deine Lehrer. Aber Scherz beiseite, also die Sache ist etwas kompliziert. Wir befinden uns hier sozusagen auf einer Insel mit einer eigenen, komplexeren Realität, als du sie kennst. Wir sind, na ja, sagen wir mal, lebende Fossilien. Und als ich diesen Job übernommen habe, bekam ich eine Art Drehzahlbegrenzer verpasst. Meine momentane Realität ist zwar umfangreicher als deine, aber auch sie ist stark eingeschränkt. Wobei ich noch die Option habe, bewusst auf alle anderen Ebenen zu gehen. Das wäre ungefähr vergleichbar mit deiner Traumwelt, in der du fliegen und durchs All düsen kannst. Wenn du allerdings aus dem Traum erwacht bist, geht es nicht mehr."

"Ich träume jetzt aber nicht!"

"Nein, du befindest dich mit deinem Bewusstsein im Urwald, in nahezu gewohnter Umgebung, und machst im Moment Urlaub bei ein paar Freaks, die eine lange Geschichte haben. Das, was hier wirklich den Unterschied macht, ist für dich nicht erkennbar. Vielleicht noch ein Bild für dein Verständnis: Sieh mal, es gibt einen gewaltigen Unterschied zwischen Wahrheit und Wissen. Ihr habt bis heute schon eine Menge Information zusammengetragen und sogar brauchbare

Schlussfolgerungen daraus gezogen, aber jedes Wissen ist ein intellektuelles Konstrukt, um die Wahrheit zu beschreiben oder zu verstehen. Wissen hat sehr viel mit Kontext zu tun. Beispielsweise kreist die Erde schon seit Milliarden von Jahren als verbeulter kugelförmiger Steinklumpen um die Sonne. Es gab in deiner Vergangenheit Menschen, die aufgrund ihres Wissensstandes davon ausgingen, dass die Erde eine Scheibe ist. Die Wahrheit über die Erde ist aber eine andere, im Übrigen ist die Wahrheit über die Erde noch komplexer, als ihr das gerade ahnt. Auf jeden Fall ist sie eine Kugel, egal was Wissenschaftler und Gelehrte mit einem Blick durch das Schlüsselloch von ihr behaupten. Wahrheit ist das radikal Umfassendste von Allem. Jedes Atom oder Toastbrot oder das ganze Universum, völlig egal, alles hat seine unumstößliche Wahrheit, eingebettet in der absoluten Wahrheit. Es ist alles, wie es ist. Wahrheit lässt sich allerdings nur genauso radikal subjektiv erfahren, indem man sein Bewusstsein entsprechend erweitert. Erklärungen bewegen sich wieder in den Welten der Projektionen und haben Kontext und Standpunkte. Wenn du die Fähigkeit vertiefst, die Gegenwart zu erleben, also ohne im Vergangenen zu stecken oder an zukünftige Momente zu denken, dann kommst du der Wahrheit auf die Spur. Sei gegenwärtig."

Ich fühle mich erschöpft und gleichzeitig explodiert meine Neugier. Benommen lausche ich in meinen Kopf hinein, höre Echos der Worte von Meister Paul. Es ist, als würde jemand einen gigantischen Rollcontainer mit Akten durch mein Gehirn schieben und all die Informationen verstauen und einsortieren, und der Aktenberg wird dabei immer größer.

"Meine Güte, das ist hochprozentig!"

In dem Moment fallen mir zwei Liegestühle auf. Meister Paul winkt mich schon heran.

"Machen wir es uns erst mal gemütlich!"

Oh ja, denke ich, gute Idee.

"Sag mal, das Gehirn wird doch nur zu einem Bruchteil genutzt, also meines jetzt. Wäre da nicht Kapazität für so einen kleinen Dimensionssprung?"

"Du bist clever! Gefällt mir. Ja, pass auf. Zum Atmen, Verdauen, Abiturmachen und DNA-Entschlüsseln habt ihr nur einen kleinen Teil des Gehirns in Betrieb. Der Rest ist nicht etwa inaktiv, womöglich nur Ballast. Dein Gehirn arbeitet mit diesem riesigen Rest wie ein Transformator. Hohe Schwingungen höherer Bewusstseinsebenen sowie die Wirkungen höherer Dimensionen auf dein System kannst du unbearbeitet nicht auswerten. Vielleicht würdest du auch unter diesem Einfluss verrückt werden. Aufgrund der Energie könnten Sicherungen bei dir durchbrennen, was ebenfalls eine Zwangsjacke und starke Medikamente zur Folge hätte, falls du diese Energie überhaupt überleben würdest. Die Wahrheit über dich und das Universum ist schließlich permanent gegenwärtig, nur muss das alles auf dein Niveau, deine Kapazitäten transformiert werden. Einige spirituelle Meister in eurer Zeit berichten von Wahnsinn, andere von dem Gefühl zu verbrennen im Zusammenhang mit einer geistigen Entwicklung. Dein Transformator ist deshalb extrem wichtig und schützt dich vor solchen Ereignissen. Du darfst nichts forcieren, deine Entwicklung ist in jeder Nanosekunde genau so weit fortgeschritten, wie es für dich optimal ist. Das heißt natürlich nicht, dass du die nächsten Jahrzehnte auf dem Sofa sitzt und Raufaser anschaust! Sei offen für die Impulse, die dir das Leben schenkt. Wenn keiner kommt ist Raufaser in Ordnung, aber Handlungsimpulse solltest du ohne Zögern umsetzen. Ansatzlos, wie ein guter Kämpfer. Verstehst du?"

"Also so was, ich glaub, ich kann nicht mehr! Mein Transformator läuft heiß. Danke, Meister Paul! Mal sehen, ob ich mit den Impulsen zurechtkomme. Stimmt allerdings, bis jetzt wusste ich nur genau, wenn ich einen verpasst hatte. Das ist ja alles irre."

Meister Paul sitzt ganz entspannt auf dem Liegestuhl, den Kopf angelehnt. Jetzt schaut er mich zufrieden an. Der Lehrer denkt, sein Schüler hätte etwas verstanden. Jetzt grinst er.

"Vokabeln abfragen würde jetzt nichts bringen, aber du bist geläutert, wie ihr so schön sagt. Die Informationen sind im Moment noch wie ein Karton voller Mosaiksteine, aber die Bilder formen sich dann schon irgendwann. Was denkst du, wie lange wir hier schon plaudern, schätze mal."

Tja, nach dem Frühstück sind wir losgegangen, jetzt ist vielleicht nachmittags, Zeit für Kaffee und Kuchen, würde ich denken.

Meister Paul schmunzelt mit hochgezogenen Augenbrauen.

"Da draußen sind zwei Tage vergangen."

"Was? Wie geht denn das?"

"Um den Treibstoff zu verdünnen habe ich deine Zeit etwas gestreckt, sorry."

Also das kann ich mir jetzt beim besten Willen nicht vorstellen. Ich habe auch nicht mal Hunger oder so was.

"Und was ist mit der Ziegenmilch?"

Meister Paul lacht los. "Hach ja, die Ziegenmilch! Ehrlich gesagt ist die genauso sinnvoll wie dein Moskitozelt. Den lästigen Insekten und Kriechtieren, die es sonst so im Dschungel gibt, haben wir erklärt, dass es ihnen woanders bessergeht. Die schönen Schmetterlinge sind uns allerdings willkommen. Das freut uns und die Schmetterlinge. Gut, die Sache mit der Ziegenmilch: Wir ernähren uns hier direkt aus der Energie, die bei euch erst mühsam durch Pflanzen, Licht, Regen und die gute Ackerkrume transformiert werden muss. Eigentlich das Gleiche wie bei dem scheinbar ungenutzten Teil des Gehirns. Die Natur transformiert die universelle, kreative und schöpferische Energie des seienden Universums und schenkt euch leckere Früchte und so Sachen."

"Was? Orr nee, so langsam wird's heftig. Aber, stopp mal, dann verhungern in Afrika die Menschen, weil der Transformator nicht angeschlossen ist?"

"Das Thema ist für dich natürlich hoch emotional, verstehe ich schon. Es ist so ähnlich, wie wenn jemand blind zur Welt kommt. Er kann natürlich die Farben seiner Umgebung nicht erkennen und zum Beispiel eine rote Ampel nicht interpretieren. Das könnte abgesehen von allen anderen Problemen auch ein tödlicher Faktor werden. Wir hier haben die Möglichkeit, Energie aufzunehmen. Besser gesagt, zur Verfügung zu haben, einfach aus der Tatsache unserer Existenz heraus, und wir leben eben, ohne dass Energien den Umweg über Erdnussbutter und Blumenkohl nehmen mussten."

"So langsam krieg ich einen Vogel."

Ich sitze in einem Liegestuhl mitten im Dschungel, und ohne mit einem Rastaman eine ganze Plantage weggeraucht zu haben, bin ich in einer psychedelischen Welt gelandet, von der ich wohl wirklich niemandem erzählen sollte.

"Ich fühle mich wie frisch bekifft! Das kann doch alles nicht sein!"

Meister Paul wird ernst.

"Das, was wir beide hier besprechen, reicht als Stoff für eine ganze Handvoll von Revolutionen auf den verschiedensten Ebenen und um reihenweise Irrenhäuser und Gefängnisse zu füllen. Die Tatsache, dass wir über solche Dinge sprechen können, ist für uns beide ein Gewinn. Du bekommst die Chance, deine Welt da draußen besser zu verstehen und deine Position zu finden, und ich weiß, dass dort mindestens einer ist, auf den ich mich verlassen kann."

Meine Nerven sind am Ende, ich spüre Aggressionen aufsteigen.

"Ich habe aber keine Lust auf so eine Verkünder-Nummer. Ich bin der Durchschnittstyp, ganz normal, und ich will auch nichts anderes sein. Es gibt genug Idioten, die sich selbst überschätzen, weil sie mal eine – vielleicht sogar ganz gute – Idee im Suff hatten. So ein Mist!"

"Pass auf, Frank, es ist alles viel einfacher und vor allem viel weniger dramatisch! Es ist deine Freiheit, in deinem Leben zu machen, was du möchtest. Wenn du Spaß daran hast, mit den Ideen, die du hier mitnimmst, eine neue Perspektive zu entwickeln, dann ist das so. Wenn nicht, wirst du das irgendwann ohnehin alles vergessen und dich von anderen Dingen treiben lassen."

"Na gut", sage ich resigniert. "Aber das ist schon krass, wenn Leute verhungern, weil ihr Reis-Transformator kaputt ist und sie den Treibstoff nicht direkt in ihren Magen tanken können, also das ist schon der Hammer."

"Ich sag dir einfach noch etwas dazu. Ohne diese intelligente und kreative Kraft wäre das Universum wirklich nur ein Raum mit staubiger Materie, die in Brocken umeinander herumsaust. Letztendlich wäre der Urknall schon vollkommen blödsinnig gewesen. Wieso sollte man solchen Radau machen, wenn nicht mehr dahinterstecken würde. Die gesamte Materie und der Raum, in dem sie sich befindet, ist auf das Engste verbunden mit intelligenter, kreativer, schaffender Energie, die sich in Feldern organisiert und vor allem mehr als drei Dimensionen hat. Leider ist der Begriff Materie nur gültig, solange man nicht weiß, dass Materie strukturierte Energie und Information ist. Die Existenz von Allem ist nur die Erscheinungsform unterschiedlich dichter Energie unter dem Einfluss von strukturierenden, multidimensionalen Feldern. Und dies ist auch nur ein Teil der Wahrheit. Denke mal über den Begriff Information nach. Da will sich etwas *in* einer *Form* manifestieren, verstehst du?"

Mit hochgezogenen Augenbrauen wartet Meister Paul darauf, dass bei mir der Groschen fällt. Vermutlich sehe ich eher hilflos als geläutert aus.

"Ja gut", sage ich wie automatisch. "Ist etwas viel gerade, aber es könnte sein, dass ich schon mal von ähnlichen Ideen gehört habe. Die Wissenschaftler werden an bestimmten Punkten immer schwammig, obwohl alles Vorangegangene ganz präzise erforscht sein musste. Das heißt also, dass die Jungs mit ihren Ringbeschleunigern irgendwann nach einer Kollision gar nichts mehr haben außer Energie. Na, wenn das mal nicht Brandflecken auf den weißen Kitteln hinterlässt."

Meister Paul scheint zufrieden zu sein. "Ja, da wird es noch ein paar Überraschungen geben. Und es ist, wie schon gesagt, der Anfang."

"Aber verdammt noch mal, jetzt war der Urknall meinetwegen auch sinnvoll, alles ist ferngesteuert von irgendwelchen Feldern, worauf läuft das alles hinaus? Ist da ein Ziel? Worum geht es?"

Meister Paul schlägt die Beine übereinander, setzt sich zurecht und grinst mich an. "Wieder wach geworden, was, Frank? Das, was du ansprichst, ist das Thema, das schon immer ein Rätsel war und das auch immer ein Rätsel bleiben wird, jedenfalls für alle diejenigen, die nicht die höchste Bewusstseinsebene innerhalb ihrer Existenzform erreicht haben und in diesem dreidimensionalen Kochtopf leben. Wenn man allerdings erst einmal so weit ist, über den Rand des Kochtopfes geschaut hat, dann haben diese Fragen keine Bedeutung mehr. Die 3-D-Welt ist eine Untermenge, wie eine Projektion. Rational ist das mithilfe der Großhirnrinde nicht erklärbar, aber für dich im Bereich der Erfahrung erlebbar. Verrückt, nicht wahr? Du wirst auch später noch Momente haben, in denen du dich wie in der Lücke zwischen zwei Gedanken, in einer Leere befindest und dabei ein sehr überwältigendes Gefühl von Glück und Liebe erlebst. Dann bist du mit einem Bein raus aus diesem Kochtopf!"

Ich winke nur ab. Ist keine Lösung mehr möglich, führt man einfach eine Variable ein, die alles möglich macht. Ist erst etwas bedeutungslos geworden, dann braucht man es auch nicht mehr zu beweisen. Sehr praktisch. Es sind anscheinend billige Kartenspielertricks, die unser Universum zusammenhalten. Ganz klasse!

"Nicht so ungeduldig!", ermahnt mich Meister Paul, der wieder in meinen Schädel geschaut hat.

"Wie im Kleinen verläuft auch im Großen alles zyklisch. Betrachtet man das Universum, also dein Universum, über eine entsprechende Zeitschiene, so zeigt es ein zyklisches Verhalten. Es dehnt sich aus, bis die gesamte Materie in Energie umgewandelt ist. Jedes Molekül war zunächst in seine atomaren Bestandteile zerfallen. Die einzelnen Atome geben ihre Bindungsenergien auf, Atomkerne zerfallen in ihre Bestandteile und immer so weiter, bis einen Moment lang in einem riesigen Raum nur noch strukturlose Energie vorliegt. Ein ungeheures Potenzial. Das ist so, wie wenn ein Pendel, das zum Erdmittelpunkt zeigt, keine Energie hat, um sich zu bewegen, aber wenn man es genau über den Drehpunkt bringt, genau entgegengesetzt, dann bleibt es auch in Ruhe, aber es hat die maximale, kinetische Energie aufgrund seiner Position als Potenzial in sich. Der Vorgang im Universum geht natürlich weiter und ist eher vergleichbar mit einem Wassertropfen, der einem Vakuum ausgesetzt wird und seinen Aggregatzustand ändert. Stell dir vor, dass durch Ausdehnung der Druck abfällt und unser Wassertropfen gasförmig wird. Analog verhält sich die Materie im Universum. Durch Expansion ändert die Materie ihren Zustand von sehr dicht bis hin zu reiner potenzieller Energie in einem absolut abgekühlten Raum und bis zu einem Moment der vollkommenen Stille und Regungslosigkeit. Dann kehrt sich die Richtung der Entwicklung um, bis die zu Materie verdichtete Energie auf kleinstem Raum vorliegt und wieder explodiert.

Wie du vielleicht gemerkt hast, handelt es sich um dreidimensionales Geschehen, das natürlich einem komplexeren System zugrunde liegt.

Jeder deiner Gedanken hat unendliche Auswirkungen auf unendlich viele, komplexe Systeme, und die Zeit schafft nur eine Möglichkeit, um so etwas wie individuelle Bestrebungen und eine Evolutionsebene möglich zu machen. Der Begriff des Bewusstseins ist bisher nicht direkt aufgetaucht. Das, was ich mit kreativer Intelligenz meinte, entspricht näherungsweise dem, was du unter Bewusstsein verstehst. Wobei dein Bewusstsein sozusagen personalisiert ist. Nach der eben angesprochenen Expansion wird am Schluss nicht einmal Bewusstsein, ja nicht einmal der Ansatz einer Struktur vorhanden sein, sondern nur dieses unendliche Potenzial. Aber zurück zu deiner Welt. Wenn du jetzt noch in Demut und Liebe dein Leben gestaltest, hast du es geschafft. Deine Freundin wird dir guttun. Sie ist in einer sehr ausgerichteten Familie aufgewachsen. Ihr ergänzt euch prima. Leider kannst du nicht hierbleiben. Es ist nicht deine Welt.

Und die gute Fee hat sowieso eine Freundin und sie würde dich umbringen, wenn sie tatsächlich deine Zuneigung erwidern würde. Dein Körper würde zu Plasma bei der ersten ungefilterten Berührung. Wenn sie mit ihrer Freundin zusammen ist, werden in deiner Welt Kriege beendet und Völker vereinigen sich nach langer Zeit des Hasses. Und sie hat zwar die Gestalt einer schönen Frau, aber sie ist mehr als Mann und Frau zusammen. Sie ist ein Wesen der absoluten Einheit. Weißt du, Frank, die Geschichte von Adam und Eva, die euch erzählt wird, ist, jedenfalls aus einigen Schritten Entfernung und etwas nüchterner betrachtet, gar nicht so falsch. Es gab tatsächlich Wesen der Einheit, die so ähnlich wie ich in einem mehrdimensionalen System zu Hause waren, ohne Geschlecht und all diese Verstrickungen der Dualität. Aber du kannst dir nicht vorstellen, wie langweilig es werden kann, einfach nur in vollständiger

Harmonie in der Unendlichkeit zu existieren. Kleiner Scherz! Die haben dann begonnen, sich zu differenzieren, und stellten dabei fest, dass es sogar möglich ist, und nahmen in Kauf, ihre bisherige Welt gegen eine dreidimensionale einzutauschen. Das ist vergleichbar mit einem Menschen aus deiner Umgebung, der viel Zeit in den programmierten Welten von Spielekonsolen verbringt und sich mehr mit seinem Avatar auf einem Mikrochip identifiziert als mit seiner realeren Existenz in einer Autowerkstatt. Kurz gesagt, mit der guten Fee kannst du nicht glücklich werden. Außerdem kann sie kein Cello spielen. Geh zu deiner Freundin nach Hause!"

Mir fallen schon dauernd die Augen zu, ich hänge wie ausgewrungen in diesem Liegestuhl, wie nach schwerster Arbeit.

"Das Glück ist mit die Doofen! Ich kapiere nichts mehr. Ich glaub, ich will gar nichts mehr wissen. Moment, Cello? Welche Freundin? Also, die Frau mit dem Cello oder Suzanne oder …?"

Jetzt bin ich wieder wach.

"Die Musikerin natürlich, Suzanne ist auch nichts für dich. Die muss erst mal zu sich selber finden. Die andere vermisst dich schon so sehr. Aber stell dich nicht wieder an wie so ein runtergekommener Fußballer."

"Ach so", kann ich nur sagen, während diverse Filme in meinem Kopf starten. "Ja, dann muss ich jetzt dringend nach Hause, glaub ich."

Meister Paul kichert vor sich hin.

"Ich würde vorschlagen, du pennst dich aus, morgen reden wir weiter. Was meinst du?"

Irgendwie bin ich erschöpft, ganz komisch, mein Nervensystem hat es anscheinend aufgegeben zu reflektieren, weil die Informationen einfach zu verrückt sind. Ich fühle mich, als hätte ich stundenlang Vokabeln gelernt, und jetzt weiß ich überhaupt nichts mehr, totale

Leere. Aber da ist jetzt auch so etwas wie ein Gefühl der Sicherheit. Wie beim Würfeln, wenn man schon vorher weiß, dass ein guter Wurf kommt. Ein schönes Gefühl!

"Gut, alles klar, ich bin ziemlich durcheinander und irgendwie happy."

Meister Paul reibt sich die Hände und schmunzelt zufrieden.

"Du hältst dich erstaunlich gut. Dein Nervensystem ist auch schon ein klein wenig an die Felder hier bei uns gewöhnt. Obwohl wir inzwischen vier Tage plaudern, aber das kennst du ja schon. Morgen sieht die Welt anders aus. Und du hast jetzt schon einen kleinen Blick hinter den Vorhang geworfen. Merkst du doch!"

"Stimmt, irgendwas ist total klasse gerade, aber der Verstand hasst es noch."

Gedankenversunken mach ich ein paar Schritte, den Blick auf den Boden gerichtet.

"Na dann bis morgen."

"Stay tuned, Frankyboy![62]"

Ganz überrascht entdecke ich die Beine meiner guten Fee, als ich in Richtung des Höhenausgangs trotte. Mein Schlüssellochblick öffnet sich wieder. Bin ich froh, sie zu sehen! Und es ist ihr Lächeln, das mich schlagartig wieder atmen lässt. Wie eine Befreiung. Ich dreh mich um zu Meister Paul, aber der sitzt unterdessen, ohne auch nur das leiseste Geräusch verbreitet zu haben, wieder auf seinem Podest, wie ein Yogi, aufrecht, mit geschlossenen Augen und im perfekten Lotossitz. Ich gehe zusammen mit meiner Begleiterin dem Tageslicht entgegen. Mir kommt die Idee, doch einfach hier zu bleiben. Wäre das nicht irgendwie möglich? Meine Begleiterin schaut mich an. Nein, ich gehöre wohl nicht hierher. Aber jetzt fällt mir auf, dass dieses Glück in ihren Augen genau das ist, wovon ich gerade einen kleinen Vorgeschmack erlebe. Es ist wunderbar, einfach zu sein, zu leben auf diesem schönen Planeten! Meine Zukunft findet wohl doch woanders statt. Schade? Wahrscheinlich nicht. Außerdem ist da noch diese Cellistin. Draußen geht meine gute Fee wieder vor, wir lassen die Wiese hinter uns, folgen dem Weg, ich lausche den Geräuschen, diesem Konzert des Urwaldes. Die Luft, die ich mit ihren Gerüchen einatme, empfinde ich plötzlich als Geschenk von unermesslichem Wert. Komischerweise höre ich nur meine Schritte, die unterschiedliche rhythmische Laute machen. Verdammt, hier ist das Paradies! Die gute Fee nähert sich mit den nächsten Schritten, sie klopft mir auf die Schulter, wie zum Trost, so wie unter guten Freunden. Ihr Blick ist immer noch liebevoll, aber wir haben jetzt wohl ein ernsteres Thema angeschnitten. Das spüre ich und ich versuche mich diesem Paradies zu öffnen und so viel wie möglich mitzunehmen. Die Hütte lässt sich schon erahnen, und als würden wir der dörflichen Geschäftigkeit näherkommen, ändern sich die Geräusche. Da kommt uns jemand entgegengerannt. Ein kleiner Junge, nur mit einem Lendenschurz bekleidet. Er scheint sehr aufgeregt zu sein. Wir machen Platz und er saust heftig atmend an uns vorbei. Seine Verzweiflung berührt mich tief. Der Junge weint. Schon wieder ein Unfall? Antonio taucht in Bildern auf, wie er sich im Flugzeug zu uns herumdrehte und inmitten der wahnsinnigsten Turbulenzen meinte: "We just sidestep that weather front and then follow it snugly back to our little airport. Just stay cool and relax!"

Was für ein Wahnsinn, ich bin wieder völlig überfordert. Wir schauen beide dem Jungen nach. Er rennt genau dahin, wo wir gerade herkommen. Ich solle mir kein Sorgen machen, sagt sie, also, geht das schon wieder los. Meine gute Fee beruhigt mich mit ihrem Blick. Vermutlich hatte ich noch nie so viel Vertrauen zu einem Menschen. Ach halt, in ihrem Fall, zu einem schönen Wesen. Und in dem Dorf weiter unten sind die normalen Menschen und hier auf dem Hügel ist die Führungsschicht.

"Zwei-Klassen-System!", rutscht mir spontan raus. *Geht nicht anders, das wirst du bald verstehen*, höre ich sie denken.

Also, die letzten Meter schaffe ich alleine. Ihre Aufmerksamkeit spüre ich noch, bis ich wieder auf der Pritsche sitze. Das Moskitozelt baumelt seitlich über mir. Auf dem Tischchen ist eine Schale mit Fruchtsaft, eine mit Wasser und ein Teller mit Melonen-Stückchen. Die Melone ist köstlich. Als ich das nächste Stück nehme, wundere ich mich darüber, dass draußen rundherum alles voller Insekten ist und ich noch nie eine einzige Fliege an dem Obst gesehen habe. Ich schau mich um, nein hier war noch niemals Ungeziefer, soweit ich mich erinnere. Das Moskitozelt ist durch die leichte Zugluft wie ein Windspiel immer in Bewegung. Das haben sie mir zur Beruhigung dagelassen wie einem Kleinkind das Kuscheltier. Ich muss dermaßen lachen, dass ich mich verschlucke. Hustend und lachend und mit Tränen in den Augen scheine ich mich einer Hysterie zu nähern. Das macht mich schlagartig wieder ernst und betroffen. Im Moment fühle ich mich, als könnte ich von einer Sekunde zur anderen paranoid werden. Es ist nur der Hauch eines Schleiers, der mich vom völligen Wahn trennt. Ich habe wirklich Angst, verrückt zu werden. Oh, da kommt sie wieder, meine gute Fee. Fast lautlos setzt sie sich auf den Stuhl in der Ecke. Sie hat ein Bündel Gras oder so etwas dabei. Ach so, das wird ein Korb. Ja klar, in der Mitte sieht man schon ein gleichmäßiges Flechtwerk. Sie summt eine Melodie. Ich bin gerettet, sie ist da. Heute werde ich nicht mehr verrückt. Danke!

Ein neuer Tag scheint zu beginnen. Mit geschlossenen Augen taste ich zur Seite. Ja, da ist es, mein Moskitozelt. Ich muss lachen. Eine Urwaldhütte ohne Krabbelgetier und ich mittendrin mit meinem Moskitozelt. Falls wir das nächste Mal in der Sahara forschen, darf ich die Schwimmflossen nicht vergessen, ganz wichtig. Ich höre sie immer noch summen und mit ihrem Grasbündel rascheln. In die Melodie mischt sich kurz ein Kichern. Schnell richte ich mich auf, und da sitzt sie auf dem Stuhl in der Ecke. Die fahle Morgendämmerung lässt alles in Grautönen erscheinen, aber das Grinsen auf ihrem Gesicht ist deutlich. Und der Korb ist fast fertig. Er hat die Form einer ovalen Schale, erinnert mich an einen Fischkutter, der bei Ebbe schief am Strand liegt. "Du kennst jeden meiner Gedanken!"

Sie richtet sich etwas auf, legt den Kopf schräg und sagt dann: "Natürlich!"

Ich bin platt, sie hat etwas gesagt! Und ich dachte schon, sie ist vielleicht sogar ein Engel, der das Sprechen verlernt hat.

"Engel höre ich gerne, aber das Sprechen verlernt man deshalb nicht."

Mir schießt durch den Kopf: *So ganz verstehe ich wohl noch nicht.* Und schon sagt sie: "Ach so, ja. Worte sind eben wie eine Kopie dessen, was eigentlich der Ursprung der Gedanken ist. Und es dauert länger, sich zu verständigen. Stell dir vor, du würdest an der Bar eine Unterhaltung führen und dafür Papier und Schreiber benutzen."

Also gut, das leuchtet ein, erst mal raus aus diesem Zelt; als ich wieder zu ihr rüberschaue, hält sie so etwas wie einen Zettel zwischen ihren Händen hoch.

DAS LEUCHTET EIN, ODER?, steht da. Ich muss lachen. Diese dreidimensionale Projektion einer komplexeren Wirklichkeit, mitten in einem Urwald ohne Mücken und dafür mit schweigenden Engeln, die aber sprechen, wenn es ihnen gefällt, also, das ist schon der Hammer. Und ich wünsche mir, noch ganz lange zu bleiben und gleichzeitig so schnell wie möglich von hier zu verschwinden.

Gut, also erst mal die Ziegenmilch austrinken. So, abgehakt.

Ach so, wir müssen los, klar. Und das sagte sie jetzt nicht, sondern ja, das war jetzt wieder Buschfunk mit Gehirnströmen. Ich lasse alles, wie es ist, und rutsche mit meinen Latschen durch die Hütte. Draußen auf der Bank stellt sie diesen geflochtenen Korb ab, inzwischen ist der letzte Zipfel Schilf im wulstigen Rand verschwunden. Ein schöner Korb ist das geworden.

Wie schon gestern folgen wir dem Weg bis zur Höhle und heute zeigt sie schon am Rand der Wiese, ich solle vorgehen, und sie dreht wieder um. Auch wenn es nur wenige Meter sind, aber ohne meine Begleiterin fühle ich mich so alleingelassen in einer unheimlichen Welt, wie ein Kleinkind in einer Shopping Mall. Meine Schritte werden schneller. Ich laufe den Eingang hinein, bis ich die Höhle erreiche. Hier ist plötzlich wieder alles gut, dieser angenehme Geruch, die frische Luft.

"Na, Frank? Wurdest du heute schon vor dem Aufstehen geweckt?"

"Strammes Programm für Urlaub. Guten Morgen, Meister Paul."

Der hat inzwischen einen riesigen Satz von seinem Podest herunter vollführt, ohne die geringste Anstrengung, und dabei hat nur sein Gewand geraschelt.

"Und, Frank, wie ist die Lage? Hast du gut geschlafen?"

"Doch, so weit ist alles in Ordnung, jedenfalls oberflächlich gesehen. Allerdings, also ich muss schon sagen, dieser Urwald hier hat es in sich. In der Hütte steht stundenlang Obst, ohne dass auch nur eine Fliege zum Probieren kommt. Und überhaupt, die gute Fee hat mit mir gesprochen, und die kennt jeden meiner Gedanken. Anders gesagt, ich bräuchte noch etwas Nachhilfe, um nicht total durchzudrehen. Lässt sich das machen? Ich trinke Ziegenmilch und gehe nicht einmal pinkeln."

Meister Paul schaut mich aufmerksam an und ist ganz offensichtlich sehr bemüht, nicht laut loszulachen.

"Und was macht ihr hier in eurem Paradies, wenn irgendwelche Goldgräber glauben, dass es hier etwas zu holen gibt? Keine Ahnung, überall wird doch gerodet wegen Blödsinn."

"Tja, Frank, ich probier's mal. Aber ich kann nicht garantieren, dass es dir anschließend bessergeht. Hier, wo wir uns befinden, ist zwar Urwald, der im ersten Moment so aussieht, wie nur einige Tagesmärsche entfernt auch der Urwald aussieht, aber hier herrschen modifizierte Verhältnisse. Und das Beste ist, dass es unmöglich ist, aus deiner Dreidimensionalität da draußen diesen Ort zu erreichen. Es sei denn, man holt dich hierher und substituiert die entsprechenden Ebenen. Das wäre vergleichbar mit einer Art Integralrechnung, um die Komplexität einer Funktion zu reduzieren. Selbst wenn jemand eine Straße auf der Landkarte schnurgerade durch dieses Gebiet bauen wollte, dann würde diese Straße um unseren Urwald einen Bogen machen. Das ist so ähnlich, als würde man einem gebeugten Lichtstrahl folgen und davon ausgehen, dass Licht ein Teilchen ist und keine Welle, sich also geradlinig ausbreitet. Außerdem ist die Ziegenmilch nur ein Fake. Von einer Projektion braucht man nicht pinkeln. Praktisch oder?"

"Und wie ist es, wenn ich hier wegwill? So ganz ohne Fakes?"

"Da mach ich dann die Tür auf! Hahaaa, ist das nicht cool? Ihr werdet von Leuten aus dem Dorf begleitet, das klappt dann schon. Und die stört es nicht, wenn sie im Kreis laufen und trotzdem woanders ankommen. Die Leute sind sich dessen auch nicht wirklich bewusst, aber die gehen locker damit um. Für sie ist es normal."

"Unser Einstein spricht ja von der Zeit als der vierten Dimension, aber damit kann ich nicht so viel anfangen. Was heißt denn hier immer Multidimensionalität und vollständige Realität, kannst du mir das mal erklären?"

"Als Brücke zum Verständnis in der Sache helfen folgende Gedanken: Deine Lehrer haben dir erklärt, dass komplexe Funktionen reale und nichtreale Ergebnisse haben. Hättest du in einer Klausur nur die realen Anteile als Ergebnis notiert, hätte es Ärger gegeben. So, jetzt stelle dir mal vor, das Universum verhält sich nach einer komplexen Funktion. Das Ergebnis dieser Funktion ist ein dreidimensionales System, wie du deine Welt erlebst. Aus der eben angesprochenen mathematischen Sicht muss das Ergebnis auch nichtreale Anteile haben. Und diese Idee müsstest du mal in einer stillen Stunde spielerisch in deinem Bewusstsein bewegen. Im realen Lösungsanteil vergisst du beispielsweise, bei einer bestimmten Haltestelle aus dem Bus zu steigen, und wenn du bei der nächsten rausspringst, steht ein Freund vor dir, an den du dich morgens durch eine verrückte Idee erinnert hattest. So sind übrigens Garagenfirmen entstanden, die jetzt weltweit bekannt sind. Man trifft sich scheinbar zufällig und erreicht plötzlich eine gemeinsame, neue energetische Ebene. Das soll heißen, dass die steuernden Elemente in den nichtrealen Anteilen untergebracht sind."

"Ach so", sage ich, nicht ganz überzeugt. "Das ist schon mal ein Modell. Aber du sagst, unsere drei Dimensionen sind nur eine Projektion. Das heißt ja dann … ach Scheiße! Was bedeutet das denn schon wieder?"

Meister Paul schreitet mit den Händen auf dem Rücken durch die Höhle und erinnert mich an eine Filmsequenz, in der ein griechischer Gelehrter seine Studenten erleuchtet.

"Hmm ja, wie soll ich das jetzt erklären? Bei euch gab es einen Wissenschaftler namens Burkhard Heim, er lebte von 1925 bis 2001 deiner Zeit in Deutschland. Der hatte sich ausgedacht, dass das System zwölf Dimensionen haben müsste. Neben einem tragischen Schicksal hatte er viele Anhänger und Kritiker, und auch wenn das nur eine gute Idee war, sind seine Gedankengänge interessant. Mit der Vorstellung, dass es zwölf Dimensionen geben könnte, kannst du dich schon mal von einigen begrenzenden Vorstellungen in deinem Kopf verabschieden. Die ganze Wahrheit ist es, wie du vielleicht schon ahnst, nicht. Erklärungen sind im Grunde auch nicht möglich. Wie sollte ich dir das Unerklärliche erklären? Andererseits wäre es wichtig für dich, Zusammenhänge, sagen wir mal, emotional zu erfahren. Zum Beispiel gibt es bei euch die Faden-Theorie. Die verhilft zu einem Gefühl dafür, wie du mit dem Begriff der Projektion umgehen kannst. Stell dir vor, du gehst einen Weg entlang und weit weg ist ein Haus zu sehen. Du näherst dich, erkennst eine Treppe, eine große Eingangstür und seitlich daneben einen Strich an der Wand. Mathematisch gesehen eine Linie, aufgespannt zwischen zwei dimensionslosen Punkten, ohne eine Breite. Dies wäre das Beispiel für eine Dimension. Du näherst dich und der Strich bekommt eine Breite. Du erkennst eine Fläche. Zwei Dimensionen. Wenn du davorstehst, ist es ein Wasserschlauch mit einem Durchmesser, am unteren Ende kannst du hineinschauen. Es ist ein dreidimensionaler Körper. Und das, was du vorher gesehen hast, waren jeweils Integrale davon. In dem Fall erschließen sich die Dimensionen einfach, indem du den Maßstab änderst beziehungsweise deinen Standpunkt."

Langsam bekomme ich Spaß an der Sache, mein Nervensystem gibt seine Blockadehaltung auf und ich fühle mich plötzlich total lebendig.

"Aber wenn ich mich umdrehe und in die entgegengesetzte Richtung schaue, kann ich nicht bis zu den komplexeren Dimensionen hinschauen, weil ich ja selber auf der Ebene einer Projektion unterwegs bin und nicht auf der Ebene, die projiziert wird. So irgendwie jedenfalls."

Meister Paul krümmt sich vor Lachen.

"Haaahaa, genau Frank, das ist ja der Mist an deiner Realität! Ahaa, gut erkannt! Pass auf, ich zeig dir einen Trick."

Er dreht sich schwungvoll um, die Gewänder wallen. Ich bin gespannt, was jetzt kommt. Und er grinst erwartungsvoll, als er mich zu einem Tresen wie im Irish Pub heranwinkt. Den hatte ich vorher nicht gesehen, und das muss ich nicht verstehen, wie der jetzt hierherkommt. Zwei Flaschen Bier stehen da. Das Etikett erkenne ich sofort. Ein weißes Oval mit einem in Blau skizzierten Eisbären und dem Schriftzug POLAR, ebenfalls in Blau. Das Volksgetränk Nummer eins in Venezuela. Zwei Gläser stehen da auch noch.

"Lass uns mal ein Bierchen trinken!"

Lässig macht Meister Paul eine Flasche an der Tischkante auf und reicht sie mir.

"Heute mal ganz vornehm aus dem Glas", meint er dann zu mir. Die zweite Flasche zischt ebenfalls beim Öffnen, wir schenken ein, prosten uns zu. Und es tut gut, mal wieder ein Bier zu trinken. Dann stellt Meister Paul sein Glas an das hintere Ende der Tischplatte, nimmt ein Glasgefäß mit einer brennenden Kerze aus der Nische neben uns und lässt damit den Schatten des Bierglases an der circa zwei Meter entfernten Wand abbilden. Eine Projektion, würde ich mal sagen.

"Ganz richtig, Frank! Und jetzt schau genau hin."

Meister Paul kennt natürlich meine Gedanken. Langsam wundert mich das gar nicht mehr. Jedenfalls geht er an die Wand heran, der Schatten des Bierglases bewegt sich ein wenig im Rhythmus der Flamme und er füllt Bier in den Schatten des Glases an der Wand ein und das Glas auf dem Tresen füllt sich langsam. Ich reibe mir die Augen.

"Zirkusreif, findest du nicht, Frank? Und jetzt nimm dein Glas und probier's mal so wie ich."

Meister Paul gönnt sich zufrieden einen großen Schluck und freut sich grenzenlos. Also stelle ich mein Glas da vor die Kerze hin, es wirft einen Schatten an die Wand. Mit der Bierflasche in Hand beobachte ich den Schatten, wie er leicht in Bewegung ist. Und dann probiere ich Bier in diesen Schatten zu füllen. Es plätschert die Wand entlang, sammelt sich unten auf einem Stein. Gut, den Trick bekomme ich wohl nicht hin. Ich trinke aus der Flasche, prima Bier, ich mache zwei Schritte, lehne mich wieder an den Tresen und schaue den Zauberkünstler an. Der schmunzelt, als würde er sich schon darauf freuen, dass ich den Witz verstehe und er ebenfalls endlich mitlachen kann. Ein Geräusch lässt mich erschrocken herumfahren. Ein Jaguar leckt genüsslich das Bier von dem Stein. Mein Herz poltert, ich erstarre!

"Keine Angst, das ist Lisa, eine Jaguardame. Sie wird euch begleiten, wenn ihr im Dschungel unterwegs seid, die passt auf euch auf."

Ich brauche noch einige Atemzüge, um ruhiger zu werden. Das Tier ist wunderschön, aber ich bin zu nah dran und für meinen Geschmack ist das Tier zu groß. Größer als ein Rottweiler.

"Gib ihr noch etwas Bier."

Prima Idee, das, was ich spüre, ist nicht Respekt vor einem Wildtier, sondern schlicht Angst. Sehr langsam mache ich einen Schritt auf sie zu, gehe in die Knie und strecke die Hand mit der Bierflasche zum Stein hin. Diese Katze hat eine Schulterhöhe von bestimmt 60 Zentimetern, die Pfoten sind groß wie meine Faust. Man hört die Kohlensäure knistern und gleich darauf die raue Zunge den Stein ablecken. Das Tier strahlt Wärme ab, riecht allerdings gar nicht tierisch, sondern in erster Linie nach Sandelholz. Als ich denke, *was für ein schönes Geschöpf*, dreht Lisa den Kopf zu mir und schaut mich an. Was für Augen! Ich bin gefangen in einem Blick, wie von einer wunderschönen Frau. Sie leckt meinen Arm ab. Das fühlt sich an wie warmes, nasses Sandpapier. Sandelholzgeruch macht sich breit, ich bin völlig beeindruckt.

"Das ist dein Freund, Lisa. Ihn und seine Kollegin bringst du in den nächsten Tagen hier raus, bis sie sicher bei den Touristen angekommen sind. Du wirst sie beschützen müssen."

Lisa dreht den Kopf zu Meister Paul, ihre Pupillen verengen sich und sie knurrt tief, sodass ich die Schwingung am ganzen Körper spüre. Noch mal reibt ihre Sandpapierzunge über meinen Arm, dann trottet diese riesige Katze in eine dunkle Ecke der Höhle und verschwindet.

"Vermutlich werdet ihr nicht viel von ihr sehen, aber sie sondiert das Terrain und hat zu jeder Zeit den Überblick. Und falls ihr irgendwelchen bekifften Goldgräbern zu nah kommen solltet, wird sie denen die Zähne zeigen."

"Meine Güte, mir ging gerade der Arsch, Jaguardame. Das Kätzchen macht doch normalerweise Gulasch aus mir!"

"Wir sind alle Vegetarier, besser gesagt: nicht mal Vegetarier. Die Dame wiegt fast so viel wie du, ist allerdings besser durchtrainiert. Die springt mit einem Wildschwein zwischen den Zähnen locker zwei Meter hoch zu einem passenden Frühstücksast, um zu speisen. Na ja, in einem früheren Leben, als ihr das noch schmeckte."

"Aber Goldgräber haben Revolver und so Zeug, ich weiß ja nich."

"Keine Sorge, Lisa kann nicht getroffen werden, sie ist mehr in unserer Welt als in eurer."

"Sicher?"

"Ganz sicher! Vertrau mir ruhig. Außerdem hast du keine Wahl. Es scheint so, als müsste ich dir doch etwas mit auf den Weg geben."

Meister Paul schreitet wieder in der Haltung eines nachdenkenden Gelehrten auf und ab.

"Wir werfen jetzt einen Blick zurück, sozusagen. Und zwar wird das eine kleine Reise, von der Gestalt deines Körpers ausgehend und dann mit dem Mikroskop der Vorstellung bis in die kleinsten materiellen Strukturen. Du bist neunzig Kilogramm Materie, bestehst aus groben Strukturen wie Muskeln und Organen und aus feineren wie Zellen und dem Blut. Die einzelnen Zellen bestehen aus Molekülen, die wiederum aus Atomen. Das hat man dir schon in der Schule erzählt. Bereits an der Stelle hilft ein Größenvergleich, um zu ahnen, dass feste Materie eigentlich aus *nichts* besteht. Stell dir einen Tennisball als Atomkern vor, der von Elektronen umkreist wird. Dann würden bei diesem Maßstab die Elektronen ungefähr in ein bis zwei Kilometern Entfernung um diesen Ball herumsausen. Zumindest als Orientierung, das kommt natürlich auf das Element an. Aber jetzt kommt die moderne Physik und sprengt sogar Atomkerne, um nachzuschauen, woraus die wohl bestehen könnten, und da stellt man Erstaunliches fest. Naturgesetze, die schon ziemlich gut beherrscht werden und es euch möglich machen, Kühlschränke auf dem Mars zu landen, gelten in dieser Quantenwelt nicht mehr. Im Gegenteil, diese Elementarteilchen machen, was sie wollen, das totale Chaos. Das heißt, geht man tiefer als die atomare Ebene, überschreitet man eine Grenze, hinter der alles anders ist. Und überschreitet man die nächste Grenze von diesen Teilchen weg und hin zu noch kleineren Strukturen auch noch, bleiben nur Felder, Bewusstsein, die absolute Einheit, Liebe, einfach das Potenzial für alles. Vom Gänseblümchen bis zu einem Universum. Und jetzt kommt's, Frank: Dein Körper wird nach konkreten Plänen strukturiert, Elementarteilchen finden sich zu Atomen und Molekülen zusammen, diese bilden Zellen, Zellverbände bilden Organe, und dann bist du eine zu Materie kondensierte Idee, unterliegst aber nicht mehr der Absicht dieses schaffenden Bewusstseins, sondern du hast deinen freien Willen. Während du diesen nutzt, geht es manchmal gut und auch manchmal schief. Es können Krankheiten auftreten, du bist verstrickt mit Menschen deiner Umgebung, mit den Ahnen und so weiter. Das heißt wiederum: Hast du dir die Schulter verrenkt, ist das nicht die Schuld des Bewusstseinsfeldes, das dich geschaffen hat, sondern es ist die Wirkung deiner Handlungen und Absichten. Wird deine Schulter dann operiert, um alles in Ordnung zu bringen, wird aber nicht die Ursache behoben. Das ist folgendermaßen: Wenn der Wetterbericht einmal nicht stimmt, nützt es nichts, wenn du das Radio auseinandernimmst, jedes Silizium-Plättchen des kleinsten Transistors untersuchst. Den Nachrichtensprecher wirst du dort nicht finden, der ist woanders! Um die kaputte Schulter zu heilen, brauchst du aber nur den Fokus auf die Schulter auszurichten und dann im Feld die Stelle mit den ursprünglichen Informationen zu deiner Schulter zu finden. Verbinde die beiden Realitäten miteinander und siehe da, die Schulter ist wie früher, nämlich gesund. Das ist übrigens genau das, was wir hier mit euch angestellt haben."

Mein Körper fing während der Erklärungen von Meister Paul immer wieder an zu schwanken. Im Kopf dehnten sich Blasen von Leere aus und verschwanden wieder. Es erinnerte mich an einen kräftigen Zug an einer Zigarette nach langer Abstinenz.

"Ach, da kommt Suzanne, schau mal."

Durch den Eingang sehe ich zwei Personen. Eine ist eine gute Fee, die andere Suzanne. Ich bin total erleichtert, gehe auf die beiden zu. Suzanne rennt los wie ein Kind, das Schutz bei der Mutter sucht.

"Frank! Oh Mensch, Frankyboy!"

Wir fliegen uns in die Arme, sie weint, wird plötzlich schwer wie ein Kartoffelsack. Sie rafft sich auf, drückt mich an sich, dass es mir die Luft aus den Lungen pustet, ihre festen Hände beklopfen meinen Rücken.

"Oh Mensch, bin ich froh, dich zu sehn! Geht's gut, nicht? Ich glaub, Antonio hat's nich geschafft, wir sind abgestürzt, Frank. Good Lord, du bist hier!"

Wir trennen uns einen Schritt und klatschen ab:

"Five, du Pfeife!", brüllen wir zusammen und lachen los.

Suzanne hält sich die Hände vor das Gesicht.

"Mensch, Frank, aber sag mal, wie geht das von hier zurück in die Mensa? Ich habe kein Idee, wo wir sind. Weißt du schon was? Und die sprechen hier gar nich, kein Wort! Die sind voll komisch hier, findest du nicht?"

Ich schau Meister Paul an, der sich köstlich amüsiert, wir lachen los. Zuerst guckt mich Suzanne noch streng und fragend an, aber dann lachen wir alle wie die Teenager nach dem ersten Schnaps. Andererseits ist mir noch schwindelig von dieser Schulter, die in einem Feld als Plan vorliegt und dann meine Schulter mit der Arthrose wieder gesund macht.

Ich sehe die andere gute Fee etwas abseitsstehen, sie lächelt freundlich, aber mit hochgezogenen Augenbrauen, dann winkt sie und geht auch durch den Gang nach draußen. Wir beruhigen uns wieder.

"How's it going, Sue? Do you find your way here, with all that psycho-folks?[63]"

"Hey, you're speaking! I'm shocked![64]"

Suzanne stutzt, schüttelt den Kopf.

"Absolutely![65]", sagt Meister Paul ganz selbstverständlich. "Mann von Welt, Mensch!"

Suzanne schaut mich erstaunt an, dann Meister Paul. Sie senkt den Kopf, winkt resigniert ab,

"Okay, kommt jetzt auch nich mehr drauf an. Alles klar. Und was machen wir jetz?"

"Also, morgen gibt es ein kleines Fest im Dorf bei den Leuten, die euch gefunden haben. Natürlich nicht wegen euch, aber ihr solltet mit dabei sein. Wir machen mal in German weiter! Weißt schon, unsern Frankyboy ist dann entspannter."

Mir fällt wieder auf, dass Meister Pauls Tonfall dem Slang von Suzanne ähnelt und diese Redewendungen kenne von ich ihr auch. Das merkt Suzanne ebenfalls und ich sehe sie zum ersten Mal sprachlos.

"Okay, morgen is Party. Und wie kommen wir wieder nach Hause?"

"Die nächste U-Bahnstation ist in Caracas!" Meister Paul schmunzelt. "Aber das sind circa 600 Meilen."

"Okay, vielleicht erst mal mit Fahrrad?"

"Damn good! Kann ich euch besorgen! Aber das kriegen wir auch anders hin. In ein paar Tagen ist es günstig, dann könnt ihr abhauen. Ein paar Leute aus dem Dorf begleiten euch bis in die Nähe einer Siedlung, dort sind gerade Ethnologen. Denen könnt ihr euch anschließen. Ihr könnt auch Ausschau halten, ob Touristen auf dem Fluss stromabwärts unterwegs sind. In Canaima ist das Abenteuer fast zu Ende. Da telefoniert ihr am besten mit zu Hause. Ich steck euch noch ein paar Dollars ein. Eure Leute in Deutschland müssen dann den Rest bis zur Mensa organisieren."

Es klingt nach einem Plan. Ich bin beruhigt.

Obwohl, hier im Dschungel Touristen auf dem Fluss abpassen?

"Scheiße, der Urlaub ist vorbei", befürchte ich.

"Urlaub?" Suzanne stutzt. Wir schauen Meister Paul an wie kleine Kinder den Nikolaus.

"Na ja, so ein bisschen Action braucht ihr noch. Was sollt ihr sonst den Freunden zu Hause erzählen. So, ich muss jetzt Ziegenmilch trinken und meditieren. Bis morgen in alter Frische."

"Okay, Sir." Suzanne tippelt auf der Stelle, zieht mich dann am Arm. Wir gehen los.

"Tschüs tschüs", höre ich hinter mir, als ich gerade noch was sagen wollte. Aber Meister Paul sitzt schon wieder auf dem Podest.

Wir verlassen die Höhle sehr zügig, draußen läuft Suzanne ein paar Schritte vor, bis sie merkt, dass ich relativ entspannt hinter ihr hertrotte.

"Nu komm schon, Mensch!"

Nach der Wiese bleibt sie auf dem Weg stehen, schaut sich um.

"Good Lord, Frank, ich werd noch verrückt, was ist hier los, Mensch!"

"Also, ich weiß das auch nicht wirklich. Die haben uns gefunden und zusammengeflickt. Jetzt können wir wieder ausgewildert werden. Und so, wie es aussieht, können wir uns an diese Ethnologen anhängen. Wenn die auschecken, gehen wir mit, und dann ab nach Hause. Vielleicht setzen wir uns auch ans Ufer und trampen."

"Mensch, Frank, wir sind hier in the middle of nowhere![66] Außerdem sind wir die einzige in 300 Meilen Umkreis, die nich hierhergehören! Verstehst du? Auf den Mond wär besser, Mensch. Da beißt uns keiner in Arsch. Hast du ein Karte einstecken von hier? Wir haben beide ein Kompass und das war's. Wenn der nich kaputt gegangen is."

"Ja, ich weiß, aber die Leute aus dem Dorf bringen uns doch dahin und die anderen Forscher-Typen müssen doch wissen, wie man wegkommt. Es ist alles ziemlich irre, weiß ich auch, aber was sollen wir sonst machen? Es geht nur noch nach vorne."

"Wir wissen nich mal, in welche Richtung Canaima is. Ich habe in Deutschland klasse Bildern gesehn, is wirklich schön da. Aber da lässt man sich hinfliegen und dann wieder zurückfliegen, da sind keine Straßen. Frank, orr Mensch, ich glaub, ich muss runterkommen, ich hab grade voll Panik."

"Also, wirklich besser geht es mir auch nicht, aber es gibt keine andere Lösung."

Meine Hütte ist gleich um die nächste Ecke. Davor sitzt die gute Fee auf der Bank. Neben ihr liegen in dem neu geflochtenen Korb eine Flasche Wein und zwei Gläser. Ist ja stark.

"Das ist für euch. Viel Spaß."

Dann geht sie an Suzanne vorbei, die schon wieder sprachlos hinterherschaut.

"Wieso spricht die mit dir? Oh Mensch, damn it!"

Wir nehmen Platz. Zwischen uns der Korb. Die Flasche erinnert mich an den Discounter-Bordeaux, den Nils in unserer Studenten-WG immer hatte. Ohne Cola war der allerdings nicht so der Hit. Und die Flasche ist fein verkorkt. Suzanne schaut mich an.

"Hast du ein Öffner in der Tasche?"

"Mist, nee. Vielleicht ist da drinnen irgendwo mein Rucksack."

In der Hütte schau ich mich zum ersten Mal bewusst um. An den Rucksack dachte ich bis jetzt noch gar nicht. Rechts ist der Stuhl, links die Pritsche und weiter hinten in der Ecke ein Schränkchen. Mal sehen. Und da ist er! Aber, ach du meine Güte, der große Packsack ist genäht, wie mein T-Shirt fein säuberlich mit der Hand. Plötzlich empfinde ich große Ehrfurcht. Vorsichtig nehme ich den Rucksack am Gestell hoch, drehe ihn um. Das Gestell ist repariert. Das eigentlich stabile Aluminiumrohr ist vermutlich wieder gerade gebogen worden, es fehlen Stücke, die durch geschnitzte Hölzer ersetzt sind. Am unteren Ende waren Bögen aus Aluminiumrohr, an denen der Hüftgurt befestigt war und man somit den Schwerpunkt verstellen konnte. Das fehlt jetzt ganz, die Reste der Hightech-Gurte sind mit Baumwollbändern vernäht und am Gestell kunstvoll befestigt. Donnerwetter, der hat auch einiges abbekommen. Die Außentasche ist durch ein Stück buntes Baumwolltuch ersetzt, verschlossen mit zwei Holzknöpfen. Ich schau rein. Das ist schon mal der Kompass und da ist das Schweizer Messer mit Korkenzieher! Klasse! Mit dem Rucksack gehe ich wieder raus.

"Hier, guck mal!" Ich zeige Suzanne den Rucksack, den sie mir im Basislager empfohlen hatte. "Den haben die auch wieder geflickt."

"Uh, damn shit! Der sieht aus wie einmal übergefahrn!"

"Ich glaube, wir haben dermaßen viel Glück gehabt, das ist unbeschreiblich."

"Scheiße, Frank! Guck mal, hier das Holz, holy shit! Ist schön gemacht, aber das war ja voll kaputt hier."

Mit Respekt stelle ich den Rucksack auf die Bank, setze mich.

"Meiner ist nur verkratzt, bisschen schief und am Packsack fehlen Taschen an der Seite. Da ist auch etwas genäht. Mein andere Hosen ist auch genäht."

Das Messer aus der Schweiz, mit dem man laut Prospekt überall auf der Welt durchkommt, liegt etwas anders in der Hand. Als ich den Korkenzieher herausklappe, wird klar, dass alles leicht gebogen ist und klemmt. Aber den Korken bekomme ich damit aus der Flasche, der riecht nach Wein und nur einen kurzen Moment nach würzigem Kork. Prima. Suzanne hält die Gläser hin. Es gluckert in der Flasche und diese Zeremonie schafft ein Stück Normalität, als würden wir in einem Garten irgendwo in Deutschland sitzen. Den Korken stecke ich umgekehrt in die Flasche, lege sie schräg in den Korb. Suzanne gibt mir ein Glas, wir schauen uns an, die Gläser klingen.

"Das hier ist besser als die Ziegenmilch!" Ich lehne mich zurück.

"Yeah, that's good!" Suzanne setzt ab, schaut mich an.

"Come on, let's go for it!"

Dann trinkt sie aus.

"Scheißegal, Mensch, wir leben!" Dabei hält sie mir das Glas hin. Ich nehme auch noch einen Schluck, gebe ihr meins und schenke nach.

"So wie ich das sehe, haben wir echt Schwein gehabt. Meister Paul sprach von heftigen Verletzungen. Der Hammer ist, dass ich eine Zahnlücke hatte und Plomben. Und jetzt ist mein Gebiss makellos. Wie die das gemacht haben, weiß ich nicht, aber ich fühle mich klasse."

Die Gläser sind gefüllt. Suzanne, nippt zur Abwechslung mal, schaut in die Ferne.

"Holy shit! Habe ich auch gemerkt, aber kann nich sein, Mensch! So ein Voodoo gibt das nich, das ist doch bullshit! Aber hast recht, habe ich gemerkt. Ist vielleicht die gute Luft hier."

"Haaa, Sue! Bestimmt nicht! Also das hier ist eine Parallelwelt, so viel ist klar. Vielleicht die Reservemenschheit; wenn wir uns da draußen weggesprengt haben, warten die hier noch ein paar tausend Jahre, bis der Rauch verzogen ist. Meister Paul schickt die Leute dann los und lässt sie wieder Räder und Handys erfinden. Vielleicht sogar zur Abwechslung in Frieden und Liebe. Ist doch irre, aber diese Welt hier fängt an, Spaß zu machen!"

Suzanne lehnt sich auch an, streckt die Beine aus.

"Reservemenschen, oh Frank, das gefällt mir gar nich, oder anders, mein Kopf kriegt zerebralen Verkehrsstau, buffer overflow. Was die andern wohl machen?"

"Die sind längst zu Hause und werten ihre Protokolle aus."

"Meinst du? Sag mal, Frank, hast du ein Ahnung, wie lange wir hier sind?"

Jetzt freue ich mich auf ihr Gesicht.

"Meister Paul sagte was von elf Monaten."

"WHAT? No way, kann nich sein, Mensch![67] Was? Sag noch mal!"

Klasse, das gefällt mir, sie hatte auch keine Ahnung.

"Hat wohl etwas gedauert, bis wir wieder ansehnlich waren."

"Was wohl zu Hause los is, nach der Zeit? Die denken, wir sind schon verschimmelt."

"Das wird lustig, hoffe, dass man in Canaima telefonieren kann."

"Da ist ein Landepiste und bestimmt auch Funk. Wir müssen Frau Bauer sagen, *we'll be back!*[68] Hihi, Frankyboy, die guckt bestimmt doof!"

"Du hast Bilder von Canaima gesehen? Was ist denn da los?"

Suzanne trinkt und setzt sich wieder gerade hin.

"Das is jetzt ein Touri-Dorf, man kommt nur mit ein Flieger dahin oder über den Fluss, der vorbeigeht. Also, ich habe ein paar Dollar, du hattest doch auch was! Und wenn der Guru uns noch Geld einsteckt, dann kann das gut was werden. Glaub, ein Flug is 500, vielleicht auch 600 Dollar, weiß nich genau. Zur Not muss Frau Bauer das regeln und wir bleiben ein paar Tage länger! Wow, that's cool! Und wir fliegen nur bei guten Wetter, I sware![69]"

"Oh ja, bitte! Ich habe eine Gewitter-Allergie, glaub ich!"

"Und was is, wenn wir einfach hierbleiben? Obwohl, no no, das ist zu wenig los für mich. Ich muss zu mein Bruder nach Montana hin können und nach Hause zu mein Eltern und so. Hier sind wir in ein schlechten Film gefangen, kann das sein, Frank?"

"Denke, wir gehören hier nicht her, das ist wirklich eine andere Welt."

Der Wein schmeckt klasse. Es ist wie im Urlaub. Eine ganze Weile sagen wir nichts, prosten uns ein paarmal zu. Dann taucht die gute Fee auf, kommt lächelnd auf uns zu.

"Na, hat's Spaß gemacht?", sagt sie mit samtweicher Stimme.

Suzanne schaut mich wieder mit großen Augen an. "Deine spricht schon wieder! Oh good Lord, I give up.[70]"

"Wir sprechen alle, aber ohne Worte ist es einfacher."

"Ich probier's mal bei meiner aus. Looks like closing time.[71]"

"You're right, I'm seeing you back home. Or better, back to your shelter.[72]"

Suzanne lacht sich kaputt, steht auf, trinkt aus, macht dann eine Handbewegung, als ob sie etwas sagen wolle. Kopfschüttelnd meint sie dann nur: "Keep going![73]"

Die gute Fee geht los, Suzanne folgt ihr, macht einige schnelle Schritte, wie Charly Chaplin, um aufzuholen. Die beiden ungleichen Wesen schauen sich an, lachen und Suzanne dreht sich noch einmal um und winkt. Dann macht der Weg die Kurve um diese Sträucher da vorne, beide verschwinden. Mein Blick fällt wieder auf den Rucksack, Antonio taucht in meinen Gedanken auf. Das hier ist alles vollkommen verrückt. Ich schenke mir den Rest Rotwein ein und beschließe, mich dann einfach in meinem Moskitozelt zu verkriechen. Auf der Suche nach Gedanken, die mit meinem alten Leben zu tun haben, stelle ich fest, dass mir die alte Welt, zu der ich in ein paar Tagen aufbrechen werde, ebenfalls wie eine Fata Morgana vorkommt. Der Traum innerhalb eines Traumes. Als der Wein endgültig getrunken ist, könnte ich jetzt mal pinkeln gehen, und dabei fällt mir auf, dass ich mich nicht an einen einzigen Toilettengang hier im Urwald erinnere, geschweige denn an so etwas wie eine Toilette. Aber der Rotwein war wohl kein Fake und meine Körper möchte jetzt etwas loswerden. Gut, ins Gebüsch zu strullern finde ich normalerweise halbwegs in Ordnung, aber wo ist denn hier wohl das stille Örtchen versteckt? Und elf Monate ohne Ausscheidungen? Alles nur Fake? Aber mein guter körperlicher Zustand soll bitte allen Realitäten standhalten. Das Gefühl angetrunken zu sein passt überhaupt nicht hier her. Ich sehne mich plötzlich nach der einfach gestrickten Wohngemeinschaftswelt mit Nils zurück, alles ist erklärbar, und falls es mal schwierig wird, kommt Ouzo auf den Tisch. Da will ich wieder hin! Und da ist auch irgendwo die wunderschöne Frau mit dem Cello! Oh ja, da will ich hin! Schluss jetzt, der Film hier muss langsam sein Ende finden. Ich begieße die Pflanzen hinter der Hütte, liege dann wieder in dem Moskitozelt und spüre Unruhe aufkommen. Aufbruchstimmung! Ich muss hier weg!

Die Großmutter

Diesmal wundere ich mich darüber, einfach wach zu werden, ohne vorher in einer Traumwelt gewesen zu sein. Das gab es schon lange nicht mehr. Aus Gewohnheit und vor allem um so was wie Normalität zu erleben, hatte ich mich heute Nacht in das Moskitozelt zurückgezogen. Es beruhigte mich einfach. Suzanne hatte von anderen Reisen ein Moskitonetz ohne Zeltgestänge und einen hakelnden Reisverschluss. Das ist zusammengelegt natürlich wesentlich kleiner. Ich glaube, ich lasse mein Moskitozelt einfach hier. Bei unserer bevorstehenden Urwaldwanderung ist es nur hinderlich. Wenn wir erst bei den Touristen sind, wird es dort schon etwas gegen Mücken geben. Aber unterdessen dämmert es und ich erwarte die gute Fee. Gedankenversunken strecke ich mich aus. Dann ist ihr Schatten an der Tür, einen Moment später bleibt sie nach zwei Schritten stehen, lächelt und erklärt mir, dass es heute ohne Ziegenmilch losgeht. Das finde ich gut, sie nickt und ich steige aus der Moskito-Schutzeinrichtung aus. Dabei komme ich mir heute ziemlich bescheuert vor. Das ist genauso blöd wie Skisocken im Hochsommer. Sie schmunzelt und geht vor. Diesmal schlagen wir einen anderen Weg ein, an meiner Hütte vorbei zu der von Suzanne. Und da ist sie auch schon, neben ihr noch eine gute Fee! Meine Güte, was ist das denn? Im Näherkommen erkenne ich andere Gesichtszüge, andere Haare, aber die guten Feen könnten Geschwister sein. Suzanne winkt, kommt mir entgegen.

"Oh Frank, ich knall noch durch, gut, dich zu sehen!"

"Guten Morgen!"

Wir umarmen uns kurz. Unsere Begleiterinnen gehen vor, drehen sich gelegentlich um. Wir sollten schneller gehen. Nach einigen

Metern erreichen wir einen breiten Weg, Von links nähern sich weitere Engelwesen, angeführt von Meister Paul. Der winkt ausgelassen, freut sich und man macht uns Platz, sodass wir uns einreihen können. Alle sind hell gekleidet, männliche und weibliche Wesen sind dabei, alle strahlen freundliche Gelassenheit aus, niemand sagt etwas. Dieser Gedankenfunk ist auch wie ausgeschaltet. Meine gute Fee lächelt nur noch etwas schöner als sonst. Die Schritte von Suzanne und mir sind zu hören, die anderen nicht. Von den anderen nimmt man nur das Rascheln der Gewänder wahr. Und dann ein Brummen hinter uns und Lisa trabt vorbei, zu Meister Paul. Suzanne greift meinen Arm, macht einen hektischen Schritt zur Seite, schaut mich dann kurz mit riesigen Augen an.

"Das ist Lisa, unsere Freundin", sage ich leise.

"Sure? Good Lord! Stop that dream, please![74]"

Suzanne schaut zu mir und dann zu den anderen, alle lächeln und sie kratzt sich am Kopf. "Holy shit![75] Ich glaub, ich will weg hier."

Trommeln sind jetzt zu hören, während wir an flachen Zäunen aus dünnen Ästen und Blättergeflecht vorbeigehen. Parzellen sind abgetrennt, so groß wie ein paar Garagen. Dort wachsen unterschiedliche kultivierte Pflanzen, teilweise sieht man bearbeiteten Boden und Haufen mit Pflanzenresten und Geäst. Ein Platz öffnet sich, dunkelhäutige Menschen sind zu sehen, einige bilden einen Halbkreis. Dort sind auch die Trommler. Männer tragen nur einen Lendenschutz, Frauen zusätzlich großen, bunten Halsschmuck und Tücher um die Schultern. Die krausen Haare sind mit schmalen Schilfblättern verwoben, manche mit Stirnbändern zusammengehalten. Die meisten Männer tragen kurz geschorene Haare. Der kleine Junge, den wir vor Kurzem trafen, rennt auf Meister Paul zu und freut sich grenzenlos. Sie sprechen etwas miteinander,

was ich nicht verstehe. Meister Paul ist ganz locker, streicht dem
Jungen über den Kopf und winkt den anderen zu. Daraufhin gibt es
einen kräftigen Paukenschlag, die Trommeln verstummen. Hinter den
Leuten auf der linken Seite sind Hütten aus Strohmatten, die auf
Holzgestellen stehen. Ein Hund läuft gerade drunter durch. Die Leute
sortieren sich zu einem schönen Halbkreis vor den Hütten. Auf der
anderen Seite des Platzes ist nur ein Tisch mit einem großen Tuch,
unter dem etwas liegt.

"Oh no, not a burial ceremony! I'll crack, good Lord![76]"

Unter dem Tuch könnte ein Körper liegen, du liebe Güte, jetzt wird es
noch mal richtig spannend. Die guten Feen sind neben uns, in ein
paar Schritten Abstand geht Meister Paul, daneben ist Lisa. Meister
Paul dreht sich nur rasch zu uns um.

"The other way around[77]", bedeutet er grinsend Suzanne. Mir wird es
mulmig, man riecht weniger Sandelholz und zunehmend Feuer,
Menschen, und jetzt gerade kam ein unangenehmer Hauch vorbei.
Der erinnert mich an die Krankenhaus-Pathologie, abzüglich der dort
verwendeten chemischen Mittel, aus der Zeit, als meine Eltern ihre
letzten Wege gingen. Die guten Feen dirigieren uns nach rechts, und
wie ich jetzt sehe, ein Stück hinter das Fußende der Bahre. Der
Geruch wird nicht besser. Einige der nach Sandelholz duftenden
Leute gesellen sich zu uns, Meister Paul steht am Kopfende. Lisa
kommt zu uns, leckt an meiner Hand. Suzanne ist wie versteinert an
meiner anderen Seite, nimmt meine Hand mit einem festen Griff.
Unsere guten Feen stellen sich mit zwei anderen neben den Tisch,
schließen jetzt die Augen. Dahinter sehe ich den kleinen Jungen, der
auf die Knie fällt, die Hände vor sein Gesicht hält. Meister Paul
murmelt etwas mit sehr sanfter, leiser Stimme. Mir scheint, die Sonne
blinzelt kurz an den Wolken vorbei.

Stille!

Nur Insekten-Gesumme, in den Bäumen rauscht es rhythmisch.
Meister Paul schlägt behutsam das Tuch an seinem Ende auf. Da
liegt jemand, beginnt sich zu rekeln. Die Hände kommen seitlich
unter dem Tuch heraus, betasten den Körper. Eine alte Frau richtet
sich ein Stückchen auf, sieht sich um, bewegt sich, betastet sich,
reißt die Arme hoch, lässt sich hörbar auf die hölzernen Bretter fallen
und zieht sich das Tuch wieder über den Kopf.

Stille.

Meister Paul schaut schmunzelnd in die Runde. Der kleine Junge
hinten bei den anderen hält sich eine Hand vor den Mund, schaut mit
entsetzten Augen. Meister Paul legt jetzt seine Hände auf den Kopf
der alten Frau unter dem Tuch. Ich suche nach dem Geräusch in den
Sträuchern und Bäumen, es ist unangenehm still, ich traue mich
kaum noch zu atmen, Suzannes Hand wird immer härter, drückt
meine wie ein Schraubstock. Meister Paul macht ein paar
Bewegungen, die mich an Tai-Chi-Chuan erinnern. Dann tritt er einen
Schritt zurück und die anderen ebenfalls. Der kleine Junge springt
auf, kommt angerannt und reißt das Tuch weg und eine äußerlich
andere, sehr junge Frau stützt sich auf den Ellenbogen, sie lacht und
streichelt dem Jungen über den Kopf, der dieses Mal vor Freude
außer sich ist. Die Frau setzt sich auf die Kante, riecht an ihrem Arm
und schüttelt sich kurz. Sie hüpft dann hinunter, verneigt sich vor
Meister Paul, der sie in die Arme nimmt. Der Junge zerrt an ihr, beide
laufen zu den anderen. Es entsteht ein Raunen und zunehmend wird
gelacht, die Frau wird ausgelassen gefeiert, anders als vorhin werden
Trommelrhythmen angestimmt, die etwas Fließendes haben,
Stimmen kommen dazu, nach kurzer Zeit singen und tanzen alle.
Meister Paul winkt cool mit dem Kopf in die Richtung, aus der wir

vorhin kamen. Wir setzen uns in Bewegung, Suzanne löst ihre Hand. Meine hat rote Streifen von ihren Fingern, als ich hinschaue.

"Goodness. Ich krieg ein Vogel. Wir müssen hier weg. Can't bear this any longer.[78]"

"Gute Idee, wir checken aus."

Meine gute Fee ist wieder neben mir und lächelt mir wohlwollend zu, wie nach bestandenem Eignungstest. Ich bin verwirrt. Die Trommeln sind immer leiser zu hören. Ich trotte benommen hinter Meister Paul und Lisa her. Bei uns sind unsere guten Feen und die anderen, ja was sind das für welche, ich habe keine Ahnung. Das ist dann wohl die Priesterschaft. Es geht etwas bergauf, der Weg führt an den angelegten Gärten vorbei, die Vegetation lichtet sich, dies ist jetzt der Weg zu unseren Hütten und ganz hinten, zur Höhle, in der Meister Paul residiert. In mir macht sich eine ironische Stimmung breit, als wäre ich dazu verdonnert worden, an einer Sitzung des Karneval-Vereins teiluzunehmen. Der Weg gabelt sich, rechts geht es weiter zu Suzannes Hütte, aber hier verabschieden sich alle bis auf meine gute Fee, Meister Paul und Lisa, denen wir folgen. Suzanne schaut mich nur kurz an. Schließlich kommen wir zur Höhle. Komischerweise ist der Eingang dunkel, und dann wird es da drinnen heller, je weiter sich Meister Paul nähert. Dieses diffuse, indirekte Licht. Ich wundere mich, aber mein Verstand hat es aufgegeben, so etwas wie Logik einzusetzen. Sagen wir so: Es wird hell da drinnen, ich wundere mich und fertig. So einfach kann das sein. Total normal. Meister Paul geht zu dem Tresen, an dem wir das Experiment mit dem Bierglas und dem Schatten gemacht hatten.

"Bierchen oder Piccolöchen?", fragt er dann.

"Polar bitte wieder, ohne Schatten", sage ich.

"Das andere Zeug", meint Suzanne. Meister Paul prüft einen Schrank unter der Bar, stellt Gläser und Flaschen hin und öffnet die Bierflaschen, diesmal sogar mit einem Schweizer Offiziersmesser. Der Korken der kleinen Sektflasche fliegt im hohen Bogen durch die Höhle. Schnell hält er ein schlankes Glas unter die sprudelnde Öffnnung. Der Schaum setzt sich, noch ein bisschen, und das Glas ist vornehm gefüllt. Suzanne weicht zuerst etwas zurück, als Meister Paul ihr das Glas überreicht, nimmt es dann aber in beide Hände. Ich bekomme die Bierflasche und ein Glas hingeschoben.

"Mach mal selber." Meister Paul wendet sich zu mir und kümmert sich dann um sein Getränk. Schließlich haben wir alle ein gefülltes Glas in der Hand, Meister Paul erhebt seines feierlich.

"Das war doch wohl wirklich cool! Prost, Gemeinde!"

Die Gläser klingen, dieses Polar schmeckt wirklich gut, schön kalt, wunderbar!

"Ja, der kleine Junge hatte schon seine Eltern verloren, auch hier im Paradies geht manchmal etwas schief. Anders gesagt, auch hier gibt es Karma, muss man dazulernen. Ihr wisst schon, dieser asiatische Dauerlutscher. Seine Oma hat sich dann jedenfalls um ihn gekümmert. Im Laufe der Zeit war ihr allerdings der Geschmackssinn verloren gegangen, und vor ein paar Tagen hatte sie etwas Verdorbenes gegessen und war daran gestorben. Ich konnte den Jungen nicht einfach so sitzen lassen. Aber seine Oma wollte auch nicht einfach nur weiterleben mit ihren alten Gebrechen, das gefiel ihr ganz und gar nicht. Und jetzt hat der kleine Junge eine Oma, die nur kaum älter ist als er! Ist das nicht klasse?"

Meister Paul lacht, trinkt sein Glas aus und schenkt nach.

"Ich liebe meinen Job, so was macht mir Spaß! Ihr seht noch etwas mitgenommen aus, hey, what's up? Let's party![79]"

"Hast du hier Telefon?" Suzanne nippt an ihrem Glas.

"Ich mein, da würde ich ja fast wieder anfangen mit Rodeoreiten, wenn du mein Genick flicken kannst."

"Das ist gut!" Meister Paul grinst.

"Aber das würde ich an deiner Stelle trotzdem lassen, auf die Dauer zu ungesund. Und wir haben schon fast ein Jahr gebraucht um die Spuren von dem letzten Flug auszubügeln! Weißt du, die Leute aus dem Dorf sind dichter an diesem Feld der Liebe, der Wahrheit dran. Bei denen ist das einfacher."

"Okay, Sir, radfahrn geht auch." Suzanne trinkt aus.

"Und morgen werdet ihr früher als sonst geweckt. Packt heute Abend schon eure Sachen zusammen. Ein paar Leute aus dem Dorf werden euch begleiten, und Lisa ebenfalls. Es gibt da ein anderes, sagen wir mal, normales Dorf und ich regele das für euch so, dass es ungefähr ein Tagesmarsch wird. Dort sind Forscher. Hatte ich schon gesagt, oder? Da müsst ihr dann mal sehen, wie es weitergeht. Das Dorf liegt an einem Fluß, der direkt nach Canaima führt."

Meister Paul schenkt den Rest Bier ein. Lisa schaut zu ihm hoch und knurrt, als er das Glas ansetzt. "Ach, du willst auch was? Ja, Lisa, heute ist ein besonderer Tag."

Meister Paul leert sein Glas in den Stein mit der Vertiefung. Lisa leckt genüsslich das Bier. Ich trinke den Rest aus der Flasche, schaue Suzanne an. Schulterzuckend sagt sie:

"So let's go for it! Back home, Frankyboy.[80]"

Die Entlassung aus dem Paradies

Geräusche wecken mich auf, Stimmen, Kauderwelsch, das ich nicht verstehe. Da ist meine gute Fee, aber es ist noch ziemlich dunkel. Verdammt, heute verlassen wir das Dorf. Gestern Abend hatte ich alles zusammengepackt beziehungsweise bereitgelegt. Treckinghose, Stiefel und Rucksack warten auf ihren Einsatz. Eine Rolle breites Heftpflaster liegt auf dem Tischchen neben dem Bett. Zwei lange Streifen davon klebe ich jeweils von der Fußsohle über Ferse und Achillessehne die Wade hoch und achte darauf, dass es keine Falten gibt. Heute ziehe ich mir sogar die alpenvereins- geprüften Socken über. Schließlich noch in die Stiefel, Socken glattziehen und locker zuschnüren. Mist, der letzte Blick in die Hütte macht ein trauriges Gefühl in der Magengegend. Draußen sehe ich Suzanne mit ihrer guten Fee ankommen. Fünf der Dorfbewohner stehen wortlos zusammen, machen einen unbeteiligten Eindruck. Zwei von ihnen tragen Stöcke mit sich, einer prüft gerade seine Machete. Alle haben gewebte Taschen dabei. Meine gute Fee hält einen Krug in den Händen. Ach so, Wasserflaschen auffüllen, signalisiert sie mir. Suzanne kommt näher.

"How's it going, bro?[81]"

Sie kramt ihre Flasche aus dem Rucksack und probiert, ob die in die Außentasche der Hose hineingeht. Meine hatte ich gestern probehalber mit einem Stück Reep so am Gestell fixiert, dass nichts klappern könnte. Ich leg den Rucksack hin, wir schauen uns an.

Ja, es ist so weit. Jetzt kommt wieder eine neue Etappe mit vielen Fragezeichen.

"Im Moment weiß ich auch nicht so richtig, aber es muss schließlich irgendwie weitergehen."

Meine gute Fee hat die Flasche ausgespült und gefüllt. Jetzt ist Suzanne mit ihrer Flasche dran.

"Weißt du, wie weit das weg is?", fragt sie.

Meine Feldflasche sitzt im gefüllten Zustand nicht mehr so gut an dem Rucksackgestell, da ist aber noch ein Klettband am Tragegurt, vielleicht klappt es damit besser.

"Glaube, Meister Paul sprach von einem Tagesmarsch, aber in diesem Gelände kann das alles Mögliche bedeuten."

Die Flasche ist jetzt gut fixiert, denke, so geht es. Die Stiefel fühlen sich ungewohnt an und ich bewege mich hin und her. Unbequem sind sie nicht, Druckstellen konnte ich auch nicht feststellen. Das Tape ist für alle Fälle griffbereit in der Hosentasche. Auch Suzannes Wasserflasche ist gefüllt, meine gute Fee stellt den Krug zur Seite, kommt mir lächelnd einen Schritt entgegen. Ich umarme einen Engel, aber ich spüre Strom, als würde ich einen Zitteraal berühren. Sie fühlt sich toll an, riecht nach Sandelholz, aber ich bekomme den einen und anderen Stromstoß ab. Lauter Energiewellen durchlaufen meinen Rücken, sehr merkwürdig. Dann halten wir uns an den Händen, sie sagt:

"Komm gut nach Hause, Frank! Die Wolldecke schickt dir Meister Paul auch noch hinterher"

Einen Moment lang darf ich noch ihr wunderbares Lächeln genießen, dann wendet sie sich unseren Begleitern zu, spricht etwas, gestikuliert. Die Leute kommentieren kurz die letzten Anweisungen, zwei haben die großen Messer und machen jetzt Gesichter, als wenn alles klar wäre. Suzanne hat sich auch von ihrer guten Fee verabschiedet. Einer der Leute zeigt mit seinem Stock den Weg entlang und geht los. Ein Mann mit Machete folgt ihm, wir reihen uns ein, die drei anderen reden kurz, sind dann hinter uns. Ich dreh mich um, aber außer unseren Begleitern ist da niemand mehr. Komisch, ein paar Sekunden waren das doch nur. Schade!

"Well, to battle! Rock'n'Roll, Frankyboy![82]"

"Mal wieder ein Spaziergang, was meinst du, Suzanne?"

"You're right! Okay, letzten Mal dachte ich noch, ich weiß Bescheid. Jetz is das wie das ersten Mal auf den Weihnachtsmann warten."

Der Weg wird nach einigen Minuten zu einem Streifen mit etwas weniger dichtem Bewuchs. Nach einer Weile gibt es keinen Weg mehr. Nur noch pralle Vegetation.

Mit Nils und Jasmin hatte ich im Studium mal ein Maisfeld-Labyrinth besucht. Das hatte sich ein Bauer in der Nähe von Hannover ausgedacht und über Wochen eine Art Volksfest mit Abenteuer organisiert. Der Bier- und Schnitzelverkauf war sicher gewinnbringender gewesen als der Verkauf von dem Futter-Mais, durch den wir geirrt sind. Aber ungefähr so dicht ist dieser Dschungel hier. Manchmal wie eine undurchdringliche Wand. Die beiden Männer vor uns wechseln sich ab, brechen Äste, schaffen mit Stock und Machete Platz für uns. Sie haben auch schon mit denen hinter uns getauscht. Ähnlich wie beim Rennradsport, da rotiert man auch durch und einer sorgt für den Windschatten der Nachfolger. Der Mann, der sich dann wieder hinter uns einreiht, schleift kurz mit einem Stein an seiner Machete. So ganz wohl fühle ich mich dabei nicht. Wir sind mitten im Nirgendwo, ohne Orientierung, und unsere Begleiter sind wirklich wilde Typen, mit riesigen Messern.

Welche Strecke wir schaffen, ist mir völlig unklar. Es ist ausgesprochen anstrengend und manchmal dauert es ziemlich lange, bis der Mann an der Spitze zumindest das gröbste Gestrüpp beseitigt hat. Wir klettern über Baumstämme, waten durch sumpfige Pfützen. Rechts von uns fällt das Gelände ab, wird manchmal zu einem Graben. Dort sind andere Pflanzen als da, wo wir unterwegs sind.

Alles ist nass und rutschig. Endlich wird wieder gewechselt. Eine geschärfte Machete bahnt weiter den Weg.

Eine kurze Pause gibt uns die Gelegenheit, einen Schluck aus der Trinkflasche zu nehmen und uns gegen einen Baum zu lehnen. Einer unserer Begleiter stopft gerade kleine Hölzchen und verdorrte Blätter in sein geflochtenes Bastgefäß, das zu rauchen beginnt. Er pustet und ich sehe eine kleine Flamme. Ja Wahnsinn, ist das eine mobile Feuerstelle? Aufmerksam beobachte ich, was vor sich geht. Von den fünf Leuten sind drei in der Nähe und sie hacken hier und da auf etwas herum. Bei unserem Feuermacher ist einer mit Machete geblieben, der den Umkreis in einigen Metern untersucht. Als der Feuermacher meine neugierigen Blicke wahrnimmt, winkt er mich grinsend heran und sagt etwas, was ich nicht verstehe. Seine geflochtene Tasche besteht innen aus ineinandergesteckten rechteckigen Blechdosen, die wohl zur Isolation mit Abstandsdrähten voneinander getrennt sind. Obendrauf ist ein feinmaschiges Drahtgeflecht. Darunter, in der Mitte, wo jetzt eine kleine Glut zu sehen ist, befindet sich der heiße Teil dieses kleinen Ofens. Ich bin fasziniert und mache eine respektvolle Miene! Mein neuer Freund umfasst dieses kleine Wunderwerk mit der Hand, um mir zu zeigen, dass es nur ganz in der Mitte heiß ist und außen eben nicht. Unten sind Löcher, in die er noch einmal ordentlich hineinpustet. Stolz zeigt er die aufflammende Glut. Suzanne wird aufmerksam, kommt zu uns und staunt ebenfalls nicht schlecht.

"Das is ja voll clever! Grillen wir jetz ein Wildschwein?"

Da kommt ein anderer mit einem Salatblatt, würde ich einfach mal sagen, hinter einem Baum vor und präsentiert stolz eine Hand voll weißer, dicker Würmer oder vermutlich Larven. Die werden in Portionen sofort auf diesen Minigrill gelegt, zucken kurz wild und werden dann mit einem Hölzchen gewendet. Suzanne und ich schauen uns beeindruckt an. Nach kurzer Zeit sind die Würmchen goldbraun, teilweise auch sehr dunkel an den Enden, manche sind aufgerissen. Es riecht entweder wie bei einem Hühnergrill und/oder nach Kaminfeuer. Der mit dem Salatblatt hat ein zweites für die fertig gegrillten Würmer und hält uns die ersten Leckerbissen hin, die er mit einem geknickten Zweig vom Ofen genommen hatte. Suzanne und ich schauen uns wieder skeptisch an und unser Begleiter amüsiert sich köstlich über unsere entgleisten Gesichter. Inzwischen haben sich alle wieder eingefunden und halten Salatblätter mit Würmern in den Händen. Dem einen oder anderen Wurm gelingt die Flucht mit einem Sturz in Tiefe, die meisten allerdings landen auf dem Grill und werden verspeist. Suzanne und ich outen uns als zivilisierte Feinschmecker, verweigern beharrlich die Würmer und trinken stattdessen aus unseren Wasserflaschen. Als alles Getier gegessen ist, schlägt der eine mit seiner Machete eine Liane ab und hält eine Kalebasse unter das herunterhängende Ende. Eine klare Flüssigkeit läuft in den Behälter, der dann wenig später herumgereicht wird. Uns schaut man dabei schon gar nicht fragend an. Der Grillofen wird mit einem Blechdeckel verschlossen. Der Grillmeister befeuchtet das gewebte Äußere mit Wasser aus dem Bächlein. Auf ein unhörbares Kommando schauen sich unsere Scouts kurz an und dann geht es weiter.

"Diese Insektenlarven sind ziemlich fett und proteinreich, die haben hier bestimmt alle ein schlechten Cholesterinwert, Frank. Nix für uns natural superheroes.[83]"

Mit ernster Miene, als würde ich einen Vortrag halten, erwidere ich: "Glücklicherweise achten wir penibel auf unsere Ernährung, werte Frau Kollegin!"

Wir lachen uns an und stolpern weiter über Wurzelwerk und Gestrüpp. Wie schon vor dem Barbecue sind vor uns zwei, die den Weg bahnen, und die drei anderen bilden die Nachhut. Einer schärft genau hinter mir seine Machete.

Wir erreichen nach einiger Zeit wieder ein schmales Rinnsal, ein kleiner Bach, der sich durch Erdreich und um Bäume herumwindet. Daneben verläuft ein Trampelpfad, den vermutlich die Tiere hier nutzen. Mir wird klar, dass ich hier gerade durch eine Wildnis spaziere, in der ich mich nicht im Geringsten auskenne. Hilfe suchend versuche ich Lisa auszumachen, von ihr ist aber nichts zu hören oder zu sehen.

Die Luft ist schwer, voller Gerüche, die Geräusche werden mir langsam unheimlich. Wenn der Grillmeister vor uns ist, mischt sich der Geruch von Kaminfeuer dazwischen. Wir marschieren wortlos an diesem kleinen Flüsschen entlang. Die Lichtverhältnisse sind ungewohnt. Man läuft wie in einem Zelt aus Grünzeug. Die Sonne ist nicht zu sehen, die Orientierung für mich unmöglich. Die Kleidung ist inzwischen durchgeschwitzt und anständig verdreckt. So langsam stellt sich auch wieder menschlicher Körpergeruch ein, vermutlich nähern wir uns unserer alten, dreidimensionalen Welt und lassen die Sandelholz-Oase hinter uns.

Nur gelegentlich schauen Suzanne und ich uns an, halten mal einen Ast zur Seite, damit der andere besser durchkommt. Und es hört nicht auf. Wir stiefeln Stunde um Stunde über Stock und Stein. Meine Beine werden immer schwerer, ich bin außer Atem, entwickele mit der Zeit Aggressionen gegen diese grüne Pracht. Der Bewuchs wird gerade etwas offener, man kann jetzt ein paar Meter weiter voraus-sehen als nur bis zum Gestrüpp direkt vor der Nase.

Plötzlich bleiben unsere Begleiter stehen. Einer zeigt vorwärts, sagt irgendwas. Eine Pause entsteht, dann zeigt der Grillmeister wieder mit der Machete zu dem kleinen Bach und daran entlang, nickt uns bestätigend zu und ein anderer überlässt Suzanne seinen Stock. Von dem Mann hinter mir bekomme auch ich einen Stock in die Hand gedrückt. Ohne Umschweife setzen sich die fünf in Bewegung, zurück in die Richtung, aus der wir gekommen sind.

"All right!", sagt Suzanne nur und geht weiter. "Oder willst du hier auf die U-Bahn warten?"

"Nee, natürlich nich, aber mir reicht's schon so langsam. Wir müssen auch da hinten sein, bevor es ganz dunkel ist."

Suzanne marschiert zügig los. Der Stock ist tatsächlich hilfreich. Erst nach einer ganzen Weile bemerke ich die fein eingeritzten Symbole am oberen Ende. Das beruhigt plötzlich ungemein, ich fühle mich damit sicher.

Als uns die grüne Pracht wieder über weite Strecken mehr und mehr umschließt, bleibt Suzanne stehen und zeigt auf ein Palmengewächs.

"Kennst du die? Astrocaryum vulgare. Die nennen die hier Awara-Palme oder Tucum, glaube ich. Siehst du die schwarzen Stacheln? Pass bloß auf, dass du die Dinger nich zu nah kommst. Die brechen sofort ab und dann bleibt was davon stecken, und das entzündet sich tierisch. Okay? Und wenn du was Komisches siehst, erst mal anhalten und Bescheid sagen, Okay? Das ist kein Zoo hier."

"Alles klar, danke. Ich weiß nur, dass Palmen oft essbare Früchte haben, aber auch teilweise giftige Pflanzenteile zur Abwehr. Hoffentlich sehen wir keine Anakonda. Ich habe gerade die Nase voll von Natur."

"Ich auch, Frank! So ein Quatsch mach ich nie wieder mit. Hoffentlich finden wir diese Typen bald!"

Nach einer Weile ist es wieder besser, nur noch wie in einem verwilderten Park. Unser schmaler Bach geht in ein breiteres Flüsschen über, das Wasser ist rotbraun gefärbt und rauscht hier richtig. Die Gerüche ändern sich. Überall Insekten, ein riesiger Käfer fliegt mir an den Kopf, ich schüttele ihn vom Hemd, dann fliegt er weiter. Unangenehmer sind die kleineren. Regelmäßig kitzelt es irgendwo, ohne dass ich vorher etwas höre, dann schlag ich drauf. Ein paarmal hat es schon gepikst und einige Stellen jucken. Ich habe den Eindruck, dass es dunkler wird, obwohl sich die Landschaft öffnet. Mist, hoffentlich finden wir diese Ethnologen bald. Das Licht ist wie in der Dämmerung, aber es könnte auch eine Vollmondnacht sein. Es ist nicht richtig hell, aber so, als gäbe es in den Baumkronen eine indirekte Beleuchtung.

Wir marschieren und marschieren, schlagen Mücken hinterher, kratzen uns. Unterdessen schau ich nur noch ungefähr einen Meter vor mich hin, bin wie im Tunnel. Mal geht Suzanne vor, dann wieder ich, gelegentlich halten wir, trinken wortlos einen Schluck Wasser und stiefeln dann weiter. Es scheint kein Ende zu nehmen. Ich habe überhaupt keine Ahnung, wie viele Stunden wir schon unterwegs sind.

Dann denke ich weit entfernt Kinderstimmen zu hören. Der Trampelpfad wird allmählich als solcher erkennbar und breiter. Hier ist mehr Betrieb, es gibt erste Spuren, abgeknickte Äste. Nach weiteren Minuten meine ich Feuer gerochen zu haben.

"Franky, da muss was sein!"

Büsche bewegen sich. Ein paar Kinder tauchen in circa fünfzig Metern Entfernung auf, rennen schreiend zurück, als sie uns sehen.

"Und jetzt cool bleiben, okay, Frankyboy?"

"Ich werd's versuchen."

Wir gehen langsam auf die Stelle zu, wo die Kinder gerade noch waren. Andere Gerüche kommen dazu, wie in der Nähe einer Räucherei. Nach einigen Schritten ahne ich eine Lichtung weiter hinten. Da könnte ein Strohdach sein, vielleicht Pfähle.

Dann tauchen zwei Eingeborene auf. Die sehen so ähnlich aus wie unsere Begleiter vorher, haben allerdings beide einen Speer dabei. Die Gesichter sind finster, schwer zu erkennen bei dem Licht.

"Mach den Stock weg und die Hände so auf!"

Suzanne lässt ihren Stock zur Seite fallen, geht ganz langsam neben mir. Sie hält die Handflächen wie zu einer Begrüßung nach vorne. Ich mache es genauso, suche nach einem Lächeln. Wie geht denn jetzt ein freundliches Gesicht, das die Leute da mit den Speeren nicht verärgert. Ich spucke etwas aus, das gerade auf meiner Unterlippe gelandet war. Wir sind vielleicht fünfzehn Meter voneinander entfernt. Die beiden bleiben stehen, wir auch. Spontan lege ich die Hände zusammen, verbeuge mich wie ein Japaner und stehe dann ganz normal da und warte ab. Suzanne macht das Gleiche. Dann sehe ich weiter hinten zwei Gestalten auftauchen, die wie wir gekleidet sind und irgendetwas sagen. Es sind vermutlich Europäer, keine Ahnung, jedenfalls keine Eingeborenen. Ein Mann mit Speer behält uns im Auge, der andere spricht mit diesen Europäern. Sie reden miteinander. Es geht irgendwie hin und her. Vielleicht will uns der eine gekocht in Senfsoße und der andere einfach nur gegrillt, mir ist mulmig! Endlich signalisiert der eine Forscher, dass wir näher-kommen sollen. Der zweite ruft amüsiert: "Where are you coming from?[84]"

Langsam setzen wir uns wieder in Bewegung, nähern uns bis auf ein paar Schritte.

"We are from Germany. Our Airplane crashed down. Now we search for a way to Canaima and then back home.[85]"

Suzanne zögert wieder, die beiden Eingeborenen sehen aus der Nähe noch schlimmer aus und halten ihre Speere fest vor sich gestellt. Wieder redet der Größere der beiden Forscher auf die beiden ein. Etwas murmelnd gehen die zur Seite, wir stehen jetzt im Kreis und bestaunen uns gegenseitig.

"What!?", staunt der erste der Forscher wieder.

"Wir sind Münchner. Also ich zumindest, mein Kollege ist eigentlich Schweizer. Wir sind Ethnologen, erforschen diese Wilden hier! Ich bin Klaus, das ist Franz. Dann kommt mal mit."

"Okay, sounds good![86] Und sag mal, is das jetzt morgens oder abends hier. Wir sind nur gelaufen, ich weiß nich, wie lange schon."

"Das ist aber krass, es ist morgens. Ihr seid zum Frühstück eingeladen!"

Ein Eingeborener geht vor, der andere folgt uns mit seinem Speer. Dann öffnet sich nach einigen Metern ein Platz. Kinder, Leute mit Lendenschurz, Frauen sitzen zusammen und machen irgendwas. Da sind abseits Baumstämme und ein Tisch aus Brettern. Franz zeigt dorthin. Die beiden mit den Speeren schauen uns noch einmal beurteilend an und verschwinden zwischen den Hütten.

"Ein bisschen westliche Grillkultur. Macht's euch gemütlich."

Wir legen die Rucksäcke ab, hocken uns hin.

"Das da hinten ist unsere Hütte, wir holen gerade mal was."

Klaus und Franz diskutieren miteinander, allerdings mit leiser Stimme, das kommt mir komisch vor. Vielleicht komme ich mit anderen Menschen nicht mehr zurecht, kann auch sein. Franz gestikuliert, schaut sich kurz zu uns um. Irgendwie sind sich die beiden nicht einig. Was soll das denn? Die erwachsenen Dorfbewohner sind anscheinend völlig ungerührt von uns neuen Besuchern. Lediglich die Kinder bleiben mal bei uns stehen, kichern miteinander, lachen los und laufen wieder weg.

"Mensch Frank, das ist hier immer noch nix, wir sind hier mitten in Never-Never Land[87]. Kuck doch mal um hier. Damn shit! Und diese Scheißmoskitos hier. Ich will Frau Bauer anrufen, dass die ein Taxi schickt."

"Immerhin sind wir aus dem Gestrüpp raus. Da vorne ist ein Fluss und die Typen machen uns Frühstück. Finde nur komisch, dass wir mindestens die ganze Nacht durchmarschiert sind, na ja, Wandertrance oder so was."

"Stimmt, ist auch komisch. Normal ist das finster, nachts in die Dschungel. Vielleicht wegen den Mondschein. Egal, wir müssen irgendwie weiterkommn jetz."

Nach einer Weile kommt Klaus hinter der abseits liegenden Hütte hervor und hat Frühstück dabei. Wir bekommen Blätter mit einem gebratenen Stück Fisch und mit zwei großen Kartoffelhälften.

"Das ist das Luxusmenü. Habt ihr noch Wasser?"

"That's okay. Riecht ja ganz gut."

Klaus setzt sich zu uns. Auf seinem Stück Palmenwedel sind nur Kartoffelstücke. Es schmeckt hier und da verbrannt und nach dem Feuerholz, wie geräuchert. Erinnert mich an einen WG-Ausflug an die Nordsee. *Wir übernachten am Strand, schön mit Feuer und was grillen,* meinte Nils damals. Allerdings weckte uns morgens die dänische Polizei. Es gab ziemlichen Ärger und zum Schluss aus Mitleid Kaffee und Brötchen in der Polizei-Kantine.

"Pretty good![88]", meint Suzanne. Ich weiß noch nicht so richtig. Es ist die erste warme Mahlzeit seit Monaten. Immerhin. Klaus ist nervös, schaut sich dauernd um und dann wieder zu uns und grinst künstlich. Die Dorfbewohner werden aus irgendeinem Grund aktiv, die Frauen rufen nach ihren Kindern. Drei, vier mit Speeren gehen zwischen den Hütten herum, sprechen die Leute an.

Klaus hält ein Stückchen Kartoffel in der Hand, auf halbem Weg zum Mund stoppt er ab, legt die Kartoffel wieder auf das Blatt zurück, macht aber den Mund nicht zu. Dann grinst er wieder zu uns rüber.

"Ja, was, äh, was ist denn da passiert? Ist das schon länger her? So ungefähr ein Jahr vielleicht?"

"Exactly![89]"

Suzanne kämpft gerade mit einer Fischgräte, wendet sich dann zu Klaus. "Wir war'n auf den Weg zu diese Cave Muchimuk und sind in ein Gewitter gekommen."

"Davon haben wir gehört, Sackel-Zement, das wart ihr!?"

Klaus ist ein Bayer, hört man gerade raus. Aber er ist nur kurz locker und schaut sich wieder um.

"Franz macht noch'n Kaffee?", frag ich ihn.

"Jo, so ungefähr", lacht Klaus, es klingt irgendwie ironisch.

"Und dann wollt ihr einfach wieder nach Deutschland zurück?"

"Mir reicht's ehrlich gesagt." Ich habe auf eine Gräte gebissen und fummel in meinem Gebiss herum. "Genug Abenteuer fürs Erste."

Unterdessen laufen nur noch ein paar Kinder herum, eine Frau ruft nach ihnen. So langsam ist kein einziger Dorfbewohner zu sehen, keine Geräusche mehr. Dafür taucht Franz auf, aber weder mit Kaffee noch mit Kartoffeln.

"Die sind alle auf ihrem Ritualplatz, ungefähr 350 Meter von hier. Der Häuptling hält eine Ansprache.

Habt ihr schon Kontakt mit zu Hause aufnehmen können?"

"No, hier is nirgends ein Telefonzelle!"

Franz ist auf komische Weise bewusst locker und grinst andauernd. Die beiden sind seltsam. Weiter weg kann man jetzt zwischen dem Rauschen der Bäume und den Geräuschen vom Fluss Trommeln erahnen.

"Wir haben den Leuten hier einen anständigen Anleger gebaut, eine kleine Brücke. Von dort kann man die Flussbiegung überblicken."

"Sounds good, hast du mal Touristen gesehn?", fragt Suzanne.

"In dieser Jahreszeit nimmt das wieder zu. Vorgestern kamen ein paar Boote vorbei. Die dürfen allerdings nicht anlegen. Einen Scout kennen wir ganz gut, da machen wir eine Ausnahme. Dafür bringt er uns Dosenbier und Konserven mit und Zigaretten."

"Okay, und wo is das? Da hinter den Büschen, die freie Stelle?" Suzanne schaut sich um, verdrückt dabei das letzte Stück Kartoffel.

"Ja, genau. Ein kleines Stück da rauf. Ich zeig es dir, wenn du willst."

"Okay", sagt Suzanne im Aufstehen.

Ich kämpfe etwas mit der hiesigen Sterne-Küche. Dann schon lieber Ziegenmilch und Melone, schön kühl. Das war im Nachhinein ganz schön gut.

"Und dann wollt ihr unverrichteter Dinge wieder nach Deutschland zurück?"

Klaus schaut den beiden hinterher und will wohl keine Pause entstehen lassen.

"Mir reicht es auch jetzt. Wie schon gesagt, das nächste Mal geht's in die Eifel, da ist es ruhiger."

"Haaa, das ist gut!"

Klaus lacht. Komische Typen sind das. Mir scheint, die sollten auch langsam mal wieder nach Hause fahren.

Klaus hat eine Machete dabei und stochert damit in der Erde herum. Irgendwie ist er nervös. Er schaut an mir vorbei, dann wieder zu mir, grinst kurz im Wegschauen, stochert nach etwas im Boden. Seine Kartoffelreste dürften jetzt kalt sein, was dem Geschmack vermutlich keinen Abbruch tut.

Ich höre Suzanne weiter weg, hinter mir, verstehe aber nichts. Sie hat ihre durchdringende Lehrerinnenstimme aufgesetzt. Das macht sie eigentlich nur, wenn sie richtig sauer ist. So was wie *damn Idiot* höre ich dann heraus. Was ist denn hier auf einmal los? Ich drehe mich um, will aufstehen, da spüre ich die Machete von Forscher Klaus an meinem Hals. Erstarrt sehe ich in seine weit aufgerissenen Augen.

"Sag mal, was ist denn das jetzt, Klaus?"

"Hock dich hin und halt die Klappe, dann ist alles gut!"

Klaus ist wie auf dem Sprung und drückt mir dieses riesige Messer an den Hals. Wieder höre ich Suzanne, verstehe aber schon wieder nichts.

Ein Schuss!

Jemand schreit, während es platscht, allerdings war das nicht Suzanne.

Noch ein Platsch, Franz muss das gewesen sein, der schreit wieder, klingt wie abgewürgt.

"Rühr dich nicht, sonst bist du Gulasch!"

Klaus steht auf, schaut mit langem Hals an mir vorbei und hält dabei mit dem Messer Kontakt zu meinem Kopf. Jemand kommt angelaufen. Ich höre ein tiefes Brummen. Das ist Lisa! Klaus stolpert im Rückwärtsgang auf dem Platz herum, fuchtelt mit der Machete. Jetzt sehe ich Lisa heranfliegen, sie schlägt Klaus mit den riesigen Pranken das Messer aus der Hand, Wasser spritzt aus ihrem Fell. Klaus fällt auf den Rücken, versucht wegzukommen. Dann steht Lisa über ihm, schüttelt sich das Fell aus. Eine Pfote bleibt auf seinem Hals. Sie schaut ihn an. Klaus gefriert mit aufgerissenen Augen. Lisa brummt und drückt rhythmisch auf seinen Hals. Ethnologe-Klaus atmet tief durch die Hose aus, dunkle Flecken breiten sich zwischen seinen Beinen aus.

"Damn Idiots! Bullshit!"

Suzanne kommt zurück. Mann, bin ich erleichtert.

"You're done, man![90]"

Sie knüpft sich das Hemd zu, geht stampfend auf Klaus los und tritt ihm gegen den Kopf. Ein kurzer Aufschrei. Lisa leckt Suzanne das Hosenbein, während der andere Stiefel zwischen den Beinen von Klaus einschlägt. Klaus krümmt sich zur Seite, die feuchte Stelle im Sand wird sichtbar. Lisa dreht ihn wieder zurück und legt eine Pfote auf seinen Hals. Klaus atmet schwer. Zwischen Dreck an der Augenbraue quillt Blut heraus. Suzanne streichelt Lisa über die Ohren, krault ihren Nacken.

"So eine Idiotenpack!", schnauzt Suzanne, sie kommt mir entgegen. Wir nehmen uns flüchtig in die Arme.

"Der wollte mich vernaschen, diesen Idiot! Hat schon an mein Hemd rumgefummelt. Hab gesagt, wir können gut ein ordentlichen Match machen, aber ohne diesen Scheißknarre vor meine Nase. So was, diese Idiot! Komm, wir kucken, ob ein Schiff zu sehn is."

Suzanne nimmt ihren Rucksack, geht wieder zu Klaus.

"Dein Kollege sattelt um auf Meeresbiologe, wenn er jemals da hinten ankommt."

Lisa schaut kurz zu uns rauf, knurrt dann wieder Klaus an.

"Was seid ihr denn für welche?", krächzt Klaus. Lisa faucht ihm sofort ins Gesicht und drückt die Tatze auf seinen Hals.

"Geht dir besser, wenn du das nich weißt, bro."

Suzanne grinst mich an, ich halte die Hand hoch.

"Five, du Pfeife!", johlen wir im Chor und lachen uns kaputt. Und zu unserem schlecht gepamperten Forscherfreund gewandt sagt sie mit ihrer Lehrerstimme:

"Bei mir zu Hause hätt ich euch beide das Genick gebrochen und dann in den Outback geschmissen, aber ich weiß nich, ob dein Kumpel durchkommt und was mit diese komische Indianer hier los ist. Außerdem is schlimmer für dich, wenn du lebst. Trust me!"

Dabei krault sie Lisa, die ihren Kopf anlehnt.

"Take care of this guy. See you in Canaima.[91]"

Klaus probiert sich angesichts dieses friedlichen Moments hastig zu befreien, fängt aber sofort eine Ohrfeige von Lisa ein, die dieses Mal durchdringend brüllt und sich einfach auf ihn draufsetzt. Eine Pfote knetet wieder den Hals. Klaus atmet schnell und bedrängt, mit Panik in den Augen.

"Los!", sagt Suzanne nur und nimmt den Rucksack auf eine Schulter. Meiner ist ein paar Schritte weiter weg, Suzanne wartet auf mich.

Nach dem zweiten Schritt höre ich Stimmen hinter mir, drehe mich um. Suzanne fährt herum, schaut mich an und dann die zwei Eingeborenen, die zwischen den Hütten aufgetaucht sind. Es ist der große mit dem Speer, der uns schon vorhin einen Schrecken eingejagt hatte. Er hält den Speer jetzt wurfbereit in die Luft, gestikuliert. Neben ihm ein alter, gekrümmter Mann mit auffälligem Kopfschmuck, der seinen jungen Freund mit einer ruppigen Bewegung am Arm zerrt. Beide reden wie im Streit. Dann lässt der alte Mann seinen Stock fallen, der ihn gerade noch stützte, hebt die Arme und stimmt einen Singsang an. Der große mit dem Speer schaut erschrocken, mit weit aufgerissenen Augen zu Forscher Klaus und Lisa, er lässt seine Waffe fallen. Der Alte schaukelt hin und her, singt dabei und verneigt sich immer wieder. Suzanne hält meinen Arm fest, wir scheinen beide die Luft anzuhalten, jedenfalls sind wir erstarrt wie die Salzsäulen. Dann richtet sich Lisa auf. Wie ein winselnder Hund macht sie einen hohen Ton, der in ein tiefes Brummen übergeht. Dabei senkt sie den Kopf, wie bei einer

Begrüßung. Forscher Klaus zuckt mit aufgerissenen Augen, schaut zu den Indianern und wieder zu Lisa, seine Gesichtszüge entgleisen, wie im Wahn. Der Alte singt jetzt ein paar Silben sehr rhythmisch, einem Mantra gleich, verneigt sich und zieht sich langsam mit dem jungen Krieger zurück. Beide verschwinden zwischen den Hütten. Lisa wendet sich wieder Klaus zu, der gerade die Augen zusammenkneift und sich in den Sand krallt, als würde er Halt suchen. Lisa lässt sich zur Seite auf ihn drauf fallen, als würde sie sich ankuscheln und legt wieder eine Pfote auf seinen Hals.

Suzanne gibt meinen Arm frei, wir atmen auf.

"Komm schon", sagt sie nur. Ich bin irritiert, folge ihr dann. Es fühlt sich an, als würde ich eine Geisterbahn verlassen und plötzlich wieder in einer altbekannten Realität ankommen.

Wir gehen in Richtung der Brücke. Die macht tatsächlich einen sehr stabilen Eindruck. Deutsche Ingenieursarbeit gepaart mit indianischer Improvisationskunst. Der Steg beginnt schon fünf oder sechs Meter vor dem Fluss mit einer Treppe, verläuft dann ungefähr fünfundzwanzig Meter hinaus und endet in zwei dicken Pfählen, dort, wo das Wasser schon schneller fließt. Bis ungefähr zehn Meter an die Brücke heran und zum Strand hin ist Schilf und buschiger Bewuchs, der die kleine Bucht und die Brücke umgibt. Weiter draußen sieht man, wie stark die Strömung ist. Äste treiben vorbei. Ich schau mich um. Von Franz ist weit und breit nichts zu sehen. Nur Insekten, die in meine Ohren wollen. Aber hier gibt es Orinoco-Krokodile, die sechs Meter lang sein können, das las ich zu Hause bei der Vorbereitung auf unsere Expedition. Und riesige Schlangen, Piranhas und natürlich jede Menge Kleinzeug wie Blutegel, Mücken und keine Ahnung, was noch alles.

"Der hat auf Lisa geschossen und hat mir vorher auch schon am Hemd rumgefummelt. Der is dann über die eigene Hose gestolpert. Die hatte der Typ schon aufgemacht und die war runtergerutscht, haaa, das sah aus! So einen Idiot. Is dann reingefallen und Lisa hinterher. Der is ab wie bei ein Olympiade. Jetz is er weg, dabei hätt er so schön ein Kuschelsex mit diese attraktive Frau haben können, hihi!"

Suzanne posiert herum und lacht sich kaputt.

"Kinder krieg ich sowieso irgendwie nich. Hab ich lange genug probiert. Kannst mir glauben."

"Obwohl, vom Krokodil gefressen ist vielleicht der angenehmere Tod."

"Watch out, Frankyboy[92], da waren auch schon Überlebende dabei. Aber was war denn das grade eben? Der Alte Indianer hat Lisa erkannt, glaub ich. Das is mir alles zu hoch. Damn shit, ich will hier weg! Aber kuck mal dahin, glaubst du, dass hier ein Boot vorbeikommt?"

Suzanne zeigt rechts und links auf den Fluss, zieht die Schultern hoch und schaut mich fragend an.

"Weiß ich auch nich, hoffe, Meister Paul hat die Fahrpläne im Kopf gehabt."

"Good Lord, das ganze war ein Scheißidee. Wir hätten einfach zu Hause bleiben sollen, Frankyboy!"

"Das stimmt allerdings, ich habe mich sowieso schon von Anfang an gefragt, wie ihr auf mich gekommen seid? War da kein anderer Bewerber?"

"Doch klar, gab auch andere, aber du hattest so geschrieben, als ob du den Job schon hast. Einfach und kurz, das fand ich cool. Und dein Gesichtsausdruck auf den Bild war auch stark. Also eben nicht so gepimpt oder so ein besonderen Typ."

"Mannmannmann, du willst also damit sagen, im Maßanzug und mit viel Schmalz im Haar, das sogar aus der Bewerbungsmappe trieft, hätte ich jetzt irgendwo einen ruhigen Job und würde Statistiken erstellen? Ich Idiot!"

"Damn right, my friend[93], das machen jetzt die abgelehnten Typen. Ich hatte so ein Stapel auf den Tisch. Ein Weltmeister nach den andern, ich hatte schon echt schlechte Laune. Und du schreibst so ungefähr: *Habe fertig studiert, will was Interessantes machen, danke.* Das war so cool, ich habe gar nich weiter die andere gelesen. Gleich zum Dekan damit."

Inzwischen habe ich mich auf dem Steg ausgestreckt, den Rucksack unter Schultern und Nacken, wedele Fliegen aus dem Gesicht. Von weiter weg hört man immer noch die Trommeln. Ab und zu Gesänge, meistens eher gemeinsames Geschrei wie im Fußballstadion.

"Du bist verrückt, Suzanne!"

"Kann schon sein, aber sag mal, wenn jetzt keiner kommt, gehen wir dann einfach zurück? Das is doch alles Mist! Und wo sind alle diese Wilde plötzlich? Wie lange machen die noch Party? Und schmeißen die uns in ein Suppentopf nachher?"

Lisa hatte mal wieder gefaucht. Suzanne schaut mich an.

"Die soll uns den Weg zurück zeigen! Was meinst du? Hier kommt in hundert Jahre kein Boot vorbei, Mensch!"

Ich weiß nicht genau, warum, aber ich bin sicher, dass Meister Paul recht behält und früher oder später Touristen hier auftauchen.

Suzanne wohl eher nicht.

"Also, mein Bauchgefühl sagt mir, dass das klappt! Muss einfach klappen!"

Suzanne tippt mit ihrem Stiefel freundschaftlich gegen meinen.

"Wenn nich, sind wir erledigt, Frank!"

Sie geht weiter vor an das Ende der Brücke, beobachtet das Treibholz, schaut nach dem Stand der Sonne. Das Wasser rauscht, von Zeit zu Zeit knurrt Lisa, Fliegen summen um meine Nase, es ist warm und die Luft ist schwer, die Indianer singen und trommeln, ich habe mir nie so sehr gewünscht Touristen bei ihrer Abenteuerreise zu sehen.

Wir warten wortlos und wir warten und warten.

"Hey!", brüllt Suzanne plötzlich. Ich war schon weggedämmert, richte mich benommen auf. Suzanne springt auf dem Steg hin und her, winkt, pfeift schrill auf den Fingern.

"Hey, here we are![94]"

Mühsam rappel ich mich hoch.

Stimmt, flussaufwärts ist ein langes Boot mit Außenborder zu sehen, vielleicht hundert Meter von uns entfernt. Jetzt nehme ich auch den Motor wahr. Das sind hoffentlich unsere Kumpel! Jemand auf dem Boot richtet sich auf, winkt ebenfalls. Ein zweites Boot taucht hinter der Biegung auf. Das erste dreht aus der Flussmitte heraus in unsere Richtung, der Motor wird gedrosselt.

"We need a ride![95]", ruft Suzanne. Der Mann, der hinten den Außenbordmotor bedient, winkt erneut.

"Hello!", ruft er zurück. Das zweite Boot wurde durch die Strömung schon auf gleiche Höhe getrieben und der Steuermann drosselt auch seinen Motor, ruft seinem Kollegen etwas zu. Sie kommen näher heran. Die Boote drehen eine Kurve gegen den Strom. Das erste steuert parallel zum Fluss zu uns rüber. Ein Mann in Treckking-Ausrüstung sortiert im vorderen Teil ein Seil, wirft ein Ende Suzanne zu. Die legt das Seil um den rechten, dickeren Pfosten und zieht das Boot an den Steg ran.

"Hello, good to see you![96]", ruft sie dem Mann im Boot zu, der dort gerade den Tampen festlegt. Das zweite Boot hält Abstand, die beiden Scouts sind die einzigen, die nicht blass beziehungsweise europäisch aussehen. Sie rufen sich ein paar Worte zu, gestikulieren, der eine ist wohl etwas skeptisch, hält den Motor gegen den Strom auf Drehzahl, um nicht abzutreiben. Das erste Boot liegt jetzt fast parallel zum Steg, der Scout klappt den Außenborder hoch.

"Hello, my name Rico, what you doin here? Where is Klaus and Franz? Do meet them?[97]"

Suzanne hat das Boot unterdessen weiter herangezogen und das Seil mit einem halben Schlag fixiert.

"My name is Suzanne, this is my colleague Frank. Klaus and Franz went out to a ceremony with their aboriginals.

We crashed down with an airplane a while ago. Did you know Antonio?[98]"

Rico holt das hintere Ende des Bootes mit einem Haken an die Brücke heran, reißt plötzlich die Augen auf.

"What you say?[99] Antonio Álvarez?"

Es klingt nach karibischem Pidginenglish, aber immerhin können wir uns verständigen.

"Yes, he passed away, we crashed down in a thunderstorm. And we both survived somehow. Did you know Antonio?[100]"

Rico fasst sich an den Kopf, winkt dann seinem Kollegen zu, ruft etwas spanisch Klingendes. Wieder Suzanne zugewandt sagt er:

"Yeah, Antonio, friend o' mine[101]", dabei bekreuzigt er sich mit gesenktem Kopf. Das zweite Boot kommt näher heran, der Motor hält es gegen die Strömung auf Höhe der Brücke. Jemand wirft ein Seil, Suzanne legt es um den anderen Pfahl und zieht kräftig. Rico palavert mit dem Scout im zweiten Boot. Ich verstehe nur an einer Stelle etwas wie *Antonio*.

Suzanne wendet sich Rico zu:

"Sometimes he turned around left and right and so he did fly right into the thunderstorm instead of leaving it behind. Lightning stroke the little plane and Antonio too.[102]"

Rico bekreuzigt sich erneut und murmelt vor sich hin.

"So sad, good friend o' mine! Yeah I know, *other left side, Antonio*! Oh Jesus. Holy Lord, save his soul.

We go Canaima, will reach in evening maybe. Come on board, your're okay. Come on here. [103]"

Es sind Aluminiumboote, ziemlich ramponiert, die Zweitakter-Außenborder verbreiten ganz schön Gestank in dieser Idylle. Ricos Boot ist länger und schmaler, hat Holzbohlen als Sitzbänke entlang der Bordwand. Fünf Leute schauen uns erstaunt an. Eine Frau tuschelt mit dem Mann daneben und schaut dann wieder verstohlen zu uns rauf. Ein anderer Mann im orangefarbenen T-Shirt und mit leichtem Sonnenbrand räumt Rucksäcke unter einer Plane zusammen, schafft Platz auf der Bank. Das zweite Boot ist breiter und hat Sitzbänke mit Rückenlehne, schön in Fahrtrichtung. Da sind sechs Leute und der Scout, und freie Plätze gibt es nicht mehr.

"Where do you come from?", fragt der Sonnengebräunte mit Akzent. "My name is Lucas, I live in Bern. But they all call me Luc."[104]

Die beiden Scouts palavern, gestikulieren, Suzanne bekommt Zeichen und löst den Tampen des kleineren Bootes wieder. Lucas winkt mir zu.

"Switzerland!", sag ich.

"Cool, we are Germans, more or less. Suzanne is born in Australia.[105]"

Unsere Rucksäcke habe ich inzwischen zum Boot gebracht. Der Steg ist ungefähr einen Meter höher als die Bordkante.

"Gib mir die Kraxen rüber."

Lucas streckt die Arme aus und nimmt mir die Rucksäcke nacheinander ab und staunt über meinen mit dem reparierten Gestell und den anderen Handarbeiten.

"Habt ihr die beim Absturz dabeigehabt? Gopferdammi! De isch am Tüfel ab èm Charrè gheit"[106].

Kopfschüttelnd verstaut er unsere Rucksäcke vorne im Boot unter der Plastikplane. Bei der Gelegenheit schöpft er gleich mit einem alten Farbeimer Wasser aus dem Boot, das sich unter den lose eingelegten Brettern gesammelt hat. Das andere Boot knattert wieder einige Meter vom Steg weg, Rico schaut mich an und deutet auf die Sitzbank gegenüber und zu Suzanne:

"She here, please. Not so heavy.[107]"

Vorsichtig rutsche ich den Steg runter, Lucas reicht mir die Hand. Langsam verlagere ich das Gewicht auf die Bordkante, das Boot gibt nach, ich komme mit etwas Gewackel in der Mitte des Bootes an und lasse mich gleich nieder. Suzanne gibt Lucas das Seil, folgt mir dann etwas schneller und landet auf der anderen Seite, mir gegenüber.

"Thank you!", sagt Suzanne. "It's great, thank you very much, Rico![108]"

Der zieht das Boot mit dem Haken am Steg entlang,

"Luc, have lifebelt?[109]" Rico zeigt nach vorne, wo Lucas unter der Plane herumwurschtelt, wir gleiten in Richtung der Flussmitte, werden gleich von der Strömung vom Steg weggezogen.

"Here are some cork things on a rope, no lifebelts.[110]"

Rico klappt den Motor wieder ins Wasser und gibt Gas.

"That good! Give the guys that rope, please.[111]"

Im Hintergrund ist ein undefinierbarer Laut zu hören und ein tiefes Brummen von Lisa. Rico stutzt kurz, aber wir sind einen Moment später schon an dem anderen Boot vorbeigefahren, erreichen dann die Mitte des Flusses. Lucas hält zwei Schnüre hoch, auf denen handgroße Korkstücke aufgefädelt sind. Suzanne bekommt eins davon, mir wird das andere durchgereicht. Suzanne wickelt sich das um die Schulter und diagonal um den Bauch und überlegt wohl, wie sie die beiden Enden jetzt sinnvoll verknoten soll.

"Other sholder and between legs.[112]"

Es sieht etwas witzig aus. Suzanne zieht dann alles stramm, grinst und bindet einen Knoten mit einer Schlaufe, den man wieder aufziehen kann. Ich probiere es genauso, bemerke dabei, dass die Korkstücke am Rücken gut gegen die harte Bordwand polstern. Gar nicht schlecht. Eine Schnürsenkel-Schleife hält jetzt meine provisorische Rettungsweste zusammen. Die anderen tragen unterschiedliche Westen, die im Schnitt ziemlich mitgenommen aussehen. Die von Rico dürfte die älteste sein. Meine Nachbarin trägt allerdings eine vermutlich nagelneue Helly-Hansen-Weste, die im oberen Teil wie ein Schlauch um ihren Hals liegt.

Der Strom fließt bedenklich schnell, das Wasser ist unruhig, wir überholen gerade einen Baumstamm. Rico dreht voll auf und mit der ohnehin starken Strömung erreichen wir eine ziemliche Geschwindigkeit. Schon geht es wieder um die Kurve. Bei einer größeren Welle bekommen wir einen Sprühnebel von dem aufspritzenden Wasser in die Gesichter. Es ist relativ laut. Ich schaue Suzanne an, die lächelt entspannt, und wenn es ordentlich auf und ab geht, grinst sie vergnüglich. Das hier ist genau ihr Ding. Die Leute neben mir nicken mir freundlich zu, unterhalten geht allerdings gerade nicht. Das ist schon eine aufregende Fahrt, die Jungs lassen keine Sekunde liegen und sausen manchmal haarscharf an Treibholz und anderen Hindernissen vorbei. Zur Abwechslung taucht das Boot regelmäßig tief ein, erwischt auch manchmal hart eine Welle und duscht uns dann mit einer Wasserfontäne. Lucas sitzt vorne und schöpft Wasser aus dem Kiel, schaut ab und zu grinsend zum Rest der Mannschaft. Rico hat auch einen Plastikeimer und befördert hinten, wo das Boot tiefer liegt, noch mehr Wasser nach draußen. Lucas gefällt der Trip offensichtlich, der ist ebenfalls in seinem Element, im Gegensatz zu meiner Nachbarin, die gelegentlich so etwas wie ein *huch* von sich gibt. Das Wasser riecht holzig, süßlich und ist rotbraun in verschiedensten Abstufungen. Davon sollte man als Nichtindianer vielleicht nicht ganz so viel verschlucken. Ich wische mir also das Gesicht ab und muss feststellen, dass meine Klamotten eigentlich schon durchnässt sind und ich bereits auf dem Flusswasser herumkaue. Eine Weile später wird der Fluss breiter, sehr angenehm, endlich Momente, um die Landschaft wirklich wahrzunehmen. Es ist eine atemberaubende Gegend, ein wunderschönes, wildes Fleckchen Erde. Weiter weg Tafelberge, die von Wolken umgeben sind. Aber dann wird der Fluss enger, schlängelt sich, wird immer schneller. Lucas sitzt vorne auf einem quer gelegten Brett, richtet sich gelegentlich auf und winkt nach rechts oder links, je nachdem in welcher Richtung ein Hindernis im Fluss ist.

"Attention! Watch out there[113]", ruft er manchmal, dann richtet sich Rico ebenfalls auf und beurteilt den Fluss. Wir schießen in Windungen durch eine hügelige Landschaft, gesäumt von Buschwerk, Palmen und Mangroven. Blätter klatschen über mein Gesicht. Ich hatte nicht aufgepasst und nicht rechtzeitig den Kopf eingezogen. Ein paar Minuten später sammelt mein Nachbar einen Blutegel von meinem Hemd. Wir halten uns die erhobenen Daumen entgegen und nicken uns zu. Dann kommt wieder eine Dusche ohne Viehzeug. Ich werde froh sein, irgendwann in einer Hängematte zu liegen und vielleicht mit etwas Glück ein Bier zu trinken. Eine Weile später wird es ruhiger, ich drehe mich zu meinem Nachbarn und tippe auf mein Handgelenk, als ob ich eine Uhr hätte.

"About four hours left![114]", höre ich und er hält vier Finger hoch.

Ich kann es kaum glauben, habe das Gefühl, dass wir schon einen Tag lang hier herumschippern. Na gut, vier Stunden bis zur nächsten Bar, immerhin. Ich beschließe mein Gehirn abzuschalten, wie früher im Geschichtsunterricht, und einfach das Ende abzuwarten. Aber eigentlich ist es spannend. Die Landschaft, das ganze Erlebnis hier, durch die Wildnis zu kurven, und vermutlich werde ich diesen Flecken Erde nie wiedersehen. Leider stellt sich unterdessen ein Sättigungszustand ein. Ich bin mit Eindrücken abgefüllt. Diese Tage hatten definitiv mehr als vierundzwanzig Stunden. Dabei sind wir ewig lange durch den Dschungel gestapft und nach dem Spezialurwald, in dem Meister Paul mit Dimensionen spielt, die ganze Nacht durchmarschiert. Zum Frühstück wollten uns zur Abwechslung mal nicht die Wilden grillen, sondern studierte Wissenschaftler aus der zivilisierten Welt. Meine Güte, was für ein Wahnsinnstrip.

Endlich wird es wieder ruhiger. Der Fluss ist breit und fließt gefühlt langsamer, scheint sich in circa hundert Metern zu gabeln. Rico winkt seinem Kollegen im anderen Boot zu, ruft etwas. Dann fährt er rechts und das andere Boot links. Was ist denn das jetzt? Hoffentlich ist Lisa bei unserem Tempo mitgekommen, falls hier das nächste Attentat lauert. Wut steigt auf, die sollen mich kennenlernen, mein Körper wird steinhart, ich habe richtig Appetit darauf, mich zu prügeln. Dann höre ich das Geknatter des anderen Motors wieder lauter. Alles klar, es ist eine Insel. In Ordnung, wieder normal atmen. Sogar etwas Strand ist da zu sehen. Da, wo die Strömung im Kehrwasser Sand abgelegt hat. Rico steuert darauf zu, gibt noch einmal Gas und klappt dann den Motor hoch. Wir rutschen sanft auf den Strand, das Boot kippt etwas zur Seite und ist dann sauber eingeparkt.

"Were's the chippy? I'll take a fried chicken and beer![115]"

Suzanne ist gut gelaunt, ihr kann es wohl nicht wild genug werden.

"Oh sorry! Comes later[116]", meint Rico grinsend.

"This is Toilet-Island![117]", erklärt Lucas, der bereits an Land ist, die Leine um einen umgestürzten Baum legt und lässig verknotet.

"We are still a few hours away from Canaima.[118]"

Das zweite Boot gleitet ein paar Meter neben uns in den Sand. Rico hat von irgendwo eine Machete hergeholt, balanciert an uns vorbei. Ich schaue irgendwie gebannt dem großen Messer hinterher, bewege mich zurück. Zu Macheten habe ich jetzt eine neue Einstellung.

"Please waitin, please waitin moment![119]"

Er geht an Luc vorbei.

"We look if save![120]"

Die beiden Scouts wechseln ein paar Worte, streifen dann durch das spärliche Gestrüpp und rascheln dabei herum, klopfen auf Holzbrocken. Ich schätze, die kleine Insel zieht sich vielleicht achtzig Meter in Flussrichtung hin. Von der anderen Seite ist nichts zu sehen. Rico und sein Kollege sind auch nicht mehr zu sehen, man hört sie aber noch. Ein Vogel fliegt auf, Krokodile wurden bis jetzt nicht aufgeschreckt. Das ist sehr beruhigend.

"Okay!", ruft Rico, als er hinter einem Busch am Wasser hervorkrabbelt. Alle steigen aus, die Boote wackeln hin und her und ich nehme die Abkürzung über die Bordwand und lande im knöcheltiefen Wasser. Es kommt nicht mehr drauf an, wir sind alle von der Fahrt schon vollkommen durchnässt. Suzanne kommt auf mich zu, nimmt mich plötzlich in die Arme. Unsere Korken-Schnur-Schwimmwesten machen die Sache kompliziert. Das wäre eigentlich ein Foto wert.

"Guess we made it, bro! Jetz geht's wieder gut![121]"

Wir albern herum während sich die Männlein flussaufwärts in die Büsche begeben und die Weiblein in die andere Richtung. Die beiden Scouts schauen sich angespannt um, achten auf jedes verdächtige Geräusch.

"Try to take a leak too.[122]"

Suzanne folgt einer Dame und verschwindet.

Die Männerwelt verteilt sich am nächstgelegen Gestrüpp, ohne sich großartig zu verstecken. Allgemeines Geplätscher. Beim Rückweg zum Boot kommt Lucas an meine Seite.

"Wart ihr das vor ungefähr einem Jahr?"

Sein Schweizer Dialekt klingt bizarr in dieser Wildnis. Ich muss lachen.

"Schwyzerdütsch mitten im Dschungel, das ist cool! Und ja, vor ungefähr einem Jahr waren wir unterwegs zur Cave Muchimuk. Das erste Team war ein paar Tage vorher geflogen und wir haben dann echt schlechtes Wetter erwischt."

"Das ist ja richtig Scheiße! Aber wie habt ihr euch denn durchgeschlagen und waren da keine Verletzungen?"

"Verrückte Geschichte, kommt mir gerade selbst wie ein Traum vor.

Wir wurden von Eingeborenen wieder aufgepäppelt. Das hat einige Zeit gebraucht."

Der Mann, der im Boot neben mir saß, kommt gerade dazu, schaut mich kritisch an.

"Erzähl das bloß nicht meiner Frau so genau. Wir hatten das gelesen, nachdem schon alles gebucht war, und Frauke wollte dann nach Malle stattdessen. Mann, war das ein Stress, die zu überreden!"

"Keine Angst", winke ich ab. "Suzanne und ich sind erst mal nur froh, dass sich ein Ende dieser Odyssee abzeichnet."

Hoffentlich hat das die Neugier befriedigt. Auf große Ansprachen und Abenteuergeschichten habe ich nun wirklich keine Lust. Suzanne kommt dazu.

"Sag mal, weiß einen von euch, was der Flug von Canaima nach Caracas kostet?"

Lucas schaut kurz in die Runde. Im Moment hat wohl nur er eine Idee.

"Letztes Jahr habe ich ungefähr 600 Dollar bezahlt, glaube ich."

"Mal sehn, was wir noch dabeihaben, aber da kann man telefonieren?"

Lucas lacht. "Klar und Flugfunk gibt's auch! Die werden ganz schön Augen machen! Euer Flugzeug wurde bis heute nicht gefunden. Habt ihr eine Ahnung, wo der Absturz gewesen sein könnte?"

Verdammt, was soll ich denn dazu jetzt sagen. Aber Suzanne ist schneller:

"Also, wir sind seit etlichen Tagen alleine unterwegs, an diese kleine Flüsse lang. Die Indianer, die uns gefunden hatten, sind auch schon tagelang mit uns durch die Dschungel. Es gab Pflanzensaft und gegrillte Würmer und so Zeug. Eigentlich sind wir nur marschiert mit kurze Pause, mal an ein Baum gelehnt und gleich weiter. Ich habe echt keine Ahnung."

Wahrheitsgemäßer wäre gewesen, dass wir bei den gegrillten Würmern eher kulinarisch Interessierte waren und an Schluß sogar in ethnologische Forschungsabgründe schauen konnten, aber Suzanne hat die Geschichte sehr glaubhaft dargestellt.

Lucas staunt nicht schlecht.

"Also, ich finde das ja einfach toll hier. War letztes Jahr schon mal in Canaima und bin von dort aus in die andere Richtung, nördlich unterwegs gewesen. Die Angel Falls erreicht man von dort in wenigen Stunden, muss dann aber noch circa zwei Stunden zu Fuß laufen, aber ganz ohne Support würde ich mir das niemals zutrauen! Ihr habt meinen Respekt! Wirklich!"

"Please let go!", ruft Rico in die Runde. "Must leave now![123]"

Es sind wieder alle versammelt, Lucas löst das Seil, wirft es ins Boot. Rico schiebt es ein Stück weiter ins Wasser und nimmt wieder seinen Platz ein. Die beiden Motoren laufen immer noch unrund im Standgas. Wir Passagiere sortieren uns am Bug in der richtigen Reihenfolge und klettern nach und nach zurück an unsere Plätze. Lucas schaukelt das Boot hoch und runter und schiebt es dabei weiter ins Wasser, bis er mit einem großen Satz aufspringt. Das Boot schwimmt jetzt frei, treibt weiter ins Wasser. Rico schwenkt den Motor runter, dreht mit etwas mehr Geknatter eine Kurve weiter ins tiefere Wasser, vorbei am anderen Boot, wo gerade der letzte Fahrgast mit einem Sprung an Bord gegangen ist. Die Scouts rufen sich etwas zu, Rico gibt Gas und schon wieder sausen wir auf diesem Fluss entlang, der hoffentlich irgendwann Canaima erreicht. Die Landschaft wird jetzt offener, die Tafelberge mit den Wasserfällen sind beeindruckend in den tief hängenden Wolken. Suzanne und ich schauen uns gelegentlich an. Dabei bemerke ich, dass sie es vermutlich besser genießen kann und ich fühle mich wie der Bremser, dem alles zu anstrengend ist. Suzanne ist der Hammer. Heute Morgen flogen ihr noch Kugeln um die Ohren, Forscher Franz wollte ihr an die Wäsche, und jetzt strahlt sie wie ein kleines Mädchen mit funkelnden Augen und zeigt begeistert auf die Berge und Wasserfälle. Die Frau meines Nachbarn ist allerdings schlimmer dran, saß schon eine Weile stocksteif mit gesenktem Blick und fährt dann inzwischen regelmäßig herum zum Wasser und übergibt sich. Rico fährt dann einen leichten Bogen und rutscht zur Seite, um nichts abzukriegen. Gemessen an unserem Flug mit Antonio ist das hier eine sanfte Reise, aber die Dame hat mein volles Mitgefühl.

Allmählich steht die Sonne schräg, verliert an Kraft. Der Fahrtwind kühlt jetzt schon manchmal merklich die nassen Klamotten. Das tut gut. Und es wird dunkler. Nach einer Weile unterhält sich Rico lautstark mit Lucas, der dann unter der Plane am Bug etwas wie ein Gestänge herausfummelt. Kabel kommen zum Vorschein. Dann eine Art Baustellenlampe. Lucas weiß, was zu tun ist, und montiert los. Einen Augenblick später leuchtet der Scheinwerfer die nächsten dreißig Meter vor uns aus. Rico fährt auch merklich vorsichtiger, seit die Dämmerung eingesetzt hat. Nur kurze Zeit später ist es stockdunkel. Über uns leuchten Wolken, wie mit Mondlicht übergossen, dann ist wieder mehr von der Landschaft zu sehen. Meine Nachbarin würgt herum, Rico hat den Motor deutlich gedrosselt. Mir tut der Hintern weh, und die Bootsfahrt hört einfach nicht auf. Eine Weile später fällt mir auf, dass die Reichweite des Scheinwerfers immer mehr abnimmt. Der Lichtkegel wird eher rötlich.

"Some minutes, good people, soon in Canaima.[124]"

Das wird echt Zeit, ich spüre jeden Knochen, rutsche schon immer auf dem harten Brett hin und her, weiß nicht mehr, wie ich sitzen soll, probiere es schräg, strecke ein Bein aus, spucke ein Insekt aus. Stiefel treffen sich, langsam geht wohl allen so.

Plötzlich dreht Rico unerwartet eine Kurve nach rechts, gibt Gas, und einen Augenblick später rutscht unser Boot auf einen schmalen Sandstrand. Sind wir jetzt da?

"That's it, guys!", verkündet Lucas.

"Wow!", sagt Suzanne und: "Endlich!", seufzt meine Nachbarin. Ihr Mann rekelt sich. "Das wurde jetzt aber auch Zeit, verdammt noch mal."

Das zweite Boot gleitet neben uns in den Sand und diesmal stellen beide Scouts die Motoren ab. Die Lampen werden abgeklemmt. Plötzlich stehen wir in einer summendem, rauschenden und trotz der

Dunkelheit sehr lebendigen Natur. Ich sehe zum Himmel, der flussabwärts dunkel ist, und ich fühle mich wie von diesem riesigen Tor zum Universum angezogen, als würde es uns alle ansaugen wollen. Wie diffuse Leuchten sind weit entfernt Wolken auszumachen, die der Mond erhellt.

Suzanne ist jetzt bei mir und lehnt sich an. Das erste Mal, seit ich sie kenne, habe ich das Gefühl, dass wir richtig dicke Freunde sind. Die anderen Abenteurer legen die Schwimmwesten im Bug der Boote ab, schultern ihre Rucksäcke, alle haben Stirnlampen. Wir hatten vor unserer Reise Handlampen gekauft und dann schlicht vergessen. Also ich jedenfalls. Dass die Akkus noch etwas hergeben, kann ich mir fast nicht vorstellen. Unsere Kork-Schwimmgürtel kommen zu den anderen Westen. Suzanne umarmt mich plötzlich,

"We did it! Bin ich froh, Frankyboy, gut, dass du da bist, du bringst mir Glück."

"Wir kommen der Mensa immer näher.

Schau mal, Lucas hat unsere Rucksäcke rausgestellt. Meinst du, dass die Lampen noch funktionieren?"

Einen Moment lang sind noch ihre Haare in meinem Stoppelbart.

"Okay!", sagt sie, dann wendet sie sich Lucas zu.

"Thank's a lot! This morning, I thought I was done.[125]"

"Just keep going, finally there's the sun somewhere![126]" Dabei gibt er ihr den Rucksack.

"Damn right, now I know![127]"

Lucas gibt mir meinen. Ganz unten müsste das faltbare Solarpanel sein und eine Taschenlampe. Als wir noch im Dorf waren, hatte ich an unserem Rotweinabend einmal alles ausgepackt und neu sortiert. Idiotischerweise kam ich nicht auf die Idee, diese Lampe einzuschalten. Jetzt muss ich über mich lachen.

Ich greife nach unten an den Tüten mit den Kleidungsstücken vorbei, da ist etwas Hartes mit Stoffbezug. Das Solarpanel müsste das sein. Und siehe da, rund, kühl, ich hole es raus. Jawohl, meine Taschenlampe! Und der Wahnsinn ist, sie leuchtet! Kaum zu glauben.

"Wow, still working![128]"

Suzanne sucht jetzt auch ihren Rucksack durch, hält dann inne und präsentiert ihre Lampe. Sie hat die gleiche. "Unbelievable! Works too! Cool stuff.[129]"

Während Rico und sein Kollege sich um die Boote kümmern, setzen wir uns langsam in Bewegung. Lucas hilft dem Scout mit irgendetwas hinten im Boot und stellt dann den roten Benzintank an den Strand. Vorne holt er die Batterie unter der Plane heraus, sortiert die Kabel des Scheinwerfers. Rico hilft ihm bei der schweren Batterie. Lucas wartet dann an der Böschung, bis alle bereit sind.

"I'll come back and help you with the battery, okay Rico?[130]"

"Oh, that good, Luc! But guess we take it tomorrow. Tank you. Tank you, Luc.[131]"

Wir Touristen nehmen unser Gepäck, versammeln uns. Dann schultert Lucas auch seinen Rucksack, schnappt den Benzintank und verkündet: "Mir nach, Kameraden! Let's go for a beer. I know the way from my last trip, when I was here.[132]"

Es scheint, als seien alle noch beschäftigt oder würden auf den Mann mit den Fahrkarten warten.

"Ready, boy and girls?[133]", fragt Lucas unsere Wandergruppe. Und man nickt schließlich, murmelt etwas und dann geht es los. Erst mal eine Böschung hoch. Schon wieder stapfen wir durch Urwald. Diesmal nicht alleine und es gibt einen breiten Pfad, es geht also in jeder Hinsicht bergauf. Bin gespannt, wie weit es diesmal ist. Ich spüre meine Beine, die Stiefel drücken, die Kleidung klebt überall, ich glaube, die Rucksackriemen haben so langsam die Haut an den Schultern durchgescheuert. Dort schmerzt es jetzt wie entzündet. Lucas hatte sich am Fluss einen stabilen Knüppel geschnappt, mit dem er jetzt regelmäßig auf den Boden stampft und in dem Grünzeug um den Trampelpfad herum für Unruhe sorgt. Die Frau meines Nachbarn, die im Boot neben mir saß, ist hinter uns und schnauft wie eine Dampfmaschine. Ihr Mann trägt beide Rucksäcke und sogar die gute Helly-Hansen-Weste quer um den Hals, er redet regelmäßig beruhigend auf sie ein. Nach kurzem Anstieg öffnet sich eine größere Ebene mit spärlichem Bewuchs. Insekten gibt es immer noch reichlich. Manche scheinen den Lichtkegeln der Lampen zu folgen.

"Das kann nicht mehr weit sein", wiederholt mein Bootsnachbar alle paar Meter. Seine Frau reagiert schon gar nicht mehr darauf und seufzt bei jedem zweiten Atemzug. Nach vielleicht einer halben Stunde sind Lichter zu sehen. Kein flackerndes Feuer, sondern elektrisches Licht! Ein gutes Zeichen. Wir erreichen angelegte Wege, es wird zu einer unaufgeräumten Parkanlage, flache Gebäude mit hellen Fenstern tauchen auf, Stimmen sind zu hören, Musik. Ein Gefühl wie nach Hause kommen steigt auf.

"There's a pint waiting! Frankyboy, we'll be dirty drunken tonight![134]" Suzanne freut sich mal wieder auf einen Absacker. Gute Idee, merk ich gerade. Die Zivilisation hat uns wieder. Zumindest schon mal ein Außenposten davon.

Resturlaub in Canaima

Häuser und Hütten tauchen im offenen Buschwerk auf. Ein paar helle Fenster sind zu sehen, Lampen beleuchten einen befestigten Weg.

"You're all booked in Waku Lodge, aint you?[135]", fragt Lucas und wartet dann, bis sich alle eingefunden haben. Einige nicken, es murmelt Bejahung.

"Ich bin da vorne untergebracht." Er zeigt auf ein längeres Gebäude rechts vom Weg.

"Ist günstiger und nicht so schick. Da sind auch unsere Kapitäne und oft auch die Piloten untergebracht. Etwas rustikaler. Urig, weißt? Da ist sicher noch ein Platz für euch."

"So langsam brauche ich eine Hängematte, Luc."

Der wendet sich jetzt dem Rest der Gesellschaft zu.

"Does someone know the way to Waku Lodge? You might see it over there.[136]"

"Ja, ich habe hier einen Plan." Mein Bootsnachbar zeigt mit einem Zettel den Weg entlang. "Dürften noch zwei- oder dreihundert Meter sein, da vorne links rum."

"Jo, genau! Da kommt auch gleich ein großes Schild, nicht zu verfehlen."

Der Mann mit den zwei Rucksäcken und der Rettungsweste seiner Frau geht sohwerfällig voran. Kümmert sich nicht mal mehr um seine Frau, die sichtlich gezeichnet ist, schwer atmend mit den anderen hinterhertrottet.

Lucas winkt Suzanne zu, zeigt auf den Weg zu dem Haus, das zwischen ein paar wenigen Sträuchern und Bäumen steht. Ansonsten wächst spärlich etwas wie Gras zwischen Sand und Kies. Wir erreichen einen sandigen Platz, auf dem von Steinen eingefasst flach wachsende Pflanzen und Palmengewächse stehen. Dann bleibt er stehen, schaut uns grinsend an. "Die sind wir los! Jetzt wird es gemütlich, Freunde! Und bleibt mal kurz ruhig stehen und horcht nur auf die Geräusche."

Lucas hat recht, ich war schon wieder wie im Tunnel. Oh ja, herrlich! Zikadengezirpe, der Wind in den Blättern der vielen Pflanzen, das Pfeifen und Schnattern eines Vogels. Weiter entfernt Wasser und noch weiter weg ein Rauschen, das sich in Wellen verändert. Das müssen die Wasserfälle sein, die hier in der Nähe sind. Musik und Stimmen sind auch zu hören, Geschirr klappert. Ein lebendiger Ort.

"Wow, that's great, Luc!" Suzanne atmet tief durch, wedelt schnell ein Insekt weg.

"Das wäre mein zweites Zuhause, ich hatte schon mit dem Gedanken gespielt, hier zu leben", sagt Lucas eher leise und melancholisch. "Aber jetzt schauen wir erst mal, wie es Esperanza Martínez geht. Sie ist die Herrscherin über diesen Teil des Paradieses."

Das Gebäude ist flach, erinnert mich eher an ein großes Partyzelt. Rundherum umfasst eine ungefähr einen Meter zwanzig hohe Natursteinmauer die umlaufende Terrasse. Es sind immer ein, zwei Fenster und eine Tür. Davor, über der Terrasse sind jeweils Hängematten angebracht. Ein paar Durchgänge verbinden den Park mit dem Gebäude. Pfähle stützen das Dach aus einer Holzkonstruktion. Obendrauf ist Teerpappe.

Da schaukelt jemand in einer Hängematte vor seinem Gästezimmer. An der Stirnseite ist eine größere abgerundete Fläche. Dahinter beginnt das Gasthausleben. Suzanne und ich bleiben erst mal auf dieser Terrasse. Da sind Sessel, die an Pallettenkonstruktionen erinnern. Suzanne hat ihren Rucksack schon unsanft an die Mauer fallen lassen und lümmelt sich gemütlich in die Kissen. Ich sitze jetzt auch. Die Polster riechen nach feuchtem Sisal und ein bisschen nach alten Fischernetzen. Meine feuchten Klamotten muffeln ebenfalls reichlich nach Ausdauersport und diesem Flusswasser. Von drinnen kommen Küchengerüche von deftiger Kost, so ähnlich wie von der Imbisszeile am Hauptbahnhof. Egal, es tut gut, sich auszustrecken. Lucas hat inzwischen den Benzinkanister an dem Mäuerchen abgestellt, ist ins Haus gegangen. Man hört ihn und eine weibliche Stimme durch die offene Tür mit dem Fliegenvorhang. Dann überschlagen sich die Stimmen, ein Mann kommt dazu. Nach einer zäh wirkenden Pause mit Radiomusik kommt Lucas mit einer Frau und einem großen, hageren Mann zu uns.

"Bienvenidos Amigos! Puedes quedarte todo el tiempo que quieras[137]", begrüßt uns die Frau nach etwas Anlauf mit einer Handbewegung. Sie hat eine interessante, rauchige Stimme.

Suzanne setzt sich wieder gerade hin: "Muchas gracias, es muy bonito. Hemos recorrido un largo camino![138]"

Eso es imposible. Que Dios me ayude![139]" Der Mann knickt ein, hält sich die Hände vor das Gesicht. Bekreuzigt sich immer wieder.

"Chuck Berry, no I meen, Pedro. Your are Pedro![140]"

Suzanne war aufgesprungen, fasste sich an den Kopf.

"Yes, young lady. One year ago, Caracas." Pedro wischt sich über sein Gesicht, "We talk, you know? The Hangar.[141]"

Jetzt erkenne ich ihn auch wieder, der Torrero. Mit großen Augen fragt er dann: "And Antonio, is he really gone?[142]"

"Yes, Pedro. I'm so sorry. He didn't make it. We both were very lucky. Almost impossible. Some Indigenous found us and we survived somehow.[143]"

Alle sind sprachlos. Jeder schaut Hilfe suchend auf den Boden. Pedro seufzt, nimmt die viel kleinere Esperanza in den Arm. "Es hora de un buen ron![144]", sagt er dann und winkt uns heran.

"Pasad![145]" Dabei trocknet sich Esperanza die Augen.

Wir nehmen wieder unsere Rucksäcke, ich spüre jeden einzelnen Knochen, stehe aus dem Sessel auf wie ein Greis. Meine Schulter mag den Riemen nicht mehr. Ich glaube, da fehlt inzwischen das Fell.

Innen sieht es aus wie eine Almhütte in den Bergen. Rechts ist ein großer Tisch. Esperanza zeigt dorthin und geht an einen Schrank. Hinter der quietschenden Tür ist eine Batterie Flaschen zu sehen. Pedro sitzt bereits auf einem Stuhl, wir rutschen auf die Bank gegenüber von ihm. Pedro stützt sich auf, hat die Hände vor seinem Gesicht, murmelt etwas. Suzanne streckt ihre Hände aus, berührt vorsichtig seine Arme. "Lo siento mucho![146]"

Pedro richtet sich schnaufend auf, setzt sich zurecht, dreht sich zu Esperanza um. "Dame un poco de esa Tafia.[147]"

Esperanza stellt Wassergläser hin und schenkt aus einer Flasche ohne Etikett zu zwei Drittel voll. Dann stellt Esperanza eine große Karaffe mit Wasser hin, in der ein paar Eiswürfel schwimmen. "Tourist water! With cleaning pills, you know?[148]"

"Das ist abgekocht oder desinfiziert", ergänzt Lucas, "auch die Eiswürfel."

"Oh, great!! Thank you Esperanza!"[149] Allerdings findet Suzanne kein leeres Glas, schaut mich grinsend an und nimmt sich eines der gut gefüllten. Es riecht nach Rum wie auf einem Butterdampfer.

"Salud, a nuestro Antonio!"[150] Esperanza hat die Hand auf Pedros Schulter, nimmt sich auch ein Glas vom Tisch.

"Si, a Antonio! Que Dios te proteja[151]", murmelt Pedro in die Runde.

"A Antonio!" Lucas erhebt ebenfalls ein Glas.

"He was a good guy![152]" Suzannne prostet Pedro zu.

"Auf Antonio", dabei schnuppere ich am letzten Glas, das noch auf dem Tisch stand.

Es ist Rum, und zwar von der wilden Sorte. Stark, mit unglaublich vielen Aromen. Holzig, erinnert beim Nachschmecken entfernt an den Geruch von Teer und dem Flusswasser. Eher schon zu viel des Guten. Ich greife sofort nach der Karaffe und verdünne. Suzanne und Pedro dagegen schauen sich kurz an und kippen den Rest in ihren Gläsern mit ernster Miene runter. Lucas nimmt mir die Karaffe ab.

Draußen tauchen Stimmen auf. Rico und der andere Außenborder-Kapitän kommen herein.

"Hola[153]", grüßt Rico in die Runde.

"Pasad, vosotros dos. Ya lo sabéis, verdad?[154]"

"Si[155]", knurrt Rico kurz, setzt sich mit dem Kollegen an die Stirnseite und schaut Esperanza Hilfe suchend an.

Zwei weitere Gläser kommen auf den Tisch und werden gefüllt. "Salud!" Esperanza stößt mit den beiden an, alle drei trinken aus.

Ungerührt angesichts der betrübten Stimmung dudelt das Radio südamerikanische Volksmusik. Eine skurrile Situation. Ich nehme einen Verlegenheitsschluck.

"Sad and crazy story.[156]" Lucas trinkt auch noch was und schaut nickend in die Runde.

"Alguno de ustedes, bandidos, tiene hambre?[157]" Und ohne auf Antworten zu warten, geht Esperanza um den Tresen herum und verschwindet in der Küche.

Die zwei Bootsführer unterhalten sich eher nuschelnd und leise, Pedro mischt sich mit ein, gestikuliert. Die Schnapsflasche macht wieder eine Runde. Wobei Rico zuerst hastig ein Glas Wasser herunterkippt.

"Meine Güte, ist das ein Trip", rede ich so vor mich hin, schau dann Lucas an.

"Hier könnt ihr euch erst mal gut erholen. Habt ihr noch etwas Geld dabei?"

"Hope so![158]" Suzanne zieht die Augenbrauen hoch. "Hoffentlich reicht das. Wir müssen sehn, was ein Flug kostet."

"Ich hatte damals circa 600 Dollar hingelegt. Das war allerdings Teil eines Reise-Paketes. Wahrscheinlich geht das auch billiger."

Lucas hat einen Einfall, wendet sich an Pedro. "Where do you fly next, Pedro?[159]"

Der lehnt sich zurück, überlegt einen Moment.

"I'm only Cargo Pilot, normally no passengers. – But, never mind, I take them back.[160]"

"Oh really, wow, cool, thank you so much![161]"

Suzanne hält ihr Glas hin, Pedro schenkt gerade nach. Suzanne bekommt den Rest aus der Flasche.

"Los amigos de Antonio también son mis amigos![162]"

Pedro prostet uns zu. "Great![163]", sage ich nur.

"Pedro, eres nuestra salvación.[164]" Suzanne lächelt ihn an, unsere Gläser treffen sich, zum ersten Mal sehe ich, wie sich Pedros harte Gesichtszüge kurz aufhellen.

In der Küche knistert unterdessen eine Pfanne, Geschirr klappert. Esperanza kommt mit einer Handvoll Gabeln und Löffel zu uns, legt sie in die Mitte.

Suzanne winkt ihr zu. "Can we stay here some days? Or wait a second, podemos quedarnos aquí unos días?[165] "

Esperanza nickt uns zu. "Si, no problem. I show you.[166]"

Dabei dreht sie den Kopf zum Gang, der neben der Küche ins Dunkle geht.

"Alright." Suzanne rutscht ans Ende der Bank, schnappt sich ihren Rucksack und folgt Esperanza.

"Hatte sie schon vorgewarnt vorhin. Sie hat immer noch eine Ecke für jemanden, der spontan auftaucht." Lucas trinkt von seinem Longdrink. "Es ist nicht das Hilton, aber sauber und ordentlich. Außerdem gehört man sofort mit zur Familie. Die Piloten und Kanu-Kapitäne wohnen hier. Da bekommt man alles hautnah mit."

"Ich bin auch mehr der Camping-Typ", und ich halte mein Glas hin. Wir stoßen an, trinken einen Schluck. So verdünnt schmeckt der Rum viel besser, finde ich. "Erinnert mich hier alles an eine Berghütte. Allerdings habe ich noch keine Ahnung, wie ich wieder nach Hause komme. Das ist sehr ungewohnt, Luc."

"Kann ich verstehen, Frank. Eure Story ist auch noch mal eine Ecke verrückter. Du musst mir morgen mal von den Indianern erzählen, die euch aufgenommen haben. Es gibt hier einige unterschiedliche Stämme, die mehr oder zum Glück auch manchmal weniger mit der Zivilisation zu tun bekommen haben. Aber jetzt genießen wir erst mal Esperanzas Kochkunst!"

Die kommt gerade wieder aus dem Gang zurück. In der Küche hört man es brutzeln. Esperanza rührt um, bepustet dann eine Probe. "Muy bueno!" Sie ist zufrieden und kommt mit einer großen Pfanne zu uns, wirft ein Strohgeflecht auf den Tisch und stellt die Pfanne ab.

Es blubbert immer noch. Man sieht Fleischstücke, Gemüse, vermutlich überwiegend Kartoffeln, und sehr viel Soße. Eine große Kelle ragt über den Rand.

"Así que, sírvanse y buen apetito![167]" Esperanza lächelt verschmitzt und verschwindet wieder in der Küche. Eine quietschende Tür fällt dumpf zu. Klingt wie der Kühlschrank unserer WG im fernen Kassel.

Ein weiterer Krug Wasser kommt auf den Tisch.

"El agua es preciosa, lo sabes, verdad.[168]" Und jetzt sehe ich Esperanza endlich richtig lachen.

Suzanne kommt zum Tisch zurück, bestaunt die Gaben und verbeugt sich japanisch vor Esperanza.

Inzwischen bin ich an der Reihe und schaufele mir eine Portion aus der Pfanne. Die Kelle ist immer noch ziemlich heiß. Ich versuche mir nichts anmerken zu lassen und schiebe die Pfanne weiter zu Rico am Ende des Tisches. Sein Kollege bedient sich ebenfalls. Pedro richtet sich auf, wartet ab, bis Esperanza neben ihm steht.

"Padre nuestro que estás en el cielo, santificado sea tu nombre. Danos hoy el pan de cada día. Y perdona nuestras ofensas. Y sé bueno con Antonio, a quien has llamado a ti, Amén.[169]"

Amen, murmelt es durch die Reihen.

"Y gracias, Esperanza! Eres el mejor![170]", verbeugt sich Rico kurz und futtert los.

"Pruébalo primero[171]", dabei wendet sich Esperanza wieder dem Tresen zu, hantiert mit Gläsern, wischt über das geschichtsträchtige Holz. Dann stützt sie sich zufrieden auf und schaut uns zu. Und vor allem wohl, wie sich die Gringos anstellen. Ich erkenne eine Kartoffel, die sich schon sehr mit der scharfen Soße verbunden hat. Das Fleisch dürfte vom Huhn sein, ist butterweich. Bin erleichtert, kein Chili-Festival, einfach nur sehr gut gewürzt.

"The best food since one year! Esperanza, you're great![172]"

Die lacht zufrieden. "Espera a que te llegue la factura.[173]"

"Okay, that's cool![174]" Suzanne freut sich, alle geben einen Kommentar zum Besten.

Nach einer Weile nimmt sich Rico den Rest, nachdem er alle fragend und ein bisschen leidend angeschaut hat.

Suzanne beugt sich zu mir. "In mein Rucksack is eine Rolle mit 800 Dollar. Das reicht bis Caracas. Dann muss Frau Bauer den Rest irgendwie regeln."

Ich bin erleichtert! "Wow, wir sind gerettet! Vielleicht ist in meinem auch noch so ein Röllchen. Klasse! So weit waren wir noch nie!" Suzanne schuckt mich grinsend an. Meine Güte, jetzt geht's besser!

Pedro kramt eine Dose mit langen Zigarillos aus seiner Weste. Unterdessen räumt Esperanza ab, stellt eine andere Flasche Schnaps hin und zwei leere flache Konservendosen die wohl schon öfter als Aschenbecher gedient haben. Dann macht sie es sich schließlich bei Lucas am unseres Ende des Tisches gemütlich. Pedro schaut sie an und holt die verbeulte Schachtel wieder aus der Tasche. Tabakrauch macht sich breit. Esperanza bricht einen Zigarillo in der Mitte durch, behält eine Hälfte im Mund. Pedro verstaut die Dose und reißt sein Zippo-Feuerzeug an. Esperanza hält ihre Haare zur Seite. Benzingeruch mischt sich wieder mit den Rauchschwaden. Rico und sein Kumpel drehen sich Zigaretten. Alle tun irgendwie so, als seien sie beschäftigt. Würde jetzt auch gerne eine rauchen. Suzanne riecht zwar auch nach Dauerlauf im Dschungel, aber seit gerade eben auch ein bisschen nach 8×4-Deodorant. Das Zeug hat den Absturz anscheinend gut überstanden. Wahnsinn, mir fällt wieder Caracas ein und wie sie es geschafft hat, den guten Mario nach allen Regeln der Kunst abzufüllen.

"Sorry, Pedro, may I have that broken smoke, emm, cigarro, you know?[175]"

"Sí, con mucho gusto![176]" Er kramt wieder die Dose aus der Westentasche, Suzanne nimmt sich die abgebrochene Hälfte heraus. Pedro gibt ihr grinsend Feuer. Suzanne pafft ein paarmal und probiert vorsichtig einen Lungenzug. Räuspernd lehnt sie sich zurück, lacht kurz. "Wow, qué bien se siente![177]"

Pedro schmunzelt. Ich nehme mir einen ordentlichen Schluck Rum-Limonade.

"Lass mich mal ziehen."

Das ausgefranste Ende krümelt glimmenden Tabak auf den Tisch. Über der Blechdose klopfe ich die lose Asche ab und nehme einen Zug.

Puh, Nikotin ist schon klasse! Sofort spüre ich etwas davon im Kopf ankommen, muss dabei husten, aber das fühlt sich super an.

"Meine Güte, das ist ja wie Waldluft!" Suzanne bekommt den Glimmstengel wieder zurück.

"Frankyboy, we're back in the race![178] Das war der Spaziergang, jetz kommt den ganz normalen Rest!" Dabei amüsiert sie sich, schuckt mich an und lacht schließlich laut los.

"I take you back, young lady. You are cool guys. Guess in one or two days, maybe tomorrow. We'll see.[179]"

Suzanne hüllt uns noch mal in Rauch und hustet.

"Wow, strong! Luc, do you want to finish it?[180]"

"Deifi, ja gib schon her, dieser Tag kommt nie wieder!"

Suzanne schiebt Pedro die Aschendose hin.

"Thank you very much! That's awesome, really. Thank you so much! And we have some money left to pay you.[181]"

Pedro pustet Rauch zur Decke, winkt ab. "Some dollars for fuel, maybe. It's okay anyway.[182]"

Bei mir löst sich merklich die Anspannung, ich überlege, wie lange wir wohl schon unterwegs sind, also aus diesem paradiesischen Dorf fortgegangen sind. Alles, was ich errechne, mir ausdenke, ist nicht plausibel. Jedenfalls bin ich jetzt in Sicherheit und müde. Noch ein Schluck Rum mit Touristen-Wasser. Dann ist das Glas leer.

"Meine Güte, bin ich erledigt." Dabei rutsche ich ein Stück auf der Bank hinunter, lehne den Kopf an.

Suzanne schenkt sich einen Daumenbreit von dem neuen Rum ein und mir dann, ohne zu fragen, auch.

"So, Frankyboy, und dann is Sue endlich mal wieder high! Cheers, my friend!"

"Auf den Rest, Sue!", proste ich ihr zu.

"Well done! Den Spaziergang haben wir echt gut geschafft!"

Ich trinke das Zeug aus. Diesmal schon mit mehr Genuss, es tut richtig gut.

Allerdings lässt der Alkohol bei mir jetzt die letzte Luft raus.

"Weißt du schon, wo wir pennen?"

"Yes, da hinten. Is ziemlich gut. Sogar mit Dusche und so."

"Luc, ich bin ziemlich erledigt, danke dir, und wir sehen uns. Ich muss jetzt erst mal duschen und mich auspennen."

"Kann ich verstehen, Frank. Erholt euch gut. Und dann müsst ihr mir noch mal alles genau erzählen."

"Of course![183]" Suzanne steht auf. "Pedro, thank you! And Rico, thank you so much!"

"You're okay, see you[184]", murmelt Pedro und winkt.

"Good night, Lady [185]", kommt von Rico, der gerade mit seinem Kollegen sprach.

Vermutlich könnte ich jetzt alle meine Knochen zählen, jedenfalls spüre ich jeden einzelnen.

"Thank you, Esperanza. You are great, really!" Wie ein alter Mann schlurfe ich an ihr vorbei.

"Buenas noches[186]", sie gibt Suzanne einen Korb mit Flaschen, Wasser ist das wohl, und zwei kleine mit Kronkorken. Das könnte Bier sein. Ich muss lachen.

"Thank you very much, that's great![187]"

Esperanza klopft mir freundschaftlich auf die Schulter und winkt dann mit einem zufriedenen Lächeln.

Suzanne ist schon unterwegs, dann folgen wir dem Gang bis zur vorletzten Tür. Die Glühlampe hängt an einem Kabel von der Decke. Rechts ein Doppelbett, darüber ein Ventilator. Gegenüber führt eine Tür nach draußen. Daneben ist ein Fenster. Ein kleiner Schreibtisch steht davor, auf dem trockene Äste und Blätter in einer Vase für Behaglichkeit sorgen. Eine Hängematte ist draußen zu sehen. Der Vorhang ist zwischen Wand und Schreibtisch zur Seite geschoben. Links ein großer Schrank und die Tür zum Bad, vermute ich. Der Fußboden ist hier gefliest. Suzanne packt bereits ihren Rucksack aus. "Willst du zuerst duschen?"

"Nee, mach du mal." Ich setze mich erst mal auf das Bett, betrachte noch mal den Rucksack. Ein Stückchen Holz verriegelt jeweils die gewebten Ersatzriemen. Ehrfürchtig hole ich die Sachen raus und breite die zum Teil ebenfalls geflickten Kleidungsstücke aus. Ein gewebter Beutel taucht auf. Da drin sind Waschzeug, die klappbare und jetzt zerbrochene Zahnbürste, ein Kamm und ein manueller Haarschneider, wie ihn schon mein Opa hatte. Außerdem finde ich da noch den Notbeutel, eine größere Plastiktüte mit stabilem Zip-

Verschluss. Leichte Badeschlappen finde ich auch. Die sind in ein Mikrofaser-Handtuch eingewickelt, das schnell trocknet. In dem Plastikbeutel sind erst mal viele kleine verschließbare Tütchen drin, zum Beispiel mit fein säuberlich eingeschweißten Zahnputztabletten, münzgroße zusammengepresste Waschlappen, Kopfschmerztabletten Ibu 800, Magnesiumpulver, Koffeintabletten und solche zur Wasserentkeimung. Von den Ibu 800 brauche ich jetzt eine! Suzanne hat inzwischen nur noch ein Höschen an, bringt das getragene Zeug raus, wirft alles über die Hängematte und verknotet die Stiefel mit den Schnürsenkeln an dem Stück Tau, das zur Wand führt. Sie grinst mich dauernd an, während sie in ihrer Unterhose die frischen Sachen von ihrem Bett nimmt und verschwindet dann im Bad. Meine Güte, sie ist schon ein heißer Feger! Schwerfällig raffe ich mich auch auf, gehe ans Fenster. Es sind tatsächlich zwei Bierflaschen in Esperanzas Korb. Cool! Aber ich schraube erst mal eine Wasserflasche auf und spüle die Schmerztablette runter. Dann raus aus den Klamotten, alles ist durchgeweicht, riecht auch nicht gut. In Unterhose und den Latschen verteile ich mein Zeug an der anderen Seite der Hängematte und schließe die Tür. Die Laternen vom Weg und am Haus leuchten die Umgebung nur schwach aus. Es ist wie in einer Filmszene mit Charles Bronson in einem mexikanischen Dorf. Dann sehe ich plötzlich zwei helle Punkte in den Sträuchern. Die Tür ist zu, kontrolliere ich gleich. Wir sind nicht alleine hier. Natürlich nicht! Wir sind im Dschungel auf einer zivilisierten Insel mitten in der Wildnis. Die Punkte kommen näher, eine Silhouette wird erkennbar, ein Tier, ganz schön groß, keine Hauskatze! Könnte das etwa Lisa sein? Ich halte den Türgriff fest und öffne nicht. Klar! Wenn es nicht Lisa ist, wäre ich erledigt! Es ist eine Großkatze. Sie nähert sich langsam. Auf der kahlen, sandigen Fläche rund um das Haus ist sie besser zu erkennen. Das könnte Lisa sein. Ich versuche meine Erinnerungen an die Höhle mit Meister Paul zurückzurufen. Das Tier erreicht jetzt die umlaufende Terrasse, kommt durch den schmalen Durchgang der Mauer und setzt sich hin. Wir sehen uns in die Augen. Ich bin immer noch im Zweifel, spüre aber auch so etwas wie Wiedersehensfreude. Durch einen schmalen Spalt rufe ich: "Lisa?", und sie macht einen freundlichen Brummton, bewegt den Kopf. Dann rieche ich Sandelholz, es ist Lisa! Sie legt sich hin, streckt sich aus. Ich öffne die Tür, knie mich zu ihr runter, halte erst mal die Hand an ihre Nase. Mit einem sanften Brummen schließt sie die Augen. Es riecht wie in einem Laden mit Räucherstäbchen. Total stark, das ist der Hammer. Und Lisa ist so schnell durch den Busch wie wir mit den Booten?! Meine Güte! Wir sind vielleicht seit knapp zwei Stunden hier, aber trotzdem, das war doch eine wahnsinnig lange Strecke. Ich kraule ihren Nacken. Fast habe ich vergessen, dass dieses wunderschöne Tier ungefähr so schwer ist wie ich und mich in Sekunden in Stücke reißen könnte.

Das Wasser rauscht schon länger nicht mehr und jetzt höre ich die Tür quietschen. Suzanne kommt zu uns, trägt jetzt sogar ein Unterhemd.

"Hey, Lisa! Wow, you're the fastest cat ever![188]"

Lisa schaut uns kurz an, brummt einen tiefen Ton und leckt sich einmal um die Schnauze.

Nebenan wird Licht eingeschaltet.

"Oh, ich glaube, du musst dir jetzt einen anderen Platz suchen, Lisa!"

Sie hat die Aktivität neben uns auch bemerkt, hebt den Kopf und rafft sich sofort auf. Sie drückt die Schnauze kurz an mein Knie und trabt los, ist wenig später wieder im Gebüsch verschwunden.

"Schade! Frank, Bad is frei, kannst duschen."

"Alles klar, dann bis gleich."

Mir fällt jeder Schritt schwer, alles tut weh. Mit dem Handtuch aus dem Rucksack, der Zip-Tüte mit Unterwäsche und einem Seifenstück an einer Kordel erkunde ich das Bad. Die Dusche ist ein gemauertes Becken, innen mit hellblauer Farbe wasserfest gemacht. Der Duschvorhang ist eine LKW-Plane. Teile eines Schriftzuges sind zu sehen. An der Wand verläuft ein Rohr, das von eingemauerten Bögen aus Baustahl in Position gehalten wird. Wo das Rohr an eine Muffe geschraubt ist, befindet sich auch ein einfaches Ventil mit Hebel. Oben ist das Rohr nur nach unten gebogen. Kein LED-beleuchteter Luxusduschkopf mit fünf Sprüheinstellungen. Das Waschbecken ist aus emailliertem Metall wie früher in Omas Waschküche. Wieder ein Hahn mit Hebelventil. Die Toilette ist europäisch. Alles klar, ausprobieren. Das Wasserbecken für die Spülung hängt oben unter der Decke neben einem vergitterten Durchbruch nach draußen. Innen ist ein Drahtgeflecht zu sehen und davor zusätzlich ein engmaschiges Moskitonetz. Eine Schnur löst den Spülvorgang aus und beseitigt meine Hinterlassenschaften. Der schwere Holzdeckel soll vermutlich das Eindringen von Getier verhindern. Also gut, und jetzt duschen. Das Handtuch kommt über die Türklinke, die frischen Sachen über den Waschbeckenrand. An dem Baustahl-Haken kann ich die Seife aufhängen. Das Wasser pladdert kühl aus dem Rohr, die Wahl zwischen warm oder kalt bleibt mir erspart. Egal, das tut gut! Mit der Zeit wird das Wasser immer kälter, ich beeile mich, fertig zu werden. Die Seife bleibt hängen, ich trockne mich ab und betrachte im Spiegel die roten Streifen auf den Schultern und die anderen Kratzer und Beulen von unserer Abenteuer-Wanderung. In frischer Unterwäsche fühle ich mich dann schon eher wie ein zivilisierter Mensch. So, mal sehen, was Suzanne macht.

"Wo hast du denn das Handtuch gelassen?" Ich mache das Licht im Bad aus, schlurfe durch das Zimmer.

"Draußen auf den Stuhl", sie zeigt zur Tür. Suzanne ist schon unter der Bettdecke verschwunden. Das Moskitonetz ist auf meiner Seite noch hochgeschlagen, ein Bändsel hält es offen. Mein Handtuch kommt über die andere Stuhllehne, dann prüfe ich noch mal, ob alles zu ist. Die Tür zur Terrasse lässt sich sogar abschließen. Die Zimmertür gegenüber ist mit einem Drehriegel gesichert. Und jetzt ab ins Bett! Das Moskitonetz klemme ich zwischen Bett und Matratze ein.

"So, das haben wir geschafft! Gute Nacht, Suzanne. Meine Güte, war das ein Trip, aber wir haben's geschafft."

"Wir leben noch, Frankyboy! Das haben wir gut hingekriegt!"

An der Wand baumelt eine Kordel, die oben kurz vor der Decke in einer Elektrodose endet.

"Geht damit das Licht aus?" Durch das Netz ziehe ich kurz daran, und siehe da, jetzt ist es finster!

Wieder spüre ich meine lädierten Knochen, so halb auf der Seite ist es dann bequem. Suzanne raschelt noch etwas herum, das Bett ist nicht sehr stabil und ich werde mitgeschaukelt.

"Du sag mal, Frank, was hältst du von ein bisschen ein Match machen, du weißt schon, und dann gut einschlafen?"

Ich brauche einen Moment bis ich das kapiert habe.

"Echt jetzt? Also, ja also, echt jetzt? Also ich weiß nicht, meine Güte, du bis ja der Hammer! Sorry, also, also, ich weiß gerade nicht."

"Hmm, na ja. Ich dachte, ich frag mal sicherheitshalber. Aber okay, hast vielleicht recht. War nur so ein Idee, alles okay."

Suzanne dreht sich auf die andere Seite. Alter Schwede, ich bin schon ziemlich verblüfft, also wirklich!

"Ich dusch noch ma", murmelt sie dann, macht wieder Licht und krabbelt aus dem Bett. Vom Stuhl auf der Terrasse fischt sie das Handtuch und verschwindet im Bad. Sie ist echt eine Verrückte, meine Güte! Das Wasser plätschert eine Weile, dann das ganze rückwärts: Handtuch, Moskitonetz, Licht aus.

"Good night, Frank."

"Gute Nacht!" Ich könnte mich kaputtlachen, das ist wirklich skurril! Nach ein paar Atemzügen geht ein Ruck durch das Bett, dann ist Suzanne eingeschlafen.

Bin gespannt, was noch auf der Liste der unglaublichen Reiseereignisse steht. Aber ich freue mich jetzt schon auf das Frühstück morgen.

"He's still sleeping, but breakfast will be the secret code to wake him up! I'll try.[189]"

Das war Suzanne da im Flur, immerhin eine bekannte Stimme. Alles andere ist schon wieder neu.

"Hey, how's it going, Frank?[190]"

"Fast gut, fühle mich wie 90. Und du?"

"Muskelkater, headache[191], aber sons is okay! Wir können gleich nach vorne gehen, gibt Frühstück."

"Hört sich gut an. Mal sehen, wie das mit Klamotten aussieht."

Beim Aufstehen wird es noch mal interessant. Mir scheint, alle Muskeln sind verkatert. Lisa fällt mir ein, die durch den dichten Dschungel ungefähr genauso schnell war wie wir mit den Booten. Unfassbar.

Ich bewege mich etwas auf der Stelle, strecke die müden Arme. Das wird bis morgen schon wieder besser werden. Und da sind im Rucksack ein Hemd und ein Paar Shorts. Das reicht erst mal. Die anderen Sachen brauchen eine Wäsche. Suzanne ist wieder draußen, spricht mit Esperanza. Meine Füße fühlen sich an, als hätte ich über Nacht Schuhgröße 58 entwickelt. Aber schon im Flur riecht es nach Kaffee und wie beim Bäcker. Am Tisch sitzt fast die gleiche Runde wie gestern. Nur die Bootsfühler fehlen.

"Hey folks, good morning.[192]"

Die Begrüßung ist international, alle lächeln. Und Lucas in seinem schweizer Dialekt: "Guerte Morge!"

Esperanza kommt mit einem Berg Teller und oben drauf ein paar Bechern aus der Küche. Suzanne schiebt mich auf die Bank, nimmt Esperanza das Geschirr ab. "Puedo ayudarte?[193]", fragt sie.

"Si, gracias. Buenos dias, Franco.[194]"

Jeder bekommt einen großen Teller und eine Tasse, fast alle sind verschieden. Die Kaffeetassen sind eher Kübel, bunt bemalt. Die große Blechkanne steht bereits dampfend auf dem Tisch. In der Küche summt Esperanza eine Melodie, es brutzelt in der Pfanne.

"Ya están preparados.[195]" Sie stellt einen Stapel mit mindestens zehn Pfannkuchen auf den Tresen, Suzanne bringt sie uns an den Tisch. "Sentarse.[196]" Esperanza kommt mit einem Korb voller Gläser und Dosen an den Tisch. Löffel, Gabeln und Messer holt sie aus der Schürzentasche. "Y ahora diviértete![197]"

Sie lacht zufrieden, geht wieder in ihre Küche und wir fallen über die Leckereien her. Suzanne gibt Lucas und mir noch Besteck, dann balanciert sie einen Pfannkuchen auf meinen Teller. "Frankyboy, we're still alive![198]"

Pedro beißt bereits von seinem zusammengerollten Pfannkuchen ab, Marmelade quillt heraus. Er grinst, schlürft Kaffee. Suzanne untersucht die bunten Töpfchen, probiert dann, verschiedene Streifen davon auf dem Pfannkuchen unterzubringen, und formt auch eine Rolle. Mit vollem Mund schuckt sie mich an. "Wow, awesome! Frank, hier bleiben wir länger!"

Ein Glas lockt mich mit kleinen Stückchen von Orangenschale. Auf ein Stückchen Pfannkuchen gekleckst stopfe ich mir einen Löffel voll davon in den Mund. Großartig! Erinnert mich an Kirmes, die zahllosen Buden mit Leckerbissen, einen magischen Ort, wo es alle paar Schritte anders roch.

Jeder hat so seine Technik. Lucas bestreicht den Pfannkuchen mit zwei Sorten Marmelade und schneidet dann Streifen ab. Pedro bringt einen großen Löffelvoll genau in die Mitte, schlägt den Fladen erst halb zusammen und rollt dann. Suzanne bleibt bei der Streifenvariante und ich reiße Stücken ab, forme die dann zu einem

Trichter. Das brachte mir mal ein Inder von den Krishna-Mönchen bei. Damit lässt sich prima Soße und Mango Chutney aufnehmen.

Der Kaffee ist heiß und stark, aber einfach herrlich zu den Pfannkuchen. Die Frage nach einer Scheibe Vollkornbrot kann ich mir vermutlich schenken.

Nach einer Weile sind sogar die zusätzlichen drei Pfannkuchen verspeist. Esperanza kontrolliert schließlich unsere zufriedenen Gesichter, gesellt sich mit einer Tasse Kaffee und der Blechdose für die Kippen zu uns.

Pedro raucht, nachdem er jedem einen Griff in die Zigarillo-Schachtel angeboten hat. Aber so früh morgens und ohne Alkohol im Blut lehnen alle ab.

Mit vollem Bauch beschleicht mich schon wieder eine bleierne Trägheit, die Augenlider werden schwer.

Pedro und Esperanza unterhalten sich auf Spanisch.

Lucas hatte seinen Becher geleert, sprudelt über vor Tatendrang. "Soll ich euch mal zeigen, wo der Flughafen ist? Von dort könnt ihr auch telefonieren, wenn gerade alles funktioniert."

"Yes, good idea, Luc![199] Ich bin gespannt, was die da drüben sagen. Gibt kein Bildtelefon, oder? Das wär was für Funny Faces Competition.

Frankyboy! Na, bist müde? Oh, den alten Mann schicken wir lieber wieder in den Hängematte."

"Meine Güte, so voll gefuttert war ich schon lange nicht mehr. Suzanne, du bist der Hammer. Ja, schau mal, ob du Frau Bauer erreichen kannst. Ich gehe wieder zu unserer Matratze."

"Okay, Frank. Dann hol ich ein paar Dollars aus mein Rucksack und geh auch für kleine Mädchen. Hihi, das wird lustig. Hoffentlich kriege ich jemanden an die Strippe."

Pedro hatte wohl etwas mitbekommen. "Young Lady, Luc, you will go to airport? Please don't tell, that I take you back to Caracas. I have no licence, just cargopilot. It's a stealth mission, you know.[200]"

Suzanne winkt ab. "Yes, sure. Stealth mission is cool! That's what I like. Pedro. We're so happy, that you're here. We talk later, thank you!"[201]

"Okay, young Lady. I go and look for orders, then we talk.[202]"

Mir fallen unterdessen fast die Augen zu. "Sag mal, kann ich noch mal eine Stunde Urlaub nehmen? Ich brauch noch'n bisschen."

"Frankyboy, hihi! You're a nice guy![203] Ja, ruh dich aus. Jetz wird alles gut, Mensch. Ich kuck schon mal, was los is. Bis nachher."

Stück für Stück rutsche ich ans Ende der Bank. Jede Bewegung ist anstrengend. Endlich in der Senkrechten, freue ich mich auf die durchgelegene Matratze da hinten.

"Pedro, thanks a lot. Good that we meet you here! I just rest for a spell. See you.[204]"

"Franco. You got good and hard luck the last while. See you.[205]"

Die Matratze ist tatsächlich schon körpergerecht geformt. Einmal reingelegt, fällt es schwer, wieder herauszukommen. Im Moment genau richtig. Suzanne war kurz ins Bad gehuscht und bemüht sich leise die Türen zu schließen. Sie ist der Hammer.

Traumlos verpenne ich den Tag, bis es wieder dämmert und Suzanne das Bettgestell in Bewegung bringt.

"Fankyboy. Hey, wake up. It's suppertime and I have good news.[206]"

Benommen muss ich erst mal realisieren, wo ich bin.

"Schon wieder so spät? Meine Güte, habe ich gepennt."

"Pedro fliegt morgen nach San Fernando und weiter nach Caracas. Er meint, das dauert so ungefähr sechs Stunden, mit Tanken und

Auspacken und neue Ladung und so. Und ich hab Frau Bauer angerufen, als hier Mittag war. Da drüben is ungefähr fünf Stunden früher. Die is voll ausgeflippt. Cool, sag ich dir. Jedenfalls, die regelt alles mit Hotel in Caracas und den Rückflug. Das hättest du hörn sollen. Die konnte nich mehr! Und Pedro hat ein Cessna Caravan, ganz schön groß, mit eine alte Autositzbank für stowaways. Also blinde Passagieren, you know? Er zeigt uns den Weg, an den Zoll-Menschen vorbei, und dann geht das los. Wetter is auch gut, Frank. Diesmal klappt das! Hab ihn auch schon 400 Dollar gegeben. Da warn denn kleine Sterne in seine Augen. Gib ihn auch noch 200 oder so, dann kann er mal ein Pause einlegen. Außerdem sind unser Klamotten gewaschen und in den Wäscheraum, da hinten. Is sogar mit Lüftung."

"Wow, ein paar Stunden verpennt und schon läuft der Laden. Danke dir! Klasse! Und ja klar, hab die Rolle schon gefunden, ganz unten. Und ehrlich? Du hast jemanden erreicht? Das ging ja schnell."

Schon wieder Trubel und Aufbruch ins Unbekannte. Ich komme mit dem Tempo nicht mit. Aber es geht in die richtige Richtung. Nach Hause. Ich bewege mich ein paar Schritte hin und her. Zu viel Sport gemacht, die letzten Tage. Monique fällt mir zum Glück ein. Die Gedanken an sie helfen mir. Die muss ich unbedingt wiedersehen.

"Und wann geht's los?"

"Vor sieben noch. Das Flugzeug is schon fertig gepackt. Sprit ist auch genug drin. Wir schleichen uns da rein, Pedro lässt die Tür auf und macht den Check-up von der Mühle. Denn gehts los. Ich kenn die Maschine von Australien. Ganz gemütliche Dinger. Das wird ein schöner Flug, Frank. Und den Zwischenstopp in San Fernando geht schnell. Wir kriegen ein Plane über den Kopf, dann kommt die Palette mit den kaputte Generator raus und irgendwas anderes rein. Denn wird aufgetankt und eine Stunde danach sind wir in Caracas. Ich freu mich so, Frankyboy! Wir haben das geschafft!"

Wir schauen uns an. Suzanne strahlt, wir fallen uns in die Arme, rangeln herum.

"Also, nochma will ich das nich haben, aber mit dir war das den heißesten Urlaub, den ich ever hatte! Echt, Frank!"

"Und du bist die heißeste Kollegin weit und breit. Was machen wir bloß, wenn wir wieder im normalen Alltag bei der Uni angekommen sind?"

"Erst mal sind alle geschockt. Unsern Jobs machen bestimmt andere Leute jetz. Wir machen ein bisschen Urlaub und suchen den Anfang wieder."

"Ich bin auf die Gesichter gespannt. Hoffentlich funktionieren die Beruhigungspillen noch. Die eine Schachtel war kaputtgegangen."

"Ach, Frank, brauchst du bestimmt gar nich. Das wird ein ganz gemütlichen Flug mit eine alte Cargo-Mühle. Wirst sehn. Und jetz gibts essen! Come on, Frank. Wir müssen uns stärken."

Lucas ist schon da und Pedro auch. Die beiden Bootsführer sitzen draußen und rauchen. Esperanza begrüßt uns freundlich, stellt gerade die dampfenden Pfanne hin, ähnlich gefüllt wie gestern. Rum und Wasser gibt es ebenfalls. Lucas hat ein Bier. Heute Abend ist etwas mehr vom Hühnchen mit dabei und die Soße ist deutlich schärfer als gestern. Im Gespräch mit Pedro bestehe ich darauf, dass er von mir auch noch Benzingeld bekommt. Wir einigen uns auf 250 Dollar. Die Unterhaltung mit Lucas setzen wir auf der kleinen Terrasse entspannt in den Sisal-Bretter-Möbeln fort. Die Kapitäne sind bereits verschwunden. Pedro trank nur ein ordentliches Glas Rum und ging schlafen. Mit Lucas tauschen wir dann persönliche Daten aus, soweit das für uns möglich ist. Mit Adressen können wir leider nicht wirklich dienen. Aber Lucas verdonnert uns zu einem Besuch in der Schweiz. Er hat dort eine sehr gut gehende Firma, die für die Autoindustrie Einzelteile als Prototypen entwickelt.

Am nächsten Morgen weckt uns Pedro rechtzeitig. Das Frühstück geht schnell und Esperanza hatte für jeden von uns eine Plastiktüte bereitgelegt. Suzanne und ich überprüfen kurz unsere kleinen Dollarbündel, bevor Pedro und Esperanza jeder noch ihren Anteil bekommen. Dann geht es los.

In frisch gewaschenen Sachen stiefeln wir Pedro hinterher. Der hat seinen Seesack geschultert, wir die Rucksäcke, wobei meine Schultern trotz breiter Tapes sofort schmerzen. Pedro erzählt uns, dass er schon vor etlichen Jahren Rucksacktouristen hierhergeflogen hat, als das Dorf so gut wie unbekannt war. Die hätten nackt in der Lagune gebadet und in Hängematten geschlafen. Der organisierte Tourismus heute ist allerdings aus seiner Sicht um einiges schlimmer. Nachdem sein damaliger Chef ihm dann Drogenkuriere unter die Touristen gemischte hat, war Pedro zu einer Transportfirma gewechselt und hat nur noch seinen Pilotenschein für Frachtflugzeuge regelmäßig erneuert. Seine Cessna Caravan war beim Militär eingesetzt worden und wurde nach einem Crash beim Landen sehr günstig zum Ausschlachten angeboten. Inzwischen ist Pedro Teilhaber der kleinen Firma geworden und so hat er mit seinem Geschäftspartner das Flugzeug wieder einsatzfähig gemacht. Die letzte Generalüberholung ist nur wenigen Wochen her, beteuert Pedro. Für ihn ist es das beste Flugzeug, das es gibt. Einfach, sehr robust und sogar verhältnismäßig sparsam. Die Zweimannfirma hat einen festen Kundenstamm. Die Aufträge von großen Firmen werden zugunsten von Einsätzen wie diesen für kleinere Geschäfte etwas teurer gestaltet. Diese Mischkalkulation ist kein Geheimnis. Man hilft sich eben gerne in diesem Teil der Welt. Außerdem rät er uns noch, Papiertaschentücher bereitzuhalten, um uns damit die Ohren gegen den Lärm während des Fluges zu schützen. Es ist eben eine Frachtmaschine.

Wir machen unterdessen einen Bogen um eine Urlaubsanlage. Pedro nennt es eine Abkürzung. Über einen schmalen Weg bewegen wir uns auf die Rollbahn und die Abfertigungshütte zu. Anfangs gibt es noch einen ordentlichen Zaun, der aber ein Stück hinter den Gebäuden und der Abstellfläche für die Flugzeuge endet. In einiger Entfernung ist neben der Landebahn die weltberühmte rote DC-3 zu sehen. Die ist definitiv schon ausgeschlachtet und dient als Wahrzeichen für die Lagune. Pedros Maschine steht am hinteren Rand dieses Parkplatzes. Es ist eine einmotorige Cessna Caravan, ockerfarben gestrichen und trägt die Aufschrift: Caribbean-Cargo-Limited. Wir trennen uns. Suzanne und ich bewegen uns parallel zum Zaun, aber durch das Gebüsch von den wenigen Leuten auf dem Gelände unbemerkt zum Ende des Zaunes. Inzwischen meldet sich Pedro bei dem, was hier der Tower ist, regelt noch die nötigen Formalien. Als er wieder auftaucht, hat er zusätzlich noch Papiere auf einem Klemmbrett mit dabei. Wir hatten ausgemacht, dass er beim Prüfen der Maschine die große Ladeluke öffnet, damit wir schnell aufspringen können. Pedros Seesack rollt schon neben eine große Holzkiste auf einer Palette, die mit Gurten fixiert ist. Einen Moment später kommt er wieder raus, und während er an seinem Flugzeug hantiert, schaut er sich um, ob die Luft rein ist. Dann bekommen wir ein Zeichen, laufen die 30 Meter geduckt zur Maschine. Unsere Rucksäcke landen bei seinem Seesack. Mit den Provianttüten in der Hand sehen wir uns um. Am Boden der Maschine verlaufen Schienen, mit denen sich Fracht sichern lässt. Zwischen Frachtraum und dem Cockpit ist eine Sitzbank festgeschraubt. Ein einfaches Rohrgestell mit rot bezogenen Polstern. Ein Stapel mit Wolldecken liegt oben drauf, teilweise bunt, teilweise eher Militärmaterial. Mit seinem markanten Grinsen schließt Pedro die große Tür hinter uns. Von innen legt er noch einen roten Hebel um.

Wir sitzen auf dem Boden, an unsere Rucksäcke gelehnt. Suzanne inspiziert ihre Tüte und strahlt vor Vergnügen.

"Wow, zwei Semmeln und eine Dose mit diesem Hühner-Kartoffel-Zeug wahrscheinlich, wir sind gerettet, Frankyboy. We did it, Frankyboy. We did it![207]"

Pedro dreht sich noch einmal um.

"Are you ready, friends? Please stay here in the back part till we are up in the air. Than you can take place over there. I will do the checklist and ask the tower for takeoff.[208]"

Suzanne hebt den Daumen hoch. "We'll duck down for a while. And thank you. It's great that you take us back.[209]"

Pedro nickt nur freundlich und klettert vor in sein Cockpit. Ein paar Schalter klicken, Instrumente werden beleuchtet, Zeiger bewegen sich. Dann beginnt ein unangenehm heulender Pfeifton. Der Propeller dreht sich zuerst zuckend, dann immer schneller. Pedro hat Kopfhörer auf und spricht über Funk mit dem Tower.

Suzanne stupst mich an und gibt mir ein Papiertaschentuch.

"Kenn ich von zu Hause. Die Kiste hat ein Turbinenmotor. Das is besser als die Dinger mit Kolben und so. Ich glaub, das wird laut hier. Stopf das in die Ohrn."

Und sie hat recht. Nach ungefähr einer Minute ist die ganze Maschine in Bewegung.

Pedro prüft Instrumente, bedient Hebel und Knöpfe, spricht über Funk und dreht sich schließlich zu uns. Wir heben die Daumen. Pedro grinst und dann rollen wir in Richtung Startbahn. Nach einigen Metern bleiben wir mit einem Ruck stehen, noch ein Funkspruch und Pedro gibt Gas. Ein paar Momente bleiben wir stehen, die Maschine schüttelt sich, hoppelt mit gebremsten Rädern ein paar Zentimer vorwärts, während dieses Turbinengeräusch immer lauter wird. Dann geht es los. Die Maschine nimmt schnell Fahrt auf. Schon nach kurzer Zeit kommt das Heck höher, nach ein paar Hüpfern wird es schließlich ruhiger, und schon zieht Pedro die Maschine hoch.

Komischerweise spüre ich die Bewegungen nicht ausschließlich in der Magengegend wie sonst. Sollte ich etwa neuerdings Spaß am Fliegen entwickeln? Vielleicht sind es auch nur die Beruhigungspillen, die ich mir natürlich trotzdem eingeworfen habe. Wir werden sehen.

Suzanne stupst mich an.

"Mensch, Frank, bin ich froh. Es geht jetz nach Hause."

Eine Unterhaltung ist schwierig. Man muss ziemlich laut reden. Nach kurzer Zeit haben wir ordentlich an Höhe gewonnen, bei jedem Schlucken knackst es in den Ohren. Noch eine Kurve und Pedro signalisiert uns, dass wir jetzt vorne Platz nehmen können. Um meinen Gleichgewichtssinn nicht unnötig zu strapazieren, bewege ich mich langsam, halte mich gut fest. Suzanne dagegen tänzelt mit unseren beiden Fresspaketen in Richtung Cockpit und schaut prüfend aus den Fenstern. Die Sitzbank ist nur wenig bequemer als der Blechboden, aber immerhin. Wir können jetzt besser rausschauen und auch beobachten, was Pedro zu tun hat. Es ist einfach klasse! Diese Landschaft unter uns ist einmalig. Suzanne schnuppert an den Wolldecken und gibt mir dann eine von den bunt gewebten. In so einer Transportmaschine ist es ganz schön zugig. Für sich selbst findet sie eine mit anderem Muster. Wir wickeln uns ein und setzen uns. Suzanne holt sich gleich eines der Brötchen heraus und fängt an zu essen. Freudestrahlend streckt sie mir das angeknabberte Brötchen und einen Okay-Daumen entgegen. Dann gibt sie mir die andere Tüte.

"Das is lecker, Frank. Du musst was essen, das is gut für dich, trust me!"

"Ich warte noch ein bisschen, danke. Hast du einen Löffel dabei?"
"Nee, stimmt. Is auch nix versteckt. Ach, das geht auch so
irgendwie."

Wir müssen uns lautstark in die Ohren brüllen. Ohne
Papiertaschentuch ist das Fluggeräusch zu laut und mit versteht man
sich noch schlechter.

Die Reste von gestern sind in ausgediente Konservendosen gefüllt
und mit dem Fetzen einer Plastiktüte mithilfe von Paketschnur
verschlossen. Ich wundere mich, das nichts ausläuft. Suzanne hat
schon das erste Brötchen verdrückt.

Pedro schaut sich gelegentlich zu uns um und freut sich anscheinend
mit uns. Er hat inzwischen auch ein Brötchen von seinem Proviant
verputzt. Wir haben inzwischen wohl die richtige Flughöhe erreicht.
Es knackst nur noch selten in den Ohren. Pedro hat auch den Motor
etwas gedrosselt. Das hohe Pfeifen der Turbine und die Geräusche
insgesamt in der Maschine harmonisieren sich langsam.

Von dem monotonen Lärm stumpfe ich zunehmend ab. Suzanne
lehnt sich bei mir an. Sie hat die Augen zu. Gemeinsam suchen wir,
in unsere Decken eingewickelt, nach einer bequemen Position. Ihre
Nähe tut mir gut. Ab und zu hört man Pedros menschliche Stimme
zwischen dem Lärm heraus. Aus dem kleinen Bordlautsprecher
krächzt der Mann vom Tower. Es ist eine Mischung aus
Flugverkehrs-Englisch, eher knapp und militärisch, und spanischem
Geplauder, das an eine Caféhaus-Unterhaltung erinnert.

Der Flug ist, abgesehen von dem Krach und der Tatsache, dass alles
vibriert, wirklich ruhig und ich fühle mich tatsächlich gut. Keine
Windböen, keine Luftlöcher, die uns schütteln. Ich könnte fast
vorsichtigen Spaß daran finden. Sollte ich etwa erwachsen geworden
sein? Manchmal fliegt Pedro eine leichte Kurve, dann ist durch die
eingetrübten Scheiben mehr von der Landschaft zu sehen. Es ist

beeindruckend, aber andererseits sehne ich mich nach norddeutschem, kühlen Wetter zurück und so was wie der wohngemeinschaftlichen Altbauwohnung, den alten Bäumen entlang des mit Backsteinen gepflasterten Weges. Und mir fällt immer öfter Monique ein. Das macht mich ungeduldig und nervös. So als ob ich es verpassen könnte, sie rechtzeitig wiederzusehen. Ich muss dringend nach Hause zurück!

Aber es zieht sich hin. Pedro sprach von circa zwei Stunden, je nachdem wie die Windverhältnisse sind und wie hoch er fliegen kann. San Fernando ist ungefähr 500 Kilometer von Canaima entfernt, erklärt mir Suzanne, und dass wir mit gemütlichen 140 Knoten fliegen. Kann ich alles nicht richtig einschätzen. Da bleibt wie schon so oft nur abwarten.

Das Zeitgefühl hat sich bereits lange verabschiedet. In leichtem Dämmerzustand geht es voran. Suzanne hatte zwei weitere Wolldecken über die Rückenlehne gehängt. Jetzt ist es angenehmer. Zusammengekauert sitzen wir aneinandergedrückt und halten es einfach aus.

Pedro wird aktiver am Funk. Es knackst wieder mehr beim Schlucken. Bei den Kurven sieht man Siedlungen, bewirtschaftete Felder, Wege und Straßen. Wir fliegen tiefer. Und die Zugluft in der Kabine verändert sich. Es wird stickiger und wärmer.

"Guess, we reach it soon. San Fernando klingt cool, wie in ein Hollywood-Film.[210]"

"Stimmt, wir werden uns allerdings vor den Abenteuern verstecken."

"Hat mir auch gereicht bis jetzt."

Wegen des Geräuschpegels muss mein Gehirn immer erst das Gehörte wie ein Mosaik zusammenbauen. Ein witziges Gefühl.

Pedro macht eine Handbewegung nach unten. Dann fliegt er einen weiten Bogen und kleinere Kurven, die Geräusche verändern sich. Schließlich setzen wir auf und lassen uns von der holperigen Piste durchschütteln. Unten angekommen rollen wir noch eine ganze Weile herum, bis wir endlich stehen bleiben und der Motor langsam austrudelt. Ruhe! Pedro bespricht noch etwas über Funk, dann kommt er zu uns.

"Folkes, this is San Fernando. We stay for about an hour. But you have to duck down. Sorry, no other way.[211]"

"It's okay! We are so lucky that you take us back, Pedro![212]"

Wir streifen inzwischen die Decken ab. Pedro legt unsere Rucksäcke an die Sitzbank und holt dann eine LKW-Plane und zwei Holzstücke aus dem hinteren Teil der Maschine. Mit einem Ruck entriegelt er die Rückenlehne. Die Sitzbank wird zu einer Liege. Die Plane verklemmt er rechts und links mit den Holzlatten, die dann unten in diesen Halteschienen stecken. Er grinst, zieht die Augenbrauen hoch und wirft den Rest der Plane über uns drüber.

"Good night![213]"

Am Übergang zum Cockpit waren seitlich breite Spanngummis mit Haken angebracht, die jetzt die Plane in Zelthöhe halten. Pedro reicht mir einen leeren Plastikkanister mit großem Schraubdeckel und streckt noch einmal den Kopf zu uns rein.

"One hour adventure camping is inclusive. And this is your emergency toilette. Good luck![214]"

Wir lachen alle zusammen los.

"Now we swap the load and take fuel and in three hours, we are in Caracas.[215]"

"Alrighty, Pedro. We don't move.[216]"

Wir hören, wie Pedro im Cockpit irgendwas macht, dann drängt er sich an uns vorbei und schiebt hinten die Ladeluke zur Seite. Er hantiert mit den Spanngurten herum, löst die Palette.

Die Plane hängt durch. Wenn wir uns hochstrecken, sieht man vermutlich die Beulen von unseren Köpfen. Wir machen uns klein. Suzanne hantiert mit den Wolldecken. Kramt dann in der Provianttüte herum. Die Campingtoilette ist ein verbeulter Plastikkanister, der mich an die Behälter erinnert, in denen man in der Pfalz neuen Wein abgefüllt bekommt. Das Ding kommt erst mal unter die Bank.

"Ich probier jetz das Dosenfutter. Und du?"

"Gib mir doch so eine Semmel aus meiner Tüte. Und kommst du an die Rucksäcke ran? Ein Schluck Tourist-Water wäre nicht schlecht."

Ich bekomme mein Fresspaket und die Trinkflasche. Das Wasser schmeckt schon etwas aufbereitet, aber es ist schön kühl. Der Luftstrom von draußen ist allerdings warm und stickig, riecht nach Asphalt, Öl und Smog. Es sind Stimmen zu hören. Weiter entfernt Fahrzeuge, Flugzeugmotoren. Ein ziemliches Durcheinander an Geräuschen.

Die von Esperanza selbst gebackenen Brötchen schmecken kernig, wie aus dem Öko-Laden. Da hat man was zu kauen. Suzanne löst unterdessen die Schnur an ihrer Dose und befreit sie von der Kunststoffabdeckung. Sie schüttelt sich gerade einen großen Brocken in den Mund und schaut genüsslich mampfend zu mir rüber.

"Das ist super! I like that!"

"Wir haben so ein Glück, das ist einfach der Hammer."

Draußen kommt ein Fahrzeug näher.

"Oh, geht los!", nuschelt Suzanne mit vollem Mund.

Wir ducken uns und warten gespannt ab. Das dürfte ein Gabelstapler sein. Man hört eine Hydraulikpumpe und dann kratzt etwas über den Boden hinter uns. Die Maschine bewegt sich kurz. Der Stapler entfernt sich wieder. Ich beiße vom Brötchen ab und Suzanne kippt sich einen Bissen aus der Dose in den Mund.

Jemand klettert durch die Luke herein.

"Don't run away![217]"

Das war wieder Pedro, der dann Ladung losbindet und von weiter hinten bis zur Luke schiebt. Wieder kommt der Stapler und lädt aus. Pedro räumt. Als vom Stapler nichts mehr hören ist, steckt Pedro seinen Kopf zu uns unter die Plane.

"Hello my stowaways! Now we get two pallets with machine parts for Caracas. Then comes the petrol attendant for refuelling.[218]"

"It's a cosy place here. All's well![219]"

Pedro scheint die Sache auch Spaß zu machen, er grinst und verschwindet wieder.

Suzanne sucht, nachdem die Blechdose leer ist, nach den Papiertaschentüchern, wischt sich zunächst denn Mund ab und beseitigt dann, soweit es geht, Soßenkleckereien von ihrem Hemd.

"Wow, jetz geht's besser. Was ist mit dir? Schon fertig?"

"Die Semmeln reichen erst mal."

"Aber dir gehts gut? Ist doch alles klasse, findest du nich?"

"Doch, mir geht es ganz gut, aber ich belasse es erst mal dabei. Heute Abend kommt die Dose dran und ein Bierchen aus der Minibar."

"Ein kleine Feier müssen wir machen, Frank. Morgen geht das wahrscheinlich zurück nach Deutschland. Wir müssen noch anrufen bei Frau Bauer."

"Ich kann es noch gar nicht glauben! Wir sind auf dem Weg nach Hause."

"Frankyboy, we did it! That's great![220]"

Der Stapler nähert sich wieder, schiebt kratzend eine Palette in die Maschine. Pedro schiebt dann ruckweise das Zeug weiter nach hinten. Es klappert, ich denke, er arbeitet mit einem Flaschenzug.

Eine Weile ist es ruhig, als der Stapler wieder kommt und etwas absetzt, federt die Maschine deutlich ein. Die schweren Teile kommen in die Mitte der Maschine, das macht Sinn.

Pedro redet etwas mit dem Mann draußen. Anschließend hört man das Klicken von Spanngurten.

Pedro schließt die Luke und kommt dann bei uns vorbei.

"Please stay there. We're waiting for fuel now.[221]"

Er steigt vorne aus. Wir sind alleine.

"Gib mir auch ein Schluck Tourist Water."

Suzanne trinkt, wischt sich den Mund am Ärmel ab.

"Du auch noch?"

"Nee danke, reicht erst mal."

Suzanne hängt die Flasche an meinen Rucksack, räumt auch die Provianttüten unter die Bank und sortiert die Wolldecken an einer Seite.

"Los, streck dich mal aus. Is bequemer. Wer weiß, wie lange das dauert."

Sie rutscht ein Stück nach vorne und ich suche hinter ihr nach einer weichen Stelle auf dieser Pritsche. Eine Wolldecke nehme ich von dem Stapel herunter, dann passt die Höhe für den Kopf. Suzanne nimmt meinen Arm unter den Kopf und ruckelt sich mit einem Stück Wolldecke zurecht. Wir sind uns ganz schön nah. Ihre Haare duften ganz dezent nach Maiglöckchen und etwas harzig, wie ein frisch geschnittener Ast. Meine Güte, dicht an dicht mit meiner Chefin unter einer LKW-Plane. Das ist spannend.

"Überleg schon mal, wie wir zu Hause weitermachen."

Dabei sucht sie nach meiner anderen Hand und drückt sie dann fest an sich.

"Na ja, erst mal feiern lassen und anschließend mal sehen, wonach man sonst noch forschen kann."

"Nee, nich in Geschäft, Mann. Wir beide."

Huch, das klingt jetzt wie: Gehen wir zu dir oder zu mir!

"Willst du nicht erst mal sehen, wo Danny abgeblieben ist? Also ihr seid aus demselben Holz geschnitzt, würde ich mal sagen."

Suzanne dreht sich weiter zu mir.

"Danny? Meinst du? Oh, ach so. Echt?"

"An deiner Stelle würde ich den mal anrufen, Susy."

"Echt, meinst du? Susy, oh damn it, really?[222]"

"Na klar, was denkst du denn?"

Suzanne nimmt wieder etwas Abstand. Nach einer ganzen Weile sagt sie: "Okay, sorry Frank, vielleicht hast du recht. Wir reden noch mal drüber. Bin sowieso gespannt, was da auf uns wartet. Frau Bauer hat so komischen Andeutung gemacht wegen mein Ex und die Wohnung. Good Lord, schon wieder Ärger mit so ein Idiot."

"Mach dir keine Sorgen, wir sind jetzt unsterblich."

"Du bist echt cool, Frankyboy."

Es wird immer wärmer. Die Maschine heizt sich in der Sonne langsam auf. Irgendwann geht es hoffentlich weiter. Aber im Moment geht gar nichts. Ich dämmere so halb wach vor mich hin. Suzanne summt manchmal leise eine Melodie und zuckt dann wieder wie beim Einschlafen.

Die vordere Tür wird geöffnet, ich höre Pedros Stimme. Jetzt passiert irgendwas. Draußen ist wieder ein Fahrzeug zu hören. Das muss der Tankwagen sein. Pedro redet mit jemandem und an der Maschine wird herumgerüttelt. Nach einer Weile ist nur noch ein Motor im Standgas und eine Pumpe zu hören. Über uns rauscht es.

"Sounds good, Frank. That's fuel.[223]"

Ein Auto zu betanken geht schneller. In der Maschine wird es immer wärmer. Suzanne und ich nehmen immer mehr Abstand. Vorbei mit Kuscheln. Dann endlich hört das Rauschen auf. Stimmen und Werkstattgeräusche, dann entfernt sich das Fahrzeug wieder. Es bleibt die Flughafen-Geräuschkulisse.

"Alright. Now we go for Caracas. Just stay there till we're up in the air.[224]"

Pedro ist eingestiegen und schließt jetzt die Tür. Man hört wieder Schalter und krächzenden Sprechfunk aus dem kleinen Innenlautsprecher. Dann startet Pedro den Turbinenmotor. Anfangs sind noch ein paar Worte zu hören, nach kurzer Zeit überdeckt der Motor fast alle anderen Geräusche. Wir suchen beide nach den kleinen Knäueln aus Taschentuchpapier.

"Vorletzte Runde, Frank. Let's go home.[225]"

Die Maschine rollt los, kurvt eine ganze Zeit lang herum. Wir bleiben stehen, einige Momente passiert nichts mehr, bis Pedro Vollgas gibt. Der Krach wird stärker, wir werden durchgeschüttelt. Schließlich noch ein Hopser, dann hört schon mal das Gerüttel wieder auf. Wir steigen schnell, drehen ein paar Kurven. Es knackst wieder in den Ohren beim Schlucken.

Suzanne setzt sich hin, löst die Plane von den Gummibändern und wickelt das störrische Stück Plane hinter uns zusammen. Ich setze mich an die Seite und versuche die Rückenlehne hochzuklappen. Suzanne hilft nach, dann rastet die irgendwo ein. Zwei Decken kommen wieder über die Lehne, in die beiden zusammengerollten wickeln wir uns wieder ein. Kühle Zugluft macht uns wieder munter. Nach einer Weile melden die Ohren kaum noch Luftdruckunterschiede, die Sonne scheint im gleichen Winkel herein. Mal sehn, wie lang sich die gute Stunde Flug hinzieht. Zum Glück geht es mir einigermaßen gut. Vielleicht muss ich tatsächlich mehr üben. Der Krach und die Vibrationen versetzen uns wieder in diese Flughypnose, in der das Zeitgefühl verschwimmt. Also aushalten und abwarten. Und abwarten. Und weiter abwarten. Suzanne und ich müssen immer öfter die Position wechseln. Bequem ist diese Bank wirklich nicht. Aber mir scheint, dass jetzt mehr Funk-Gekrächze durch das monotone Motorgeräusch dringt.

So, Caracas, wir kommen dich besuchen! Inzwischen verlieren wir an Höhe, melden die Ohren. Pedro fliegt lange Kurven. Suzanne kramt die LKW-Plane wieder vor und zieht sie uns über die Köpfe.

"Alright! Glaube, wir landen bald. Bis du okay, Frank?"

"Ja, geht mir gut. Alles in Ordnung."

"Siehst du, halb so schlimm!"

Die Maschine verändert immer öfter ihre Lage und wir fliegen kleine
Kurven, das Geräusch vorne vom Propeller verändert sich auch
ständig. Noch ein paar Mal schlucken und wir setzen schließlich auf.
Dann rollen wir gemütlich eine Weile herum. Manchmal gibt Pedro
etwas Gas oder verstellt die Propellerflügel. Eine letzte Drehung, ein
paar Funksprüche, dann trudelt die Turbine pfeifend aus.

Pedro hebt die Plane hoch. Er grinst.

"Good people, this is Caracas. Just stay here, until the load is out.
Then I move the mashine to our hangar. When the coast is clear, we
go out for a drink. Then you are save.[226]"

"Good news! Thank you, Pedro![227]"

Er drängt sich an uns vorbei und öffnet hinten die Ladeluke.

"Ab jetz is fast nur noch ein langweiligen Touristentrip. Puh, ich bin
froh! Dachte schon, ich verschimmel da irgendwo in ein Gebüsch.
Echt, Frank."

"Die Mensa ist nicht gerade um die Ecke, aber hier gibt es schon
weiche Hotelbetten und Telefone."

"Wir sind ein total crazy team, Frank. Jetz is das voll cool! Ich bin so
happy!"

Wir rangeln herum, bremsen dann aber unsere Ausgelassenheit, als
sich ein Fahrzeug nähert.

"Psst. Duck down! Das is ja wie in ein Film, hihi!"

Es wird wieder warm, die Karibik begrüßt uns. Das Fahrzeug dürfte wieder ein Stapler sein. Hydraulikpumpen summen, das Flugzeug wackelt, schleifende Geräusche, wieder ein Summen, und mit einem Ruck federn die Maschine hoch und runter. Das Gefährt entfernt sich, hinterlässt nur eine Abgaswolke. Die Geräusche erinnern mich an meinen Job beim Großmarkt. Da war ich neben den Rampen zum Be- und Entladen für die Abfallpresse zuständig. Weiter weg ist ein Helikopter zu hören.

Inzwischen hat sich Suzanne angelehnt und ihre Wolldecke abgestreift. Mir wird es auch zu warm und ich werde ungeduldig.

Jemand kommt durch die Ladeluke. Hoffentlich Pedro und nicht der Zoll.

"Stay cool. One piece left.[228]"

Schon mal gut, das war Pedro, der die Gurte löst und dann die zweite Palette zur Luke rackert. Man hört ihn vor sich hinmurmeln. Vermutlich Flüche. Und da ist schon wieder der Stapler. Wieder ruckelt die ganze Maschine. Dann verschließt Pedro die Luke, kommt wieder bei uns vorbei.

"That's it. Just some paperwork. Please wait till we are in our hangar. Normally there are no officials.[229]"

"Okay, Pedro. We'll wait.[230]"

Die Cockpittür klappt kurz darauf zu. Wieder dürfen wir warten. Hoffentlich geht nicht noch irgendwas schief. Ohne die Zugluft und mit steigender Temperatur riecht das Flugzeug wie eine alte Werkstatt. Egal, Frau Bauer hat uns ein Hotel besorgt, da wird es doch wohl eine Bar geben und ein schönes Bierchen.

"Oh, Frankyboy. Mir is komisch. Weiß auch nich. Vielleicht will ich einfach nach Hause. Nix hörn, nix sehn, ein, zwei Whiskey, 100 Stunden schlafen."

"Ich merke auch gerade, dass ich keine Lust mehr habe. Liegt es daran, dass der gefährliche Teil jetzt zu Ende ist?"

Suzanne nimmt meinen Arm. "Ich mach lieber wieder ein Rodeo-Challenge als so eine Tour. Und ich glaub, wir hatten echt Glück, Frank. Good Lord."

"Wird schon wieder so warm. Ich hätte Bock auf eine Wohngemeinschafts-Fete, wie früher, wenn das Semester endlich geschafft war. Ordentlich abrocken, viel trinken und dann eine Woche nichts tun. Am besten bei Regenwetter."

"An den Air condition muss Pedro noch arbeiten. Mal sehn, wann der Flieger nach Deutschland geht."

"Und dann habe ich erst mal genug vom Fliegen. Oh, hör mal. Das ist hoffentlich Pedro mit dem Abschleppseil."

Draußen tut sich was. Es klappert wie eine Ameise, also so ein Palettenhubwagen mit Motor. Am Bug der Maschine wird hantiert. Ein kleiner Ruck und wir bewegen uns langsam. Ein Elektromotor quält sich hörbar und stöhnt bei Kurven und Bogenwellen. Mit einer Geschwindigkeit von eher einer Meile pro Tag beschreibt die Cessna eine 180-Grad-Kurve, dann fahren wir rückwärts in den Schatten einer Halle. Jetzt ist es ziemlich dunkel. Fahles Neonlicht scheint durch die Fenster. Wir rekeln uns unter der LKW-Plane und warten ab. Da waren ein paar Stimmen, dann wieder Stille. Endlich höre ich Schritte näherkommen. Durch die geöffnete Ladeluke höre ich Pedro.

"Alright, we did it! Come out. No one here.[231]"

Dann gab es wieder einen emotionalen Abschied. Pedro hatte uns in seinem Toyota FJ45 zum Hotel gebracht. Das alte Buschtaxi war in der gleichen Farbe lackiert wie seine Cessna Caravan und trug ebenfals den Schriftzug: Caribbean-Cargo-Limited. Pedro gab uns seine Visitenkarte und bestand darauf, eine Postkarte zu bekommen, wenn wir es bis nach Hause geschafft hätten.

Zurück in unserer alten Welt

"Hey Frankyboy, look, diesen shithole da unten is Frankfurt.[232] Wir sind wieder zu Hause, Mensch! Und mach den Gurt wieder fest, bitte."

"Borr, ich glaub, ich kann nicht mehr. Wird Zeit, dass der Spuk vorbei ist."

Richtig geschlafen hatte ich vielleicht nicht, aber mein Kreislauf läuft auf Sparflamme. Fliegen ist nicht mein Ding. Die Maschine macht die üblichen Landeanflugsschlenker, noch ein paar Minuten tief atmen, schlucken, dann ist der Zirkus erst mal vorbei. Ich ziehe den Sicherheitsgurt wieder stramm. Eine Stewardess lächelt mich im Vorbeigehen freundlich an.

"Kein Whiskey getrunken, schon gesehn? Nur ein paar Piccolöchen. Mensch, Frank, gleich sind wir da!"

"Stimmt, bin gespannt, ob ich was zum Pennen finde."

"Deine Freundin, die Frau Bauer, wollte doch in Studentenheim was für uns suchen. Sonst gehen wir wieder in ein Hotel. Ich weiß noch nich genau, was mit meine Wohnung los is. Ich glaub, ich habe keine mehr."

Ich muss lachen. "Ist schon blöd, wenn die Verschollenen plötzlich doch wieder aus dem Nichts auftauchen. Komm, wir fliegen wieder in das Dschungel-Dorf zurück."

"No way! Good Lord! Das machen wir bestimmt nich! Mensch, Frank! Obwohl, Canaima war cool, hätte ich noch lange ausgehalten."

Die Geräusche ändern sich, durch die Fenster sieht man, dass wir bald unten sind. Noch einmal werden wir durchgeschüttelt, die Turbinen heulen auf, es bremst tierisch. Einige klatschen, ich halte einen Moment lang die Luft an.

So, wir rollen jetzt, die Erde hat uns wieder. Wie habe ich auf diesen Augenblick gewartet!

"Here we are, Zombies back home again.[233]"

Suzanne lacht sich kaputt. Sie ist wieder ungefähr so übermütig wie in Caracas an der Bar.

"Hey, come on, eine Stunde Zug fahrn, dann sind wir zu Hause, Frank! Mensch, ein Jahr weg gewesen. Puh, good Lord!"

"Das wird ein Spaziergang, hattest du mir erklärt!"

"Sorry, Frank, war gelogen. Pardon me."

"Du bist vielleicht'n Kumpel?!"

"Denk dran, Frank, im Moment bin ich dein einzigen Kumpel."

"Oh verdammt, stimmt ja!"

"Jep, dude!"

Sie rempelt mich freundschaftlich an, wir sind beide erleichtert. Bilder der letzten Tage huschen durch meinen Kopf.

Endlich steht die Mühle endgültig, dann werden die Türen geöffnet. Die ersten Leute stehen auf, nehmen ihr Gepäck. In unserem Gepäckfach ist meine Einkaufstüte und Suzanne holt ihre Gürteltasche raus. Wir sortieren uns ein. Die Luft riecht nach Großstadt, ist kalt. Es ist zwar wieder die Heimat, aber es fühlt sich komisch an, ich bin hier fremd. Die Geräusche und die Menschen, manche, die in sich gekehrt ihren Gedanken nachgehen, während andere schon telefonieren. Wieder andere trotten ausdruckslos nur einfach ihrem Ziel entgegen. Ich kenne das alles gut, aber trotzdem begegne ich diesem Treiben aus sicherer Distanz. Eigentlich will ich nichts damit zu tun haben. Das Fließband, auf dem das Gepäck wie Sushi seine Kreise zieht, kommt in Sichtweite. Mich beschleicht das

Gefühl, dass ich diese Menschenmassen nicht mehr vertrage. Und fliegen auch nicht. So richtig wohl ist mir nicht.

"Hier muss irgendwo ein Shuttle sein."

Suzanne ist von all dem unbeeindruckt. Unser Gate ist allerdings weit weg von dem Bahnanschluss, von wo aus es dann mit dem ICE weitergeht. Ich trotte Suzanne hinterher; die ist wirklich überall dort zu Hause, wo sie gerade ist.

"Da ist dein Zeug!", zeigt sie auf den Anfang des Förderbandes und ist unterwegs, um sich durch die anderen Leute zu drängen, für die auch etwas dabei ist. Ich erreiche sie, als sie unseren gemeinsamen neuen Koffer herunterwuchtet und wenig später die beiden Rucksäcke angelt. Meinen greife ich gleich, hänge ihn mir über die Schulter, die immer noch protestiert. Den Koffer nehme ich auch, wir machen Platz für andere. Wenige Schritte später verlassen wir den Bereich durch den zollfreien Ausgang. Kein Zöllner hat etwas dagegen, Suzanne läuft zielstrebig weiter.

Tatsächlich bringt uns ein Bus zu einem großen Gebäude mit Bahnhof im Keller. Wir warten circa zwanzig Minuten, reden kaum, schauen noch einmal nach den Tickets, umarmen uns spontan.

"Was machen wir denn als Nächsten?", fragt sie mich, klopft mir sportlich auf die Schulter, wir lachen aufgesetzt. Irgendwann kommt der Zug. Wagen acht, Plätze vierzig und einundvierzig. Der Koffer bleibt am Eingang im Gepäckbereich, die Rucksäcke und die Tüte nehmen wir mit.

"Halten wir da an oder fahrn wir einfach weiter? Frankyboy, Suzanne hat Angst. Ich weiß nich, bist du an meine Seite?"

So habe ich sie noch nicht erlebt.

"Wir ziehen das zusammen durch, scheißegal, uns kann nichts mehr umhauen!", sag ich großspurig.

Suzanne nimmt die Hände vor das Gesicht, atmet tief, weint.

"Genau, machen wir. Du bist ein verdammt coolen Typ, Frankyboy. Danke!"

Suzanne dreht sich zur anderen Seite, hat die Augen zu. Ich entspanne mich langsam, immerhin fliegen wir nicht mehr, zur Not gehe ich zu Fuß nach Hause. Dazu müsste ich nur noch wissen, wo das denn jetzt ist. Monique fällt mir ein, wie sie bei unserer Wohngemeinschaftsfete Cello gespielt hat und alle diese Kulturbremser nur ungeduldig auf AC/DC gewartet hatten. Aber erst mal bin ich Suzannes Assi, da kann ich mich ausruhen, das bisschen Projektarbeit fackle ich schon irgendwie ab. Ohne darüber zu erschrecken, stelle ich fest, dass ich das Interesse an all dem verloren habe. Ich staune über meine momentane Gleichgültigkeit, sehe aber auch keinen Grund, umständlich dagegenzulenken. Meister Paul fällt mir ein, das tut mir gut. Ich werde doch wohl hoffentlich nicht die nächsten Jahrzehnte als tatenloser Spinner in einem Kloster sitzen?

Mit geschlossenen Augen ist die Welt nicht weniger merkwürdig. Dschungel und Bretterbetten sind irgendwie ehrlicher als diese durchgetaktete Hightech-Welt. Die Zeit tickt, aber es interessiert mich nicht mehr. So wie es aussieht, denke ich noch nicht einmal großartig. Mein Verstand ist eine riesige, weiß gestrichene Halle, in der sich im Moment nichts regt.

Und zwar gar nichts.

Ist das jetzt Erleuchtung oder das Ticket in die Klapse? Auch das interessiert mich nicht. Die wenigen Gedanken ziehen in Zeitlupe durch die Halle, wiederholen sich wie ein Echo, verschwinden, tauchen unschärfer wieder woanders auf.

Wir haben inzwischen ein paarmal angehalten. Ich werde unruhig. Die Ansagen sind schlecht zu verstehen, ich vergleiche die Zeiten unseres Reiseplans mit der Armbanduhr von dem Menschen, der uns gegenübersitzt. Huch, zehn Minuten? Ein paar Momente versuche ich hinter dem Fenster etwas Bekanntes zu finden. Ein Dach mit Solaranlage erinnert mich an die Zugfahrt vor circa einem Jahr. Doch, es ist gleich so weit. Suzanne dreht den Kopf zu mir, mit schmalen, fragenden Augen.

"Wir sind gleich da, schätze ich."

"Auch das noch!" Sie rekelt sich mühsam, gähnt. Sie zeigt aus dem Fenster.

"Hast recht."

Die Ansage ist zu hören, aber schlecht zu verstehen.

"Frankyboy, let's go for it![234]"

Die Außenbezirke mit Schrebergärten wechseln sich ab mit wenigen Hochhäusern und Siedlungen, bis die Bebauung lückenlos wird. Suzanne hebt nur den Kopf, wir nehmen unser Zeug, folgen anderen Reisenden zur Tür. Ich drängele mich weiter vor zum Gepäckregal. Der Koffer ist noch da. Der Zug rumpelt über Weichen, dann quietschen die Bremsen. Die Bahnhofshalle ist erreicht. Der Zug bleibt mit einem finalen Ruck stehen. Durch die offene Tür kommt kühle Luft herein, gemischt mit den Abgasen der Diesellock, die ein paar Augenblicke zuvor an uns vorbeigefahren ist. Jetzt kann ich den Koffer herausziehen, nutze eine Lücke zum Aussteigen. Eine ältere Dame klettert dann unsicher diese eine Stufe zum Bahnsteig hinunter. Ihr folgt ein junger Mann mit Kopfhörer und als Nächstes kommt Suzanne. Mit einer Kopfbewegung nach rechts zeigt sie den Weg. Wir gehen hinter anderen Leuten her, schauen uns flüchtig an. Heimatliche Gefühle habe ich nicht. Komisch, ich fühle mich fremd hier. Ich suche den Ausgang, erst mal zumindest ein Schild, sehe weiter hinten ein weißes Transparent über die halbe Breite des Bahnsteigs. Fußball? Eine Demo?

"Hey, look!" Suzanne zerrt kurz an meinem Arm, zeigt dann nach vorne. Bei dem Transparent winkt jemand, es ist eine kleine Gruppe, alle winken jetzt.

Welcome back![235], steht da auf dem Bettlaken, das zwei Leute an Besenstielen hochhalten.

Ich werde verrückt, Danny, Frau Bauer, Mario, Paul Schwenk! Und die beiden Studenten, Jochen und Sven, die uns bei den Vorbereitungen geholfen hatten, halten grinsend die Besenstiele.

"Das sind ja unsere Leute! Was ist das denn? Ist ja irre!"

"Crazy guys![236]" Suzanne trabt los, Danny stürmt ihr entgegen. Die beiden fliegen sich in die Arme. Suzannes Rucksack schlenkert herum. Mir tritt Frau Bauer entgegen, gefolgt von Herrn Schwenk. Sie ist eher betroffen, er freut sich hingegen wie ein kleiner Junge.

"Herzlich willkommen in der Zivilisation!", verkündet Frau Bauer etwas verschämt. Dann kommt Herr Schwenk dazu und er drückt mich väterlich an sich.

"Ihr seid wirklich heiße Typen! Respekt!"

Mario reiht sich ein. "Ihr habt uns ganz schön hängen lassen!"

Danny umarmt dann mich plötzlich. Ich fühle mich wie ein kleines Kind. Mann, ist das ein Bär. "Verdomme[237], ich wusste das, ich hab's gewusst! Echt! Holy shit![238] Darauf gehen wir eins saufen, so wie in Caracas!"

Noch ein paar freundschaftliche Schulterklopfer, dann lässt er von mir ab, reibt sich das Gesicht, geht Suzanne entgegen, die inzwischen auch alle Hände geschüttelt hat. Sie boxt ihn liebevoll, beide wischen an ihren Nasen herum. Jochen und Sven stehen brav mit dem Plakat im Hintergrund.

"Das ist wirklich verrückt." Sven scheint etwas verlegen.

"Wahnsinnige Geschichte!", meint Jochen. Und ich komme mir plötzlich wie ein bedeutender Mensch vor. Herr Schwenk hat jemanden in Bahnuniform angesprochen und ihm einen Fotoapparat in die Hand gedrückt.

"Los, stellt euch mal hin, zum Foto. Das muss unbedingt dokumentiert werden."

Also sortieren wir uns unter das Bettlaken, der Bahnbeamte schiebt seine Schirmmütze zurück und prüft den Bildausschnitt. Noch ein Schritt zurück.

"Muss man da was Bestimmtes beachten?", fragt er, während er den Apparat untersucht.

"Nee, die kann sogar ich bedienen. Nur den Auslöser drücken, ein paarmal, bis alle ein vernünftiges Gesicht abgeliefert haben."

Neben mir ist Jochen mit seinem Besenstiel, links platziert sich Mario, legt sogar den Arm auf meine Schulter, Frau Bauer posiert etwas, bis sie schräg mit geneigtem Kopf und seitlich vor Mario erstarrt. Hinter ihr Herr Schwenk. Suzanne hakt sich bei ihm unter, neben ihr Danny, der sie an sich drückt. Die beiden sind ständig in Bewegung. Der schmale Sven verschwindet fast neben Danny.

"So, jetzt mal alle Cheese sagen, lächeln."

Und der Bahnkundenbetreuer macht Bilder, korrigiert etwas.

"Und noch mal, zwei, drei und alle!"

Wir lächeln, machen Managergesichter, Frau Bauer zeigt ihr seriöses Traumschiffgesicht. Jetzt freue ich mich doch wieder, hier zu sein. Man hat uns nicht ganz vergessen.

"Schauen Sie mal, ich glaube, da sind ein paar gute dabei."

Herr Schwenk bekommt seinen Apparat zurück und begutachtet das Display.

"Prima, vielen Dank. Klasse!"

Die Formation löst sich langsam auf. Danny und Suzanne lassen sich nicht aus den Augen.

Schön, die passen zusammen. Wäre cool, wenn es mit den beiden etwas wird! Die Expedition bleibt spannend.

"So, auf geht's, mir nach!"

Herr Schwenk ist ausgelassen, der hat gerade richtig Spaß. Wir folgen ihm die Treppe runter, dann nach links in Richtung Tiefgarage beziehungsweise zu den Parkplätzen hinter dem Bahnhof.

"Wir haben für Sie in der Dozentenunterkunft zwei schöne Apartments reserviert. Da können Sie erst mal ausruhen und überhaupt erst mal ankommen. Ähm, Frau Rush, Ihre Wohnung hat der Herr Kohlenheim, also der hat sich um Ihre Wohnung gekümmert. Ihre Freundin, die Frau Rosa hatte ich angerufen, sie sagte mir gestern, es sei etwas kompliziert. Das Beste wäre, Sie setzen sich mit ihr in Verbindung."

Suzanne hat ihre gefährliche Falte in der Stirn, ihre Augen sprechen von Wut.

"Mein Scheiß-Ex?! Was hat der denn mit meiner Wohnung gemacht?! Diesen Idiot! Sorry, Frau Bauer, den sollte man zum Mond schießen. Good Lord, was is das schon wieder?"

"Jetzt kommen Sie erst mal wieder hier an. Morgen können Sie ja mit Frau Rosa reden. Ich weiß leider auch nichts Näheres."

"Dann macht's mal gut, ich fahre mit der S-Bahn in die Stadt, tschüs erst mal."

Das war Sven, der sich mit Herrn Schwenk unterhalten hatte und Jochen jetzt seinen Staffelstab übergibt. Jochen geht zur Seite und wickelt abseits des Trubels das Tuch um seinen Besenstiel, der andere liegt noch auf dem Boden, beim Taubendreck. Wir überholen ihn, Frau Bauer und Herr Schwenk bleiben stehen, helfen ihm. Suzanne hat sich mit gesenktem Kopf bei Danny eingehakt, der ihren Rucksack trägt. Ich bin ohne Unterstützung immer noch mit Koffer und Rucksack unterwegs. Aber das ist doch komisch, die Wohnung gehört doch Suzanne?

Beziehungsstress ist nichts für mich.

Ach verdammt, mir fällt die Frau mit dem Cello wieder ein. Das waren schöne Träume voller Musik und sehr bewegend, da in der Hütte, mitten im Urwald. Ich muss unbedingt Nils anrufen und den fragen, was aus dieser Monique geworden ist.

Mario und ich bremsen ab, Suzanne und Danny sind stehen geblieben. Wir warten auf den Rest. Jochen bleibt zurück und winkt. Die Besenstiele mit dem aufgerollten Spruchband übernimmt Herr Schwenk.

"Gleich vorne links steht der grüne VW-Bus. Das ist unser!"

Frau Bauer lacht: "Nur grün, ohne Blumenbemalung wie früher."

"Der ist nagelneu und war richtig teuer. Wenn er Rost ansetzt, kannst du wieder Blumen draufmalen."

Sind die beiden wieder ein Paar? Falls ja, dann wohl nur mit ausreichendem Sicherheitsabstand. Wie sich alles fügt, wenn man im Jahresrhythmus draufschaut. Wir lassen die Halle hinter uns, und da steht neben den Taxi-Parkplätzen ein grüner VW-Bus. Neueres Modell, Hochglanzlack, alles sieht neu aus. Herr Schwenk geht vor, öffnet und verstaut die umwickelten Stangen. Frau Bauer sitzt vorne, die erste Rückbank belegen Mario und ich, hinten sitzen Suzanne und Danny. Unser Gepäck ist schließlich nicht so umfangreich und verteilt sich ganz hinten und auf die freien Plätze. Gemessen an der Fahrt durch Caracas geht es hier schon gemütlicher zu. Sehr angenehm. Es herrscht aber so eine allgemeine Beklommenheit, niemand rührt sich. Erst mal ankommen, den Reisemodus abstreifen.

Wir erreichen den Campus. Herr Schwenk tippt den Zahlen-Code ein, die Schranke öffnet sich. Am Studentenwohnheim geht es vorbei, nach knapp einer Minute erreichen wir das Gästehaus für Dozenten.

"Das Gepäck können Sie später holen, wir werden erwartet!"

Frau Bauer hat einen offiziellen Gesichtsausdruck, sie schreitet voran. Herr Schwenk winkt lächelnd und bugsiert uns Bruchpiloten weiter nach vorne. Im Gebäude ist alles hell erleuchtet, wir folgen Frau Bauer nach unten in den großen Konferenzraum. Es sind circa dreißig Menschen im vorderen Teil, vor dem Rednerpult versammelt, das mir einen Schrecken einjagt. Dort steht der Dekan in Anzug und Krawatte. Ein Raunen geht durch den Raum. Einige klatschen, dann klatschen immer mehr. Ich habe noch nie Applaus bekommen, mir wird mulmig. Ich sehe aus wie ein runtergekommener Rucksacktourist, Suzanne im Übrigen auch, und hier feiern uns plötzlich Leute in Anzügen und festlicher Kleidung. Der Dekan steht jetzt hinter dem Pult, hebt die Hand, es wird ruhiger. Es wird still.

Ganz still.

"Willkommen zu Hause!

Liebe Suzanne Rush, lieber Frank Junker.

Ich kann nur sagen, dass ich tief bewegt war, genau wie wir alle sehr tief bewegt waren von den schlechtesten Nachrichten, die uns in den Jahrzehnten unserer Lehr- und Forschungstätigkeit erreicht haben.

Ein einfaches *weiter so*, auch ein *weiter so im Angedenken und für unsere beiden geschätzten Kollegen* war lange Zeit unmöglich.

Umso größer, umso beglückender war dann die Erleichterung, als uns die Information erreichte, dass Sie es geschafft haben, dieser grünen Hölle zu entkommen, nachdem Sie ein Jahr zuvor einen Flugzeugabsturz überlebten.

Es ist ein Wunder. Und es ist wunderbar, kaum zu glauben, dass wir Sie jetzt wieder in unseren Reihen sehen. Wohlbehalten.

Weitere Worte fehlen mir einfach.

Lassen Sie sich bitte von uns feiern. Wir haben da etwas vorbereitet.

Und wenn es mir in den nächsten Tagen die Zeit erlaubt, möchte ich mit Ihnen beiden ausführlich und in Ruhe reden. Denn eines ist sicher: Sie müssen sich um ihre Zukunft hier bei uns keine Sorgen machen. Ich werde Sie persönlich darin unterstützen, dass sich Ihre Wünsche erfüllen und Sie ihren angemessenen Platz bei uns finden, wie auch immer sich der schließlich gestalten mag."

Mit einer Verbeugung tritt der Herr Dekan zur Seite. Ich bekomme Panik, jetzt etwas sagen zu müssen. Aber zum Glück bahnt er sich einen Weg durch die Leute und winkt uns dann heran, während er das Büffet ansteuert. Ein Sektkühler mit einer entkorkten Flasche steht bereit. Mein Respekt vor den hohen Herren, die sich um uns versammeln, macht mir zu schaffen. Suzanne stupst mich an. Sie grinst mit funkelnden Augen. So wie in Caracas, an unserem versoffenen Abend. Der Dekan persönlich schenkt ein, gibt uns sprudelnde Sektgläser.

"Und jetzt feiern wir dieses Wunder!"

"Das is ja ein tolle Begrüßung, vielen Dank! So, let's go!", prostet ihm Suzanne zu.

"Ich bin von den Ereignissen noch sehr beeindruckt, und dieser herzliche Empfang macht mich sprachlos. Danke sehr!", gebe ich zum Besten, während wir die Gläser bereits klingen lassen. Suzanne winkt Danny zu, der sieht so aus, als hätte er schon die ganze Zeit darauf gewartet, Suzanne wieder näherzukommen. Das Strahlen in den Augen der beiden spricht Bände.

"Und ich muss Ihnen sagen," beginnt unser Dekan wieder mit ernster Miene, "dass ich wirklich höchsten Respekt habe. Wissen Sie, vor Jahren hatte mich meine Frau zu einer Safari in Tansania überredet. Da habe ich schnell gelernt, wie normal Komfort und Sicherheit für uns weiße Europäer sind und dass wir im Vergleich zum Rest der Welt wirklich nur eine Handvoll Menschen mit derartigen Privilegien sind. Ohne permanente Unterstützung wären wir Touristen dort hoffnungslos verloren gewesen. Wobei ich ergänzen möchte, dass es so, wie Sie mich heute erleben, im Maßanzug und handgefertigten Schuhen, nur eine Momentaufnahme darstellt. Es gab auch durchaus wildere Zeiten in meinem Leben, und trotzdem hätte ich größte Bedenken, auch nur einen begrenzten Aufenthalt in diesem Abschnitt der Welt ohne Unterstützung zu überstehen.

Sie müssen wirklich, ich formuliere jetzt etwas lässiger, echt kernige Typen sein. Es ist eine Ehre, dass Sie unserem Institut angehören."

Eine längere Pause entsteht, keiner weiß, ob der Herr Dekan noch etwas ergänzen will.

"Wir hatten sehr viel Glück, und das einige Male", sage ich schließlich, um diesen ehrwürdigen Status wieder loszuwerden. Inzwischen ist Danny hinter Suzanne angekommen und sie lehnt sich an.

"Ich habe eine Schwäche für verrückte Hunde, wenn Sie erlauben. Vielleicht weil es mir letztendlich oft an Mut gefehlt hat, keine Ahnung."

Der Dekan senkt den Kopf, nimmt dann aber wieder aufrecht einen Schluck Sekt.

"In der laufenden Woche ist meine Zeit mit vielen Dingen um den neuen Anbau herum und wegen der Umzüge und Neustrukturierungen blockiert, aber kommende Woche werde ich ein paar Tage einplanen, in denen wir uns zusammensetzen. Ich möchte es wirklich ganz genau wissen!"

Er blickt noch einmal in die Runde. Suzanne und ich nicken. Es stehen inzwischen diverse Professoren um uns herum, die gerade wieder ihre Gläser erheben. Wir auch. Suzanne und ich trinken aus. Sie schaut nach oben, mit funkelnden Augen, als würde sie etwas Himmlisches erwarten.

Nach ungefähr zwei Stunden sind alle Sektflaschen geleert, das Buffett ist verfüttert, nur ein harter Kern sucht noch nach brauchbaren Resten. Die Honoratioren haben sich bereits nach kurzer Druckbetankung verabschiedet. Die Krawatten und die Stimmung wurden gelockert und dann war nur noch die VW-Bus-Besatzung da. Suzanne drängelt schon eine Weile. Endlich rückt Frau Bauer die Schlüssel für die reservierten Appartments raus und erklärt uns, wo wir hin müssen. Dann holen wir noch das Gepäck aus dem Bus. Suzanne verschwindet mit Danny sofort in ihrer Unterkunft. Mario lässt sich von Frau Bauer und Herrn Schwenk zu einer Pension mitnehmen. Und dann sitze ich eine Weile später auf einem ausgebeulten Sofa neben meinem Rucksack und weiß nicht so wirklich, ob ich in der richtigen Realität bin oder in einem parallelen Universum. Zum Glück finde ich im Kühlschrank noch ein Bier. Frau Bauer hat mal wieder an alles gedacht.

In Caracas hatten wir gleich neben dem Hotel in einer großen Shopping-Mall ein bisschen eingekauft. Zum Schluss einen einfachen Kunststoffkoffer, um alles zu verstauen. Der liegt jetzt auf dem kleinen Tisch an den Fenstern zur Straße. Mit der Bierflasche in der Hand bestaune ich unsere Souvenirs. Auf einer Papiertüte ist ein bunt bedrucktes T-Shirt herausgerutscht. Das müsste Suzannes Tüte sein. Wir haben beide ordentlich zugeschlagen, angesichts der verbliebenen Dollarscheine. In meiner Tüte sind ebenfalls drei Shirts und weitere kleine Tüten mit Perlenarmbändern, Halsketten, Lederbädern, Schlüsselanhängern, einem Satz Postkarten und zwei bemalten Holzfiguren. Das hätte man auch anlässlich einer organisierten Pauschalreise ergattern können.

Ich inspiziere noch einmal die Wohnung, stehe dann lange am Fenster, trinke das Bier in aller Ruhe und schaute hinaus in diesen Teil der Welt, der jetzt mein zu Hause sein soll, wie mir alle versicherten. Ich nehme noch ein Aspirin und stelle mir ein Glas Wasser ans Bett. Dann ist die Reise erst mal zu Ende.

"Ja, Störungsstelle?", krächzt es aus dem Hörer.

"Ich hätte gerne mal die aktuelle Windvorhersage für die deutsche Bucht!", erwidere ich mit verstellter Stimme. Eine Pause entsteht. Das ist auf jeden Fall Nils, der da am anderen Ende ins Grübeln kommt.

"Frank?"

"Jo, Alter."

"Du alte Sackratte! Yeah! Du bist das wirklich, oder? Du bist da wieder aus'm Urwald rausgekrabbelt! Borr, Alter, du bist ja 'ne Granate, ey! Ich hatte letzte Woche mal was im Radio gehört. Und alle erzählten was anderes. Ich werd' verrückt, du hast das echt geschafft?! Mann, Alter, wie geht's dir?"

"Moin, Nils, also jetzt ist wieder alles im Pegel, aber das war ein total abgefahrener Trip. Das kann ich dir sagen!"

"Und bist du in Ordnung, ich mein, hast du was abgekriegt?"

"Nee, jetzt bin ich wieder fit, alles ist in Ordnung."

"Borr, kaum zu glauben, ey! Wirklich! Du, und in knapp zwei Wochen ist hier wieder Fete angesagt, weißt ja, Laura, Jasmin und ich haben mal wieder Geburtstag. Der zweiundsiebzigste, glaube ich, ist das inzwischen. Wobei ich wie immer erheblich den Schnitt versaue. Na ja, und du bist ja wohl auch ein Wiedergeborener, oder nich? Du musst unbedingt herkommen! Echt jetzt, das muss doch gefeiert werden."

"Gute Idee, ich habe sowieso Resturlaub und Krankenschein, also ich bin auch so was wie freigestellt, mache gerade nichts, bis ich weiß, wie's weitergehen soll. Wann ist das?"

"Ja, warte mal, heute ist Mittwoch. Jetzt, also dieses Wochenende ist n0 und n+1 geht das los. Freitag gemütlich Kaffee und Kuchen und dann langsam eintrinken, gut futtern, Blödsinn machen. In den

Samstag rein- und wieder rausfeiern, und Sonntag ist dann Alka-Seltzer-Tag. Altbewährtes Verfahren."

"Ich glaube, das brauch ich mal wieder. Ich bin dabei."

"Orr, Alter, wie hast du das bloß geschafft, sag mal. Ich werd' verrückt. Du kommst sicher, oder?"

"Hundertpro! Hol mir gleich das Ticket."

"Das wird der Hammer! Ich muss gleich mal nachsehen, ob Jasmin da ist. Du, aber eins muss ich dir noch sagen. Wir dachten echt alle, dass du nie wieder auftauchst, also, deine ganzen Klamotten und so, die sind wohl noch da, also oben in einer Dachkammer, die meisten jedenfalls, aber … also, wir haben das Zeug dann am Anfang einfach verteilt, also, wer was gebrauchen konnte. Orr nee, Alter, da hat doch keiner mit gerechnet! Ich werd' verrückt. Aber die Monique hat dann alles wieder eingesammelt und in Kartons auf den Boden gebracht.

Das drehen wir wieder gerade, verstehst du? Mach dir keine Sorgen, du kriegst dein Zeug. Ist doch klar."

"Meiner Kollegin haben sie die Wohnung aufgelöst, das ist echt krass. Die wohnt jetzt, genau wie ich, in einem Dozenten-Hotel auf dem Campus. Die holt bei einer Spedition ab und zu Unterhosen aus ihrem Container."

"Oh, Scheiße. Also nee, dein Zeug ist hier im Haus, das kriegen wir schon wieder hin, so ein Mist! Komm erst mal her, das regeln wir dann schon, in Ordnung?"

"Passt schon. Ich bin ziemlich gelassen geworden, was so diesen materiellen Kram angeht, kein Problem! Ja gut, dann Freitag n+1, hungrig und durstig, dritte Etage."

"Das wird geil! Und nimm mit, wen du willst, deine Kollegin zum Beispiel, scheißegal, wir haben genug Platz hier! Sag mal, wie krass ist die überhaupt drauf, die muss ja auch total cool sein."

"Tja, Nils, das ist ein ziemlicher Feger. Australierin, hat's bei ihrem Bruder in Montana schon mit Rodeoreiten probiert. Ich frag sie mal.

Was ist überhaupt mit der Cello-Spielerin? Da war doch eine, die sah so'n bisschen aus wie Norah Jones und die hat Cello gespielt. Das ist doch die Monique, die fand ich ziemlich heiß. Wir haben noch über so indisches Zeug gesprochen. Ich war bloß schon viel zu blau, totaler Mist!"

"Ach ja klar, unsere Monique. Die wohnt jetzt oben unterm Dach bei uns. Und die hatte am Anfang dein Zimmer bekommen, weil, na ja, du hattest ja schon für sechs Monate im Voraus bezahlt, falls der neue Job nicht klappt, und sie brauchte was Günstiges zum Pennen."

"Ach ja, und dann hast du erst mal doppelt kassiert, sehe ich das richtig?"

"Nee, Frank. Die haben wir son bisschen im Haushalt eingespannt und dann war auch gut. Die ist garantiert auch dabei und die hat auf deinen Kram aufgepasst wie 'ne Tigermutter aufs Porzellan, Alter. Jedenfalls, alles klar, Frank. Das wird der Hammer!"

"Gut, Nils, dann würde ich sagen, bis neulich. Rock'n'Roll!"

"Also Frank, hau rein, bis denne!"

Na, das wird lustig. Die Partys sind schon immer legendär gewesen. Astrein, außerdem ist da diese Frau, die Cello gespielt hat und wie ein Model aussieht.

Also gut, Frank, du bist zurück in der dreidimensionalen Welt der Verstrickungen und der Frauen und der Feierlichkeiten.

Von meiner kleinen Wohnung im Dozenten-Gästehaus aus mache ich mich auf den Weg in die Mensa. Mal sehn, was Suzanne gerade macht. Nach ungefähr zehn Ruftönen ist sie dran.

"Hey Frankyboy, what's up?"

"Alles im Pegel, und was machst du so?"

"Ja, alles fein, ja ja, is okay."

"Bin gerade unterwegs zur Mensa, kommst du mit?"

"Ach nee, schaff ich nich, vielleicht morgen wieder, mal sehn."

"Bis du sicher, dass du okay bist?"

"Ach shit! Klar bin ich okay, was denn sonst, Mensch. Is nur komisch, wieder hier zu sein. Und alles, was vorher Mist war, is immer noch Mist. Steht mir grade bis oben."

"Was hältst du von lecker Pizza essen? Und einem gefährlichen Drink hinterher!"

"Ach Mensch, Frank. Nee, ich muss noch duschen, war die ganze Nacht wach. Immer wieder die Gedanken. Wie nennt ihr das? Kopfkino? Ich hatte Kopfkino. Und dann hab ich gestern noch meine Freundin angerufen, son bisschen Buschfunk abhörn, weißt schon. Die hat erzählt, wie das gelaufen ist, dass mein Ex-Schwiegermutter schon ein Entrümpel-Firma bestellt hatte. Die sollten alles bei diesen Müllstation entsorgen. Und mein Ex-Mann hat die Jungs dann noch schnell zu diese Spedition geschickt. Aber die haben alles da in diesen Container reingeworfen, wie Müll. Ich war gestern da, ich hab so geheult. Scheiße, Mensch!"

"Das klang gestern morgen noch ganz vernünftig. Alles bei der Spedition eingelagert, sagtest du. Tut mir leid, sollen wir da mal zusammen hingehen und aufräumen?"

Sie weint wohl schon wieder und schnauft. Das ist natürlich auch hart, einfach alles zu entsorgen.

Bin gespannt, was mit meinen Klamotten in Kassel passiert ist.

"Oh shit! Mensch, Frank, die haben mich einfach weggeschmissen, verstehst du? Orr, diese Kuh! Mein Ex is schon ein Idiot, aber sein

Mutter is eine Furie! Obwohl, hahaa, der hat voll den Unfall gebaut, das is so cool! Der hatte nichts mitgekriegt von uns und hört dann in Radio unsere Namen, dass wir nich mehr zu retten sind, irgendwo in Venezuela und der is dann voll bei Rot über ein Ampel und hat ein Polizeiauto gewrecked, also voll drauf, hihi. Die ganze Stadt war verstopft, weil die Ampel war kaputt danach. Haa, dieser Typ! Wahrscheinlich liebt er mich jetzt erst richtig. Mal sehn, was passiert, wenn er hört, dass ich wieder da bin!"

"Und dabei wollte ich dich gerade fragen, ob du mit mir nach Hannover fährst. Neue Leute kennenlernen und so. Die Wohngemeinschaft, in der ich die letzten Jahre war, macht eine Riesenparty."

"Hannover, wo is das denn? Mit ein Cessna? Haaaa!"

Sie lacht mir hysterisch ins Ohr. Ich mach mir langsam wirklich Sorgen.

"Besser als Beechcraft, würde ich sagen."

"Ganz ehrlich, Frank, ich hab die Nase voll von Flugzeuge und alles, ich will nur noch Fahrrad fahren, believe me!"

"Ich hatte schon vorher genug davon. Ja, was meinst du, schön mit dem Zug nach Hannover? So drei, vier Stunden, dann sind wir da."

"Ach Mensch, ich weiß nich. Heute will ich nur in eine Höhle verkriechen. Vielleicht mal Danny anrufen. Frag mich später noch mal."

"Mach ich, ach überhaupt, denk doch mal an den Meister Paul, das tut gut."

"Meinst du? Orr, das is auch so ein Thema. Ich muss echt oft an diesen Dorf denken. Das war aber kein Traum, oder, Frank?"

"Nee, wir waren da wirklich. Allerdings wird niemand diesen Teil der Geschichte verstehen."

"Oh Mensch, noch schlimmer. Ich muss das erst mal sortieren, sonst krieg ich ein Vogel. Du, Frank, ich ruf an morgen."

"Überleg es dir mit Hannover, mal wieder ins Studentenleben reinschnuppern. Ja gut, wir sprechen uns morgen. Und mach dir keine Sorgen, überleg mal, was wir alles überstanden haben."

"Hast recht, Frank. Stimmt. Bis morgen."

Und schon hat sie aufgelegt. Krasse Geschichten, und ihr Ex baut einen Unfall vor Schreck. Na, wenn der jetzt nicht eine zweite Chance sucht. Schätze nur, dass Danny besser im Rennen liegt.

Ach Mensa ist nichts, der Vogelbräu ist doch so nah! Ich ändere die Richtung und suche mir wenig später einen schönen Platz mit Blick auf die Straße. Die Tageskarte lässt mich zwischen Rumpsteak und Blumenkohl in Käsesoße hin- und herschwanken. Fleisch wollte ich doch schon lange nicht mehr essen. Die Bedienung schaut mich fragend an:

"Haben Sie schon etwas gefunden?"

"Mir fiel gerade wieder ein, dass ich doch Vegetarier bin, schade eigentlich. Bitte den Blumenkohl mit Kartoffeln und ein großes Bier."

"Kommt gleich", sie nickt mir zu. "Ist notiert."

Jetzt bin ich erleichtert, dass ich nicht das Tier genommen habe. Die Monique mit dem Cello hatte auch kein Fleisch gegessen, stimmt überhaupt!

Eine Weile später stehe ich wieder draußen, atme durch. Und es ist unglaublich, ich bin total glücklich. Zum einen, dass ich wieder hier bin, und andererseits, weil es mir so gut geht. Und wenn ich meine Situation mit etwas Abstand betrachte, ist es geradezu paradiesisch. Mein Körper ist generalüberholt, ich habe einen großen Teil der Gehälter rückwirkend bekommen, ich bin großzügig krankgeschrieben worden von unserem Dr. Schuhmann. Den alten

Jahresurlaub muss ich auch noch abfeiern. Das ist alles der totale Wahnsinn.

Während ich, vermutlich breit grinsend, durch die Straßen gehe, halte ich Ausschau nach einem Reisebüro. Der Großstadt-Dschungel ist zwar auch unübersichtlich, aber es gibt alles. In einem kleinen Reisebüro mit wunderschönen Strandplakaten im Fenster sagt dann etwas später eine braungebrannte junge Dame:

"107 Euro bitte und 5 Euro für die Platzreservierung."

Der Blick ins Portemonnaie erstaunt mich schon wieder. Noch nie hatte ich so viel Geld bei mir und ich brauche nicht einmal an die nächste Miete zu denken oder an nicht bezahlte Rechnungen. Wahnsinn!

Den Papierkram, also Ticket, Platzkarte, Zettel mit Anschlüssen, verstaue ich in meiner Jacke. Auf dem Weg zurück denke ich an die nette Studentin mit dem Cello. Die war so schön! Und sie war schon lange davor einmal zuammen mit Jasmin in der Küche gewesen. Ich musste spontan was kochen um sie beoachten zu können. Bei der Party später hatte ich mir allerdings etwas zu viel Mut angetrunken, und als wir endlich in der Küche standen und über die vedischen Schriften diskutierten, war ich schon viel zu blau. Hoffentlich ist sie da und hoffentlich kommen wir uns etwas näher.

Ich werde gerade total nervös!

So als Rückkehrer durch die Zivilisation zu spazieren, ist aufregend. Das ist schon der Hammer. Man kann ja über Deutschland und die Deutschen meckern, wie man will, aber wenn man mal im Dschungel war, ist es hier wirklich paradiesisch. Und wenn auf einem Ticket eine Busverbindung steht, dann fährt dieser Bus wirklich in einem Zeitfenster von zwei Minuten. In Canaima trafen wir nur durch Zufall einen Piloten, der Lust hatte, uns mitzunehmen.

Parallel zur Fußgängerzone schlendere ich durch die Stadt. Hier ist nicht so viel Betrieb und ich träume vor mich hin. So wie es aussieht, fahre ich nur wegen der Cello-Spielerin nach Hannover. Die kannte sich mit den indischen Schriften aus. Wir sprachen über Themen, die ich sonst selten mal mit Krishna-Mönchen diskutiert hatte. Vielleicht mit den wenigen Freunden, die etwas ausgerichtet leben.

Und die sah wirklich schön aus. Eine beeindruckende Frau. Wenn ich mich recht erinnere, war sie sehr groß und hatte vor allem etwas sehr Ansprechendes in ihren Bewegungen. Wir standen bei der letzten Party mitten in der Nacht in der Küche und haben uns Brote belegt. Es war einfach schön, ihr zuzusehen. Ob die mit mir was anfangen kann?

Mir scheint, ich bin ziemlich verknallt in diese Frau. Schon seit der Begnung mit ihr, als sie mit Jasmin in der Küche gesessen war, wegen irgendwelcher Klausuren.

Aber so, wie die aussieht, laufen ihr doch die Typen scharenweise hinterher. Da muss ich dann wohl die Verschollenenkarte ziehen.

Vielleicht doch lieber ganz normal, was Ehrliches sagen und auf keinen Fall den röhrenden Hirsch geben.

Wieder in der Unterkunft, grabe ich in alten E-Mails von Nils, in der Hoffnung, dass er Monique auch mal irgendwann mit angeschrieben hatte, wenn es um eine Einladung ging. Monique, wie war denn das, hatte sie ihren Nachnamen verraten? Mist, ich hatte zu viel getrunken. Mann, wie bescheuert man sein kann? Was sagte Meister Paul, *die vermisst dich schon.* Das wäre der Wahnsinn, ich muss unbedingt da hin.

Ich finde nichts bei den Mails! Im Kühlschrank sind ein paar Flaschen Bier. Draußen dämmert es schon. Mir scheint, ich bin müde. Heute bewege ich nichts mehr. Auf dem Bett sitzend, trinke ich Bier, schau mir zum x-ten Mal das Stellenangebot an. *Leiter der EDV-Abteilung.*

Der Herr Braake geht in Rente beziehungsweise in den passiven Teil der Altersteilzeit. Über die Leute an der Uni, besonders den Herrn Schwenk, war ich mit dem Herrn Braake in Kontakt gekommen. Der hatte gleich meine Bedenken weggewischt und sogar angeboten, mir bei kniffeligen Fragen zur Seite zu stehen, sogar wenn er bereits seinen Vorruhestand angetreten hat. Außerdem hätte er mich schon getestet und es seien ja noch einige Monate Zeit, in denen er mir alles Nötige beibringen würde. Der Dekan hatte ebenfalls nach unserer Rückkehr signalisiert, dass er uns beruflich bei jeder Idee unterstützen würde und dass er seine eigene Einschätzung über Fragen nach Qualifikation oder anderen Gesichtspunkten stellen würde. Ich hatte den Eindruck, dass der Herr Braake bereits mit dem Dekan gesprochen hatte. Dann mache ich eben mein Hobby zum Beruf, was soll's. Und falls mich die Abenteuerlust ereilen sollte oder der Drang, etwas Bedeutenderes zu tun, kann ich sicher noch an irgendwas herumforschen.

In den folgenden Tagen gibt es kaum noch Momente ohne diese Cello-Spielerin. Täglich kontrolliere ich die Fahrkarte und den Bargeldbestand im Hinblick auf ein wildes, vielleicht doch besser romantisches Wochenende. Ich ringe mich zu einer offiziellen Bewerbung durch und erfreue damit sogar Frau Bauer, die komischerweise auch schon ganz genau Bescheid weiß. Schon am folgenden Tag erhalte ich einen Termin beim Dekan für den Montag nach der Fete in Hannover. Noch ein Grund mehr, nicht in alter Gewohnheit mit den Amateurtrinkern zu wetteifern. Beim Bestätigen des Termins verrät mir Frau Bauer, dass Herr Braake auch dabei ist und dass man sich auf ein Gespräch mit mir freuen würde. Sehr merkwürdig. Als nichtabgestürzter und nichtverschollener Normalbürger war das Leben deutlich schwieriger gewesen.

Ein ganz fürchterlicher Tag ist dagegen der Mittwoch vor der Abfahrt nach Hannover, als ich mit Suzanne in dem Container mit ihren

Sachen stehe und wir versuchen, etwas System in das Chaos dort zu bringen. Wir finden Hängeschränke aus der Küche, die einfach mit Ducktape zugeklebt wurden und dann transportiert beziehungsweise in diesen Container geworfen worden waren. Suzanne sitzt immer wieder weinend auf einem Stuhl oder auf der Kommode, hält angeschlagene, manchmal auch ganz zerbrochene Erinnerungsstücke in den Händen. Es ist schrecklich anzusehen. Die Blechkiste zum Beispiel, die sie aus einem Haufen Scherben ausgräbt, enthält Bilder aus ihrer Kindheit, ganz kleine Schuhe, ein Schulheft, kleine Schmuckstücke, Krimskrams wie aus einem Kaugummi-Automaten und bemalte Zettel und tausend Kleinigkeiten.

"Das habe ich ein paarmal um die Welt getragen und jetzt liegt das hier wie Müll! Das is meine Kindheit mit all die Träume und heile Welt und so. Ich vermiss die Zeit grade, wo noch alles gut war."

"Komm, wir packen jetzt eine Umzugskiste und fahren erst mal wieder zurück. Mit Taxi natürlich."

"I'm done. Thank you, my friend.[239]"

Das haben wir dann auch so gemacht. In ihrem Apartment im Dozentenhotel hat sie sich dann anständig betrunken und Pizza auf Rädern kommen lassen. Im Laufe des Abends fragte mich Suzanne, ob ich mit ihr zusammen nach Australien gehen würde oder auch nach Montana, weil ich der letzte Mann auf diesem Planeten wäre, dem sie noch Vertrauen würde. Das Problem daran war, dass sie es ernst meinte. Komischerweise war Danny in Holland abgetaucht und anscheinend schwer erreichbar. Suzanne kam erst nach einem Tag Pause zum Vorschein und fing am Telefon sofort wieder an zu weinen. Als sie allerdings abends sagte, dass Danny sie besuchen würde, klang sie wieder ganz kernig. Allerdings wollte sie nicht mit nach Hannover fahren.

Party in Hannover

So, Hannover! Der Bus bringt mich vom Bahnhof an den
altbekannten Ort. Der Hauseingang riecht wie immer etwas muffig.
Zum Keller hinunter wird es schlimmer und weiter nach oben mischen
sich die Mittagessendüfte der letzten Tage dazwischen. Ein Fahrrad
steht im Weg. Eine riesige Matrix Briefkästen mit überklebten
Schildern, Smileys, einem Aufkleber vom Fender-Custom-Shop, ein
Zündapp-Emblem. *AC/DC* ist mit einem Edding schräg und über den
Rand der kleinen Tür bis zum benachbarten Briefkasten gemalt. Dies
sind nur einige von vielen Hinweisen auf wohngemeinschaftliches
Lodderleben. Links ist ein neuerer Block mit teilweise zugeklebten
Briefkästen, die noch nie jemandem gehörten. Es gibt einige mit
weniger Zeugnissen einer bewegten Vergangenheit. Und da steht in
Normschrift *Monique Bedi!* Mein Herz klopft bis in den Hals, das ist
sie, Monique!

Ich bekomme total weiche Knie. Sie wohnt wirklich hier. Am liebsten
würde ich gleich die Treppen raufrennen und bei ihr Sturm klingeln.
Ich glaube, wenn die mich nur ein bisschen mag, ändert sich heute
noch mein Leben. Und ich kann es gar nicht erwarten!

Ich setze mich auf die dritte Terrazzo-Stufe der Treppe, betrachte
meinen Rucksack, den Ureinwohner zusammen mit mir aus einem
abgestürzten Flugzeug geholt hatten und in langer Kleinarbeit wieder
zu einen anständigen Reisebegleiter machten. Und aus einem
Haufen Hackfleisch einen gesunden Körper schufen, in dem ich jetzt
weiterleben darf. Die Dimension dieser Ereignisse macht mich
gerade wieder sehr ehrfürchtig und betroffen. So viel Glück muss
man erst mal haben. Und in diesem Haus wohnt eine Frau, die
einmalig ist in diesem Kosmos und für die ich im Moment alles tun
würde. Ich atme, als wäre ich die Treppen schon hinaufgestiegen,

etwas Bedeutendes ist auf dem Weg zu mir, um in mein Leben zu treten.

So als würde ich mit jedem Schritt Geschichte schreiben, stapfe ich eine Stufe nach der anderen bis in die dritte Etage. Da stehe ich dann vor der Tür, für die ich sogar noch einen Schlüssel habe. Heute ist ein Stück Kunststoff um die Tür gelegt, innen und außen an den Türgriffen befestigt. Das hängt genau über dem Schließriegel und verhindert das Einrasten.

Die Geräusche kenne ich, den Geruch kenne ich, das gibt mir Sicherheit. Nach ein paar Momenten der Besinnung öffne ich die Tür. Der lange Flur mit dem Sisal-Teppichboden und den Zimmertüren rechts und links weckt Erinnerungen. Die dritte Tür rechts führte früher zu meiner Bude. Es riecht nach Kaffee, Stimmen sind zu hören.

"Ja, was meinst du, wo denn wohl die Teller heute sind." Das ist zweifellos Nils, der mal wieder seinen ganzen Charme spielen lässt. Im Hintergrund läuft nicht gerade leise Puerto Rico von Vaya Con Dios. Schöne Musik! Ach, ist das vielleicht meine CD? Bin gespannt, was die mit meinem Zeug gemacht haben. Nach einigen Schritten kommt rechts die Tür zum Bad, gegenüber ist der erste große Gemeinschaftsraum, dahinter folgt ein weiterer Raum, auch relativ groß, und hinten quer schließt sich die Küche an, mit locker dreißig Quadratmetern, in der ein großer Teil des gemeinschaftlichen Lebens stattfindet. Die Tür ist angelehnt. Wie schon früher amüsiere ich mich über die weiß angemalte Glasscheibe im oberen Teil. Die hatte Nils im Zuge einer Renovierungsaktion als letzten Akt, mitten in der Nacht und einigermaßen besoffen, einfach übergepinselt, als er ein paar Mal gekleckert hatte.

"Jetzt machen Sie mal diesen Krach aus, das ist ja eine Unverschämtheit!", brülle ich so laut ich kann und bleibe stehen. Stille, beziehungsweise nur noch Vaya Con Dios ist zu hören. Dann kratzt ein Stuhl über den Terrazzo-Fußboden.

"Aaaaarh, ich werd' verrückt!"

Nils mit seiner Fußballstadionstimme. Die Tür fliegt auf.

"Du alte Sackratte! Komm rein, Alter!"

Eine männermäßige Umarmung mit Bierfahne. Nils schiebt mich in die Küche.

"Da ist er, unser verschollener Freund! Tja, steht mal auf, Mädels, einmal drücken den Jungen, und ihr könnt ruhig so'n bisschen heulen jetzt. Der ist nach einem Jahr aus dem Dschungel rausgekrabbelt, da hinten beim Orinoco. Und vorher mit dem Flugzeug abgestürzt! Hier ist er, unser Hammer-Typ Frank."

Jasmin quält sich eher aus dem Stuhl, wie immer liegt die ganze Last des Daseins auf ihr. Daneben sitzt ihre Mutter, die fast erschrocken aussieht.

"Bleib sitzen, Siegried. Na, wie geht's dir?"

Jasmin schenkt mir einen freundschaftlichen Kuss. "Schön, dass du wieder da bist."

"Ich habe ja schon gehört, du liebe Zeit, im Dschungel abgestürzt. Das muss ja schrecklich gewesen sein!" Siegried ist fassungslos. Wahrscheinlich denkt sie an ihre elektrisch beheizten Lockenwickler, die in der Wildnis nicht mehr funktionieren würden. Laura lächelt mich jetzt an, legt kurz den Kopf an meine Schulter.

"Ich freu mich so!", haucht sie nur und löst sich wieder verschämt.

"Willst'n Ouzo oder 'ne Flasche Bier, womöglich 'ne Tasse Kaffee? Setz dich erst mal hin, hier."

Nils nimmt mir den Rucksack ab und lehnt ihn seitlich an den Küchenschrank. Daneben sind bereits Campingtische für Essen und Trinken aufgestellt. Ich hänge die Jacke über den Stuhl und setze mich einfach hin.

"Kaffee bitte, erst mal was Bleifreies. Und Siegried hat ja wieder ihren Superkuchen mitgebracht. Davon brauch ich jetzt eine Scheibe!"

Jasmin macht einen depressiven Eindruck, schaut auf den leeren Teller vor sich. Ihre Mutter schaut mich an, als würde sie darauf warten, dass ich mich vor ihren Augen schlagartig zum Zombie verwandele.

"Mensch, Siegried, alles klar bei dir? Was hast du denn so das letzte Jahr gemacht?"

"Mir geht es gut, Frank, aber das ist ja schrecklich mit dir! Ihr seid im Regenwald abgestürzt, nicht? Wie schrecklich, was habt ihr denn gegessen, da ist ja nur Ungeziefer und alles giftig und wilde Tiere."

"Da leben auch ein paar Eingeborene, die haben uns wieder aufgepäppelt. Dann sind wir zu einem Touristendorf. Nach kurzer Verschnaufpause konnten wir Plätze bei einem Cargopiloten ergattern. Die Maschine brachte uns wieder in die Hauptstadt Caracas"

"Und dann also wieder mit einem Flugzeug?"

"Da gibt es kaum Straßen, Siegried. Eine Wahnsinnslandschaft, aber leider mitten im Nirgendwo. Und leider haben die Abenteuertouristen die Gegend bereits entdeckt. Man trifft wieder auf Deutsche. Das ist ein schlechtes Zeichen. Der alte Adolf hatte schon Expeditionen in diese Gegend unternommen."

"Oh nein, wie schrecklich! Also ich wäre da einfach gestorben, vor lauter Angst schon, glaub ich."

Nils bringt mir Kaffee, einen Teller und eine Kuchengabel.

"So, hau rein, Frank!" Als er wieder sitzt, fragt er mit schmalen Augen: "Sag mal, hast du das überhaupt mitgekriegt mit dem Absturz, ich kann mir das gar nicht vorstellen. Wie war das überhaupt genau?"

Zuerst schneide ich mir ein anständiges Stück von Siegrieds Kuchen ab. Der ist nämlich weltberühmt.

"Die erste Gruppe von uns war einige Tage vorher mit derselben Kiste und demselben Piloten unterwegs gewesen. Da ist eben alles so unzugänglich, dass man nur mit so kleinen Cessnas und in unserem Fall einer zweimotorigen Beechcraft weiterkommt. Der Pilot ist dann wieder zurück nach Caracas, einen Tag Pause und Maschine checken und so, und dann sind wir los. Allerdings war das Wetter schlecht geworden. Wir sind mitten in ein Gewitter geflogen und dann hat es tierisch gekracht, unser Pilot wurde vom Blitz erschlagen. Die Scheiben waren rausgeflogen, die Technik kaputt, Motoren aus und dann ab ins Gebüsch."

"Ach du Scheiße, Alter. Aber wie hoch seid ihr denn geflogen?"

"Weiß ich auch nicht genau, ich habe gekotzt. Mitten im Gewitter und dann in so einer kleinen Büchse, was meinst du, wie das Ding sich geschüttelt hat. Ich fühlte mich wie in der Achterbahn!"

"Und dann?"

"Ich bin ehrlich gesagt erst so elf Monate später wieder richtig bei Bewusstsein gewesen. Die Einheimischen haben uns behandelt und in so was wie ein künstliches Koma versetzt. Im normalen Krankenhaus wäre ich als Vollkrüppel entlassen worden. Die Jungs da im Urwald können aber Sachen machen, das ist jenseits unserer Medizin."

"Klingt ja total abgefahren. Kaum zu glauben, wirklich. Und was waren denn das für Eingeborene, also ich mein, die sind ja manchmal auch krass drauf."

Ich lass mir den Kuchen schmecken und habe eigentlich gar nicht so viel Lust, diese Geschichten zu erzählen, zumal die Erlebnisse mit Meister Paul ohnehin keiner hier verstehen dürfte.

"Diese waren jedenfalls schwer in Ordnung. Es gab zwei Klassen. Einmal so wildere Leute eben, die auch wie im Film mit Lendenschurz rumliefen, und es gab eine, sagen wir mal, gebildete Schicht. Jedenfalls sind wir dann später so ungefähr einen Tag und eine Nacht durch den Wald zu einem anderen Dorf gestiefelt, in dem gerade Ethnologen die Einwohner beforschten. Mit denen gab's dann noch Hammerärger, der eine Typ hatte einen Revolver und wollte Suzanne an die Wäsche gehen, der andere drohte mir unterdessen mit einer Machete. Das haben wir dann geklärt und sind per Anhalter auf dem Rio Caroni bis nach Canaima. Das ist so ein Dorf am Wasserfall, landschaftlich der absolute Wahnsinn. Da haben wir ungefähr zwei Tag lang für ein paar Dollars gewohnt. Ich habe eigentlich nur gepennnt. Suzanne hat alles geregelt. Beziehungsweise wie es der Zufall wollte, trafen wir einen Piloten in dieser Unterkunft, den wir ein Jahr vorher vor dem Abflug kennengelernt hatten. Der nahm uns sozusagen als blinde Passagiere mit, zusammen mit Maschinen, die repariert werde sollten. Die Leute von der Uni hatten in Caracas ein Hotel und den

Rückflug nach Deutschland für uns organisiert. Also das klingt jetzt etwas zu cool und das war wirklich irre, aber ich bin heilfroh, dass ich wieder hier bin, das kann ich dir sagen!"

Siegried hält sich abwechselnd die Hände vor den Mund oder vor das Gesicht und macht dabei so was wie "Och Gott!" Dann faltet sie die Hände und schüttelt den Kopf. Nils zieht die Augenbrauen hoch.

"Und deine Kollegin wollte nicht mitkommen heute? Schade, die hätte ich gerne mal live gesehen. Sag mal, und diese Ethnologen, was waren das denn für Typen? Wenn die bewaffnet waren, also ich weiß ja nicht, da kannst du ja auch nicht nach der Security rufen. Wie habt ihr die denn in den Griff gekriegt, sag mal?"

Jetzt muss ich wohl doch mehr erzählen, als ich eigentlich wollte, das war ungeschickt, ich hätte einfach die Klappe halten sollen.

"Bei den Leuten in unserem Dorf ist eine zahme Jaguardame als Haustier unterwegs gewesen, ein Wahnsinnstier! Bestimmt so 60 Kilo schwer und keine fünf Atome Fett am Körper. Die hat uns begleitet, bis wir sicher in Canaima angekommen waren. Und die hat den beiden Volksforschern Beine gemacht. Der eine hat noch geschossen, ist dann aber in den Fluss gefallen und abgetrieben. Dem anderen, dem mit der Machete, hat sie das Ding mit den Riesenpranken aus der Hand geschlagen und zu Boden gebracht und dann minutenlang in die Augen geschaut. Dem lief alles Mögliche aus der Hose raus. Von den Eigeborenen war anfangs noch was zu sehen gewesen, Kinder spielten, Leute, die irgendwas machten, Männer in Hängematten. Aber diese Ethnologen müssen denen eine Story erzählt haben. Plötzlich war keiner mehr da. Unsere Jaguarbegleiterin saß dann anschließend mitten auf dem Dorfplatz, bei dem Typen. Da traute sich wohl auch keiner mehr. Suzanne hat dann ihren Rucksack geholt und dem Burschen mit den vollen Hosen ihren Treckingstiefel ins Gesicht getreten. Dann sind wir zum Fluss, nach ungefähr zwei Stunden kamen Boote mit Touristen. Der Scout kannte unseren Piloten und da gab's dann keine Probleme mehr bis Canaima."

Nils schnauft, nimmt einen Schluck Bier. Die anderen sitzen irgendwie erschrocken da und rühren sich nicht. Jasmin schaut mich mit großen Augen an.

"Gut, dass du gekommen bist, ich merke gerade, dass meine Depri totaler Luxus ist. Danke, Frank."

"Oh, das ist fein, mein Kind."

Siegried leidet wie immer mit Jasmins Stimmungsschwankungen. Wobei ich beide eigentlich fast immer mehr oder weniger sorgenvoll erlebt habe.

"Jemand 'n Ouzo, Leute? Also ich brauch jetzt einen, borr, Alter, Hammer, dass du da rausgekomm'n bist. Meine Güte!"

Alle nicken Nils zu, nur ich nicht.

"Du bist doch hoffentlich nicht vernünftig geworden!"

Nils verteilt Gläser, schenkt ein und hält mir mit fragendem Blick ein tropfendes hin.

"Nee, alles in Ordnung, gib mir auch so'n Teil."

"In Lauras Zimmer sind Feldbetten und das normale Bett steht da auch noch."

Jasmin nimmt ihr Ouzo-Glas, trinkt aus und hält es Nils wieder hin.

"Noch einen!"

"Das tut gut!" Nils schenkt nach und das Glas ist voll. Siegried bekommt große Augen.

"Ach Kind, das war doch sowieso nichts für dich. Nun warte mal eine Zeit ab, das geht doch vorbei."

Laura sieht sie entgeistert an.

"Du musst es ja wissen!", sagt Jasmin energisch.

"Das muss ja die ganz große, wahre Liebe gewesen sein, Papa und du. Schließlich hast du ihm vierzig Jahre das Bier zum Fernsehsessel gebracht. Und zum Dank ist er einmal im Monat mit deiner Jugendfreundin ins Hotel gegangen. Echt tolle Vorbilder seid ihr, Mutter! Ich probier's lieber mit einer Frau in einer Beziehung auf Augenhöhe, anstatt so einem Vollmacho die Hemden zu bügeln und mich zum Dank betrügen zu lassen."

Siegried hält sich eine Hand vor den Mund, beißt sich in den Zeigefinger, während sie eine Faust macht. Dann kramt sie ein Taschentuch aus der Hosentasche und schnieft. Laura vergräbt sich in ihren verschränkten Armen, kauert sich auf ihre Knie.

"Ohmann, Kinnings, jetzt machen wir mal keinen auf Drama hier. Also das mit den Beziehungskisten ist eben nicht so einfach. Frag mich mal, mit wem ich länger als drei Monate zusammen war. Da muss man Geduld haben, so ist das eben."

Nils schaut in die Runde, ob es auch alle verstanden haben, und schenkt ungefragt nach. Zwei Gläser sind im nächsten Moment schon wieder leer. Jasmin und ihre Mutter brauchen wohl noch einen Schnaps.

"Ach Kind, ich wollte doch immer nur das Beste für dich und deinen Bruder."

Dabei wischt sich Siegried die Augen trocken. Laura hält sich die ganze Zeit die Hände vor ihr Gesicht. Sie weint jetzt hörbar, springt plötzlich auf.

"Es war so schön mit uns, aber die Zeit ist eben vorbei. Es tut mir leid."

Laura war kurz auf Jasmin zugegangen und wieder zurückgeschreckt und ist dann aus der Küche gerannt.

"Leute, zusammenreißen! Wir feiern jetzt'n paar Tage und zum Beispiel, weil Frank wieder da ist. Verstanden? Prost jetzt!"

Nils schaut jede der Damen streng an. Ich trinke auch aus und erinnere mich daran, wie unzählige Feten endeten, wenn es erst mal so losging. Aber einen Ouzo sollte ich vertragen. Ich will unbedingt bei Sinnen bleiben. Monique macht mich schon jetzt total wahnsinnig. Aber Mut antrinken wie bei den letzten Begegnungen ist heute verboten. Das darf nicht wieder schiefgehen.

"Sag mal, die Monique, die mal hier auf ihrem Cello gespielt hat, kommt die heute Abend auch?"

"Aber hallo! Frank, also ich will ja nix sagen, aber die kommt garantiert! Hahaa, unsere Südseeperle."

"Bist du scharf auf sie?", fragt mich Jasmin abfällig.

"Also, sie fasziniert mich. Da im Dschungel habe ich dauernd geträumt, dass sie für mich Cello spielt."

So, jetzt fühle ich mich wie der Depp des Tages. Eigentlich bescheuert, wieso kann ich das nicht sagen?

"Die Monique ist klasse, aber die spielt nicht in unserer Liga", meint Nils mit einem Blick in die Ferne. "Also nicht in meiner Liga besser gesagt. Frank, die ist was Besonderes und ganz ehrlich, wenn du deinen elitären Moment hast, dann bist du auch son bisschen abgehoben. Das passt. Die kommt nachher, garantiert. Und die kann total geil kochen, das kann ich dir sagen. Die hat uns hier streckenweise bekocht, anstatt Miete zu zahlen, aber das war dermaßen klasse. Wenn du die Dame klarmachst, wiegst du nächstes Jahr einen Zentner mehr, versprochen! Die hat's sogar geschafft, dass ich meine Diät umstelle! Und das soll schon was heißen!"

Das kann ich jetzt nicht glauben. "Diät, was ist das für eine Diät, Nils?"

"Hast du nich' gewusst? Das hatte ich schon etliche Jahre durchgehalten und war ganz gut damit gefahren, aber Monique konnte mir sozusagen den Horizont erweitern. Hast du echt nicht gewusst, Frank?"

"Nee, beim besten Willen nicht."

"Eigentlich relativ einfach: keine Vitamine! Haaaaa!"

Nils und ich schütten uns aus vor Lachen. Siegried ist überrumpelt und so ernst wie vorher, Jasmin verdreht die Augen unter dem Eindruck dieses Männergehabes.

Nils winkt zum nächsten Witz oder was auch immer da jetzt kommen mag.

"Die hat sogar geschafft, dass kaum noch einer Nutella morgens anrührt. Die hat Marmeladen gekocht und so'n salziges Krümelzeug geröstet, blanker Wahnsinn, sagt ich dir. Du kennst doch diese schreckliche englische Orangenmarmelade! Hier, dieser David McDingsbums, der mal kurz hier wohnte, hatte so was mit. Englisch und ungenießbar, aber die von Monique, alter Schwede, so was von geil! Die hat einen Karton mit Gläsern da in den Schrank gestellt und 'ne Spardose. Konnte sich jeder was rauskaufen und ich hab' gleich alle fünf Gläser Orange abgegriffen! Echt! Und die findet dich gut, Alter. Darfst es nur nicht wieder versauen, verstehst du? Sag mal, bist du ausgepennt oder willst du'n bisschen Bubu machen? In Lauras Zimmer ist son Promillelager eingerichtet. Da kannst du noch mal auftanken, wenn du willst."

"Vielleicht gar nicht so blöd." Dann bin auch aus diesem Jammertal raus, denke ich so bei mir.

"Liegen schon Reservierungen vor?", frage ich, um nicht jemanden auf den Schlips zu treten. Aber Nils schüttelt den Kopf.

"Nee, du hast freie Auswahl."

Die Tasse ist leer, der Kuchen verputzt. Ohne Schnörkel schnappe ich Jacke und Rucksack.

"Na dann bis nachher, und wir beiden Hübschen schwingen noch das Tanzbein heute Abend."

Dabei versuche ich Siegried mit sanftem Schulterklopfen wieder in die Realität zu holen.

"Oh Frank, du bist so ein guter Junge."

"Das fällt aus, Mutter, Frank kenne ich schon zu lange und außerdem hat er schon was mit Laura gehabt."

Jasmin fühlt sich schon wieder den guten Wünschen ihrer Mutter ausgesetzt. Besser, ich verschwinde eine Weile.

"Leute, Leute", murmele ich nur vor mich hin und winke.

"Hoffentlich kommt Holger bald, sonst kriege ich hier noch 'ne Krise mit den Damen. Bis nachher, Alter."

Nils ist so und das ist klasse. Der verbiegt sich nicht. Die Damen sehen allerdings geknickt aus. Raus jetzt, ich habe auch keine Lust mehr.

Auf dem Flur kommt mir Holger schon entgegen.

"Hey Bruchpilot! Haust du schon wieder ab?"

"Nee, nur eine Runde vorpennen. Alles klar bei dir, Holger?"

"Allerbest! Habe jetzt Statik-II und Vermessungswesen im Sack. Da brennt jetzt nichts mehr an. Nächstes Jahr bin ich der *Herr Ingenieur*!"

"Cool!", sag ich.

"Wir schnacken nachher."

"Wenn ich dann nich' schon voll bin, Frank, haaaa!"

Wir rempeln uns freundschaftlich an. Nach ein paar Schritten öffne ich die Tür und höre hinter mir: "Was ist denn hier los? Drama die zehnte oder was läuft hier?"

Lauras Zimmer ist so gut wie leergeräumt. Laura ist auch nicht hier. Die ist ganz verschwunden. Die machen Sachen, die Mädels.

Ein Stapel Umzugskartons ist noch da, das Bett in eine Ecke gerückt. Vier Armee-Feldbetten sind aufgestellt. Auf dem Bett liegen zwei Sofakissen und ein paar Wolldecken. Meine ist nicht dabei. Ich ziehe die Vorhänge zu, falte eine Decke der Länge nach zusammen. Diese

Feldbetten sind nicht so bequem und von unten wird es schnell mal kalt. So, raus aus den Schuhen, mit der Jacke decke ich mich zu. Gürtel locker, Knopf auf, so ist es bequemer. Meine Gedanken kreisen um alte Zeiten. Die Feiern und die schwierigen Momente, wenn jemand durch eine Prüfung gesaust war. Die Jobs, die meistens Nils besorgt hatte und die Partys am Zahltag.

Und ich kreise gedanklich um Monique, wenn sie auch noch gut kocht, dann? Dann weiß ich auch nicht, dann ich bin erledigt.

Oh, ich liege nicht im Dschungel auf einer harten Holzpritsche, sondern in Lauras Zimmer auf einem Feldbett. Der Rücken meldet sich kurz. So wie es aussieht, war ich wohl doch eingeschlafen. Mir ist kalt, draußen ist es dunkel und in der Wohnung ist inzwischen richtig was los. Stimmen, Musik, da ist eine Party! Schon wieder fällt mir Monique ein. Vielleicht war sie schon da und ist jetzt wieder weg, weil ich sie ignoriert habe oder weil Jasmin einen komischen Spruch gebracht hat. Schon läuft mein Kreislauf auf Hochtouren. Hastig binde ich die Schuhe zu. Der Rucksack kommt auf die Umzugskartons, die Jacke oben drauf. Die Taschen sind zu, nichts kann rausfallen. Also gut, rein ins Getümmel!

"Mahlzeit, du siehst ja taufrisch aus!"

Holger winkt lässig, steht mit einer jungen Dame im Flur, die ich nicht kenne.

"Du kannst ja noch sprechen, was ist das denn?"

"Warte mal 'ne Stunde, dann muss ich 'ne Runde pennen, haaaaha."

Etwas angespannt schaue ich in alle Winkel.

"Hast du Monique schon gesehen?"

"Nee, noch nich", meint Holger.

"Ich weiß auch nich, ob die auf so was steht. Die Orchester-Musikerin! Die hat's mehr mit so Diplomaten-Bällen, glaub ich."

Er wendet sich wieder dem Mädel zu. Ein jungeres Semester, würde ich sagen. Verdammt, ich bin total nervös. Was mache ich, wenn sie wirklich nicht kommt? Sicherheitshalber untersuche ich genau alle Räume, aber Monique fehlt einfach. In der Küche treffe ich Nils.

"Die kommt schon noch, mach dir keine Sorgen. Die kommt garantiert noch. Mann, die steht auf dich!"

Offensichtlich sieht jeder, was mit mir los ist und mit ihr. Mit einem Glas Coca Cola lehne ich am Türrahmen. Gute alte Rockmusik, gelegentlich aktuelle Songs, die man auch gerade im Radio hört. Viele tanzen, Nils ist immer unterwegs und mit einer Flasche Bier bewaffnet. Und ich bin so dermaßen nervös, dass ich mir doch noch einen doppelten Ouzo gegönnt habe. Gleich halb zehn, das Glas ist leer. Wenn die Monique nicht kommt, fahre ich noch heute Nacht zurück. Nils redet auf Uli ein, der die Platten auflegt, besser gesagt, seinen Laptop und einen riesigen DJ-CD-Player bedient. Vermutlich wünscht sich Nils die etwas sportlichere Musik wie von AC/DC, Rammstein und Led Zeppelin.

"Frank!" Ich drehe mich um, sehe Jasmin UND, da ist sie! Monique! Mein Herz rumpelt los.

"Hier ist deine Miss Bollywood, die hatte mal anfangs dein Zimmer."

"Hallo Frank, schön, dich zu sehen."

Am liebsten würde ich sie gleich in die Arme nehmen! Oh Frank, aufpassen! Beherrsch dich jetzt bitte. Nicht gleich alles versauen!

"Hallo Monique! Schön, dass du hier bist. Spielst du wieder auf deinem Cello?"

Sie lächelt kurz. Himmel, ist das eine schöne Frau!

"Nein, das war nicht so der Hit beim letzten Mal."

"Mir hatte es sehr gefallen."

"Na dann, fröhliches Turteln", Jasmin schlurft weiter in die Küche. Da winkt ihr ein Mädel zu, das ich auch nicht kenne.

Monique schaut ihr fragend hinterher, schaut dann fast verlegen nach unten. Sie stellt sich neben mich. Es ist ihr Parfum, das mich eben noch wie eine Ahnung erreichte und jetzt wie eine Nordseewelle erwischt. Es ist zwar nicht wirklich aufdringlich, aber es ist sehr schwer, sehr weiblich, einfach präsent. Der Duft erinnert mich an die schwüle, gesättigte Luft im Dschungel, voller Gerüche und Ahnungen.

"Du hast uns einen ziemlichen Schrecken eingejagt, Frank."

Jetzt schaut sie mich ernst an. Sie ist höchstens einen Fingerbreit kleiner als ich, ihre üppigen Haare überragen mich allerdings und sie ist mir so nah, dass ich völlig verunsichert weiche Knie bekomme. Ihre Augen sind faszinierend, aber ich kann ihrem Blick kaum standhalten. Ich fühle mich wie ein kleiner Junge. Und dann noch dieser französische Akzent.

"Ja, sorry! Also, hast du schon was zu trinken?" Mir versagt fast die Stimme. Sie schaut kurz weg.

"Nein", sie schüttelt den Kopf und lächelt wieder, als wollte sie mir die Anspannung nehmen. "Gehen wir mal in die Küche?"

"Da ist es auch leiser." Meine Stimme ist brüchig, aber ich bin erleichtert, als ich merke, dass sie vorgeht. Geschmeidig wie eine Wildkatze und genauso kraftvoll. Sie trägt eine enge Jeans, die unten seitlich geschlitzt ist. Die dunkelgrünen geschnürten Stiefeletten im klassischen Stil kommen so ganz besonders zur Geltung. Und sie trägt ein durchscheinendes schwarzes Hemd. Darüber eine kurze, sehr fein gestrickte schwarze Weste mit großen Blumenornamenten, in dezenten Erdfarben. Ihre dunklen Haare fallen lockig über die

Schultern. Ich könnte stundenlang einfach so hinter ihr hergehen. Jasmin steht am Küchenschrank, unterhält sich und ist neben Monique, die sich gerade zu mir dreht, eine eher graue Erscheinung.

"Was trinkst du denn gerade?", fragt sie mich. Die grelle Leuchtstoffröhre, die in der Küche von der Decke hängt, ist gnadenlos, veröffentlicht jeden Schatten unter den Augen und jetzt auch Moniques hellbraune Haut unter diesem Hemd. Sie trägt einen schwarzen BH, von dem nicht sehr viel zu sehen ist, aber der sicher wie ein Staudamm weitere Schönheit verborgen hält. Diese Weste ist mit zwei Kordeln zugebunden, die über ihrem Bauchnabel baumeln.

"Cola", sage ich schnell, schau dann schnell weiter nach oben und mein Blick stolpert schließlich zu den Campingtischen mit Getränken und Futteralien.

"Ich möchte mit dir anstoßen." Sie hat jetzt einen festen Blick. "Also richtig, meine ich. Rotwein oder Weißwein?"

Durch die Leute, die sich mit Leberkäse, Nudelsalat, Brot und Aufschnitt eindecken, sind wir ständig in Bewegung. Monique steuert die Getränke an, liest das Etikett einer Rotweinflasche.

"Rotwein wäre prima." Sie schaut mich wieder an, legt den Kopf ein bisschen schief. "Côte du Rhône, schau mal."

"Donnerwetter, klingt edel." Monique inspiziert die Gläser. Die sind natürlich partygerecht. Aufgehobene Senfgläser sind dabei oder ähnlich rustikale Vertreter, teilweise abgenutzt, teilweise dickwandige Massenware, mit Garfields und anderen Comicgrößen bedruckt. Im Schrank findet sie dann Weingläser. Lässt sich dabei auch kein bisschen von Jasmin verunsichern, die überheblich den Mund verzieht. Schon halte ich die Gläser und versuche krampfhaft, sie weniger begeistert anzustarren. Ihr Minenspiel ist eigentlich minimal, aber gerade dadurch wird die kleinste Spannung ihrer Lippen oder ihrer Augenbrauen, die ihren Blick betonen, zu einem Ereignis. Und jetzt schaut sie mich mit einem diebischen Ausdruck in den Augen an, schenkt Rotwein ein. Sie stellt die Flasche wieder zurück, nimmt mir ein Glas ab. Ich schau sie an, erwische dann ihr Glas mit meinem, sogar einigermaßen behutsam an der bauchigen Stelle. Ein feiner Gong ertönt. Jetzt schaut sie streng.

"Non, non, non, mon cher.[240] So kommst du mir nicht davon!" Sie legt ihren Arm um meinen herum. Oh, wir trinken Bruderschaft, stelle ich fest. Sie genießt den Wein, ich verschlucke mich fast, sie nimmt einen zweiten Schluck und leert das Glas dann endgültig, stellt es auf den Tisch neben uns. Ihr Gesicht ist jetzt nach unten gerichtet, aber sie kommt mir näher, unendlich langsam, ich spüre ihre Hand in meinem Gesicht, ihre Haare, ihren weichen Mund, ihre Zungenspitze, sie schmeckt ganz süß und etwas herb vom Wein, Wahnsinn! Sie atmet kurz und heftig ein, als hätte ich sie gekitzelt, unsere Lippen wollen sich nicht lösen, bis sich ihre plötzlich mit einem festen Schmatz verabschieden. Hoffentlich habe ich nicht den Rest Rotwein völlig unkontrolliert verschüttet. Ich kann sie gar nicht ansehen, bis ich merke, dass sie auch mit gesenktem Blick dasteht. Ich trinke aus, stelle das Glas weg. Inzwischen läuft im Tanzsaal *Yesterday* von den Beatles, wieder ist sie ganz nah, ihre Haare duften blumig, erinnern mich an Räucherstäbchen, vorsichtig ertaste ich ihre Hüften. Wir bewegen uns nur ein ganz wenig nach der Musik, aber es ist der schönste Tanz meines Lebens. Romantik pur unter Neonlicht. Sie schmiegt sich an und dreht sich dann an meine Seite. Wir wissen beide nicht, wo wir die Hände lassen sollen.

"Schönes Lied, aber der Text ist mir zu schwermütig." Das sagt sie so beiläufig, wie man über das Wetter redet.

"Anders herum ist's schöner! Also sich zu finden, meine ich."

Und das rutschte mir gerade ohne vorher nachzudenken raus. Ich sehe sie erschrocken an. Das klang jetzt schon wie ein blöder Wink mit dem Zaunpfahl. Sie schaukelt wie eine Inderin mit dem Kopf und grinst dabei, als hätte sie etwas ausgefressen.

"Monique! Meine Südseeperle! Ich huldige deiner!"

Nils kam hereingestürmt und ließ sich wie ein Fußballspieler auf die Knie fallen, rutschte dann mit erhobenen Armen, auf dem Terrazzoboden vor uns hin.

"Nils, du bist verrückt! Komm schon, steh wieder auf!"

Monique reicht ihre Hand und Nils kommt Stück für Stück wieder auf die Beine.

"Ich werde nich' jünger." Neu sortiert erhebt er die Hand mit der Bierflasche und holt zu einer großen Ansprache aus.

"Monique, mein Augenstern, ich kann dir gar nicht sagen, wie froh ich bin, dass du dich so um Franks Sachen gekümmert hast. Dafür bin ich dir im nächsten Leben noch dankbar!" Nils reibt sich dabei das rechte Knie.

"Und, ach übrigens, kennst du das Hemd?", fragt er mich. "Ist deins! Und guck mal, Jasmin hat ein T-Shirt von dir an. Ja, das sollte so was wie'n Gag werden, weiß auch nicht, vermutlich 'ne blöde Idee! Hier, zeig mal, Jasmin!"

Nils winkt zu Jasmin rüber, die immer noch einer Freundin ihr Leid klagt.

"Sowieso zu groß!" Erwidert Jasmin und zieht sich das Shirt auch schon über den Kopf. Da drunter kommt ein Hemd in ihrer Größe zum Vorschein. Ich fange meines, lege es mir über die Schulter.

"Das Ding hier kriegst du später zurück, gewaschen und gebügelt."

"Das Shirt kannst du mit dazustecken." Ich drücke es Nils in die
Hand.

"Ja gut, ich hatte auch schon bessere Ideen. Dachte das wird'n Witz."

"Alles in Ordnung, Chef, kein Stress! Ich habe das gar nicht gepeilt
bis gerade eben."

"Und ich trage auch etwas von dir!"

Monique schaut mich fragend an. Nanu, denke ich, das können dann
fast nur Socken sein.

"Glaub ich nicht", sage ich frech. "Zeig mal!"

"Oh, das ist vielleicht nicht so günstig. Ich trage von dir eine dieser
schwarzen Unterhosen vom FC St. Pauli mit einem Totenkopf drauf."

Nils schüttet sich aus vor Lachen, schlägt sich auf den Schenkel.

"Haaaarh, ist das geil! Monique, mein Goldstück, du bist einfach der
Hammer! Nee nee, da zwängt sich diese wunderschöne Elfe in son
ollen Schinkenbüddel von dir, Frank! HAAAAA, von St. Pauli! Ich
werd' nich' mehr!"

Dabei nimmt er Monique in die Arme, wie einen Mitspieler von St.
Pauli. Man hört keine Knochen brechen. Dann fährt er wieder herum,
sie sieht unbeschadet aus und das T Shirt flattert in wilder Ceste wie
eine Fahne im Wind. Zum Glück ist fast nichts mehr in der
Bierflasche.

"Oh, mal nich' so ankuscheln! Sonst krieg ich vielleicht noch Ärger mit
dir, Frank?"

Jetzt nimmt er mich in die Arme, lässt wieder los und erhebt dabei Hand, Zeigefinger und T-Shirt.

"Aber sie ist doch echt 'ne Perle! Seid ihr euch schon einig geworden? Ich mein, egal! Jedenfalls hat Monique auf dein Zeug aufgepasst und uns die CDs und deine Gitarre wieder abgenommen. Weißt du, vor einem Jahr dachte ich noch: Och, die Dame is' ja doch so'n bisschen zickig veranlagt oder nee, also sie hat da schon die passenden Worte gefunden. Aber jetzt bin ich so froh, weißt du? Mann, wir wollten schon so'n Flohmarkt machen, verstehst du? Orrr, verdammt, und dann kriechst du da einfach zwischen Schlangen und Säbelzahntigern wieder raus an die frische Luft, ey, Hammer ey! So ihr beiden und jetzt nehmt ihr euch schön was mit von den Leckereien und 'ne Flasche vom guten Roten und dann zeigt dir Monique, wo jetzt dein grünes Sofa steht, und du probierst mal, ob du noch was auf der Gitarre hinkriegst, hörst du, Frank? Und du, mein Engelchen, kümmerst dich son büschen nett um unseren Heimkehrer. Ich glaub, ihr habt euch 'ne Menge zu erzählen. Habe extra diesen Della-Rohne-Wein besorgt, schon gesehn?"

Monique kichert.

"*Das ist ja sogar Wein, den man trinken kann*, das war ihr Kommentar, als Laura mal zwei Flaschen davon ausgegeben hatte. Musst du dir mal vorstellen. Unsere schöne Französin wieder!"

"Entschuldigung, Nils, aber dein Bordeaux für 2,19 ist wirklich nur mit Cola genießbar, aber eigentlich überhaupt nicht. Franzosen kannst du mit so was in die Flucht schlagen. Aber das ist ja Wahnsinn, dass du extra an mich gedacht hast. Nils, du bist ein Schatz!"

Der fällt mir lachend entgegen. "Hähäää, ich habe Laura gesagt, sie soll davon 'ne ganze Kiste besorgen, verstehst?"

Wir lachen und Monique holt die Weinflasche wieder her. Nils nimmt sie ihr allerdings gleich wieder aus der Hand.

"Die ist doch schon fast leer. Hier, warte mal." Dabei öffnet er die untere Schranktür, stellt die offene Flasche oben auf die Marmorplatte. "Hier in der Bunker-Ecke sind die guten Sachen!"

Er gibt Monique eine volle Flasche, rafft sich wieder auf.

"So, und jetzt ab nach oben. Spiel ihm was auf dem Cello, dann legt er dir die Welt zu Füßen. Glaub's mir."

Wir schauen uns an, Monique zieht fragend die Augenbrauen hoch. Inzwischen ist eine Glocke zu hören. Und zwar *die Glocke*! Dann kommt Angus Young, AC/DC dreht auf. *Hells Bells* ist das.

"Frank! Sie spielen mein Lied! Leute, ich muss da jetzt hin. YEAH! ROCK'N'ROLL!"

Nils tänzelt durch die Küchentür, reckt rhythmisch die Arme nach oben, wedelt mit dem T-Shirt hin und her und verschwindet. Die Situation macht mich etwas sprachlos. Monique zuckt die Schultern, sieht auch eher hilflos aus. Vielleicht wollte sie etwas ganz anderes sagen, aber mit dem Blick nach oben gerichtet sagt sie: "Also, dein Kanapee hat nicht mehr in die Abstellkammer auf dem Boden gepasst und jetzt steht es bei mir."

"Finde ich schön! Ähmm, sag mal, ist da auch eine Wolldecke, mit so einem dunklen, rot-blauen Fischgrätmuster gewebt? Das würde mich sehr interessieren."

"Ja, die Decke liegt da jetzt auch wieder, wie du sie damals hingelegt hattest, am Fußende."

Mir war natürlich die Hütte im Dschungel wieder eingefallen. "Die ganze Zeit?"

"Nein. Am Anfang hatte ich dein Zimmer benutzen können und da war alles, wie du es hinterlassen hattest. Auch das Sofa mit der Decke. Laura half mir etwas Platz zu machen und ich glaube vier, fünf Umzugskartons zusammenzupacken, ach, ich weiß nicht mehr genau, wie viele. Die Decke kam in eine große Tüte, zusammen mit Mottenmittel, und dann wurde alles oben verstaut. Vor ein paar Tagen hatte ich die Idee, danach zu suchen. Die Decke liegt wieder auf dem Sofa. Die riecht wunderbar nach Räucherstäbchen."

Monique ist plötzlich verunsichert und ich muss etwas sagen wie: "Ach komm, ist doch jetzt alles in Ordnung. Mach dir keine Sorgen."

Dann schaut sie mich mit großen Augen an und druckst herum, als würde sie sich entschuldigen wollen.

"Oh merde! Ach Frank, das war eine Zeit. Also, magst du mitkommen zu deinem Sofa? Ich merke gerade, dass ich das alles einmal aussprechen muss. Ich will mich nicht ausheulen, nur mal ein paar Dinge sagen, die ich nur dir sagen kann. Und ich dachte lange, dass ich dir nie wieder etwas sagen könnte. Weißt du?"

Plötzlich geht mir irgendetwas wie ein Licht auf, wobei ich im Grunde keine Ahnung habe, worum es wirklich geht. Es hat mit mir und dieser wunderbaren Frau zu tun. Hoffnung und Angst wettstreiten, ich spüre eine harte Landung in einem unbekannten Gebiet auf mich zukommen. Oh verdammt, schon wieder eine harte Landung! Monique hält die Flasche und ihr Glas in den Händen. Zittrig und vorsichtig streichle ich an ihrem Arm entlang, nehme ihr die Flasche ab.

"Lass uns etwas zum Essen einpacken."

"Aber bist du nicht hierhergekommen, um deinen neuen Geburtstag zu feiern? Ich meine, das ist auch deine Party. Und jetzt komme ich dir mit so einem melancholischen Mädchenkram."

Ich vermisse dieses Funkeln in ihren Augen. Es ist wohl der Moment für eine ehrliche Ansage gekommen. Ich hole noch mal tief Luft.

"Emm, es ist so, dass ich eigentlich nur deinetwegen hier bin."

Sie bekommt große Augen. Ist sie jetzt im Zweifel, ob sie mir sagen muss, dass sie eigentlich mit Henry Mountbatten-Windsor liiert ist und auf den Königsthron wartet. Habe ich sie überrumpelt, falls ihr Herz doch ein bisschen für mich schlägt? Wenn es jetzt einen Korb gibt, fahre ich direkt wieder nach Hause, das halte ich nicht aus. Monique hält mir ihr Glas hin.

"Nimm bitte mal." Sie lehnt sich an, ich bekomme ihre Haare ins Auge, aber ich rühre mich nicht. Und ich will mit dieser Frau zu tun haben, verdammt. Sie küsst mich am Hals, atmet tief durch. Ihre Hände sind kurz überall.

"Das ist so schön, aber la tête me tourne.[241] Ich dreh ein wenig, halt mich fest. Mir wird gerade schwindelig, glaub ich."

Wie ein Echo klingen ihre Worte nach. Was mach ich mit dem Glas und der Flasche? Eine Umarmung mit Hindernissen, aber egal, ich kann sie berühren, in diesen Duft eintauchen.

"Ich mag dich auch", flüstert sie dann leise.

"Je ne me sens pas bien ici.[242] Also, ich fühl mich gerade falsch hier. Können wir mal bisschen raus aus dem Trubel?"

"Sofa oder Spaziergang?"

"Lass uns zum Sofa gehen."

Dann trennt sie sich, macht mit gesenktem Blick die zwei Schritte zu den Campingtischen. Ein ordentliches Stück Weichkäse kommt auf einen Teller, sie sammelt drei Tomaten und eine vorbereitete gelbe Paprikahälfte ein und legt ein Reststück Vollkornbrot dazu.

"Ich habe auch noch einen Kühlschrank oben, das reicht, denke ich."

"Klar, sieht gut aus. Korkenzieher hast du wahrscheinlich auch?"

Dann schaut sie mich ernst an, ein paar wenige Sekunden ziehen sich unangenehm in die Länge.

"Aber, also, wir werden nicht im Bett landen, hast du gehört? So schnell geht das bei mir nicht. Das ist für mich nämlich etwas sehr Spirituelles, Heiliges. Wie ein gemeinsames Gebet."

Mir fällt ein Stein vom Herzen.

"Klasse", rutscht mir raus und: "Also, verdammt, du machst mich total irre. Und das wäre auch, ich meine …"

"Das kriegen wir dann schon irgendwie hin, wenn es so weit ist." Und das sagt sie jetzt so beiläufig, als würden wir an einer Ampel stehen und locker plaudern. "Ich muss erst mal Kontakt mit dir und deiner Welt aufnehmen. Jedenfalls, ach, ich weiß auch nicht."

Jetzt lächelt sie wieder, wieder mit diesem Charme. Sie kommt auf mich zu, zwinkert, wir folgen dann dem Flur bis zur Wohnungstür. Das letzte Solo von Angus wird von einem Urschrei aus Nils Kehle übertroffen. Wir verlassen diesen unruhigen Ort, die Geräusche bleiben zurück.

Inmitten dieser Treppenhausruhe schallt das Echo des Lichtrelais, unten neben der Kellertür. Es erinnert mich, beruhigt mich. Wieder geht Monique vor. Auf dem Treppenabsatz zur nächsten Etage schaut sie zurück. Wir verständigen uns so ähnlich wie die Leute im Dschungeldorf, wie mit meiner guten Fee, die mich gepflegt hat. Ich spüre einen Impuls und Monique reagiert. Das bedeutet, dass wir in Resonanz sind. Schöner Gedanke!

Von der nächsten, der vierten Etage, führt eine ausgetretene Holztreppe weiter auf den Boden. Weiße Bretterwände bilden einen Gang. Aus der Decke hängt nur ein Kabel mit Fassung, in die eine klare Glühbirne geschraubt ist. 25 Watt. Am Ende erreicht man durch eine Tür die Abstellkammern. Der vordere Teil des Raums ist zu vier Schlafkammern und einem einfachen Badezimmer ausgebaut. Hier wohnten nach dem Krieg geflohene Familien und jetzt manchmal Studenten für kleines Geld. Monique klemmt die Flasche unter den Arm und kramt einen Schlüssel aus der Hosentasche. Sie schließt die erste Tür links auf. Der Holzboden knarrt und unter der Tür kratzt es. Monique geht im Dunkeln vor nach rechts. Das Zimmer ist vielleicht vier mal sieben Meter groß. Gegenüber der Tür ist die Küchenecke und nach links öffnet sich der Raum bis zu den zwei großen alten Fenstern, durch die Bäume und weit weg die Stadt zu sehen sind. Räucherstäbchen werden hier abgebrannt, es ist kühl. Das fahle Licht von draußen und die schwache Glühlampe hinter mir gestalten eine ganz besondere, geheimnisvolle Stimmung. Ich bin bewegt von dieser kleinen Welt. Jetzt wird es heller. Monique knipst eine zweite und dritte Lampe an. Lichtinseln entstehen, da sind auch mein grünes Kanapee und die Decke. Kopfschüttelnd denke ich an Meister Paul, der sich jetzt in seiner Höhle sicher köstlich amüsiert. Sie schließt die Tür, nimmt mir die Gläser ab.

"Das ist mein Reich. Und ich bin richtig gerne hier. Komm, setz dich auf dein Sofa."

"Total stark. Ich bin beeindruckt. Und es riecht so gut. Verrückt, zu der Decke muss ich dir was erzählen. Kann ich dir behilflich sein?"

"Nein, setz dich ruhig."

Sie stellt zwei kleine Tischchen in Reichweite, platziert die Gläser und stellt zu dem Teller von unten noch zwei schön bemalte Keramikteller dazu. Das Muster ist bunt, geometrische Formen auf sandfarbenem Grund. Erinnert mich an Bilder von afrikanischen Stoffen. Und wunderschönes Besteck legt sie dazu. In der kleinen Kochnische entkorkt Monique die Flasche, schnuppert am Korken.

"Der ist wirklich gut. Hihi, der Nils." Sie schüttelt den Kopf. Mit Wein, Pfeffer und Salz und einer Küchenrolle kommt sie zurück.

"Ich habe noch Cracker, die passen zu allem. Ach, ein Brotmesser brauchen wir."

Also, egal was Monique macht, sie bewegt sich, als würde sie tanzen.

Ich bin so was von verknallt!

Dann sitzt sie neben mir.

Dieses Parfum!

Monique schneidet Brotscheiben von der Schmalseite ab und dekoriert sie in einem Bogen auf dem WG-Teller. Es ist gerade, als würden wir zu Abend essen, wie wir es schon seit Jahren tun. Alles ist zwar neu und aufregend, wir sind im Moment aber gleichzeitig sehr vertraut miteinander. Ich fühle mich zu Hause.

Monique hantiert herum. Mir fällt auf, wie geschickt sie mit dem Messer umgeht. Die Tomaten fallen in Vierteln auseinander, dann streut sie Salz und Pfeffer aus der Mühle darüber, drückt ein Stückchen Käse auf eine Brotscheibe.

"Schenk doch schon mal Wein ein", sagt sie, ohne mich anzusehen. Dabei wischt sie ihre Finger mit einem Papiertuch ab und klemmt es gefaltet unter einen Teller.

"Ja klar, sorry, ich habe dir gerade begeistert zugesehen. Es ist …", eigentlich weiß ich gar nicht was ich sagen soll. "Entschuldige, ich bin schon total begeistert, wenn ich dir beim Tomatenschneiden zusehen kann."

Sie reicht mir das Stück Brot, schmunzelt jetzt frech.

"Du entschuldigst dich ein bisschen viel. Hier, probier mal."

Ich bekomme das Stück Brot, ein Tomatenviertel dekoriert die Seite mit weniger Käse und sie nimmt mir die Flasche ab.

"Ja, tut mir leid, ähmm, also ich beobachte dich, beziehungsweise, ich kann gar nicht anders, als dich dauernd anzuschauen."

Monique gibt mir ein vornehm gefülltes Glas und setzt sich schräg zu mir gewandt, legt den Arm auf den Bogen der Rückenlehne und sie schaut mich an. Sie spielt einen Moment mit ihrer Überlegenheit, legt dann den Kopf zur Seite, schaut nachdenklich nach oben.

Völlig überfordert lege ich das Brot ab, suche nach Worten, die meine Gefühle unfallfrei zum Ausdruck bringen könnten. Dann erinnere ich mich wieder an meine gute Fee und wie diese Unterhaltungen in dem Dschungeldorf abliefen. Das löst zumindest meine Anspannung. Stimmt, Worte finden und aussprechen ist komplizierter als, ja, diese andere Form der Unterhaltung. In dem Augenblick schaut mich Monique an, scheint sich zu wundern, es ist etwas passiert zwischen uns. Dann erkärt sie ernst:

"Ich wollte dir so viel sagen, oder nein, ich hätte viel Brimborium machen müssen, um die wenigen Dinge auszusprechen, die mich bewegen. Aber gerade eben ging mir auf, dass es überflüssig ist, oder keine Ahnung, ich habe bereits alles mit dir geteilt. Kann das sein?"

"Lass uns erst mal anstoßen", sage ich, um einen Übergang zu finden. Die wenigen Minuten an der Seite von Monique haben mich in eine andere Welt blicken lassen, mit der ich unbedingt zu tun haben will. So ähnlich wie die Begegnung mit Meister Paul, die mein Weltbild allerdings völlig sprengte.

"Mir rauschen gerade alle möglichen Sachen durch den Kopf. Ich möchte dir auch so viel erzählen."

Diesmal stößt sie an mein Glas an. Und diesmal trinken wir nur, ohne Küssen.

"Gib mir doch bitte mal die Decke." Ich stelle das Glas weg. Und ich entwickle plötzlich Zweifel, von diesen Geschichten zu erzählen.

"Die Sache ist so irre, dass ich Bedenken habe, überhaupt davon anzufangen."

"Soll ich zuerst? Aber ich weiß auch nicht."

Sie gibt mir die Decke, trinkt wieder einen Schluck Wein. Das ist die Decke, unter der ich im Dschungel lag und langsam wieder gesund wurde. Sie riecht nach Sandelholz, das ist der Wahnsinn!

"Sag mal, wie lange ist die jetzt hier und war die Decke eine Weile weg?"

Monique schaut skeptisch: "Was ist denn mit dieser Wolldecke los? Sie riecht toll, nach Indien, wie nach einem Tempel."

"Das Ding ist, dass wir nach dem Absturz von Eingeborenen gefunden wurden, die uns dann behandelt haben. Und da gibt es eine Art Priesterkaste. An der Spitze ist ein Meister, der mit der Materie und mit den Dimensionen spielt wie Kinder mit Knetmasse. Weißt du, normalerweise hätten wir das nur sehr schwer überlebt. Ich hatte über dreißig Knochenbrüche und die Wirbelsäule war angeknackst. Und die Leute haben es geschafft, unsere Körper wieder vollkommen zu heilen. Ich hatte vorher Zahnlücken und Plomben in den Zähnen und verschiedene andere Problemchen. Aber mein Körper ist runderneuert, alle Zähne sind wieder da und perfekt. Es ist klasse. Ich habe mich noch nie so gut gefühlt.

Aber ich habe echt Bammel, davon zu erzählen, andererseits kann ich mir vorstellen, dass du einen weiteren Horizont hast als die meisten Menschen. Sag bitte jetzt, wie verrückt du so was findest und ob du mir glauben kannst oder diese Story total komisch findest."

Monique hatte das Glas weggestellt, sie ist ernst, legt jetzt den Zeigefinger auf meinen Mund. Verstehe, ich bin jetzt still. Sie dreht immer wieder eine Haarsträhne um die Finger.

"Ich habe viel geträumt, nachdem du verschollen warst. Die verrücktesten Dinge. Albträume, aus denen ich voller Angst aufwachte, aber auch viele Geschichten wie Urlaub, wie ein Sanatorium mit Parkanlagen und Gärten. Manchmal in einer Atmosphäre, einer Stimmung, wie in den 20er-Jahren, ähnlich wie in den alten Filmen, zum Beispiel Casablanca und so.

Erzähl bitte weiter. Ich habe überhaupt keine Zweifel, oder besser gesagt, mir scheint, dass ich es irgendwie schon weiß, was du alles erlebt hast. Vielleicht erzählst du mir ja gleich von meinen Traumreisen.

Außerdem hatte ich als Kind einmal Ärger mit dem Blinddarm und wäre fast gestorben, aber mein Opa hat einen Tag und eine Nacht Zeremonien gemacht. Als dann am folgenden Morgen das Telefon klingelte, wollte niemand rangehen, alle hatten Angst vor der Nachricht. Dann nahm mein Opa den Hörer und weinte plötzlich, allerdings vor Freude. Die Ärzte konnten es auch nicht glauben, es war ein Wunder. Die hatten mich schon zum Sterben in einen Abstellraum geschoben, mit Bergen schmutziger Bettwäsche. Alle Raucher haben sich da getroffen.

Als ich wach wurde war ich nackt, hatte alles Mögliche auf dem Bauch liegen, eine Neonröhre flackerte. Da war ein Aschenbecher und daneben eine Brandspur auf der Haut von einer Zigarette, die rausgefallen war. Eine Infusionsflasche lag daneben, die hatte sich wieder mit Blut gefüllt, weil ich doch nicht gestorben war. Den Ascher konnte ich mit letzter Kraft gegen die Tür werfen. Dann fand ich mich in einem weichen Bett wieder, viele Gesichter schauten mich an."

Sie ist ernst und ich finde sie so fast noch schöner.

"Ich spüre das immer noch, die Narbe ist nicht schön und wohl auch verwachsen. Ich male mit Henna immer Blumen und Ornamente und Symbole darauf."

"Mann, das ist heftig! Dein Opa ist wunderbar! Das ist ja brutal, ich kriege Gänsehaut."

Ich muss ihre Hand nehmen, sie lehnt sich an, atmet tief. Sie ist wohlmöglich der einzige Mensch, der mit meiner Eingeborenengeschichte etwas anfangen kann.

"Ich glaube, ich erzähl dir jetzt einfach die Geschichte mit der Decke. Das Verrückte ist, unter dieser Decke war ich da mitten im Dschungel gelegen, in Venezuela. Und vor Jahren, als meine Mutter krank war,

hatte ich sie immer in die Decke eingewickelt, wenn ihr kalt wurde.
Und dieser Meister Paul verriet mir, nachdem ich circa elf Monate in
einer Art von Koma verbracht hatte, dass er die Decke ausgeliehen
hätte, damit ich mich wie zu Hause fühle."

"Madonna, wie geht das denn?"

"Na ja, das ist ja das Ding. Dieser Meister Paul hat mir ein paar Tage
etwas von Quantenphysik und anderen Dingen erzählt. Raum und
Zeit sind wohl für uns ganz klare Größen, aber vermutlich ist das nur
die halbe Wahrheit."

Monique bewegt die Mundwinkel ein wenig nach unten und zieht die
Augenbrauen zusammen.

"In der Zeit war die Decke in dem Karton, dachte ich zumindest. Das
ist verrückt. Erzähl mehr von diesem Meister."

"Ich weiß gar nicht, ich fürchte, dass ich mich total lächerlich mache."

Außerdem wollte ich doch vermeiden, auf dieser Geschichte
herumzureiten. Es ist für meinen Geschmack zu viel Drama dabei,
die Situation bekommt so eine Schwere dadurch. Dann streicht sie
die Strähne hinter das Ohr, streckt den Arm wieder aus, berührt dabei
meine Schulter.

"Es war eine relativ kurze Zeit, die ich dann bewusst dort erlebt habe.
Einige Tage von ungefähr elf Monaten, aber was mir da klargemacht
wurde, veränderte mich radikal. Das sind echt sehr lange
Geschichten. Ich erzähl dir alles, wenn du magst, aber im Moment
mochte eher etwas von dir erfahren und was mit uns los ist. Ich bin
so beeindruckt von dir, ich kann kaum atmen."

"Ich mag dich", flüstert sie dann endlich nach einer Pause "Und ich
spüre, dass ich mich total darin sonnen möchte, dass ich dir gefalle

und dich durcheinanderbringe. Alte Reflexe, die ich gar nicht so gut finde. Aber ich bin nichts Besonderes. Vielleicht habe ich einen Standortvorteil, mehr ist es aber nicht."

Wieder bin ich unsicher. "Das klingt irgendwie nach einem Ja-aber. Und ich finde, du bist sehr wohl etwas Besonderes. Es gibt keinen Menschen, mit dem ich so vertraut bin, es ist verrückt."

Monique schaut nach oben, will mir jetzt wohl doch etwas erklären.

"Es ist so, dass ich nicht hierhergehöre. Wenn du mit mir in Barcelona in einem Café sitzen würdest, wäre ich nach zehn Minuten uninteressant. Da laufen wirklich schöne Frauen herum, dunkel und rassig und stolz. Ich bin nur die Monique, das karibische Mädchen mitten in Hannover. Wenn andersrum zum Beispiel die Monika mit blonden Zöpfen in Barcelona in einem Café sitzt, findet die nach fünf Minuten Anschluss. Das ist der Trick, ich bin hier eigentlich fremd, weißt du? Und ich muss herauskriegen, ob du dieses karibische Mädchen magst, weil es etwas exotisch aussieht, oder ob du wirklich mich meinst mit deiner Zuneigung. Ach merde, ich rede mich gerade um Kopf und Kragen."

Wir trinken Rotwein, dabei kann nichts schiefgehen. Als sich unsere Blicke treffen, müssen wir lachen.

"Die ganzen Spanierinnen können mir gestohlen bleiben, ich will mit dir zu tun haben, und das ist schon länger so."

Für einen stoffeligen Mann war das jetzt aber eine mächtige Aussage, finde ich und ich bin froh, dass ich es ausgesprochen habe. Mir ist besser. Wenn da nicht dieses Ja-aber immer noch im Raum stünde.

"Oh Frank, ich bin das Problem. Ich habe mit dir hier ungefähr ein Jahr gelebt, besser gesagt mit dem verschollenen Frank und in seinen Sachen, und jetzt habe ich Angst davor, dass du da, dieser Frank aus Fleisch und Blut, ein ganz anderer bist! Seit fast einem Jahr lebe ich in einer schizophrenen Traumwelt und konnte mir diesen Traum-Frank wie eine Anziehpuppe gestalten. Vielleicht warst du für mich der Richtige, weil dieser Traum nie wahr werden konnte, und jetzt sitzt das Objekt meines Wahnsinns neben mir, hat mich sogar schon geküsst, und hoffentlich gleich mal wieder."

Sie wischt sich eine Träne weg. Diesmal gehe ich auf sie zu, berühre sie so zärtlich ich kann, Wange an Wange, küsse ihre Lippen, die Nasen reiben sich, dann wieder dieser süße Geschmack ihrer sanften Zungenspitze. Ich wühle mit dem Gesicht in ihren Haaren, es ist überwältigend.

"Du bist so schön", sage ich und verliere einen Teil meiner Anspannung. "Und du schmeckst so aufregend, wenn ich das mal so sagen darf."

"Kleiner Trick, Frank. In Afrika kauen alle Süßholz und Weihrauch anstatt Kaugummi. Ist auch noch gesund, glaube ich."

"Spannend. Du bist so eine Wahnsinnsfrau!"

Monique lehnt sich mit geschlossenen Augen zurück, rutscht weiter runter, damit sie bequem den Kopf auf der Lehne abstützen kann. Dann hält sie die Hand nach vorne zum Tisch und greift mit den Fingern in die Luft.

Ach so, das Weinglas!

"Merci", flüstert sie, als ich es ihr vorsichtig gebe. Wir trinken die Gläser aus. Irgendwas entspannt sich gerade, ohne den Grund so wirklich zu kennen, werde ich immer glücklicher. Das war wohl das Ja-aber. Als ich zur Flasche greife, bremst sie mich ab.

"Warte kurz. Sollen wir zusammen meditieren? Ich glaube, Worte machen alles noch schlimmer. Magst du?"

"Prima Idee, ja los, das finde ich schön!"

Monique setzt sich erst mal ordentlicher hin, steht dann aber auf und holt eine Kerze und eine Messingschale aus dem Regal.

"Magst du auch ein Räucherstäbchen?"

Während sie die Kerze anbrennt und Wachs in die Schale tropfen lässt, frage ich mich, wie ich ihr sagen kann, dass ich eigentlich nur an ihr herumschnuppern möchte.

"Ganz ehrlich? Ich finde es hier schon eine sehr meditative Atmosphäre, und dein Parfum sollte nicht gestört werden, also ich meine, du weißt schon."

"Hihi, du bist süß! Oh Entschuldigung, das hören harte Männer nicht gerne. Weißt du, Maman deckt mich immer mit ihren abgelegten Sachen ein. Vom Parfum bis zu den Schuhen. *Eau de scandale* nennt sie das hier. Habe ich heute das erste Mal benutzt. Gefällt's dir?"

"Es ist der Hammer! Weißt du, da im Dschungel war oft so Waschküchenluft, sehr feucht und heiß, und da gab es sehr intensive Gerüche. Auf jeden Fall erinnert mich dein Duft an so eine schwüle Tropennacht, irgendwie schwer und bedeutungsvoll, genauer gesagt verliere ich den Boden unter den Füßen, wenn du mich anschaust und dieser Duft bei mir ankommt."

Während sie sich ihrer Schuhe entledigt, schmunzelt sie
unübersehbar. Auch wenn sie nur aus den Augenwinkeln zu mir
herüberschaut. Monique stellt noch die Dinge auf den kleinen
Tischchen zurecht, platziert die Kerze so, dass sie unbedrängt vom
sinnlichen Rotwein und den Tomaten erstrahlen kann. Sie setzt sich
wieder, wortlos, aber ihr Blick ist so verschmitzt, dass ich einfach nur
hilflos die Schultern hochziehen kann. Das Kerzenlicht macht sie
noch schöner. Ich glaube, ich werde verrückt. Sie rutscht etwas von
mir weg, zerrt an ihrer Hose und verschränkt die Beine zum
Schneidersitz. Schmunzelnd hält sie mir eines der bunten Kissen hin.

"Magst du was im Rücken haben?"

"Ich glaube nicht, nein, hier ist noch ein Kissen, das passt. Schaust
du auf die Uhr. Wie lange machst du immer so?"

Monique amüsiert sich durchgehend, jedenfalls funkeln ihre Augen
und sie lenkt dauernd irgendwie ab.

"Ich dachte, so zwanzig Minuten sind schön! Soll ich etwas singen?"

Mir fällt die Guru-Gita aus den Zeiten des alten Indiens wieder ein.
Die Verse sind bis heute überliefert. Darüber hatte ich mt ihr beim
letzten Flirtversuch vor einem Jahr, unten in der Küche, gesprochen.

"Bitte ja, sing für uns."

Und sie grinst weiterhin wie ein Honigkuchenpferd, macht einen
Summton und singt dann so hell und klar, dass ich schon wieder
dahinschmelze vor Bewunderung.

"Dhyānaṁ śṛṇu mahādevi sarvānandapradāyakam
Sarvasaukhyakaraṁ nityaṁ bhuktimuktividhāyakam
Śrīmatparabrahma guruṁ smarāmi śrimatparabrahma guruṁ vadāmi
Śrīmatparabrahma guruṁ namāmi śrīmatparabrahma guruṁ bhajāmi

rahmānandaṁ paramasukhadaṁ kevalaṁ jñānamūrtiṁ
dvandvātītaṁ gaganasadṛśaṁ tattvamasyādilakṣyam
Ekaṁ nityaṁ vimalamacalaṁ sarvadhīsākṣibhūtaṁ
bhāvātītaṁ triguṇarahitaṁ sadguruṁ taṁ namāmi.[243]"

Diese Verse kennst du doch auch. Wir standen doch schon mal unten in der Küche und haben philosophiert. Weißt du noch? Wenn du magst, singe ich für dich auch die ganze Guru-Gita. Das dauert allerdings fast eine Stunde. Meine Großeltern haben am Sonntag immer eine kleine Puja gefeiert. Da war ich schon als ganz Kleine mit dabei, das war sehr schön."

Und ich bin so verliebt, ich kann nur dasitzen und diese Frau anhimmeln.

"Monique, du bist der Wahnsinn. Ja stimmt, ich erinnere mich gut, der Cello-Abend. Und ich habe den Hooligan gegeben, total bescheuert, aber ich musste mir so viel Mut antrinken, um dich überhaupt anzusprechen. Du hast mich so beeindruckt."

Kichernd schaut sie zu mir rüber: "Ich bin's doch nur, die kleine Monique, die so ein bisschen Cello spielen kann. Aber mach ruhig weiter, es tut mir gut, dass du mich magst, ich sonne mich gerade darin. Und jetzt hören wir mal, was die anderen Meister so sagen."

Ohne die Beine zu verknoten, rutsche ich nur weiter nach hinten, um mich etwas besser anzulehnen, und ich schaue zu ihr rüber. Ihr französischer Akzent hallt in meinem Kopf nach. Sie hat ihre Augen jetzt zwar geschlossen, aber sie schmunzelt immer noch, atmet ein paarmal tief ein und aus, mein Blick fällt automatisch auf dieses Jäckchen, dass einen Spalt breit offen stehen bleibt, wenn sie wieder ausgeatmet hat. Gott gütiger, ist das eine Frau. Transparente, schwarze Stoffe auf goldbrauner Haut. Und auch wenn ihr Gesicht

ernst wird, schleicht sich immer wieder dieses Schmunzeln ein.
Vorsichtig bewege ich den Kopf zurück, der Hemdkragen raschelt
verdächtig, vermutlich merkt sie es sowieso ganz genau, dass ich sie
ansehe. Gut, Augen zu. Normalerweise brauche ich mich sonst nur
mit der entsprechenden Absicht hinzusetzen und es beginnt
automatisch eine innere Reise in diesen ruhigen, entspannten
Zustand, in dem ich ganz gegenwärtig bin und Stress und
Anspannung in eine angenehme Entfernung rücken. Es bleibt dann
das Erleben des Augenblicks, mit einer Ahnung dessen, was
überhaupt Existenz bedeutet. Aber jetzt, in diesem Moment, bin ich
einer Brandung von Gefühlen ausgesetzt. Was ist, wenn sie mich
wirklich mag? Was kann ich dieser Frau überhaupt bieten? Im
Moment ist sie so unerreichbar wie ein Filmstar. Andererseits bilde
ich mir auch ein, ihre Zuneigung zu spüren.

Meister Paul fällt mir ein. Für einen winzigen Augenblick habe ich den
Geruch von Sandelholz in der Nase. Ich könnte mich kaputtlachen.
Vermutlich schaut er uns aus einer anderen Dimension zu und
amüsiert sich köstlich. Da im Dschungel gab es Momente, in denen
ich am liebsten einfach mit der guten Fee eine kleine Hütte bezogen
hätte, aber wie heißt es so schön: *Engel küsst man nicht.*

Und jetzt sitze ich hier neben Monique, einer traumhaft schönen
Frau, von der ich mich auf allen Ebenen angezogen fühle. Und von
der ich fast nichts weiß.

Also eine Meditation ist das nicht. Das schwindelerregende Parfum
schafft eine Atmosphäre wie in einem hermetisch abgeschlossenen
Reaktor, aus dem ich nicht mehr entfliehen kann. Die gleichen
Gedanken kehren immer wieder und ängstigen mich, verursachen
immer wieder die gleichen Zweifel.

"Om shanti, shanti, shanti", singt sie dann ganz leise, mit
Engelsstimme. Die Zeit ist um. Zwanzig Minuten Dauerfeuer einer
verwirrten Großhirnrinde. Was passiert, wenn ich wieder die Augen
aufmache? Ich bin ihr nicht im Geringsten gewachsen. Monique
entwirrt ihre Beine, gähnt. Ich höre Wein plätschern, vielleicht hilft ja
doch ein bisschen Alkohol dabei, dass ich mich nicht vollkommen
blamiere und auch mal locker etwas mit ihr plaudern kann. Mit
offenen Augen sehe ich dann, wie Monique ihr Glas zu einem Viertel
füllt, einen kleinen Schluck nimmt. Sie schaut mich an, legt den Kopf
schief.

"Na, wie geht's denn so?"

Ihr verschmitztes Lächeln ist grenzenlos. Ja, wie geht's mir denn so?
Keine Ahnung. Währenddessen sammelt Monique alle Kissen
zusammen und verteilt eines auf meinen Beinen und die restlichen in
die Ritze neben mir, bis zur Lehne. Sie streckt sich aus, schüttelt die
Haare zurecht, sie nimmt meine linke Hand in ihre und drückt sie an
sich. Da ist es warm und weich, die Bügel ihres BHs sind zu spüren.
Und ihr Gewicht, was mich außerordentlich erstaunt. Dabei bewegt
sie sich immer, als wäre sie federleicht.

"Du hast doch bestimmt eine Freundin, oder? Ist es deine Kollegin?
Ihr wart schließlich fast ein Jahr am Ende der Welt und auf engstem
Raum zusammen. Also, ich habe keinen Freund. Ich hatte so'n
bisschen Pech, manchmal."

Mir ist ganz schwummerig, jetzt wird's ernst. Freundin, natürlich nicht,
ich denke doch nur an sie! Irgendwie weiß ich gar nicht, was ich
sagen soll.

"Nein, keine Freundin. Und die Suzanne ist nichts für mich. Die ist
schon auf einem Rodeo-Pferd gesessen und trinkt mich spielend
unter den Tisch."

"Ouh merde, du zögerst so, also sag schon, wie heißt sie?"

Verdammt, als würden wir mitsamt dem Sofa in einem Fahrstuhl in
die Tiefe sausen, bekomme ich das Gefühl, alles zu verlieren.

"Oh, Monique! Ich habe nur dich im Sinn, schon lange."

Mir fallen keine Worte ein. Monique dreht den Kopf weg: "Und du
weißt nicht, wie du es ihr beibringen sollst!"

"Nein, verdammt! Ach Scheiße! Du glaubst mir nicht!"

"Frank, ich bin doch nicht doof, du druckst so rum und zögerst, ach
merde, non, ich trau dir gerade nicht."

Irgendwie fühlen sich meine Augen geschwollen an. Scheiße, ich
fange an zu heulen, oh nein.

"Mist, also da im Dschungel sprach ich tagelang mit diesem
Häuptling, Meister Paul, und einen Moment lang hatte ich die Idee,
einfach dort zu bleiben. Ich hatte die Idee, der Krankenschwester dort
schöne Augen zu machen, bis wir ein Paar wären, und der gute
Frank hätte es dann geschafft, das Paradies zu seiner Heimat zu
machen. Und dann auch noch unter Leuten, die mit den Dimensionen
spielen wie mit bunter Kinderknete. Aber Meister Paul sagte, *sieh zu,
dass du hier rauskommst und zu deiner Freundin fährst, die gute Fee
ist nichts für dich.* Und dann fragte ich verdutzt, welche Freundin er
denn meinte. *Na die mit dem Cello natürlich. Die wartet auf dich. Hast
du sie denn nicht in der Hütte gesehen?*, erklärte er mir wie
selbstverständlich. Und da wurde mir erst klar, dass ich immer von dir
geträumt habe, dass du da in der Ecke gesessen bist und für mich
Cello gespielt hast. Verdammt, klingt alles irre, aber so ist es eben!"

Monique sitzt jetzt auf meinem Schoß, schaut mich mit großen Augen
an, während es aus meinen heraustropft. Ihre Hände wischen über

mein Gesicht, sie nimmt mich in die Arme, nimmt mich mit zu ihr, in ihr Universum aus Duft und schwermütigen Gefühlen.

"Oh nein, was ist das denn, non, non, non, alles gut, mon amour, oh non, was mach ich nur mit dir? Hör sofort auf damit!"

Ich sitze hier und heule, Monique rubbelt hektisch meinen Rücken, drückt ihr Gesicht an meines, küsst mich flüchtig. In mir macht sich die totale Kapitulation breit. Wenn es im Universum die Zeit nur gibt, damit wir uns überhaupt an irgendetwas orientieren können, dann ist sie für mich jetzt stehen geblieben. Und Monique sinkt plötzlich kraftlos zusammen, drückt ihr Gesicht an meinen Hals, atmet schwer und seufzt.

"Das ist unfair! Oh Madonna, bitte hör auf damit!"

"Schuldigung."

"Tu ne dois pas t'excuser[244], oh Madonna!"

Dabei springt sie auf, hält sich die Hände vor das Gesicht. Wie aus einem Traum gerissen, erwache ich in einer neuen Seifenblase von Hilflosigkeit, muss mich schütteln, wische mir übers Gesicht. Meine Güte. Monique dreht eine Runde um die kleinen Tische, murmelt etwas, das ich nicht verstehe. Dann steht sie vor mir, steckt die Hände in die Hosentaschen, schaut mich kopfschüttelnd von der Seite an. Ihr gerade noch fassungsloses Gesicht entspannt sich wieder, ein Lächeln macht sich breit.

"Also, du bist vielleicht ein Typ. Ich bin restlos überfordert mit dir. Good Lord! Wir fangen jetzt noch mal von vorne an, bon alors![245] Ich bin Monique, das karibische Mädchen mit Quadratschädel und Boxernase. Ich mag dich sehr, ich kenne dich aber nicht wirklich. Wenn du mich auch magst, dann sage einfach, du magst mich.

Willst du jetzt mit mir gehen, oder was?"

"Monique, ich mag dich, ich will mit dir gehen!"

"Trés bien[246], das haben wir geklärt", sie ist gerade wie eine Lehrerin. "Ich mach dir sogar schon Brote, jetzt iss schon was, und dann plaudern wir einfach über unser Leben und das Wetter und Musik, das Studium und so!"

Dabei bewegt sie sich auf der Stelle, fuchtelt mit den Händen herum. Sie macht ein paar Schritte zur Tür, schlüpft in Schuhe. Damit marschiert sie direkt auf mich zu, hockt sich auf mich drauf und lässt mich in ihren Haaren versinken. Meine Hände landen versehentlich unter dieser kurzen Weste, dann trennt mich nur noch dieses dünne Hemd ein paar Mikrometer von ihrem warmen Körper. Mir stockt der Atem, ich lass meine Hände trotzdem da, wo sie sind. Sie fühlt sich durchtrainiert an und ist ständig minimal in Bewegung.

"Können wir uns ein bisschen Zeit lassen? Was meinst du?", flüstert sie mir mit ihrem französischen Akzent ins Ohr. Sie küsst mich am Hals. Schmiegt sich an. Selbst wenn die Situation völlig offen wäre, ich hätte gerade keine Idee, was ich mir jetzt wünschen würde.

"Wie lange bleibst du?"

"Oh Baby!", rutscht mir erschrocken raus.

"Montag habe ich ein Vorstellungsgespräch. Um 9 Uhr. Das wäre ein klasse Posten und meine Chancen sind gut. Da muss ich hin. Mist, so ein Mist. Im Moment, also, oh verdammt. Ich bin so verknallt in dich!"

Sie schnauft, dreht den Kopf an meinem Hals hin und her, ich spüre ihre Fingernägel.

"Du Wahnsinniger! Und ich kann dann wieder in deinen Unterhosen vom FC St. Pauli herumlaufen und hinter dir herschmachten. Ganz toll, Frank! Hast du jedenfalls Telefon, chéri?"

"Schuldigung", ich muss lachen: "Das klingt, als wären wir schon Jahrzehnte verheiratet. Also, so vom Tonfall, ich meine, ja, tut mir leid! Und stimmt, das ist etwas blöd."

"Du super Wissenschaftler, fährst durch die halbe Republik zu einer riesen Party, nur um mich zu treffen und dann gleich wieder zu verschwinden. Also, ich sag da jetzt mal nichts weiter dazu, aber das ist wohl suboptimal, mein Lieber. Und eines ist klar, du Held: Ich werde jetzt vielleicht mit dir knutschen, bis du ins Koma fällst, aber ins Bett kriegst du mich nicht. So diese schnell eingeworfene Wochenende-Nummer. Am besten noch ganz unverbindlich. *Und dann bis nächstes Jahr oder so*. Also so was, wir haben also keine zwei Tage, um uns kennenzulernen, sehe ich das richtig?"

Dabei bohrt sie mir ihre Finger in den Rücken und zerrt herum, als wollte sie mich zusammenknüllen.

"Aber das Semester läuft doch gerade zu Ende. Du hast doch Klausuren zu schreiben, was weiß ich. Das ist doch sowieso gerade Stress!"

"Nils sagte, dass du freigestellt bist. Und ja, ich muss etwas vorspielen und schriftliche Sachen vorlegen und Klausuren gibt es auch. Du hast ja recht. Aber, ich bin grade enttäuscht, oder ach, ich weiß auch nicht."

"Sag mal, was machst du in den Semesterferien?"

Ich bekomme Panik, dass sich jetzt alles in Luft auflöst

"In so drei Wochen müsste doch alles erledigt sein. Dann weiß ich ob ich den Job kriege und wie es bei mir weitergeht. Können wir uns dann treffen und in Ruhe Händchen halten und Eis essen und ins Kino gehen?"

"Sie wartete ein Jahr und einundzwanzig Tage! Prima Filmtitel. Hast du jetzt wirklich keine Freundin?"

Eher schwerfällig rollt sie zu Seite, streckt den Arm hinter mir auf der Lehne aus, legt den Kopf darauf.

"Nee, ich bin alleine. Du hast mir schon damals den Kopf verdreht, als du mal mit Jasmin in der Küche warst. Das ist bestimmt drei Jahre her."

Monique lacht, nimmt meinen Arm und rutscht etwas näher.

"Hihi, ach ja, genau! Das war so süß, du hattest plötzlich unheimlich viel in der Küche zu tun. Da habe ich noch Architektur studiert und Jasmin hatte mir alte Klausuren in Darstellender Geometrie besorgt. Die Quote lag damals bei über achtzig Prozent durchgefallener Studenten."

"Habe ich nicht noch irgendwas wie Spaghetti aufgetaut und warmgemacht?"

"Ja, stimmt. Wir haben sogar etwas abbekommen. Abgewaschen hast du dann auch gleich. Jasmin meinte später, sie würde ein Bild von mir in die Küche hängen, dann kümmerte sich jedenfalls einer um das schmutzige Geschirr. Sag mal, hattest du was mit Laura? Also es gab da Gerüchte, so eine Weile lang."

"Oh Mist, nein! Diese alten Geschichten. Das sah vielleicht so aus und war ganz komisch. In Lauras Zimmer war das Fenster kaputtgegangen und der Vermieter wollte das so original wie möglich ersetzt haben. Die ersten Handwerker hatten dann alles rausgeklopft, aber der Tischler, der den Rahmen bauen sollte, kam nicht. Und ich habe dann mit Laura *altes Ehepaar* gespielt. Sie war eine knappe Woche mit bei mir, allerdings platonisch."

"Na na? Jasmin empfand euch beide schon etwas anders. Ihr habt immerhin zusammen geduscht und so Sachen."

"Ja, das war ja das Verrückte!"

Schon wieder bin ich in eine Geschichte verwickelt, die keiner glauben kann.

"Wir haben uns abends angekuschelt mit Gute-Nacht-Kuss, aber sonst nichts, und morgens sagte sie einfach so was wie: *Komm doch mit ins Bad.* Ich weiß nicht, ob sie da irgendetwas testen wollte? Was du so alles mitbekommst."

"Jedenfalls hast du mit Laura in dieser einen Woche mehr Nähe nach außen gezeigt als Laura und Jasmin später, die definitiv zwei Jahre zusammen waren. Bis Laura dann vor zwei Monaten diesen sehr netten jungen Mann traf, der eine tolle Wohnung hat und ein Cabrio und auch schon richtig Geld verdient hat und der sie außerdem noch sehr verehrt."

"Nils sprach nur von Zickenalarm, mehr weiß ich gar nicht. Gibt's noch Rotwein?"

Monique schenkt nach, gibt mir das Glas und hält mir dann das Stück Brot hin, das sie schon vor Ewigkeiten so schön belegt hatte.

"Lass uns was knabbern, ich brauch jetzt eine Stärkung." Sie schaut mich an. Als ich gerade einen Schluck nehmen will, streckt sie ihre Hand aus, legt sie mir in den Nacken und zieht mich näher und noch näher. Sie guckt frech. Ich habe die Hände voll. Sie küsst mich. Oh

Gott, diese weichen Lippen, ihre Zungenspitze spielt mit meiner, sie schmeckt so süß und exotisch, dauernd versuche ich, an das Glas in meiner Hand zu denken.

"Habe dich ein bisschen lieb", haucht sie mir dann ins Ohr.

Mit vermutlich völlig entgleisten Gesichtszügen kontrolliere ich, was ich noch in der Hand halte. Sieht gut aus, jetzt nehme ich schnell einen Schluck, stelle dabei fest, dass ich außer Atem bin. Es ist der schönste Wein, den ich jemals getrunken haben. Ich beiße vom Brot die Hälfte mit der Tomate ab. Noch nie schmeckte eine Tomate so schön, ich bin im siebenten Himmel und völlig unzurechnungsfähig. Ist es diese natürliche Schönheit in allem, die eigentliche Wahrheit, die ich jetzt erkenne, und ich rede mir sonst alles nur aus Gewohnheit mies? Der Käse schmeckt mir auch wie noch niemals zuvor. Noch ein Schluck von diesem wunderbaren Wein.

"Mon cher? Tu vas bien? Also, alles in Ordnung bei dir?"

"Weiß nicht, ich entwickle gerade das Bedürfnis, eine Schlager-Liebesschnulze zu hören."

Monique trinkt gerade und verschluckt sich, muss lachen, hustet.

"Un miracle peut arriver[247], lalala." Mit herzzerreißendem Gesichtsausdruck und schmachtender Stimme stimmt sie diesen alten Song an. Sie lacht sich wieder kaputt.

"Da bin ich dir voraus, diese Phase hatte ich schon! Jetzt bin ich froh über die gnadenlose Realität und dich endlich zum Greifen nah bei mir zu haben. Hör zu, in drei Wochen sehen wir uns, mein Lieber. Bis dahin musst du ihr erklärt haben, dass du eine neue Freundin hast, verstanden? Ach, ich glaub's dir doch, nicht gleich wieder traurig werden. Das ist außerdem ganz gut. Es gibt da nämlich so kleine

Tabletten. Wenn man die nimmt, kann man sich so richtig liebhaben und muss nicht ein Jahr später mit dem Kinderwagen herumfahren, verstehst du?"

Mein Herz macht Aussetzer, keine Spur mehr von Ja-aber. Jetzt wird es ernst. Ich trinke schnell ein bisschen.

"Monique! Aber ich kann mir fast nicht vorstellen, dass du nicht scharenweise von Männern belagert wirst. Für mich bist du wie ein Filmstar, eine Prinzessin. Allein wie du dich bewegst, ich bin völlig fertig vor lauter Ehrfurcht, oder keine Ahnung, was das ist. Noch nie habe ich eine Frau so angehimmelt, echt jetzt!"

"Hmm", haucht sie bedeutungsvoll. Schaut nach oben und löst dabei die Schleifen an ihrer Weste. "Es könnte sein, dass ich erahne, was du meinst, also, vielleicht kannst du das noch ein wenig für mich präzisieren, etwas mehr ins Detail gehen?"

Die Weste liegt jetzt auf der Wolldecke am Fußende des Sofas und Monique schneidet die letzte Tomate auf, es ist eine bühnenreife Situation. Dann wischt sie wieder ihre Hände an dem Papiertuch ab, lässt sich, ohne den Kopf zu heben, zu mir rüberfallen, liegt wie ein kleines Kind auf meinem Schoß.

"Ich kann dir gar nicht sagen wie glücklich ich jetzt bin." Sie ist wieder ernst, ihre Stimme klingt verletzlich. "Ich habe wirklich auf dich gewartet. Und wenn ich meine Standortvorteile nutzen würde, käme vielleicht schon jemand auf die Idee, mir hinterherzupfeifen. Andererseits hat man mich auch schon Türkenschlampe genannt. Es gibt unendlich viele Idioten, das kannst du mir glauben. Mit dir ist alles ganz anders. Das wurde mir aber erst klar, nachdem du im Urwald verschwunden warst. Und normalerweise laufe ich etwas unscheinbarer herum. Ich habe mich heute ganz schön aufgebrezelt! Als Maman hörte, dass du hierherkommst, hat sie mir gleich ein

Paket geschickt. Oh non, sie ist verrückt! Ihre Sachen passen mir meistens, hihi, ich kann dir gar nicht erzählen, was da alles dabei war."

Monique sitzt wieder neben mir, sieht entspannt aus und so schön.

"Von welcher Boxernase hast du eigentlich gesprochen? Du hast zwar ein markantes Gesicht, aber das mag ich ja gerade so, du siehst toll aus. Und deine Nase ist schön, so schön gerade und, ich weiß nicht, es ist, als würde ich mich an ein anderes Leben erinnern, wenn ich dich anschaue."

"Als kleines Mädchen bin ich mal vom Stuhl geflogen und habe sie mir gebrochen. Wir hatten am Mittagstisch Blödsinn gemacht, mein Bruder und ich. Maman war sehr traurig, ich hätte so ein süßes Näschen gehabt. Mein Bruder bekam einiges zu hören, weil er doch der Vernünftige sein sollte. Das ganze Viertel erinnert sich an den Tag. Ich habe geschrien wie am Spieß. Einige Jahre später hat Maman in Strasbourg, wie sagt man immer so schön?, etwas machen lassen. Da kam ich mit, damit meine Nase korrigiert wurde. Ist auch tatsächlich gut gewesen. Ich atme jetzt freier und schnarche nur noch ganz leise. Aber nicht gleich wieder wegrennen, verstanden?"

"Autsch, das tut aber auch sehr weh! Ein bisschen nächtliche Unterhaltung ist nicht so schlimm. Seitdem ich einmal mit einem Dutzend angesoffenen Wanderern in einer Berghütte gepennt habe, schreckt mich nichts mehr. Aber sag mal, wo kommst du eigentlich her, Miss Bollywood?"

"Ach, die Jasmin, ich fand den Spruch schon doof vorhin. Egal, jedenfalls bin ich im Senegal geboren und groß geworden. Dakar, genauer gesagt. Meine Mutter ist Deutsche, mit einem starken Hang nach Frankreich. Da hat sie dann auch meinen Vater kennengelernt.

Der war nach Strasbourg zum Studieren geschickt worden. Er ist aber kein Afrikaner. Sein Vater war Inder und seine Mutter stammte aus Kuba. Abuela[248] Laila hatte sich mit gefälschten Papieren bis nach Panama durchgeschlagen, fing auf einem englischen Luxusdampfer als Küchenhilfe an. Also, meine Oma, meine ich. Sie hieß Laila. Leider sind beide vor ein paar Jahren gestorben. Auf dem Schiff lernte sie dann ihren Kamal kennen. Er war zum Schluss Chef-Steward auf dem Schiff, ein echt toller Typ, mein Opa!"

Unsere Hände haben sich inzwischen gefunden und ich bin beeindruckt von ihrer Sanftheit. Ich spüre ihre Zuneigung. Und ich bin fasziniert von ihrer Geschichte.

"Da hat man mit dir aber das Beste aus der ganzen Welt zusammen-gemischt. Sorry, ich werde schon wieder so unbeholfen wie ein Dorftrottel, der noch nie aus seinem Stall rauskam. Erzähl bitte mehr davon. Ist wirklich spannend. Du bist sozusagen in der ganzen Welt zu Hause."

Sie lehnt sich an, legt den Kopf auf meine Schulter.

"Das klingt aufregender, als es ist. Eigentlich bin ich nirgends richtig zu Hause. Ich fühle mich wie eine Heimatlose und werde von Zeit zu Zeit an neuen Ufern angespült, um dort wieder als Fremde von vorne anzufangen. Das ist es ja, du findest mich gut, aber eigentlich gehöre ich nicht hierher und nach Afrika auch nicht. Ich kann die Guru-Gita singen, aber ich gehöre nicht nach Indien. Ich habe meine Abuela Laila sehr verehrt, aber mit Kuba möchte ich auch nichts zu tun haben. Es ist sehr schwer manchmal. Ich hatte schon mal sehr traurige Gedanken und war echt schwermütig."

Sie drückt noch mal meine Hand, nimmt sich dann Brot und ein Stück Käse. Wir schweigen. Dass sie eine komplizierte Geschichte haben könnte, daran hatte ich noch gar nicht gedacht.

"Tut mir leid! Ich habe in dir immer nur diese spannende und schöne Frau gesehen und dabei nie an die Umstände gedacht, die dich hierhergebracht haben könnten. Und überhaupt. Lass dich bitte nicht von meiner Naivität abschrecken."

Unsere Blicke treffen sich, sie lächelt, kaut Paprikastreifen und verputzt noch genüsslich ein Stück Tomate. Dabei schreiben Licht und Schatten der flackernden Kerze Geschichten in ihr Gesicht und ihre ganze Gestalt, auf die Gegenstände im Raum. Das Hemd, das nun wirklich ungeeignet ist, um etwas zu verbergen, verleitet meine Augen dazu, den Kontakt mit ihren zugunsten eines Blickes auf ihre Figur aufzugeben. Sie lächelt und knabbert Paprika.

"Schau ruhig genau hin, morgen trage ich wieder einen ausgeleierten Pullover und abgewetzte Jeans!"

Monique posiert ein wenig und kontrolliert genau, wo ich hinsehe, sie ist unglaublich gut in Form und athletisch. Und ich muss immer wieder ihre Füße anschauen. Sie sind so schön wie der ganze Rest. Ganz gerade Zehen mit dunkelrot lackierten Nägeln, die Silhouette erinnert mich an den Pfannenschaber aus teurem Olivenholz, der unten in der Küche liegt. Sie trägt Flip-Flops aus Leder. Diese Schuhe sind unglaublich liebevoll gearbeitet. Statt der sonst schmalen Riemchen wurde ein breites, V-förmiges Stück Leder verwendet. Blumenranken sind sowohl bunt gestickt als auch punziert. Das ist meisterhafte Handwerkskunst.

"Du hast so hübsche Füße, ich bin weg vor Begeisterung, und jede Bewegung von dir ist einfach wie Tanz, mein Gott noch mal!"

"Ich finde mich ja meistens auch ganz gut gelungen, ich bin eben eher die herbe Schönheit. Ja, ich tänzle auch gerne herum. Als Kleine hatte ich sogar Ballettunterricht. Zum Glück ist nichts daraus geworden. Professionell tanzen ist sehr hart. Die Schuhe hat übrigens mein Opa mit der Hand für mich gearbeitet, die liebe ich über alles. Aber was wird erst passieren, wenn du meinen Busen gesehen hast!"

In dem Moment schlägt sie sich die Hand vor den Mund und kichert. Mir wird schwindelig.

"Ay que susto[249], dann werde ich dich wohl nie wieder los."

"Könnte sein!" Ich schnappe nach Luft. Wir lachen beide wie Schulkinder. Dann nimmt sie meinen Arm und legt ihn um ihre Schultern. Mit ihr rückt wieder dieses Parfum näher! Wir ruckeln beide hin und her, um es uns gemütlich zu machen.

"Ich bin etwas aus der Übung", bemerkt sie beiläufig. "Deine Bettdecke ist außerdem nicht so sperrig wie du."

Ich fühle mich unbeholfen, Monique sucht meine andere Hand, unsere Finger spielen miteinander, streicheln sich. Mein Blick fällt schon wieder auf dieses Hemd. Nur die oberen Knöpfe sind auf, bieten im Normalfall, abgesehen davon, dass es halb durchsichtig ist, keine Chance für tiefere Einsichten. Aber jetzt sitzt sie so schräg und angelehnt, eine Seite steht ab und da schließt sich an die goldbraune eine hellere Zone an. Das ist dort, wo sonst der Bikini beginnt.

"Ich bin schon etwas beschwipst", meint sie. "Und überhaupt, also wir probieren es jetzt miteinander, oder nicht?"

"Monique, ja bitte!"

"Fing etwas kompliziert an." Sie streckt sich, bewegt den Kopf hin und her, und ich kann es noch gar nicht glauben, dass ich sie jetzt im Arm halte. Es ist der Hammer, ich glaube, sie mag mich wirklich.

"Frank? Wir müssen eine Zeremonie machen. Ein bisschen Voodoo, verstehst du? Meine Oma hat immer, wenn etwas ganz Besonderes passiert war, ein Cuba-Libre-Retreat gefeiert. Das machen wir jetzt auch."

"Ich bin gespannt. Cuba-Libre klingt schon mal gut."

Im nächsten Moment sitzt sie wieder auf der Kante und stahlt mich an.

"Pass auf, das geht so: Ein Glas Rum mit Zitronensaft oder ich glaube, ich habe noch Limetten. Dazu Minze und Rohrzucker und dann ein paar Züge aus der alten Pfeife von Yaya Laila. Ein kleines bisschen Coca Cola und dazu eine Ansprache von Ernesto. Also Ernesto Che Guevara. Ich habe CDs mit uralten Tonbandaufzeichnungen. Meine Oma hatte einen Stapel Schallplatten mit Liedern und Ansprachen aus der Revolutionszeit. Und in den Toiletten, da, wo wir wohnen, liefen immer Kassetten mit Kopien der besten Stellen von diesen Platten, wenn man das Licht anknipste."

Schon ist sie aufgesprungen, kramt aus dem Regal zwei Coca-Cola-Gläser heraus und eine Flasche. Die stellt sie auf den Tisch, dann schaut sie mich ein paar Momente an, streichelt mir über das Gesicht.

"Endlich", flüstert sie leise.

Wieder sucht sie etwas im Regal zusammen. Auf dem Tisch landet ein großer Aschenbecher aus Glas, Streichhölzer, eine Holzschatulle und ein Lederbeutel, aus dem das Mundstück einer Tabakspfeife herausragt.

"Schau mal", und damit holt sie eine interessante Pfeife aus dem Lederbeutel.

"Die hat meine Oma bei einer ihrer letzten Fahrten auf dem Luxusdampfer von einem Engländer bekommen. Es ist eine Falcon Standard aus der ersten Serie von 1936 ungefähr. Diese Pfeife war damals eine Revolution. Ein Amerikaner namens Kenly Bugg hat sie erfunden, wie sagt man? Der Rauch ist besonders kühl und trocken und der Pfeifenkopf ist geschraubt."

Monique hält ehrfürchtig eine Tabakspfeife in den Händen, wie ich noch keine gesehen habe. Zwischen dem schwarzen Mundstück und dem Kopf aus dunkelrotem Holz verlaufen Stäbe, wahrscheinlich eher Röhren, aus grauem Aluminium. Sie schraubt den Kopf herunter. Gegenüber dem Mundstück gehen diese drei Röhrchen in eine Mulde über, auf die der Pfeifenkopf geschraubt ist. Aus dem Beutel holt sie ein Stück Pfeifenreiniger, der zu einem Kreis gebogen ist. Ein Drahtende steht ab.

"Schau mal, da gibt's extra eine Art Filter." Sie fädelt den Draht in die mittlere Röhre, drückt diesen Ring um eine Erhebung in der Mitte dieser kleinen Pfanne und schraubt alles wieder zusammen. Sie öffnet die Holzschatulle, in der eine dickere Zigarre, ein paar dünne Zigarillos liegen und eine Dose mit goldenem Gitter, so wie der Kühlergrill einer Luxuskarosse. Während sie hantiert, schaut sie immer wieder erwartungsvoll lächelnd zu mir. Egal was sie macht, es ist schön anzusehen, wie liebevoll sie alles berührt. Mit einem Zigarrenschneider trennt sie sauber ein Stückchen von der dicken Zigarre ab und stopft es in die Pfeife. Der Rest kommt wieder in das Holzkästchen. Das ist wohl ein Humidor! Und ich bin ein Kulturbremser, eine einfache Holzkiste ist das natürlich nicht. Mit den Gläsern macht sie sich auf den Weg zu ihrer Küchenecke.

"Rauchst du eigentlich?", fragt sie mich.

"Nein, früher ganz selten mal. Ich vertrage es nicht."

"Das beruhigt mich. Ich auch nicht."

Aus einem Hängekorb nimmt sie zwei grüne Bälle heraus, aus dem Kühlschrank eine Kunststofftüte. Sie hantiert herum, spült etwas aus der Tüte ab, schnuppert daran. Nach ein paar Augenblicken zischt es zweimal, dann kommt sie mit den präparierten Gläsern und mit zwei kleinen Cola-Fläschchen zurück.

"Jetzt wird es spannend, Frank!"

Dabei hält sie mir die dunkle, grün-matte Flasche hin. Ich lese nur irgendwo: *Venezuela*. Na so was, mir fällt Caracas ein und der entgleiste Projektabend mit Sue und Mario und Danny.

"Jetzt bin ich aber fertig! Wo hast du den denn her?"

"Hat mir ein Spirituosenhändler in der Stadt besorgt. Eine Flasche Ouzo und ungefähr die Hälfte von so einer hier sind an dem Abend draufgegangen, als wir in der Küche saßen und von dir Abschied nahmen. Oh Gott, das war fürchterlich! Sogar Nils hat geheult, wir hatten alle roten Augen nachher und waren zum Schluss völlig betrunken. Oh non, und der nächste Tag! Madonna, mir war noch nie so schlecht gewesen, es war entsetzlich!

Den Rest musste ich später in einer Notsituation zusammen mit Kimiko austrinken. Weiß noch nicht, ob ich dir davon jemals erzählen sollte. Seitdem bin ich sicher, dass sie auf Frauen steht. Diese Flasche ist neu."

Monique füllt Rum in die Cola-Gläser, in denen schon so ungefähr zwei Fingerbreit Limettensaft und Minzeblätter und Rohrzucker vorbereitet waren. Und sie meint es gut! Die Gläser sind jetzt ungefähr halb voll.

"Wart ihr euch nähergekommen? Kimiko klingt asiatisch."

Warum sollen nicht auch Frauen Monique attraktiv finden. Mir wird allerdings etwas seltsam bei dem Gedanken.

"Sie ist Japanerin, studiert in meinem Semester und sie spielt auch Cello. Alle finden sie komisch, nur ich nicht. Aber da war nichts, keine Angst. Es ist nur so, dass Kimiko nicht ausweicht, wenn es um Nähe geht, sie ist ein bisschen, wie soll ich sagen, haptischer als andere. Sie hält auch einfach mal zufälligen Körperkontakt. Jedenfalls mit mir."

"Du kennst interessante Leute."

Monique steuert das Regal an. Mir scheint, sie prüft genau meinen Gesichtsausdruck auf etwaige Verständnislosigkeit. Also, mir wäre schon recht, wenn sie auf Männer steht, aber der Punkt ist eigentlich bereits geklärt, würde ich sagen.

"Jetzt fehlt nur noch etwas Revolution!"

Am Regal sucht sie in einer Holzkiste CDs durch, legt schließlich eine in die kleine Stereoanlage ein. Mit Geknister beginnt ein Chor zu singen. Der Ton ist dumpf, das muss eine uralte Aufnahme sein. Monique drückt zweimal weiter, dann ertönt eine Stimme über dem Rauschen.

"Ernesto Che Guevara, da hat er vor den Vereinten Nationen gesprochen. 1964 war das. Er hält sie für mitschuldig am Völkermord in Afrika und überhaupt an allem, was damals so schiefging in der Welt."

Während sie sich zu mir setzt und mir ein Glas in die Hand drückt, sieht sie ernst aus.

"Aber nicht erschrecken, ich bin keine Radikale! Es geht um meine Oma, die ich so verehrt habe und die mir so fehlt. Beide fehlen mir. Besonders weil ich ihnen am liebsten von uns erzählen möchte. Die freuen sich jetzt mit uns, auch wenn sie woanders sind. Findest du das doof?"

"Meine Eltern fehlen mir auch und die Großeltern genauso. Ich würde im Moment gerne anrufen. Erzähl bitte mehr von deiner Oma, von da, wo du herkommst, wenn du magst."

Die Gläser klickern gegeneinander, es riecht herrlich nach Rum und Limetten und der Minze.

"Salud, dinero y amor! Das sagte meine Oma immer, Gesundheit, Geld und Liebe."

"Prost, und es ist schön, hier in deiner Welt zu sein!"

Jetzt bewegen sich wieder minimal ihre Augenbrauen, ein schneller Kuss, dann nehmen wir einen Schluck. Es schmeckt grandios, ich nippe gleich noch einmal, versuche, den vielen Aromen nachzugehen.

"Meine Güte, das ist lecker! Alle Achtung!"

"Schmeckt's? Ist natürlich etwas Alkohol dabei."

Sie schaut mich so frech an, dass ich ihren Blick schwer aushalte.

"Und jetzt wird geraucht! Komm mit ans Fenster."

Schnell schnappt sie Pfeife und Streichhölzer.

"Nimmst du den Ascher?"

Dann öffnet sie den rechten Fensterflügel. Kühle, frische Luft kommt herein und entfernte Stadtgeräusche. Der Aschenbecher kommt auf die Fensterbank. Es ist eng, Monique scheint es zu genießen, mich damit in Verlegenheit zu bringen. Jedenfalls verraten das wieder ihre Augenbrauen. Und mit der Pfeife im Mund sieht sie verwegen aus. Was für eine Frau! Das zischende Streichholz hält sie zuerst schräg, damit es eine schöne, große Flamme gibt, die sie dann an die Pfeife hält. Mit jedem Zug steigen Rauch und eine kleine Flamme auf, es riecht nach Tabak. Wir stehen in einer Wolke. Monique wedelt mit der anderen Hand, pustet das Hölzchen aus, hustet.

"Puh, starke Zeremonie, Frank! Hoffentlich wird's mir nicht schlecht."

Der Geruch ist typisch. Gerade am Anfang riechen diese kubanischen Zigarren sehr angenehm und exotisch. Sie hält mir die Pfeife hin. Einen Lungenzug traue ich mich nicht zu machen, auch nicht ein kleines bisschen. Ich paffe ordentlich, um die Glut im Gange zu halten. Der Geschmack ist intensiv! Und gut, aber davon vertrage ich nicht viel, das ist sicher.

"Na? Das hat's in sich!"

Dabei drängt sie sich an mir vorbei und kommt mit unseren Gläsern zurück.

"So, auf uns! Du darfst mir nie wieder einen solchen Schrecken einjagen, verstanden?"

Die Gläser klappern aneinander, wir sehen uns dabei an! Trinken einen Schluck.

"Muchas gracias, Yaya Laila! Te quiero![250]"

Monique streckt das Glas zum Himmel und schickt einen Kuss hinterher. Unterdessen paffe ich noch einmal und muss feststellen, dass es jetzt genug ist. Monique nimmt mir die Pfeife ab, zieht ein paarmal kräftig und verzieht das Gesicht.

"Madonna!" Sie pustet hüstelnd den Rauch nach draußen. "Das ist echt Voodoo!"

Die Pfeife kommt jetzt in den Aschenbecher. Noch ein kleiner Schluck Rum mit Blickkontakt. Sie nimmt mir das Glas ab, stellt es neben das andere und schon spüre ich ihre weichen Lippen, die Umarmung wird immer fester, sie schmeckt aufregend nach Rum und Tabak. Außer Atem küsst sie mich am Hals. Was für eine Frau!

"Oui", flüstert sie leise. "Jetzt wird alles gut!"

Dann trennen wir uns wieder, sie drückt kurz meine Hand, stellt dann den Ascher auf den Vorsprung außen vor dem Fenster, klopft die Glutreste aus der Pfeife heraus und betrachtet sie einen Moment lang. Mit gesenktem Blick nimmt sie unsere Gläser dazu, schlängelt sich um das Sofa herum, legt die kleine Pfeife ab, tauscht die Voodoo-Getränke gegen die kleinen Cola-Fläschchen und hält mir eines hin. Das süße Zeug tut gut nach dem Tabak. Monique kämmt mit den Fingern durch die Haare und wischt sich über ihr Gesicht. Ihre Augen sind glasig. Wir umarmen uns behutsam.

"Sie mögen dich. Das spüre ich ganz genau."

Wir halten einander fest, streicheln uns behutsam und setzen uns schließlich wieder hin, trinken Cola. Komischerweise muss Monique jetzt wegschauen, wenn ich sie ansehe.

"Die beiden fehlen mir so sehr. Und auch diese schöne Zeit mit Ihnen. Ich war noch klein und behütet, hatte immer Rückhalt. Jetzt bin ich groß, desillusioniert! Aber, es ist schön, wenn es mit uns etwas wird, zu zweit ist es besser."

Ernesto redet ungerührt und spricht vermutlich über Wahrheiten, die noch heute gültig sind, aber bei den heutigen Entscheidungsträgern genauso wenig von Interesse wie damals. Dem entgegen steht die Liebe von Menschen wie Monique und ihren Großeltern, die für mich in diesem Moment zum Greifen nah ist, Zeichen aus einer anderen Dimension.

"Wir setzen ihre Liebe fort, das wird der ganzen Welt guttun."

Meine Stimme klingt dünn, meine Worte sind nicht im Geringsten durchdacht, ich höre mich sprechen und suche ihre Hand und Monique fällt mir förmlich entgegen. Sie atmet tief, weint und ich bin ihr nah, aber auch all dem, was ihr Leben ausmacht. Es ist ein grenzenloser, vertrauter und inniger Moment. Ich kann mir kaum vorstellen, dass noch irgendwo eine Uhr tickt. Wie in ein zähflüssiges Medium getaucht, sind wir verlangsamt, alles ist schwer. Vielleicht vergehen Minuten, die Zeit ist nicht mehr messbar. Es könnten auch Stunden sein.

"Es ist gut mit uns, entschuldige, ich muss weinen, es ist so bedeutungsvoll, dass es mich fast erdrückt. Ich habe einen Menschen gefunden, der zu mir passt, das überwältigt mich gerade."

Sie sagt das ganz leise, sucht dabei nach einem Taschentuch, betupft Augen und Nase. Schwenkt dann die Cola-Flasche, nimmt einen Schluck. Ich brauch auch noch etwas. Wir stoßen noch mal an und trinken aus.

Immer unruhiger druckst sie dann irgendwie herum, sucht wohl nach einem Plan, wie es weitergeht. Vermutlich sollte ich jetzt vorschlagen, mich nach unten zu der Party oder zu den reservierten Feldbetten zu verkriechen.

"Pass auf", sie sieht mich streng an, wird ganz forsch. "Du wirfst mir gleich mein Bettzeug von da oben runter und ich gebe dir deines aus dem Schrank und ich bin hier auf dem Sofa und du schön da oben in meinem Bett. Dann können wir uns sogar noch zuwinken. Gut?"

Monique putzt sich noch mal die Nase und wird ganz geschäftig.

Ich nicke ihr zu. "Ja, machen wir so."

Und ich bin froh, nicht da unten in der Ausnüchterungszelle schlafen zu müssen. Und ich möchte nicht eine Sekunde von Monique getrennt sein.

"Das kriegen wir doch hin!" Dabei steht sie auf, räumt die Sachen vom Tisch zusammen. "Kennst du das Bad gegenüber? Da neben der Tür hängt der Schlüssel. Eine neue Zahnbürste habe ich bestimmt auch noch und der Rest ist ja drüben. Ich weiß nicht, wie spät es ist, aber ich würde jetzt gerne den Tag beenden."

In der Küchenecke stellt sie Teller und die leeren Cola-Flaschen ab, greift in einen Hängeschrank und präsentiert dann lächelnd eine original verpackte Zahnbürste, die mir einen Moment später entgegenfliegt.

"Mach dich schon mal fertig, dann beseitige ich hier die Spuren. Handtücher sind im Regal."

Wie eine Lehrerin ist sie gerade, die darauf besteht, alles im Griff zu haben. Schwerfällig raffe ich mich auf. Monique nimmt die andere Seite um das Sofa herum, stellt Ernesto ab und öffnet das Fenster noch einmal ganz weit.

Der Schlüssel für das Bad ist ein alter, riesiger Bartschlüssel und das Bad ist eher ein Waschraum, erinnert an Nachkriegsfilme. Das Alter der Duschkabine schätze ich auf vielleicht zehn Jahre, das Waschbecken ist älter, aus emailliertem Metallblech. Der alte Kram ist allerdings auf Hochglanz poliert und absolut sauber. Es riecht wie frisch geputzt. Rundherum sind Schränkchen und Regale, alle mehr oder weniger genau zugesägt, um jeden Winkel der schrägen Wände zu nutzen. Über dem Waschbecken hängt ein ovaler Spiegel in einem prächtigen vergoldeten Rahmen. Man legt automatisch den Kopf schief, der Spiegel ist in einem Winkel von circa dreißig Grad angebracht. Wegen der Dachschrägen daneben. Rechts davon, an die Wand geschraubt, in einem Edelstahlgestell, stehen drei bunte Gläser. Eine Zahnbürste und eine Tube in dem dunkelblauen, zwei verschiedene Nagelfeilen stecken in einem schmaleren orangefarbenen Kristallglas. Das scheint ein geschliffener böhmischer Becher zu sein und ein leeres, dunkelgrünes Glas im Stil des ersten, vermutlich sind diese beiden von Ikea. An der schrägen Dachseite befindet sich eine Dachluke, die ein paar Fingerbreit auf ist. Das gesprungene Glas ist matt, in verzinktes Blech eingefasst. Das Stärkste ist die Kloschüssel. Zwar wie neu aus dem Baumarkt, mit schneeweißem Spülkasten, aber so eng unter dem Dach und seitlich an die Dusche gequetscht, dass jemand an der Stelle die Bretterverkleidung weggesägt hat, bis vor zur Dachluke, und die Wärmedämmung entfernte, um überhaupt auf diesem Thron Platz nehmen zu können. Ich packe die Zahnbürste aus, nehme mir Zahncreme und lasse mich auf der Kloschüssel nieder. Wenn ich mich aufrecht hinsetze, lande ich mit dem Kopf in dieser raufaserverkleideten Aussparung. Tja, so ist das Leben eben als Student. Harte Winter machen harte Leute! Und noch ein Kontrollblick in den schiefen Spiegel. Mir ist irgendwie mulmig, wir werden in einem Raum sein, die ganze Nacht. Wie soll ich da ein

Auge zu kriegen? Im Spülkasten plätschert es müde, hier oben ist der Druck nicht mehr so hoch.

Und wieder rein zu Monique. Sie steht am Sofa, schüttelt die Bettdecke auf. Die Haare hat sie jetzt locker zusammengebunden und sie trägt ein sehr langes T-Shirt.

"Ist schon alles geregelt, dein Bettzeug nehme ich jetzt einfach."

Neben der Leiter, die rauf zu dem Bett führt, steht jetzt ein Klappstuhl.

"Für deine Sachen." Sie nimmt mir dabei den Schlüssel aus der Hand.

"Und einen Gute-Nacht-Kuss kriege ich noch, bitte."

Sie fühlt sich großartig an, der Kuss fällt ziemlich knapp aus, aber wir umarmen uns dafür umso länger und ganz vorsichtig. Dann knickt sie kurz ein, legt kurz eine Hand auf den Bauch, schaut mich etwas merkwürdig an.

"Was ist denn?", frage ich.

"Es piekst im Bauch."

"Wo der Blinddarm mal war?", will ich wissen. Monique wirft die Bettdecke über die breite Lehne des Sofas.

"Nee, woanders." Sie guckt froh, droht mit dem Schlüssel. "Das ist eben kein Himbeersaft, da in meinen Adern!"

Oh, könnte sein, dass ich es verstanden habe, lachen muss ich trotzdem.

"Cooler Spruch."

"Der stammt allerdings von Aislinge, der Frau meines Bruders. Das ist wirklich eine starke Frau. Wenn das mit uns was wird, müssen wir auch mal nach Dakar fahren!"

"Schon wieder fliegen." Der Gedanke behagt mir gerade nicht auf Anhieb. "Aber klar, interessiert mich, wo du aufgewachsen bist."

"Meine Familie ist speziell, so viel kann ich dir jetzt schon sagen." Dabei drängt sie sich an mir vorbei. Unsere Hände halten noch einen Schritt lang Kontakt. "Bin kurz im Bad."

In Shirt und Unterhose klettere ich die Leiter rauf. Das Kopfende ist vorne. So kann man schön in den Raum hinunterschauen. Und da unten ist mein altes Kanapee mit Bettwäsche aus meinen WG-Zeiten, und da wird Monique gleich sein. In den Fenstern gegenüber spiegelt sich eine Lampe aus der Küchenecke, die unter mir ist. Das Bett ist wie in eine kleine Dachgaube eingebaut, so wie ein Zelt. Klasse Idee. Die Bretter, mit denen alles verkleidet ist, sind mattweiß gestrichen. In den Ecken sind Leisten angebracht. Ich strecke mich aus. Die Bettdecke riecht nach ihr! Der Gedanke, dass sich Monique hier sonst immer einkuschelt, ist ganz schön aufregend. Aus den vier Kissen, die hier liegen, suche ich mir ein weiches und nicht so hohes heraus. Dabei entdecke ich auch die Wolldecke, die hat sie mir dazugelegt. Dieser Ausbau ist ungefähr zwei fünfzig mal drei Meter und vielleicht ein Meter sechzig hoch. Wieder macht die Tür dieses Schleifgeräusch. Monique schließt ab und schiebt den Riegel vor.

"Na, alles klar da oben?"

"Perfekt. Sag mal, was kratzt denn da an deiner Tür? Komisches Geräusch irgendwie."

"Ach das. Ja, ich mag hier kein Ungeziefer haben und es gab vorher Unmengen davon. Anschleichen geht damit auch nicht. Das ist eine

Art Bürste, da kommt nichts durch. Hatten wir auch in Dakar. Meine Oma wollte nie wieder etwas krabbeln sehen, fluchte sie immer, und Opa hat eine Etage nach der anderen so abgedichtet, ich glaube man nennt das kalfatern. Da wurde jede Ritze mit Baumwolle verstopft und mit Teer abgedichtet. Wie bei den alten Schiffen."

Sie schaltet das letzte Licht in der Küche aus. Jetzt flackert nur noch die Kerze und durch die Fenster kommt ein diffuser, schwacher Schein.

"Da rechts neben der Matratze liegt eine Taschenlampe, falls du nachts raus willst."

Neben der Matratze ist etwas Platz und ich entdecke ein kleines festes Kissen und eine Lampe. Alles klar. "Gefunden!"

Auf dem Sofa raschelt es, Monique pustet die Kerze aus. "Gute Nacht!"

"Gute Nacht", wiederhole ich und schaue ins Dunkel, es wird sehr still. Das Kissen hat eine unbequeme Falte, aber jede Bewegung macht Geräusche. Also rekele ich mich nur etwas zurecht und erstarre. Die vergangenen Stunden durchlaufen mein Gehirn wie ein Traum, einige Passagen wiederholen sich. *Wir probieren es jetzt mal miteinander, oder?* ist neben den Küssen und der Cuba-Libre-Zeremonie weit vorne auf Platz eins, bei den Endlosschleifen in meinem Kopf.

Sehr eng hier, überlege ich und taste herum. Bretter, an der anderen Seite geht es rauf, ich bin wohl aus dem Bett gefallen. Der Blick ist verschwommen, zelte ich gerade irgendwo?

Gleichmäßige Geräusche, ein Dielenbrett knarrt.

Ich bin ja bei Monique! Verdammt, ja! Als ich mich bewege, hören die Geräusche unter mir kurz auf. Moment mal, ich bin wohl im Laufe der Nacht in diesen Zwischenraum neben der Matratze gerutscht. Ganz langsam drehe ich mich wieder zurück unter die warme Decke, stütze mich auf dem Kissen auf und schaue in das Zimmer unter mir. Das fahle Licht des Nordhimmels leuchtet den Raum schwach aus. Draußen Bäume, andere Häuser in der Ferne, in den Fenstern reflektiert sich das Licht aus der Küche unter mir. Oh, da ist ja Monique zu sehen, da die Scheiben in den Fenstern nicht ganz parallel eingebaut sind, spiegelt sich die Küche wie auf unterschiedlichen, leicht versetzten Bildern.

Monique steht da in der Küche, hat ein Bein auf die Arbeitsfläche gelegt.

Sie hat nichts an, ach du meine Güte!

Sie trägt Handschuhe und bürstet sich damit das Bein. Das Spiegelbild in den Fenstern gibt nicht ganz so viel her, aber sie sieht trotzdem unglaublich aus, hat im Verhältnis sehr lange Beine und sie ist ganz schön durchtrainiert. Meine Bettdecke raschelt, Monique nimmt etwas von der Arbeitsplatte, macht ein paar Schritte und ich tauche schnell ab, tue so als würde ich gerade wach werden. Ich streck den Kopf über Kante und blinzele nach unten.

"Na, schon munter?"

Ihre Haare werden immer noch mit dem Gummiband zusammengehalten, ansonsten drückt sie nur ein T-Shirt an sich.

"Geht so. Und du bist schon länger im Gange?"

"Halbe Stunde vielleicht, bin jetzt aber schon frischgemacht und gebürstet."

"Oh, dann bin ich wohl spät dran."

"Passt schon", sagt sie. "Ich brauche morgens etwas länger. Ich glaube, ich ziehe mir mal was an? Vielleicht ganz gut, wenn du neugierig bleibst."

Vermutlich mache ich ein ziemlich dämliches Gesicht und ich weiß nichts zu sagen. Inzwischen ist sie wieder unter mir in der Küche und wirft das Shirt zum Bettzeug auf dem Sofa. In den Fensterscheiben gegenüber sehe ich sie, wie der Herrgott sie an seinem besten Tag und als ein vollendeter Künstler in absoluter Vollkommenheit geschaffen hat. Sie sieht in den Fenstern aus, als würde sie einen hellen Bikini tragen. Das sind aber die Stellen, an denen die Sonne nicht hinkam. Aus einem Hängeschrank nimmt sie Sachen heraus, streift sich dann etwas über den Kopf. Und das könnte jetzt wirklich ein Bikinioberteil sein, allerdings in Schwarz. Das zweite Stück ist die passende Hose, sie kommt wieder raus, ich versuche, einen normalen Blick wiederzufinden. Mit ausgebreiteten Armen tänzelt sie auf Zehenspitzen zum Sofa, zupft das Gummiband aus den Haaren und dreht sich ein paarmal.

"Schon besser, was meinst du?"

Dann bleibt sie stehen, stemmt die Hände in die Seiten, schaut mich fragend an.

"Alles schön platt gedrückt, da wackelt nichts mehr!"

Sie dreht ein wenig die Schultern hin und her. Stimmt, also, ich weiß gar nicht, wo ich hinschauen soll!

"Meine Güte, du bist klasse in Form, gütiger Gott, zieh dir bitte noch mehr an, bevor ich blind werde."

"Nicht verzweifeln, Frank. Alles deins! Also fast. Das heißt, erst wenn ich es sage!"

Dabei dreht sich um und wackelt mit dem Hintern. Sie ist ein Biest! Mir scheint, mein altes Leben endet gerade. Ich werde nie wieder einen klaren Gedanken fassen können.

Hilft wohl alles nichts, raus aus den Federn. Ich klettere die Leiter runter. Sie wendet sich dem Hocker am Regal zu, dort liegen ihre Sachen von gestern. Das Hemd hat sie schon wieder an, jetzt steigt sie in die Jeans, schüttelt die Haare zur Seite. Sie streift die Strickweste über, blickt sich zu mir um und dreht dann eine Pirouette.

"Nicht ganz so verschärft wie gestern."

"Oh Baby", plappere ich los, aber eigentlich war das bereits die gesamte Fülle meines momentan verfügbaren Wortschatzes.

"Excuse-moi!" Sie schüttelt den Kopf. "Ich bin gerade doof! Entschuldige bitte, ich hatte noch nie einen echten Mann hier in meinem Zimmer. Willst du duschen?"

"Nein, warte mal, habe meine Sachen unten, bei den Chaoten."

"Wir können ja nachschauen, ob es Überlebende gibt", lacht sie. "Und vielleicht Brötchen holen. Und ein bisschen spazieren gehen, ich muss mich bewegen."

Etwas wackelig klettere ich in die Socken und in die Hose.

"Gute Idee, mal sehn, wer durchgemacht hat. Aber ich geh noch mal nach nebenan. Bist du schon startklar?"

Monique hat den Wohngemeinschaftsteller abgespült und trocknet ihn jetzt ab.

"Den Rest Wein behalten wir mal hier. Ja, meinetwegen kann's losgehen, wenn du fertig bist."

Ich schnappe mir den Schlüssel zum Bad. Auf der Toilettenbrille sitzend putze ich die Zähne im Schnelldurchgang. Die Zimtseife riecht herrlich, mit nassen Händen einmal übers Gesicht gewischt, fertig. Da ist ein Deo-Spray. Das riecht angenehm neutral, also noch ein kleiner Sprühnebel unter die Achseln, das kann nicht schaden.

Drüben erwartet mich Monique, sie trägt eine Lederjacke und die Stiefel von gestern, steckt gerade einen Stoffbeutel ein und klappert mit dem Schlüsselbund. Meine Jacke ist noch unten. Bin gespannt, wie es da aussieht.

"Noch ist es leise", meint sie.

Sie schaut sich kurz um und schiebt mich dann zur Tür raus. Dieses Mal gehe ich vor und fühle mich unsicher und beobachtet. Endlich erreichen wir die alte Tür, die immer noch angelehnt ist. Man riecht abgestandenes Bier, da hat auch jemand geraucht. Hinter Lauras Tür schnarcht es, hinten in der Küche räumt schon jemand auf.

"Die Ruhe nach dem Sturm. Wer ist denn da schon wach um diese Zeit?"

Als ich sie anschaue, fällt mir Jasmin ein. Monique dreht kurz die Augen weg, "Stimmt, die trinkt ja meistens nichts."

Und richtig, in der Küche trocknet Jasmin Geschirr ab. Und zwar die Sachen, die ihr gehören. Erkenne ich sofort am auffälligen Muster.

"Seid ihr denn schon fertig?", fragt sie Monique bewusst beiläufig. Aber zusammen mit ihrem abfälligen Blick ist das ein Schlag ins Gesicht.

Ich sehe Monique an und schrecke zurück, ihre Augen erscheinen mir dunkler als gerade eben noch.

"Ja, weißt du, nach dem fünften Orgasmus konnte ich nur noch *danke* sagen und jetzt müssen wir einfach mal was anderes machen. Ist doch nicht schlimm, oder, Jasmin? Ja also, nur Sex ist mir auch zu inkomplex, ich weiß ja nicht, wie es dir damit geht!"

"Schon gut, danke dir, ganz hervorragend, du mich auch, Monique!"

"Aus Bollywood!", fügt Monique energisch hinzu und geht ans offene Fenster.

"Öööh, Moment mal", versuche ich einzugreifen. "Kinnings, das ist doch Mist jetzt! Wir holen mal Brötchen. Oder sollen wir erst mal beim Aufräumen helfen?"

"Ich habe mein Zeugs abgewaschen, der Rest kann meinetwegen verrotten." Dabei drückt mir Jasmin das feuchte Handtuch in die Hand.

"Du bist aber auch manchmal eine Granate, Jasmin." Ich kann nur den Kopf schütteln, Zickenalarm!

"Ich bin untertalentiert, meine Haare sind zu dünn und haben Straßenköterfarbe und ich habe meistens einfach Pech, wenn es dann mal drauf ankommt. So einfach ist das! Lasst euch nicht irritieren, ich bin gleich wieder cool. Schuldigung."

"Oh, merde! Tut mir leid, Jasmin! Du hast aber auch manchmal eine Art!"

Monique stützt sich auf die Fensterbank, schaut Hilfe suchend nach draußen. Jasmin schnieft kurz, verstaut ihr Geschirr im Schrank, wischt sich über ihr Gesicht, geht dann schnurstracks aus der Küche raus und verschwindet. Monique dreht sich zu mir, wir umarmen uns.

"Oh mon cher, schön, dass du da bist", flüstert sie leise. "Du bist aber ein bisschen kratzig heute morgen. Komm, lass uns rausgehen, die sind doof hier."

Wir gehen wieder den Flur entlang.

"Ich habe Rasierzeug dabei!"

Gut, dass ich daran gedacht habe, allerdings ist es in meinem Rucksack im Promillelager. Ich überlege, ob ich die Schlafenden in Lauras Zimmer wecke, wenn ich nach meinen Sachen suche. Das Schnarchen kommt näher, da sehe ich an der Garderobe neben der Eingangstür meine Jacke hängen. Jemand hat mitgedacht. Immerhin, die Rasur hat vielleicht noch Zeit. Ich streife mir den alten Kittel über, wir sind schon im Treppenhaus. Monique geht vor. Am nächsten Absatz hält sie an, drückt mich an sich.

"So ist es übrigens oft, weißt du?"

"Mit Jasmin, meinst du?", frage ich nach.

"Nicht speziell Jasmin, eher allgemein. Jasmin leidet gerne öffentlich, aber sonst ist sie doch in Ordnung. Ich meine, mir geht es oft so. Du siehst in mir die interessante Frau, aber ich bin auch oft diejenige, die nicht da hingehört und den Unmut der Sippe abkriegt, verstehst du, was ich meine? Bleib bloß bei mir, ich will nicht mehr alleine sein. Und ich habe so dicke Haare, dass die sich kaum im Abfluss verheddern können, außerdem habe ich natürlich immer sauber gemacht nach dem Duschen. Aber die von Jasmin sind wirklich ganz fein und dringen bis in die kleinsten Fugen vor und verknoten sich auch noch. Das war wirklich mal Thema bei einer WG-Besprechung, als Nils stundenlang eine Verstopfung beseitigt hatte. Die arme Jasmin. Hoffentlich findet sie auch bald wieder jemanden zum Festhalten, ich merke gerade, wie gut das tut! Lass uns spazieren gehen, dahinten zum Park. Und sag mal, rasierst du dich elektrisch oder nass?"

Ja, der Bart. Es scheuert am Hemdkragen. Also nachher erst mal rasieren.

"Fast wie früher mit Seifenschaum, aber mit so einem modernen Rasierer."

Ich mag sie gar nicht loslassen. In meiner Wirbelsäule rollen Bälle aus elektrischem Strom rauf und runter. Weiter geht's.

"Das gefällt mir, oh ja rasiere dich bitte noch mal für mich, in Ordnung? Und ich denke, die Bäume im Park werden uns guttun."

An den vielen Briefkästen vorbei erreichen wir die schwere Haustür. Draußen ist nichts los. Nur jemand mit einer Brötchentüte auf der anderen Seite ist zu sehen. Wir gehen rechts herum, da kommt nach ein paar hundert Metern ein grünes Stück mit alten Bäumen. Beide versuchen wir, uns immer wieder an den Schritt des anderen anzupassen, bis Monique lachend auf der Stelle trippelt. "Wir machen jetzt mal Gleichschritt wie bei der Armee und du erzählst was von dir und ich schlendere neben dir her. Oder wir haken uns unter!"

"Ja los, ganz gemütlich. Ich soll dir eine Geschichte aus meinem Leben erzählen? Sicher? Das ist nicht besonders aufregend, abgesehen von dem letzten Jahr und den Vorbereitungen für die Exkursion."

"Doch!" Sie drückt meinen Arm. "Ich weiß nur, dass du Biologie studiert hast und aus dem Norden kommst."

"Ja stimmt, Hamburg. Das ist eine tolle Stadt. Hamburg ist immer noch mein Favorit für später, vielleicht wenn die Rente kommt. Die Schule war schwierig, und ich habe dann nach Umwegen das Fachabitur gemacht. Das reichte dann, um mit Bauingenieurwesen anzufangen, aber nach zwei Semestern sah ich keine Perspektive mehr und fand Biologie, sagen wir mal, wichtiger oder wichtiger in Bezug auf unsere Zukunft. Vielleicht wollte ich mir auch nur eine größere Bedeutung als Weltenretter geben. Jetzt, wo ich fertig bin, fühle ich mich eher bedeutungslos. So ist das manchmal mit Träumereien. Meine Eltern sind von einigen Jahren gestorben. Das war traurig und sehr stressig. Die hatten sich schon länger getrennt und dadurch hatte ich dann mit einem Jahr Abstand zwei Haushalte aufzulösen und was es da noch alles zu regeln gibt, einfach der Wahnsinn. Beide waren krank geworden und ich hatte mich schon öfter um die beiden gekümmert. Manchmal waren sie gleichzeitig in unterschiedlichen Krankenhäusern, da bin ich nur noch im Waschsalon gesessen und bei Ämtern wegen Pflegesachen oder am Krankenbett. Plötzlich waren vier Semester vorbeigezogen, bis ich wieder in der Spur war und bei Klausuren auch wieder gewinnen konnte. Aber sag mal, wie war das mit dir? Du musst mir unbedingt mehr von Afrika erzählen und dem Leben dort. Bis auf den letzten Ausflug, der ungewollt mitten im Dschungel endete, bin ich noch nie aus Europa rausgekommen."

In der Zwischenzeit haben wir einen gemeinsamen Gleichschritt gefunden. Mann, ich bin stolz wie ein Spanier, sie an meiner Seite zu haben! Wenn es nach mir ginge, könnten jetzt alle Freunde und vor allem die Dozenten, die mir mitleidige Blicke geschenkt haben, in einer Prozession vorbeiziehen und meiner wunderschönen Geliebten huldigen! Das wär's jetzt!

"Meine Familie ist ziemlich zusammengewürfelt." Sie schaut mich kurz ruhig an, ihre Augen werden einen Moment schmaler und lächeln.

"Und da die meisten in Dakar leben, ist es automatisch etwas komplizierter. Und wir sind einigermaßen wohlhabend, besonders im Vergleich zu normalen Afrikanern. Das macht das Leben dort komfortabel, aber man schwimmt andererseits wie ein Korken auf dem Wasser. Immer irgendwie im Fokus, aber trotzdem abgegrenzt, weißt du? Mein Bruder und ich sind zum Beispiel jeden Tag mit einem Taxi zu einer Internationalen Schule gefahren worden, in der Diplomatenkinder und der Nachwuchs reicher Leute ausgebildet wurden. Eine Eliteschule. Der Vorteil ist, dass ich Golf und Tennis spielen kann, ohne mich zu blamieren, ich kann mich benehmen und weiß, wie es in den höchsten Kreisen zugeht, jedenfalls solange noch alle nüchtern sind. Man hat uns alle Standardtänze beigebracht und internationale Küche. Alle Höflichkeitsfloskeln bei Tisch in allen möglichen Sprachen und all das Zeug, um in dieser künstlichen Welt der ganz Besonderen einen guten Eindruck zu machen. Fußball und Selbstverteidigung standen auch auf dem Lehrplan. Das war etwas lebensnaher. Das heißt immerhin, dass du dich mit mir überall sehen lassen kannst. Ist doch schon mal gut!"

Mein Selbstbewusstsein knickt gerade wieder ein. Das war schon bei unserer ersten Begegnung mein Eindruck: Sie ist bedeutend, eine Diva, und nicht im negativen Sinne, sondern ein Mensch mit Größe.

"Du bist außergewöhnlich! Das macht mich auch regelmäßig unsicher. Zum Beispiel der Cello-Abend: Vor lauter Ehrfurcht konnte ich dich nicht ansprechen und nach ein paar Schnaps habe ich's dann geschafft, aber da war ich wohl eher die Lachnummer. Obwohl wir uns sogar über vedische Schriften unterhalten haben. Na ja, bist du sicher, dass du mich meinst?"

Sie stupst mich an und stampft einmal kräftiger auf.

"Oh merde, ja! Ich meine dich!" Es entsteht eine unangenehme Pause.

"Das ist doch, was ich sagte, ich verhalte mich anders und damit grenze ich mich selber aus. Bitte vergiss das Elitetöchterchen. Und außerdem, du bist überhaupt nicht wie andere Männer. Du bist das, was ich bei den meisten Menschen vermisse. Wir haben zusammen meditiert! Das kenne ich sonst nur von meinen Großeltern. Das ist wunderbar, Frank! Und an dem Cello-Abend hatte ich schon deine Blicke wahrgenommen, und als du dann im Busch verschwunden warst, machte ich mir Vorwürfe. Ich hätte dich gleich abschleppen sollen, ein paar Ouzo weiter vorne, dann wärst du vielleicht gar nicht erst geflogen, sondern hier bei mir geblieben. Der Gedanke ließ mich wochenlang heulen, sag ich dir. Ehrlich!"

"Echt?" Ich kann es gerade kaum glauben.

"Ganz ehrlich", beteuert sie und schaut mich ernst an. "Da gibt es noch paar Dinge mehr, aber da muss ich mir noch überlegen, ob ich dir davon etwas erzähle. So weit sind wir noch nicht. "

Das ist allerdings krass, wenn ich so darüber nachdenke. Aber sie hat wohl auch noch einige Geheimnisse. Sie macht es spannend!

"Es gibt übrigens Wissenschaftler", fällt mir ein und plappere etwas aufgeregt los, "die behaupten, dass man bei jeder Entscheidung, die man trifft, ein neues paralleles Universum generiert. Das erscheint mir im Augenblick total logisch."

Monique hält an, zieht mich zu ihr, wir küssen uns. Mein Gott, was für eine Frau!

"Hatte ich auch schon gelesen, aber es ging mir nicht besser damit. Obwohl, also, also die Details erzähl ich dir wirklich besser später mal."

Sie zieht die eine Augenbraue hoch und lacht los. "Unsere Beziehung hat schon eine kleine Vorgeschichte, verrate ich dir aber später!"

Wir gehen langsam an den alten Häusern entlang. Hier gibt es noch gusseiserne Straßenlaternen.

"Mein Opa hat sich übrigens täglich mit einem Rasiermesser rasiert. Das hat er jedes Mal an einem Lederriemen poliert oder geschärft, ich weiß gar nicht genau, wozu das gut ist. Eine richtige Zeremonie hat er daraus gemacht. Niemand durfte das Messer berühren. Es war unglaublich scharf. Ach, da fällt mir eine Geschichte ein!"

Sie lacht laut und braucht ein paar Schritte, um wieder in den Rhythmus zu kommen.

"Pass auf, das muss ich dir erzählen! Also, mein Bruder, eigentlich der ganz korrekte und immer auf die Etikette bedachte Typ Mann, ist mit einer Irin verheiratet. Aislinge, und die hat ziemlich viel Temperament! Also wir sitzen alle zusammen an einem großen Tisch und frühstücken. Es ist Wochenende, da wurde immer gemeinsam gekocht und gegessen. Meine Großeltern lebten noch, Aislinges Kinder waren klein. Natürlich ist es lebhaft und wir bekommen mit, dass mein Bruder sich einen elektrischen Rasierapparat gekauft hat. Aislinge ist der Meinung der Apparat rasiert nicht gründlich genug.

Mein Bruder findet es aber bequemer, probiert, sich durchzusetzen, es geht hin und her. Und dann erklärt Aislinge energisch: *Wenn ich mich nass rasiere, dann kannst du das auch. Oder möchtest du vielleicht da unten ein Stoppelfeld erleben?* Die Weiber haben sich alle kaputtgelacht und mein Bruder wurde rot, sagte überhaupt nichts mehr. Mein Bruder hat sie kennengelernt, als er im Studium mit ein paar Freunden und dummerweise bei Sturm mit der Fähre von Cherbourg nach Dublin gefahren ist. Der Arme war furchtbar seekrank und wurde von der Crew als Letzter von Bord geschleift, als sie in Dublin waren. Aislinge gehörte damals zur Crew, sie hatte nach der Schule zwei Jahre auf der Fähre gejobbt, um Geld zu verdienen. Sie saß dann irgendwo mit meinem Bruder und die beiden kamen ins Gespräch. Am Schluss hat sie ihren Sinn-Féin-Kämpfer-Namen mit grünem Kugelschreiber auf seinen Arm geschrieben und meinte so was wie: *Lass das tätowieren, und wenn du mich wiederfindest, heiraten wir.* So ungefähr ist es dann tatsächlich auch passiert. Mein Bruder blieb in Dublin, weil ihm immer noch schlecht war. Dann kaufte er sich als Erstes einen grünen Kugelschreiber und zog die Linien ihres Namenszuges auf seinem Arm nach. Aislinges zweiter Name ist Lasairfhíona, so hießen schon seit Generationen die Freiheitskämpferinnen ihrer Familie. Die Kollegen meines Bruders waren weitergefahren und nach einer Woche fand er Aislinge vor einer Hafenkneipe, wo sie sich gerade mit Engländern geprügelt hatte. Er hat ihr die blutende Augenbraue betupft und sie getröstet. Sie bekommt heute noch feuchte Augen, wenn sie davon erzählt. Ja, eine große Liebe ist das mit den beiden."

Mir erscheint mein Leben gerade grau und langweilig. Bin ich vielleicht ein Langweiler? Wir schauen uns an und Monique drückt meinen Arm freundschaftlich.

"Nicht erschrecken, sind alles fast ganz normale Leute. Aber wir haben sehr unterschiedliche Ursprünge. Aislinges Familie ist zum

Beispiel seit, ich glaube, schon seit Jahrhunderten im Widerstand. Und sie erzählt immer stolz, dass viele von ihnen im Gefängnis waren, aber niemand aus der Familie umgekommen ist. Sie hat auf dem Kopf eine sehr lange Narbe von einem britischen Schlagstock. Das rechte Schlüsselbein ist nach dem Zusammenstoß mit einem ebenfalls britischen Jeep schief zusammengewachsen. Aber das trägt sie stolz wie altehrwürdigen Familienschmuck. Eine Wilde ist das. Sie hat sich prima mit meiner Oma verstanden. Ich erinnere mich an Feiern, da haben die beiden noch im Morgengrauen Flamenco getanzt und Rum aus der Flasche getrunken. Hihi, da konnte niemand mithalten."

"Das klingt ja ungefähr so verrückt wie die Geschichten unserer WG-Partys?"

"Stimmt fast", erklärt sie dann. "Bei uns wurde die Musik allerdings mit der Hand gemacht. Weißt du, wir wohnen da in Dakar in dem Haus, das meine Großeltern vor Jahrzehnten gekauft haben. Es war ganz früher, in der französischen Kolonialzeit, ein Hotel gewesen. Vier Stockwerke hoch, in der Altstadt. Opa Kamal hat eine lederverarbeitende Fabrik dort eingerichtet. Später ist das Geschäft zurückgegangen und er hat dann mehr und mehr Handel betrieben und aus der großen Hotel-Eingangshalle kamen die Nähmaschinen raus und Abuela Laila bekam ihr Kaffeehaus eingerichtet. Da war dann eine kleine Bühne mit einem Klavier, und von Zeit zu Zeit wurde ordentlich gefeiert. Mein Opa kannte viele Inder und meine Oma war bekannt bei allen Kubanern und Spaniern und Leuten, die Musik machten. Als kleines Mädchen durfte ich schon mit dabei sein, bekam natürlich nur selbst gemachte Limonade oder Ginger Beer aus Indien, aber das war immer sehr aufregend. Mit viel Musik und spannenden Menschen."

"Ich bin ganz sprachlos, erzähl bitte weiter. Wie ist denn das Klima in Dakar, wie weit ist der Äquator entfernt?"

"Dakar ist der westlichste Punkt Afrikas, eine Halbinsel im Atlantik. Deshalb wird es selten wärmer als dreißig Grad. Es ist fast immer windig, die Luft ist feucht, aber ich glaube, der Durchschnitt liegt bei circa siebenundzwanzig Grad. Im Sommer und bis ungefähr Oktober ist es wärmer, da fällt auch der gesamte Regen. August und September sind blöd. Wenn es regnet, dann meistens wie aus Eimern. Ich glaube, bis zum Äquator sind es über tausend Kilometer, eher tausendfünfhundert. Ja, der ist noch ein Stück weiter weg."

"Wahnsinn, ich habe ein paar Grillpartys an der Alster in Hamburg anzubieten. Seitdem habe ich eine Gitarre, nahm sogar Unterricht bei einem Straßenmusikanten. Das war cool! Wir haben eine Flasche Wein geleert und er hat mir Blues-Grundlagen beigebracht. Und er bekam natürlich noch den einen oder anderen Geldschein."

"Dann müssen wir unbedingt zusammen musizieren! Bitte, bitte! Ich mache zwar eine klassische Ausbildung, aber ich wäre froh, ganz andere Sachen zu spielen."

"Oha, ich kann kaum Noten lesen, Monique. Da brauchst du gute Nerven."

"Nein, das ist egal, ich meine, es kommt auf den Groove an, emotional muss es sein. Der BB King zum Beispiel spielt manchmal nur drei Noten, aber das mit diesem Feeling, dass es alle mitreißt. So was würde ich gerne probieren. Kann auch ruhig schräg sein."

Als hätte ich im Lotto gewonnen, macht sich in mir eine unglaubliche Erleichterung breit, ich muss lachen.

"Monique, ich bin total verknallt in dich! Du bist der Hammer!"

"Mon cher, und das wird der Hammer mit uns, und ich übrigens auch, ich freu mich so! Weißt du, nach dem desaströsen Cello-Abend habe ich *Hells Bells* von AC/DC eingeübt. Und ich musste mir eingestehen, dass es Spaß macht, richtig fetzig zu spielen. Außerdem hat Nils schon öfter von den Jam Sessions mit Holger vorgeschwärmt. Also aus der Nummer kommst du nicht mehr raus!"

"Verdammt, der kann einfach nicht die Klappe halten!", sage ich eher im Scherz. "Du wirst Geduld brauchen, fürchte ich."

"Nils hat mir euren Tabak-Song vorgespielt. Vor lauter Gelächter und Gegröle ist nicht so viel von der eigentlichen Musik zu erkennen, aber der Groove hat mich gleich mitgenommen. Und ich war echt verblüfft, was der Holger mit dem Küchengeschirr und einem Abfalleimer für Rhythmen hinbekommt, obwohl ihr alle vermutlich total betrunken wart."

Allerdings, das waren spezielle Abende, ich erinnere mich gut. Was sie so alles herausbekommen hat.

"Holger ist ein klasse Schlagzeuger. Wenn er nüchtern ist, kann der auf so Sachen wie 15 16tel improvisieren, bis alle seekrank sind. Habe ich auch lange nicht gewusst."

"Und du hast eisenhart dein 1-4-5-Schema durchgehalten und sogar ein Pentatonik-Solo gespielt, bevor Holger total durchdrehte. Der spielte dann so ganz synkopenverseuchtes Zeug mit Messer, Gabel und Gläsern. Ziemlich jazzig. Schade, dass die Aufnahme so schlecht ist."

"Du bist ja gut informiert!" Dabei überlege ich gerade, ob ich diese Aufnahme kenne und wie peinlich das wirklich war. Stimmt, Nils hatte manchmal mit dem Handy etwas mitgeschnitten.

"Und die Stufen und die Solomelodie hast du einfach so rausgehört?"

"Ist nicht schwierig. Die meiste Popmusik ist so oder so ähnlich aufgebaut. Die haben alle beim Blues abgeguckt. Und wenn ich keine Intervalle hören würde, könnte ich kaum richtig Cello spielen. Da waren auch ein paar Töne aus der Dur-Tonleiter mit dabei, du hast es ganz schön spannend gemacht. Absolutes Gehör habe ich leider nicht, aber Intervalle sind so die Basics."

Ich werde wahnsinnig, meine neue Freundin spielt wunderbar Cello und möchte mit mir Musik machen. Ich bin gerade so was von glücklich!

"Monique, ich kann's kaum glauben."

"Ich freu mich so!" Sie lächelt wunderbar. "Ich spiele übrigens ab und zu mit anderen Studis in so einem Café in der Stadt. Das ist dann aber Kammermusik, wir bekommen das ganz gut hin und können locker eine Stunde durchspielen. Aber beim Proben hatte jemand mal *Green Onions* von Booker T. and the M.G.'s vorgeschlagen, das ist eine amerikanische Soul Band aus den Sechzigern. Da haben wir plötzlich alle unsere Instrumente neu entdeckt. Das war echt cool! Ich habe eine Aufnahme, die spiel ich nachher mal an, kennst du bestimmt."

"Wo ist überhaupt dein Cello? In deinem Zimmer habe ich nichts davon gesehen."

"Ich habe jetzt auch ein anderes inzwischen, das lasse ich lieber im Institut, da kann ich es einschließen und auch in Ruhe üben."

"Ganz neu?", frage ich.

"Nein, so über Umwege. Mein Lehrer kennt viele Leute, die Musik machen. Und da war ein älterer Herr in einer Villa, dessen Frau schon länger im Sanatorium ist und an Demenz leidet. Und der arme Mann hat dann seine riesige Villa verkauft, ist in eine Eigentumswohnung gezogen und musste viel verkaufen. Seine Frau hatte ihr Leben lang Cello gespielt und Geige. Er spielte Klavier. Die hatten wunderbare Instrumente. Da war dann am Schluss ein Cello übrig. Aber ich musste mein altes verkaufen und überall betteln gehen. Schade einerseits, ich hätte so gerne mein altes behalten. Das war noch aus der Café-Haus-Zeit in Dakar und der Zeit mit meinen Großeltern. Aber dafür bekam ich, wieder über meinen Lehrer vermittelt, immerhin achttausend Euro. Das war aber gerade mal ein Drittel von dem anderen. Oh Madonna, eigentlich der Wahnsinn."

"Andere kaufen sich ein Auto, das sicher in zehn Jahren kaum noch etwas wert ist. Ein schönes Instrument ist etwas Tolles!"

"Ja, finde ich auch und es klingt so schön. Andererseits ist es schwerer zu spielen, weil es auf jede kleinste Kleinigkeit zum Beispiel beim Bogenstrich reagiert und insgesamt viel besser anspricht. Natürlich auch auf Unsauberkeiten. Es hat eine Weile gedauert, bis wir uns angefreundet haben. Aber ich vermisse mein altes, bin eben damit groß geworden."

"Kann ich verstehen."

Ich denke sofort darüber nach, ob ich ihr das geliebte alte Stück irgendwie wieder zurückbesorgen könnte. Das Geld hätte ich im Prinzip schon durch meinen Zwangsaufenthalt im Dschungel erwirtschaftet. Der Dekan hat darauf bestanden, dass wir unsere Gehälter vollständig vergütet bekommen. Ein paar Schritte überlege ich. Ja, das ist es, ich muss sie unbedingt nach dem alten Cello ausfragen, ohne dass sie es bemerkt. Womöglich kann ich es irgendwie zurückbekommen.

"Was meinst du?", fragt sie. "Sollen wir mal den Bäcker anvisieren?"

"Ich bin gespannt, wie die alle aussehen heute morgen."

Eine Weile schlendern wir wortlos den Weg entlang. In mir macht sich ein Gefühl breit wie nach dem Examen, als endlich alle Ergebnisse feststanden und ich sicher bestanden hatte. Ich bin angekommen, und zwar irgendwo dort, wo auch diese Wahnsinnsfrau ist, ich bin gerettet, jetzt wird alles gut!

Den Bäcker erreichen wir dann nach einer Weile. Das Verrückte ist, dass wir nichts geredet haben und es entstand keine Leere, es fühlte sich auch nicht unangenehm an. Im Gegenteil, es war so wie mit der guten Fee da drüben im Dschungel. Ein viel besserer Dialog als mit Worten. Gelegentlich trafen sich unsere Blicke, wir tauschten ein Lächeln aus. Ich spürte ein Glück wie beim Erleben der Nordsee oder beim Anblick blühender Blumen. So was mit Worten zu beschreiben, schmälert eigentlich das Erlebnis und die Schönheit.

Und jetzt stehen wir vor dem Laden, es duftet nach frischem Brot, der Bäcker ist gut besucht. Wir reihen uns ein und mich haut es fast um vor Stolz, wenn jemand Monique anschaut und dann mich und ich so was wie neidische Anerkennung in den Blicken erkenne.

"Also, mit Brot sind wir gut ausgestattet", hilft sie mir, als nur noch eine ältere Frau vor uns ist.

"Lass uns eine Tüte helle Brötchen mitnehmen. Und für Jasmin eins mit Rosinen, die mag sie gerne."

"Und Nils bekommt ein Schoko-Croissant!" Ich möchte die ganze Welt einladen! Meine Güte, bin ich glücklich!"

"Vielleicht noch ein paar normale. Qu'en penses-tu, chéri?[251]"

Dabei betonte sie ihren Akzent und Französisch klingt eben sehr französisch. Habe es leider nicht verstanden.

"Was meinst du, wollte ich sagen", ergänzt sie mit einem Augenzwinkern.

"Ja genau. So, zehn Helle und zehn Spaßsemmeln?"

"Ja, mach mal." Dabei schiebt sie mich ein Stückchen vor.

"Wir brauchen aus der hellen Abteilung zehn Stück."

Die Verkäuferin schaute mich bereits fragend an. Sie fängt an, eine Tüte zu füllen, schaut gelegentlich zu mir, wenn sie ein Brötchen einer anderen Sorte nimmt. Ich nicke dann.

"Das sind jetzt zehn Stück, darf's noch was sein?" Sie rollt die Tüte ein, legt sie auf die Auslage.

"Ja, und zwar drei Rosinen-Semmeln, vielleicht mal drei Schoko-Croissants und fünf normale."

Die Verkäuferin packt den Rest in eine zweite Tüte, tippt etwas in die Kasse, überlegt noch mal, tippt weiter. "Das macht dann zusammen 21,20, bitte."

Einen Zwanziger und einen geknüllten Fünfer nimmt sie mir ab, ich bekomme ein paar Münzen zurück.

"Schönes Wochenende", wünschen wir uns dann fast gleichzeitig. Monique nimmt die Semmeltüte und ich die mit den Leckereien.

"Habe auch schon wieder Hunger." Monique hakt sich unter, unsere Tüten rascheln, der Bäckerduft begleitet uns noch einige Schritte. Es ist noch ein ganzes Stück bis zum Zentrum der Macht. Wir gehen gemütlich Hand in Hand, manchmal eingehakt, lächeln uns zu und sind glücklich. Unterdessen bin ich sicher, dass Monique auch glücklich ist. Wie sind in Resonanz. Das fühlt sich sensationell an!

Dann kommt Holgers alter Golf in Sicht. Ein paar Augenblicke später hängen wir die Jacken auf und schauen in seine schmalen Augen, als er in Richtung Badezimmer den Flur entlangschlurft.

"Scheiße, seid ihr munter, ich brauch erst mal 'ne Dusche. Und denn Kaffee. Oder erst Kaffee? Oh, ihr habt Brötchen geholt! Klasse, nich' weglaufen!"

Aus der Küche ist wieder Vaya Con Dios zu hören. Kurz vor der Tür nimmt Monique fest meine Hand und schaut mich frech an. "Das merken sowieso alle!"

Dann gehen wir Hand in Hand rein und ich muss sagen, ich fühle mich wie ein Lottogewinner!

"Mensch, Nils, du lebst noch?"

"Hähä", er sieht etwas mitgenommen aus, genau wie Uli, der an der blubbernden Kaffeemaschine steht und auch einen fragenden Blick bekommt.

"Weiß noch nich'", murmelt Nils. "Fragt mich noch mal, wenn der Kaffee wirkt. Aber euch geht's gut, oder?"

Dabei schaut er auf unsere Hände, die fest umschlungen sind.

"Arrr, klasse ey, das is' so geil! "

Nils scheint sich mit uns zu freuen!

"Ach du liebe Zeit, ihr wart sogar schon beim Bäcker! Klasse, erst mal schön gemütlich frühstücken!"

Nils und Uli bewegen sich in Zeitlupe, Uli muss sich noch ein paarmal vergewissern, dass ich Moniques Hand halte, schließlich grinst er breit und nickt mir voller Anerkennung zu. "Tass Kaff, Alter?"

Irgendwie herrscht kaum noch Chaos in der Küche. Haben die beiden trotz Kater schon alles abgewaschen und aufgeräumt?

"Mein Augenstern Jasmin hat sich geopfert und Klarschiff gemacht!", lobt Nils mit anerkennender Miene. "Manchmal klappt das mit ihr, bin ganz erschrocken."

Nils dreht sich zu mir, um sich davon zu überzeugen, dass ich das genauso seltsam finde wie er. Derweil stellt er Geschirr hin, Monique drückt noch mal meine Hand und geht dann zum Küchenschrank. Oben drauf liegt ein großer, flacher Weidenkorb. Wir dekorieren zusammen von jedem etwas aus unseren Bäckertüten auf das blauweiße Tuch in dem Korb. Gut die Hälfte hat Platz, der Rest bleibt zurück. Am liebsten würde ich mich dauernd vergewissern, ob auch alle sehen, dass wir jetzt ein Paar sind. Monique nimmt den Korb, lehnt sich kurz an meine Schulter. Mir scheint, ihr geht es genauso.

"So, Nils, schau mal! Schoko-Croissants extra für dich, mein Lieber!"

Uli drängt sich an den Tisch. "Cool, Rosinenwecken!"

"Halt, stop!", wirf Nils ein. "Die mag doch Jasmin so gerne, da musst du zusehn, was sie übriglässt. Die Arme hat es grade so schwer, Mensch."

Monique hat Besteck herausgeholt. Ab und zu schaut sie zu mir, es ist verrückt, alles ist anders und ich bekomme mit, dass Nils und Uli schwer beeindruckt sind. Ich fühle mich großartig!

"Sag mal, Nils", jetzt muss ich es doch genau wissen. "Jasmin hat abgewaschen? Vorhin war sie noch, na ja, Jasmin eben."

"Ja, wir haben noch beim Abtrocknen geholfen, dann ist sie wieder in ihrer Einsiedelei verschwunden."

"Also!" Uli stellt den dampfenden Kaffee ab, stützt sich auf eine Stuhllehne, schaut in die Runde. "Jasmin is' ja 'ne Nette, wenn alles zu ihrer Zufriedenheit läuft. Aber ich glaub', die is' von ihren Eltern total verzogen worden. War immer die Prinzessin, durfte alles und wurde wahrscheinlich für alles gelobt, was sie anstellte. Die hatte noch nie richtig Gegenwind, kann das sein?"

"Kann schon sein, du kennst ja auch Siegried." Nils holt den Rest des weltberühmten Siegried-Kuchens gerade aus dem Kühlschrank, stellt den Teller neben die Butter auf dem Tisch.

"Die haben beide dieses Weltfremd-Gen an der Hacke. Weißt, was ich meine!"

Uli schlürft wieder seinen Kaffee. Die Ansprache ist beendet. Monique dekoriert das Besteck auf dem Tisch, gibt mir jetzt einen schnellen Kuss, ihr Blick ist siegessicher und frech. Ihr gefällt es auch, die geschaffenen Tatsachen *über uns beide* zu präsentieren. Nils räumt den Kühlschrank aus, Uli stellt die Wurst- und Käse-Teller des gestrigen Buffets hin. Dazu kommen noch original eingeschweißte Verpackungen mit Aufschnitt vom Discounter. Nils war kurz verschwunden, kommt mit einem Marmeladenglas wieder rein, hält es bedeutungsvoll hoch.

"Das Zeug hier musst du unbedingt probieren!", erklärt er mir, mit Falten auf der Stirn und seinen schmalen Augen.

"Hammer, Alter! Hat unsere Südseeperle zusammengekocht. Orangenmarmelade! So was Gutes hast du noch nie in deinem Leben bekommen, glaub's mir!"

"Übertreib mal nicht so." Monique schüttelt den Kopf. "Irgendwas muss ich doch auch draufhaben, Nils!"

Nils hatte in dem Moment ein Bierglas mit Leitungswasser angesetzt, gluckst kurz und meint: "Pass mal auf, du bist gut, also, du bist ganz schön klasse, meine liebe Monique, echt 'ne andere Liga! Das Mädchen aus gutem Haus."

Sie dreht sich zu mir. Ihre Augen sind cool, aber ihr Mund wird etwas schmaler, eine Augenbraue hebt sich wenige Millimeter. "Ich wurde geschickt, um etwas Kultur hierherzubringen. Musst du dir mal vorstellen: von einem anderen Kontinent!"

Dabei dreht sie sich wieder weg, wirft ihre Mähne demonstrativ auf die andere Schulter und schaut dann verstohlen grinsend zurück. Ich bin einfach nur begeistert und der festen Überzeugung, dass sie auf jeder Bühne dieser Welt eine bedeutende Rolle spielen könnte.

Nils grinst, zieht die Schultern hoch. "Du bist unser Schmetterling, Monique. Du gibst uns in unserer Motoröl- und Dosenbier-Romantik einen glänzenden Schein, als sei es doch nicht ganz so schlimm um uns bestellt. Ja wirklich, isso!"

Dabei senkt er den Kopf, als wäre er von seinen eigenen Worten ergriffen.

"Mensch, Nils, hattest du gestern mal Absinth statt Ouzo erwischt? Hatte etwa jemand 'ne Tüte Gras dabei?"

Uli war grade auf dem Weg, einen Schluck Kaffee zu nehmen, und hält verwundert inne.

"Ach Nils, du musst irgendwann dein Buch schreiben!" Monique setzt sich hin. "Wirklich, deine lyrische Sicht auf die Dinge zusammen mit deiner handfesten Art sind einzigartig. Kannst mir vertrauen."

Nils stützt sich zwischen Kaffeegeschirr ab, schaut zur Decke.

"Wenn mir nicht so schlecht wäre, könnte ich jetz'n Schnaps gebrauchen."

Stattdessen sucht sich Nils einen Kaffeebecher, nimmt die Kanne, in der gerade die zweite Portion zubereitet wird und schenkt ein, während die Kaffeemaschine weiterhin ihr Filtrat herauströpfeln lässt. Nils stellt die Kanne zurück in die brodelnde Pfütze der Warmhaltefläche, trinkt einen Schluck.

"Ich denke mal, in so einem Jahr habe ich tatsächlich alle Lappen zusammen. Bis dahin habe ich wohl schon ein paar grauen Haare und dann geht Nilsenius Magnus Architectus sauber an den Start. Son paar Angestellte und Cheffe Nils schreibt schon mal seine Memoiren in seinem Haus am See. Kann's kaum erwarten, wie Peter Fox schon immer wusste."

"Ich melde mich freiwillig als dein erster Angestellter"

Uli hat sich auch gesetzt und zu Monique einen Stuhl Abstand gehalten.

"Wir machen das Gleiche wie jetzt schon immer, nur müssen wir dann auch dem Finanzamt was davon erzählen. Wenn ich so nachdenke, also, außer dass wir dann auch die Statik selber unterschreiben können, ändert sich nur das Ding mit der Steuer."

"Und mit der Rente!", wirft Nils ein. "Das ist jetzt vielleicht bescheuert, aber ich will da schon was sehn, wenn ich ganz alt bin. Jedenfalls bis das mit den Büchern angelaufen ist."

"Genau!" Uli hebt die Hand, streckt den Zeigefinger zur Decke. "Und dann suchen wir uns 'ne kleine Werkstatt und möbeln Oldtimer auf! Das wär's doch, Nils!"

Der füllt gerade die zweite Kanne Kaffee in einen Thermobehälter. Eigentlich ist der für warmes Essen gedacht. Die Öffnung ist groß genug für ein Schnitzel.

"Oder wir machen mal den Jackpot klar." Nils setzt sich neben Uli, "Und dann nich' 3000 Taler wie beim letzten Mal, und vor allem wird keine heiße Karre von Holger gekauft, der das Teil schon bei seinen Privat-Rallyes runtergeritten hat! Das war nämlich ein Gemeinschaftstipp, Uli."

"Ich habe ja auch fast nur meinen Anteil verzockt und dich immer schön zur Baustelle kutschiert, Nils, mein Freund!"

"Die Kiste hat ja auch Spaß gemacht, aber auf dem Lotto-Scheck fehlten einfach ein paar Nullen für den gemütlichen Lebensabend."

Da geht gerade die Tür auf und Holger steckt seinen Kopf durch.

"Meine Güte seid ihr schon fit, ist ja erschreckend!"

"Komm rein, Chef, Tass Kaff?" Nils hält seinen Becher hoch.

"Orrr, warte mal." Holger schleicht herein, kratzt sich den Kopf. "Hast du so 'ne Antidröhn-Pille zufällig?"

"Da in der linken Schublade, bei den Parisern!" Nils klopft Uli auf die Schulter und zeigt dabei triumphierend auf Holger.

"Unser Charmeur ist wohl gestern wieder abgeblitzt, höhö!"

Da dreht sich Monique kurz zu mir. "Gehört?"

Mir steht vermutlich der Mund offen, ja, die linke Schublade für alle Fälle. Da gibt es sogar Pflaster, einen Reserveschlüssel für die Wohnung und mit Glück Schokolade oder Gummibärchen, für die

beanspruchten Nerven gestresster Studenten. Ich räuspere mich,
bevor überhaupt ein Ton kommt.

"Also, gut zu wissen."

Monique grinst, hält sich die Hand vor den Mund. Nils lacht los,
schaut Uli an.

"Die sind ja wohl auch nicht so weit gekommen!"

"Was is'?" Holger hat es nicht mitbekommen und dreht sich
verwundert um. Jetzt kommt Jasmin zur Tür rein und zur
Abwechslung lachend. "Schon alle da, gibt's ja gar nicht!"

"Auf dich warten schon Rosinenbrötchen, mein Häschen. Es ist an
alles gedacht."

"Danke, das ist schön." Jasmin setzt sich und hält ebenfalls einen
Stuhl Sicherheitsabstand zu Monique.

"Ich glaube, dass ich ein Rad ab habe. Tut mir leid. Ich werde ab jetzt
erwachsen, versprochen!"

Alle schauen sie an. "Ganz erwachsen sind wir wohl alle nicht." Nils
kratzt seinen Kopf. "Willkommen im Kindergarten für die Großen."

Monique nimmt einen Teller, sucht aus den Bäckertüten ein
Rosinenbrötchen heraus, legt ein Messer dazu.

"Hallo Jasmin, schön, dass du da bist. Hier, jetzt nimm schon. Trinkst
du ausnahmsweise Kaffee?"

Jasmin nimmt nach einem zögerlichen Moment andächtig den Teller
entgegen, atmet erst mal durch.

"Danke! Ja, immer nur Tee ist doof, bekomme ich einen Kaffee?"

Nils und Holger schauen sich achselzuckend an. Dann reicht Nils eine Tasse, Holger schenkt ein und stellt sie Jasmin hin. Alle schweigen, es wird unangenehm still.

"Ich auch, bitte!" Monique streckt die Hand aus, bekommt dann einen dampfenden Garfield-Becher von Holger.

"Könnte langsam losgehen!" Monique bedient sich schon. Brötchen, Käsescheibe. Jasmin beißt von ihrem Rosinenbrötchen ab und schaut Monique an.

"Danke und sorry, ich war doof!"

"Schon vergessen." Monique schneidet die Semmel auf. "Wir kriegen dich noch hin."

"So, fehlt noch was?" Nils rückt einen Stuhl zurecht, setzt sich dann nach einem abwartenden Moment.

"Und! Mann, ist das geil mit euch! Diese Partys machen wir bitte, bis mir der Sargdeckel auf den Kopf fällt. Verstanden?"

Holger zeigt mit weltmännischer Geste auf Nils. "Genau so ist das schon eingephast, Alter."

Einen Moment lang dämmert mir, dass diese netten Verrückten so etwas wie meine Wahlfamile sind.

"Liebster, komm zu mir!" Monique legt eine gebutterte Brötchenhälfte auf den Teller neben ihr. Obendrauf ist eine Schicht von undefinierbarem Krümelkram. Ich setze mich zu Monique.

"Probier mal." Sie schaut mich erwartungsvoll an.

Es riecht nach Sesam, das mag ich auf jeden Fall.

"Das gehört auch in die Rubrik: Monique bringt Kultur zu den letzten wildlebenden Autoschraubern. Sieht aus wie Magerbeton, aber schmeckt voll gut, Frank! Ich war lange genug der skeptische Tester."

Nils deutet an, dass ich endlich mal reinbeißen soll. Oh ja, Sesam, allerdings salzig abgeschmeckt. Das ist sehr lecker auf dem frischen Brötchen. Meine Güte. Und ebenfalls von Monique gemacht.

"Das nennt sich Gomasio", erklärt sie mir. "Gerösteter Sesam, dann gemahlen und ein bisschen gesalzen. Magst du so was?"

"Schmeckt klasse! Kannte ich noch nicht."

Ich fühle mich beschenkt und geborgen. Und mit Monique verbindet mich endlich ein Gefühl von Gleichklang, als seien jetzt alle Zweifel ausgeräumt. Mann, bin ich glücklich!

"Hab' gerade gemerkt, dass das hier lange meine Heimat war. Meine Güte, ihr seid meine Familie! Das ist klasse!"

"Mensch, du Bruch-Pilot! Bin ich froh, dass du da wieder aus dem Urwald gekrochen bist." Nils klopft mir auf die Schulter. "Das war echt ein Scheißgefühl!"

"Mach ich nie wieder, ich schwör's"

"So was machst du nie wieder!" Monique stupst mich mit ernstem Blick an.

"Ganz bestimmt nicht!" Schließlich möchte ich ein paar hundert Jahre an Ihrer Seite bleiben.

Es stellt sich langsam die Frühstücksatmosphäre ein. Weniger Worte, dafür klappert das Geschirr öfter, man reicht sich die Leckereien zu. Ein Sonnenstrahl zwängt sich zwischen den Bäumen und das große

Fenster hindurch. Einige Augen werden schmaler, aber mich beglückt das Licht eher. Moniques Augen schillern wie Bernsteine, wenn sie zu mir schaut und ihr Pokerface einen Augenblick lang aufgibt. Zurückgelehnt genieße ich die *Familie*, fühle mich wie ein Großvater, der seinen Enkeln zuschaut.

"So, mein Junge! Jetzt probierst du das hier!"

Nils hält mir eine Brötchenhälfte mit Orangenmarmelade hin.

"Ach ja, die Geheimwaffe! Danke." Ich beiße rein und es schmeckt wirklich sensationell. Fruchtig und ein kleines bisschen bitter nach Orangenschale. Das Zeug ist tatsächlich der Hammer! Und von Monique!

Sie schaut mich an. "Und jetzt nichts Falsches sagen!"

"Die hast du zusammengekocht?" Ich lecke mir schnell den Finger ab. "Die ist super und vor allem nicht so typisch englisch, der Wahnsinn!"

"Schon deswegen beneide ich dich jetzt schon! Unsere Südseeperle kocht vorzüglich und die hat einen schwarzen Gürtel in Marmelade, Alter!"

Nils schraubt das Glas demonstrativ wieder zu. "Geht sofort wieder unter Verschluss!"

Ich genieße noch die letzten Krümel und den lauwarmen Kaffee. Ein Gefühl wie in einer Telefonzelle stellt sich ein. Ich bin zwar dabei, aber ein Stück weit auch in meiner Welt, etwas abseits. Eine Weile halte ich Moniques Hand, als sie auch eine Pause einlegt und sich entspannt zurücklehnt. Dann lauschen wir Nils, der erzählt ein paar Storys von seinen letzten Jobs, bei denen Holger meistens mit dabei war. Der taut auch langsam wieder auf, kommentiert die eine oder andere Geschichte. Die Stimmung wird immer ausgelassener.

Ungefähr zwei Stunden später hören wir AC/DC und der erste Ouzo des Tages rinnt durch unsere Kehlen, trifft allerdings bei einigen in der Runde auf leichten Widerstand. Schließlich wird aufgeräumt. Alle wandern ab zum Vorschlafen, um dem zweiten Teil des Festes gewachsen zu sein. Mit Jacke und Rucksack stiefele ich dann Monique hinterher, bis wir wieder in ihrer Wohnung sind.

"Einmal rasieren, bitte", meint sie, als ich eher hilflos da herumstehe.

"Stimmt, gute Idee." Monique hantiert in der Küche herum und ich krame im Rucksack nach dem Kulturbeutel.

Auf der Suche nach einem Platz sehe ich neben dem Schank gegenüber der Arbeitsfläche eine freie Ecke, in der nur ein Besen steht. Ach, na so was, und meine alte Werkzeugkiste steht da auch. Der Rucksack stört dort jedenfalls nicht. Wie in alter Gewohnheit, um mich zu überzeugen, dass denn auch alles drin ist, öffne ich eine Klappe der Werkzeugkiste. Das war ja noch nie so ordentlich, wundere ich mich. Keine rostigen Schrauben oder öligen Unterlegscheiben. Alles klinisch sauber! Das große Fach ist mit kleinen gefalteten Handtüchern ausgelegt, ein paar kleinere Ringschlüssel liegen da blitzblank gereinigt auf den Handschuhen, die ich mal kaufte, die mir aber für die Arbeit zu edel waren. Von der alten Schlichtfeile liegt da der Holzgriff, der immer abfiel. Allerdings inzwischen mit Klarlack gestrichen und statt der Feile ist in der Aufnahme jetzt ein Stück Schnur mit einer Schraube gesichert. In dem kleinen Fach waren früher Kabelschuhe und Isolierband, um Autoelektrik zu reparieren. Jetzt sind da eine Plastikdose mit Zahnseide und kleine Stoffsäckchen.

"Nicht so neugierig!" Monique klappt die Kiste mit dem Fuß zu. "Da muss ich erst noch aufräumen."

Ihr Blick ist seltsam.

"Sieht doch ordentlicher aus als früher."

"Ich habe den Bestimmungshorizont erweitert. Ist jetzt eher Spielzeug, was mich an dich erinnern sollte. Nun geh dich mal rasieren, du Drahtbürste!"

Sie schiebt mich raus.

Dann stehe ich wieder vor dem schiefen Spiegel, pinsele das Gesicht mit Rasierschaum ein.

Irgendwas habe ich gerade eben noch nicht ganz kapiert. Mir dämmert, dass ich ein völlig weltfremder Trottel bin. Zumindest ein Teil von mir und der kann jetzt gerne Pause machen.

Wie es wohl weitergeht? Schließlich putze ich mir noch die Zähne.

Monique empfängt mich auf dem Sofa. "Na du?"

Endlich sitze ich wieder ohne die WG-Familie bei ihr. Prüfend streichelt sie mein Gesicht. "Schön, jetzt können wir wieder vernünftig knutschen."

Ich bekomme einen schnellen Kuss. "Bin müde", sie streckt sich aus und sucht meine Hand. "Meinst du, wir halten es aus, zusammen etwas auszuruhen? So mit Sachen an, da oben in den Federn?"

"Ja!", sage ich sofort. "Ein bisschen vorschlafen. Wir haben schließlich auch länger getagt."

"Aber wir machen nichts Gefährliches, ist das klar?" Sie schaut mich streng an.

"Total klar." Irgendwie sorgt der Gedanke für deutliche Entspannung. Ich habe anscheinend absolute Angst davor, nicht zu genügen.

"Gut, Frank, wenn das klar ist, gehen wir da jetzt hoch."

Monique rafft sich auf, reicht mir die Hand, als ich schwerfällig Halt suche. Sie nimmt mich in die Arme.

"In drei Wochen bekommst du Besuch und dann haben wir uns so richtig lieb!"

"In Ordnung." Zumindest ich höre mein schwächelndes Selbstbewusstsein. "Hoffentlich verschwindest du dann nicht gleich wieder."

"Das klappt garantiert, vertraue mir! Milliarden Menschen bekommen das hin, soll auch gar nicht so schwierig sein. Habe ich jedenfalls gehört!"

Sie kichert, gibt mir einen Kuss, zieht sich dann die Schuhe aus und steht schon an der Leiter zu ihrem Hochbett in luftiger Höhe. Meine Schuhe stelle ich neben ihren ab. Inzwischen ist sie schon oben, schüttelt die Kissen auf.

"Könnte eng werden."

Sie amüsiert sich und sie hat die Fäden in der Hand. Mir ist mulmig und ich kann gleichzeitig gar nicht genug von ihrer Nähe bekommen. Es ist ungefähr so eng wie im Zelt. Schließlich liegen wir hintereinander auf der Matratze. Die Decke ist nur unten um unsere Beine herum. Jeder hat ein Kopfkissen und Monique hält noch ein drittes zusammen mit meinem Arm fest an sich gedrückt.

"Gute Nacht, Frank."

"Bis später, mein Schatz."

Das war das erste Mal, dass ich sie Schatz genannt habe. Und ich höre keinen Protest. Ich bin begeistert, sie ist mein Schatz!

Ihr Atem wird langsam ruhiger und tiefer. Wahnsinn, Monique schafft es wirklich einzuschlafen. Ich bin dermaßen aufgeregt und probiere, an Entspannungstechniken zu denken. Wie geht es denn jetzt weiter? Heute ist Samstag, der zweite Teil der Party-Trilogie. Am Sonntag müsste ich spätestens wieder aufbrechen, damit ich Montag das Bewerbungsgespräch beim Dekan führen kann. Der Job wäre super, eigentlich genau mein Ding. Vielleicht kann ich später bei biologischen Projekten den technischen Teil betreuen, an irgendwas herumforschen?! Das wäre schon klasse!

Monique überfordert mich. Da ist die Angst, irgendwas falsch zu machen. Dass ich bald schon wieder verschwinde, hat sie gar nicht gut gefunden. Andererseits hält sie auch das Heft in der Hand, wird manchmal ganz sachlich. Vielleicht sollte ich so schnell wie möglich abhauen und hoffen, dass sie wirklich in drei Wochen zu mir kommt.

Immer wieder komme ich wie aus einem Traum heraus. Wirre Gedanken rasen durch den Kopf. Monique atmet tief und ruhig. Meistens macht ihr Atem dieses feine Geräusch. Schön! Ich mag es! Eigentlich kitzelt es an meiner Wade, aber ich probiere, woanders hinzudenken. Plötzlich zuckt ihr Bein, sie rekelt sich, drückt meine Hand irgendwie erschrocken und dann fest an sich. "Huch, du bist ja wirklich da. Au weia."

"Hallo, Monique!"

Sie streckt sich und gähnt, dreht sich dann zu mir. Mein kribbelnder Arm kann sich erholen. Wir kuscheln, aber nach einer Weile wird es unruhig. Schließlich hockt sie sich auf die Seite, schnappt sich ein Kissen und nimmt es fest in die Arme.

"Oh, Frank! So ein Mist! Ich fühle mich unter Druck gesetzt, ach, ich weiß auch nicht. Jetzt bist du endlich bei mir und Sonntag gleich wieder weg! Das ist Mist, Frank. Ich weiß gar nicht, was ich mir vorgestellt habe, so ist es auf jeden Fall doof! Ach Mann, Frank. Ich hatte sogar eine Packung Verhüterli besorgt, man weiß ja nie, dachte ich. Aber ich will jetzt nicht mit dir schlafen, das hatte ich mir anders ausgedacht, irgendwie schöner, romantischer und mit ganz viel Zeit. Diese Dinger gehen nachher in die linke Küchenschublade zur allgemeinen Verfügung."

"Tut mir leid mit dem Termin, aber das wäre wirklich der Hit, wenn ich den Job bekäme. Und ich habe schon echt gute Gespräche mit dem Menschen gehabt, der das bis jetzt gemacht hat. Der will mich sogar unterstützen, auch wenn er im Ruhestand ist. Ein klasse Typ. Der Dekan hat schon so Andeutungen gemacht. Ich bekäme dann gleich eine leitende Funktion! Das wäre der Kracher."

"Pass auf, Frank. Wir machen es uns auf deinem Sofa gemütlich, erzählen ein bisschen und du schaust mal nach, wann heute deine Züge nach Hause fahren. Oder du gehst noch feiern mit Nils. Dann versuche ich bis Montag, wieder zu mir zu kommen und an der Uni nicht zu versagen. Und dann, mein Freund, steht Monique vor deiner Tür! Und dann gibt es keine Ausreden mehr und keine Kompromisse, verstanden? Und jetzt trinken wir einen Kaffee oder Limonade. Los jetzt, raus hier!"

Ohne die Leiter zu nehmen, ist sie einfach hinruntergesprungen und hantiert schon in der Küche. Ich höre die Kühlschranktür, Gläser klingeln. Also gut, dann fahre ich wohl heute schon wieder nach Hause. Irgendwie fühlt sich die Situation damit entspannter an. Über die Leiter ist der Abstieg sicherer. Gerade habe ich festen Boden unter den Füßen, da kommt Monique auf mich zu, wir umarmen uns. Sie fühlt sich toll an.

"Sorry, mon cher. Nicht sauer sein, wir haben es verdient, dass wir es uns richtig schön machen, in Liebe und mit viel Zeit, aufeinander einzugehen. Drei Wochen, Liebster, dann beginnt unser Leben neu.

"Ich möchte dich zwar am liebsten gar nicht mehr loslassen, aber du hast recht. Wir sind allerdings schon mal ein Stück weiter."

"Oh ja, das stimmt allerdings!"

Monique drückt mir zwei Gläser in die Hand, zeigt auf das Sofa. Mit einem Glaskrug kommt sie nach und schenkt ein, bevor sie sich setzt.

"Selbstgemachte Limonade, probier mal."

Ich sehe in dem Krug Zitronenstücke schwimmen und Apfelschale. Es schmeckt lecker, sehr erfrischend, ein bisschen scharf ist es auch. Ingwer ist mit drin und Honig.

"Herrlich, das ist ja lecker!"

"Zu Hause hatten wir so was immer im Kühlschrank. Schöne Erfrischung."

Wir machen es uns gemütlich. Monique erzählt mir von Dakar und ihrer Familie. Ich berichte von meinem ersten und einzigen Marsch durch den Dschungel und von Pedro, der uns zurück nach Caracas brachte. Allerdings alles eigentlich nur, um den Abschied hinauszuzögern.

Drei Stunden später sitze ich im Zug nach Hause, nachdem wir uns mit feuchten Augen und hektisch verabschiedet haben.

Besuch von Monique

Heute ist der Tag X! Heute kommt Monique! Ich bin schon tagelang ein Nervenbündel. Wir haben heute schon telefoniert und sie erklärte mir vermutlich zum fünften Mal, dass sie mit dem TGV aus Strasbourg um 13.20 Uhr auf Gleis 10 ankommen wird. Sie hatte ein paar Tage bei ihrer Mutter verbracht. Jetzt ist es 12.51 Uhr und ich bin bereits in der Straßenbahn. Noch eine Station bis zum Hauptbahnhof. Es kostete mich viel Beherrschung, nicht schon um 10 Uhr in der Stadt zu sein und in Sichtweite des Bahnhofs Kreise zu ziehen, nur um auf gar keinen Fall zu spät zu sein. Schließlich konnte ich mir einreden, dass alles völlig normal ist und ich, selbst wenn die Straßenbahnen ausfielen, zu Fuß in einer halben Stunde dort sein würde. Die kleine Wohnung im Dozenten-Wohnheim ist aufgeräumt, geputzt, alles ist frisch gewaschen, einfach top in Schuss. Im Kühlschrank wartet Sekt und Weißwein, natürlich auch Cola in kleinen 0,33er-Fläschchen und Säfte in Tetra-Packs, Mineralwasser. Wohltemperiert lagern Rotwein und Rum, der dieses Mal von den Philippinen stammt. Sogar ein kleines Päckchen Cohiba-Zigarillos für Zeremoniezwecke liegt bereit. Und natürlich Limetten sowie etwas frisches Obst, verschiedene Gemüse, Brot, Ziegenkäse, ich weiß schon gar nicht mehr, was ich in den letzten Tagen alles besorgt habe.

So, die Straßenbahn hält. Vorbei an einem Drehorgelspieler erreiche ich die große Bahnhofshalle. Leute mit und ohne Gepäck gehen ihrer Wege, einige besorgen sich Proviant, jemand steht suchend in der Mitte und raucht. Die Gleise gehen von einer Art Tunnel ab. Auf der linken Seite sind die Treppen mit schmalen Koffer-Förderbändern, gegenüber sind Geschäfte. Vom Haarschnitt über Döner und bis zum Reiseticket ist dort alles zu haben. Gleis 10! Da muss ich rauf.

Reisende kommen entgegen, ein junger Typ mit einem Rucksack springt die Treppen rauf an mir vorbei und stürzt durch die gerade sich schließende Zugtür. Ein Paar mit Kinderwagen kommt mir diskutierend entgegen. Es ist jetzt 13.12 Uhr. Auf dem Plan weiter vorne ist der Belegungsplan des Zuges aus Frankreich zu sehen und ich entscheide mich, im Abschnitt C zu warten. Da müsste ich alles überblicken können. Ich schaue mich um, drehe kleine Runden um einen Süßigkeiten-Automaten. Ich suche nach jeder kleinsten Ablenkung, weil ich eigentlich völlig mit den Nerven am Ende bin. Gerade hatte ich bemerkt, dass mein Gehirn Begrüßungsfloskeln durcharbeitet, während ich auf die bunten Aufkleber eines Koffers schaue, dessen Besitzer den Fahrplan liest und telefoniert. Himmel, was für eine Frau, in meinem Kopf ist eine Leinwand, auf der Bilder und Eindrücke vorbeirasen aus den paar Stunden, in denen wir in Hannover zusammen waren. Und ich spüre schon wieder dieses Gefälle zwischen uns, als wäre sie der weltberühmte Filmstar und ich nur so ein kleiner Angestellter, der studiert hat. Immerhin kann ich mich jetzt *Leiter des IT-Bereichs* nennen. Eine Ansage krächzt laut und trotzdem unverständlich von überall her los, es ist so etwas wie *TGV* mit dabei. Das Echo aus allen Ecken schwingt bedrohlich nach. Uhrenvergleich! Das muss der Zug sein! Das ist ihr Zug! Schnell orientiere ich mich wieder an den Schildern, die die Abschnitte kennzeichnen. Eilige Schritte weiter zur Mitte des Bahnsteiges, oh schlecht, von hier kann ich die Treppe nicht so gut einsehen. Obwohl, ich werde sie doch hoffentlich schon vorher in dem Gewühle erkennen. Mein Puls klopft an die Schläfen, es wird lauter, ein Zug nähert sich, die Bremsen quietschen, Waggons sausen vorbei, werden langsamer, Menschen hinter den Fenstern, meine Güte, so viele Menschen und ich suche doch nur Monique in diesem Chaos. Mit finalem Ruck bleibt der Zug schließlich stehen. Luftdruck öffnet die Türen. Leute treten zurück, um den Aussteigenden den Vortritt zu überlassen. Menschen kommen heraus. Viele Menschen. Ich schau den Zug entlang. In jeder Richtung sehe ich Waggons, mindestens fünfzig Meter, vermutlich ist das Ding 200 Meter lang. Aber sie muss doch zu diesem Ausgang. Es gibt andere, aber die führen zu S-Bahn-Gleisen, zur Tiefgarage. Monique ist doch clever, sie wird doch wohl mit dem Schild *Ausgang* etwas anfangen können. Aber ich sehe sie nicht. Aus der ersten Klasse steigt ein schmaler Geschäftsmann aus, der hat bereits ein Handy am Ohr, schiebt einen Aluminiumkoffer. Da blitzt eine verspiegelte Sonnenbrille unter einem breiten Sommerhut. Ein älteres Paar sortiert etwas abseits erst mal das Gepäck. Die Dame trägt rot gefärbte Haare und überall schweren Goldschmuck, der Mann ist grauhaarig, groß, der Anzug sieht sehr edel aus. Die Dame mit Sonnenbrille und dem breiten Strohhut zieht mit einem großen Alukoffer an ihnen vorbei. Es ist eng, überall Leute. In der anderen Richtung das gleiche Bild, Menschenmassen. Ich bewege mich weiter zur Treppe, da muss sie schließlich irgendwie auftauchen, bleibe stehen, suche, drehe mich um, suche. Eine Lady mit Strohhut pflügt elegant und zielstrebig durch die Menge. Sehr elegant! Sie trägt eine grüne Lederjacke, Lederhandschuhe, wie man sie früher passend zum Holzlenkrad des Triumph Spiders trug, enge Jeans, ich höre die Stiefeletten bei jedem Schritt. Sie zögert, schiebt die Sonnenbrille in die Haare, der Hut rutscht in den Nacken, es sind vielleicht dreißig Meter, aber sie schaut mir in die Augen. Ich fasse es nicht, das ist sie, Monique! Ihre Augen funkeln, dieses Lächeln, das ist sie! Natürlich, dieser Gang. Schon bin ich gegen den Strom unterwegs, ich laufe auf sie zu. Gütiger Gott, sie sieht so gut aus! Und diese Augen! Sie ist einfach stehen geblieben, legt den Kopf schief und strahlt mich an.

"Mon cher? Ça va?"

"Himmel, siehst du gut aus! Ich werd' wahnsinnig! Hallo, Monique! Meine Güte."

Etwas unbeholfen stehe ich jetzt vor ihr, beeindruckt und wie gelähmt.

"Bisschen küssen kommt jetzt", sie streckt mir die Arme entgegen, dann spüre ich ihre Haare in meinem Gesicht. Und da ist wieder dieses Parfum. Ein Kuss, ihre Nase rubbelt an meiner herum, noch ein Kuss.

"Endlich", flüstert sie dann leise und kontrolliert, wo die Sonnenbrille abgeblieben ist. Wir schauen uns noch mal an. Diesmal etwas ruhiger, intensiver, ihr Lächeln ist so wunderbar. Schnell übernehme ich den Koffer, Monique die Sporttasche, die noch oben drauflag. Ganz schön schwer, der Koffer, aber er rollt trotzdem leicht und leise auf den vier Rädern neben mir her. Nach ein paar Metern sind wir im Gleichschritt, ein kurzer Blick. Wir gehen ganz eng nebeneinander.

"Klasse Koffer", sage ich, um überhaupt mal etwas zu sagen.

"Ist auch von Maman. Schwer, oder?" Wieder ein Blick. "Ich komme, um zu bleiben! Und wenn du es mit mir nicht mehr aushältst, kann ich auswandern mit dem, was ich so alles dabeihabe."

"Nein, nein, erst mal bleibst du hier! Ich lass dich nicht mehr aus den Augen!"

Sie stupst mich an, lächelt. "Du bist doch hoffentlich noch in diesem Apartment untergebracht?"

"Ja klar, das ist klasse. Ich habe mich schon nach einer Wohnung umgeschaut, aber das ist gerade nicht so einfach. Die meisten Apartments da im Dozenten-Gästehaus stehen leer. Denke, da kann ich eine Weile bleiben."

Jetzt geht es die Treppe hinunter. Der Koffer ist wirklich schwer. Unten ist nicht gerade weniger los. Es riecht nach Döner, Zigaretten und vor der großen Halle nach Backwaren. Draußen erwartet uns Musik aus der Drehorgel. Rechts an den Schließfächern vorbei kommt nach einigen Metern ein Parkplatz, auf dem auch Taxis stehen. Monique setzt wieder ihre Sonnenbrille auf. Immer wieder sehe ich sie an und bin beeindruckt. Ich habe einen Weltstar an meiner Seite. Ein Taxifahrer, der an sein Auto lehnt und gelangweilt die Welt betrachtet, stutzt, als er uns sieht beziehungsweise als er Monique sieht und stellt sich gerade hin. Fragend zeigt er auf den Kofferraum, ich nicke und schon springt der Deckel auf. Der Mann kommt uns die letzten Schritte entgegen.

"Wohin kann ich Sie bringen?"

"Dozenten-Gästehaus am Campus", erkläre ich wie selbstverständlich und bemerke dabei meinen gelangweilten Gesichtsausdruck. Tja, Mann von Welt, unterwegs mit einer Filmdiva, und dann auch noch dieser intellektuelle Campus-Touch. Meine Güte, ich gebe hier gerade den Chauvinisten. Der Mann kennt offenbar solche Typen und bleibt unbeeindruckt, will gerade nach dem Koffer greifen, als Monique ihren Arm mit der Sporttasche ausstreckt.

"Merci beaucoup."

Mit einem Ausfallschritt und einer raschen Bewegung, als wollte er eine Vase aus der Zeit der Ming-Dynastie vor dem Aufprall auf Granit retten, greift er nach der Tasche.

"Jo, sorry, warte, ähmm, ja nehmen Sie doch schon Platz, ehmm, Vous, äh, la place?"

Da ist Monique bereits an der hinteren Tür der Beifahrerseite, entwirrt das Bändchen ihres Strohhutes aus einer Haarsträhne und steigt ein. Dann kommt der Koffer zu der Sporttasche dazu, der Wagen federt kurz eine Handbreit ein, Klappe zu. Der Fahrer schaut mich an. Seine Augenbrauen signalisieren mir, dass ich ein anstrengender Kunde bin.

"Soll ich Sie am Schloss absetzen und Sie gehen die paar Meter oder kennen Sie den Code da am Eingangstor?"

"Ich habe eine Karte für die Schranke, wir fahren am besten direkt vor die Tür!"

Der Mann steigt ein, ich öffne die Tür und erlebe anstatt des abgestandenen Geruchs eines Taxis eine warme, von Moniques Parfum erfüllte Atmosphäre. Ich fühle mich bombig, ich bin in Begleitung dieser Frau unterwegs.

"Wir haben Anschnallpflicht, ist leider so." Der Motor läuft bereits eine Weile, aber er fährt wohl nicht los, bevor wir die Sicherheitsgurte angelegt haben. Dabei treffen sich unsere Hände, auf der Suche nach dem Schloss zum Einrasten. Ihre Handschuhe sind hauchdünn, aus sehr weichem Leder. Sie ist so cool, es ist filmreif. Ihr Gesichtsausdruck ist jetzt wieder so neutral und unnahbar, als hätte sie mit dieser Welt wirklich nichts zu tun. Die leicht ovalen, verspiegelten Gläser ihrer Brille schirmen ihre Blicke ab. Die Augenbrauen bewegen sich manchmal nur einen Millimeter oder ihr Mund wird einen Tick schmaler. Sie spielt mit ihrer Brille, schaut die Straßen dieser Stadt an und dann über den goldenen Rand mich. Unsere Blicke treffen sich, ich bin total verunsichert und dann funkeln kurz Ihre Augen und die Mundwinkel schenken mir ein schnelles Lächeln. Wir haben schon einige Ampeln hinter uns gelassen, fahren inzwischen gemütlich einem Transporter hinterher. Der Fahrer muss dauernd in den Rückspiegel schauen. Am liebsten würde ich etwas zu ihr sagen, locker plaudern, aber ich sitze da wie versteinert, schaue sie andauernd an. Bei einer Rechtskurve lässt sie sich einfach von der Fliehkraft zu mir hinüberfallen.

"Kennen wir uns?", fragt sie leise, als wären wir uns noch nie begegnet. Sie setzt sich wieder zurecht, öffnet die Knöpfe der Jacke, nimmt die Brille ab, sieht mich ernst an.

"Excuse-moi. Ich bin so aufgeregt, und du sagst ja auch nichts. Mir ist etwas schlecht. Hast du etwas zum Essen. Ich habe nur einen Kaffee getrunken heute morgen. Ist es noch weit?"

Sie trägt dieses transparente, schwarze Hemd wie an dem Partyabend in Hannover. Als hätte sie einen Witz gemacht, kichere ich unsicher. "Oh Monique, ich bin total fertig mit den Neven, aber der Kühlschrank ist voll und auch sonst gibt es alles. Sekt, Croissant, frisch vom besten Bäcker in der Stadt geholt, Tiefkühl-Pizza, Wein, Kaffee, Baguette, Käse, Obst, Blätterteig-Knusper-Naschies, Gummibärchen. Es reicht vermutlich Monate."

"Très bien! Auf dich ist Verlass. Sekt, Baguette, Käse und Obst bitte."

"Das geht in Ordnung!", erkläre ich und muss lachen.

"Kann man da auch kochen?"

"Ja, die Küche ist gut eingerichtet. Das sind richtig nette Wohnungen, hoffentlich kann ich da noch eine Weile bleiben."

"Dann müssen wir uns also anständig benehmen?", sie schaut mich vielsagend an.

"Verdammt, keine leichte Aufgabe."

"Soll ich Nils Bescheid sagen, dann brauchst du nächste Woche schon eine andere Wohnung!"

"Oh nein, bitte nicht!", protestiere ich schnell, als wäre es ernst gemeint.

"Und wenn ich dich langweile?"

"Das dürfte noch ein paar hundert Jahre dauern."

Monique schaut aus dem Fenster, ihre Brille wirft Reflexionen an den Vordersitz. Ihre Hand sucht nach meiner und drückt sie dann ganz fest. Mitten im städtischen Gewühle passieren wir die letzte große Kreuzung. Jetzt muss ich langsam den Ausweis aus dem Portemonnaie herauskramen. Wir biegen nach links ab. Da ist die Schranke und ein kleines Häuschen mit einem Wachmann. Während das Fahrerfenster langsam herunterfährt, gebe ich den Ausweis weiter. Es piepst, die Schranke öffnet sich.

"Ganz hinten?", fragt der Fahrer und gibt mir die Karte zurück, ohne von dem Bild da drauf Notiz zu nehmen.

"Ja stimmt, rechte Seite."

Es sind Semesterferien und dementsprechend ist wenig los. Der Ausweis steckt wieder an seinem Platz, das Fach für die Scheine ist gut sortiert, genügend Vorrat.

"Das da?", der Fahrer zeigt auf das kleine Gebäude mit dem großen Schriftzug und der Patina aus ein paar Jahrzehnten. Und dem Apartment mit der Nummer 6 in der ersten Etage. Wir halten genau vor der Tür.

"14,40 macht's dann bitte!", dabei zeigt er auf das Taxameter. 15 Euro habe ich in Scheinen schon rausgeholt und krame 3 Euro in Münzen heraus.

"Passt so, danke", ich überlege kurz, ob das nun zu viel oder zu wenig ist.

1440 ist genau ein Tag in Minuten und der Zeitparameter für eine Endlosschleife, geht mir durch den Kopf. Das ist allerdings nur beim Programmieren in JCL von Interesse.

Der Mann steckt das Geld mit einem neutralen Gesicht ein. Er weiß nichts von diesem Geheimcode.

"Danke. Quittung?"

Ich verneine, dann steigt er aus. Monique hat bereits die Tür geöffnet, setzt draußen den Hut wieder auf und schaut sich um. Vor dem Auto im Stehen bekomme ich den Geldbeutel endlich wieder in die Hosentasche. Der Koffer steht bereits auf dem Bürgersteig, jetzt kommt die Sporttasche obendrauf.

Mit "Na, dann viel Spaß" verabschiedet sich unser Taxifahrer und hat ein unübersehbares Grinsen im Gesicht. Monique kommt mir entgegen, nimmt die Tasche.

"Ist da Wald dahinter? Schön gelegen!"

"Eine kleine Parkanlage haben wir hier. Ich finde es sehr nett."

Die Waschbetonplatten bis zum Eingang sind am Rand dunkler und mit Flechten bewachsen. An manchen Stellen greift die Natur mit verschiedenstem Grünzeug nach dem Beton. Auch hier auf diesem holprigen Untergrund rollt der Koffer leicht, wenn man die abgesackten Platten vermeidet. In der Eingangstür findet der Schlüssel kaum Widerstand in dem ausgeleierten Schloss. Dann lässt sich die Tür mit Schwung zur Seite drehen, ein Steinchen kratzt auf dem harten Boden. Gleich rechts ist der Fahrstuhl. Mit dem Fuß halte ich die Tür auf. Monique nimmt die Brille ab. Sie lächelt.

"Ist nur eine Etage, gleich sind wir da!"

"Ich brauch erst mal eine Pause", sie klingt angestrengt.

Einen Moment später schließt die Schiebetür. Nach kurzer Fahrt und langem Gewackel öffnet sie sich wieder. Genau gegenüber ist die Tür mit der Nummer 6. Hier passt ein anderer Schlüssel. Drinnen neben der Tür ist der Lichtschalter. Der Flur ist klein, nur eine Garderobe, eine Anrichte, darüber ein Spiegel.

"So, da wären wir."

In der Küche schalte ich auch das Licht an. Gegenüber ist ein Wohnzimmer mit Arbeitsecke. Quer in den Raum gestellt ist ein altes, schwarzes Ledersofa und ein niedriger Tisch. Das Sofa ist ziemlich durchgesessen und an den Ecken abgestoßen, erinnert etwas an WG-Möbel vom Sperrmüll. Dem gegenüber steht eine Anrichte mit einer kleinen Musikanlage. Dadrüber ein Flachbildfernseher an der Wand. Vor den großen Fenstern neben dem Schreibtisch ist noch ein Tisch in normaler Höhe mit zwei Stühlen. Monique gibt mir die Sporttasche, die lege ich dort ab, den Koffer stelle ich daneben. Monique entledigt sich ihrer Jacke und legt sie über die Tasche, den Hut oben drauf. Sie sucht nach der Sonnenbrille in ihren Haaren und legt sie auf den Tisch, bevor sie ins Sofa fällt.

"Oh Frank, j'ai fini[252]. Ich weiß gar nicht, was daran so anstrengend ist, die Fahrt geht gerade mal 40 Minuten ungefähr. Maman war anstrengend, die ist noch aufgeregter als ich. Ah non, pardon. Ich bin gleich wieder so weit. Und zum Frühstück gibt es bei Maman immer Croissant und sehr starken Espresso, obwohl das keiner wirklich verträgt. Aber es ist ja so sehr französisch. Ich trinke immer viel Wasser dazu, dann geht es. Aber heute natürlich nicht, weil ich im Zug nicht zur Toilette wollte. Oh Madonna, endlich bin ich bei dir!"

Sie sieht so schön aus, ich weiß überhaupt nicht, was ich machen soll. Als wäre ich ein kleiner, verliebter Junge, der für die Schülerzeitung Marilyn Monroe interviewen soll. Mir klopft das Herz. Mehr um mich selbst zu beruhigen, sage ich:

"Entspanne dich erst mal, jetzt hast du Urlaub. Kann ich was für dich tun? Tasse Sekt, ein Stückchen Apfel, wie wäre es mit Musik?"

"Lass uns ein Gläschen Sekt trinken und ich brauche erst mal Wasser. Und dann setze dich einfach zu mir und habe etwas Geduld mit mir."

"Mach ich", sage ich schnell." Alles klar, bin gleich wieder da."

Das kriege ich hin. Gläser stehen im Schrank bereit, der Sekt ist seit vorgestern gekühlt. Ein Wasserkrug ist da auch, jetzt noch ein größeres Glas. Ich bewege mich hektisch, als würde in der Küche die Fritteuse brennen. Ein paar bewusste Atemzüge helfen. Bis das Wasser aus der Leitung richtig kühl ist, vergeht ein Moment. Dann fülle ich den Krug. So, ganz locker, Frank: Gläser, Flasche, Krug, die Küchenrolle unterm Arm, und dann so lässig wie ein italienischer Kellner.

"Ein Glas Sekt für die Dame an Tisch 5."

Ich stehe jetzt wirklich da wie ein Kellner und hoffe, dass mir der Sekt gleich nicht um die Ohren fliegt, aber zuerst schenke ich ihr Wasser ein.

"Très bien. Oh, das tut gut, du bedienst mich!"

Sie trink das Glas aus und schenkt gleich nach, während ich an dem Sektkorken drehe, der sich augenblicklich in Bewegung setzt. Mit dezentem Plopp springt der Korken aus der Flasche, schnell halte ich sie über ein Sektglas. Es raucht nur aus der Öffnung, keine Sauerei bis jetzt. Monique nimmt noch einen Schluck Wasser, dann kann ich ihr das Sektglas geben.

"Danke, alors, endlich bin ich hier!"

Inzwischen sitze ich neben ihr, wir stoßen an. Schöner Sekt, sehr erfrischend, noch ein kleiner Schluck.

"Trés bien, das tut gut! Oh, komm bitte etwas dichter zu mir, ich muss mich anlehnen. Das war anstrengend, Maman hat mich in ihrer Boutique in alle möglichen Kleidungsstücke gesteckt und ist mit mir zu ihrer Beauty-Stylistin gegangen. Die hat mir Masken aufgelegt, Hände und Füße gepflegt, die Nägel gefeilt und bemalt. Die wollte noch alles möglich mit mir anstellen. Ich nehme schon zehn Tage lang Schönheitspillen für ein glänzendes Fell oder was weiß ich. Und diese anderen nehme übrigens auch! Jetzt gibt es keine Ausreden mehr, verstanden? Dann hat mir Maman abendfüllend alle Tricks verraten, wie sie es geschafft hat, jeden Mann in ihrem Leben um den Finger zu wickeln. Wobei so manches davon genau dazu führte, dass meine Eltern jetzt getrennt leben. Das verstand sie natürlich nicht und wir haben uns gestritten. Aber ich habe an der Uni alles geschafft, was zu machen war. Eigentlich ist alles wunderbar, ich würde nur gerne langsam mal anfangen, das auch zu genießen! Und ich bin jetzt auch wieder still und genieße erst mal dich!"

Sie trinkt aus, kuschelt sich an, schnurrt kurz wie ein Kätzchen, atmet durch. Und ich kann es kaum glauben, meine Traumfrau ist bei mir! Und sie hat an das Parfum gedacht. Ich weiß zwar genau, dass die Gegenstände im Raum die gleichen sind wie vorher, aber Monique und dieser Duft verwandeln alles.

Ein paar Tage später. Es ist schon nach 13 Uhr. Und es dauerte etwas länger, bis wir wieder aus dem Bett rauswollten. Monique hat sich schon fertig gemacht und ist in der Küche unterwegs. Als ich gerade aus der Duschwanne steige, höre ich es klingeln.

Die Tür zum Bad ist angelehnt, Monique öffnet die Wohnungstür.

"Oh sorry, guess I'm wrong. Isn't it Frank's Apartment?[253] Sorry, Schuldigung, bin glaub ich verkehrt."

"Oh, wait a minute, you must be Suzanne, ain't you?[254]"

"Yes, oh good Lord, and you are Frankie's flame?! Wow, have no words. Now I know why he spurns me. You're really atractive, Jesus![255]"

Monique kichert. "Thanks, but just walk right in. Frank showers.[256]"

"No no, I won't trouble you! Nothing important. Just greetings, see you.[257]"

"If you think so? Alright, so long.[258]" Das war wieder Monique. "Maybe we talk later, I would be happy. Bye.[259]"

Und aus dem Treppenhaus hallt "Bye bye" von Suzanne.

Die war jetzt schnell wieder weg. Monique schaut dann um die Ecke. "Suzanne war kurz da, ich glaube, sie hat einen Schreck bekommen."

"Wir hatten nicht mehr so viel geredet, ihr Freund Danny war vor Kurzem hier. Na ja, da hatte sie kaum Zeit für etwas anderes."

"Du sag mal, wie wär's, wenn wir im Park ein Picknick machen. Es ist so schön draußen. Hast du Lust? Ach bitte!"

"Gute Idee, brauchen wir Brötchen?"

Ich versuche, freistehend die Socken überzustreifen, lehne mich dann aber doch lieber an das Waschbecken. So geht es einfacher.

"Wir haben jede Menge Brot, es ist alles da." Ich bekomme einen Kuss und schon ist sie wieder in der Küche. Die Kühlschranktür ist zu hören. Ja, das ist schön, gehen wir mal raus!

"Dann packe ich mal diese Klapptasche. Können wir die Wolldecke mitnehmen?"

"Klar", sage ich, "die muss mit. Das ist sozusagen unser fliegender Teppich."

Monique hantiert in der Küche und so höre ich neben dem Ächzen der Kühlschranktür nur so was wie *mhmm*. Inzwischen angezogen werfe ich einen Blick aus dem Fenster. Es ist schön und lädt wirklich nach draußen ein, alles sieht freundlich aus, die Sonne scheint. Ich bin so dermaßen glücklich! Wir sind uns um einiges nähergekommen in den letzten Tagen und Monique ist wunderbar. Ich bin sehr beeindruckt, wie sie zum Beispiel bei Kleinigkeiten innehält um keinen Einfluss zu nehmen und behutsam den Dingen ihren Lauf lässt. Und dass sie Motten fängt und an dem Fenster zum Wald wieder in die Natur entlässt. Es ist so angenehm mit ihr. Wir sind wie ein eingespieltes Team, das sich blind versteht. Natürlich sagt sie, was sie will, und ist auch klar und energisch, aber ihren Respekt vor allem empfinde ich wie magische Wunderheilung. Monique heilt diese Welt und vor allem mich.

"Ich hab's gleich. Nimmst du die Decke?"

Im Flur wird es hell. Monique streift sich die Fleecejacke über, steigt gerade in die Turnschuhe. Es geht los. Die Wolldecke lege ich kurz ab, ziehe meine Schuhe über, rein in die Weste und fertig.

Monique schaut mich kurz an. "Ich nehme doch lieber die Decke! Der Korb ist schwerer."

Oh ja, bin gespannt, was sie eingepackt hat. Ich schließe ab, schau noch mal rauf nach da oben, wo Suzanne wohnt. Wir nehmen die Treppe und unten empfängt uns ein Sommertag. Wir schlendern gemütlich den Weg entlang, und wenn wir Leuten begegnen, bin ich stolz wie ein Spanier, weil ich ihre Hand halte. Meine wunderbare Freundin ist das! Nach vielleicht vier oder fünf Minuten finden wir ein Plätzchen auf der ausgedehnten Rasenfläche, die sich mit dem Park auf etliche hundert Meter erstreckt. Mütter mit kleinen Kindern und Zeitung lesende Menschen sitzen weit entfernt, zwischen zwei Bäumen am Rande des Parks spannen junge Leute so ein flaches Akrobatikband. Wie heißen die noch?! Egal, Monique breitet die Wolldecke aus, setzt sich in den Schneidersitz und streckt die Arme nach der Klapptasche aus. Als Erstes taucht eine Flasche Rotwein auf. Sie schmunzelt, zwinkert mir zu, breitet dann ein Geschirr-handtuch aus, in dem vorher die Teller eingewickelt waren. Sie verteilt alles, das Brot ist schon in Scheiben geschnitten. Kleine Behälter mit Cocktail-Tomaten, Butter, Käsescheiben, Pfeffer und Salz und so weiter. Ich lehne mich vorsichtig an sie an, strecke mich dann aus und zähle die Streifen der Flugzeuge am Himmel.

"Alors, mon cher! Abenteuerfrühstück! Und bitte mach den Wein auf, den habe ich einfach, ohne zu fragen, eingesteckt. Heute mal französisch! Was hältst du davon? Ist doch in Ordnung, oder, Schatz?"

Wieder aufgerichtet, allerdings nicht im vollkommenen Yogasitz, bekomme ich einen Kuss und dann den Korkenzieher in die Hand gedrückt. Ihr Minenspiel ist wie fast immer minimal, aber jetzt strahlen ihre Augen! Ich bin so verknallt! Was für eine Frau!

Die Gläser sind klobig, andererseits stehen sie dafür sicher auf dem wackeligen Untergrund. Auf meinem Teller liegt schon eine halbierte Tomate und ein frisch gebuttertes Stück Brot. Monique hält mir ihr Glas hin, wir müssen erst mal anstoßen. Der Wein duftet herrlich, ich bin total glücklich!

"Es ist so schön mit dir, Schatz!", flüstert sie mit ihrem wunderbaren Akzent. "Viel schöner, als ich zu hoffen gewagt habe. Es ist alles ganz einfach, ich kann es gar nicht fassen, dass Zusammensein so unkompliziert sein kann. Weißt du, am Anfang habe ich aufgepasst, wie du reagierst und so, aber es wird immer harmonischer. Na gut, als du vorgestern abends den Abwasch stehen lassen wolltest, da bin ich glaub ich ziemlich bestimmend geworden. Aber das ist auch wirklich doof, wenn man morgens in der Küche von bekleckertem Geschirr empfangen wird. Da musste ich mich durchsetzen."

"Ach ja, genau, cool! Aber du hattest ja recht! Wenn ich an die WG-Küche in Hannover denke, das hat manchmal schon schrecklich ausgesehen. Ich wollte dich nur lieber ausziehen, anstatt das Geschirr abzutrocknen. Ja, sorry, ömm, ja verdammt! Du bist eben so schön, Mensch!"

Monique hat dieses Grinsen, was mir sagt, dass sie sich im Meer aller Möglichkeiten aufhält und bereit ist, Ungeheuerliches herauszufischen.

"Salud, dinero y amor!" Unsere schweren Gläser scheppern gegeneinander. "Nachher wird weiter gekuschelt." Sie trinkt fast das halbe Glas, ich schau ihr total fasziniert zu und mir schießen Momente des gestrigen Abends durch den Kopf. Sie ist die aufregendste Frau, die es gibt.

"Angst?" Jetzt schaut sie mich prüfend aus den Augenwinkeln an. "Also sehr viel frivoler als gestern bin ich nicht, versprochen."

Ich trinke erst mal einen ordentlichen Schluck, ich möchte schon wieder mit ihr alleine sein. Das Blut verlässt meinen Kopf und macht sich auf in südlichere Gefilde. Monique ist der Wahnsinn! Gerade beißt sie vom Brot ab, rollt ein Scheibe Käse zusammen, beißt rein, nimmt eine kleine Tomate, schaut mich zufrieden an.

Nach ein paar Momenten bekommt sie einen Blick, als wäre da noch etwas.

"Du, Frank, es ist so weit. Ich muss dir mehr von mir erzählen."

Bis jetzt saßen wir mit etwas Abstand nebeneinander. Sie kommt näher zu mir, sodass wir uns umarmen können. Sie ist so sanft, ich spüre ihre Wärme.

"Den Joe-Cocker-Strip habe ich übrigens endlos eingeübt. Und noch so ein paar andere scharfe Sachen. Du hast noch einiges vor dir, mein Liebster.

Pass auf, jetzt wird es ungeschminkt und sehr persönlich. Aber vielleicht verstehst du dann mein seltsames Verhalten, als wir uns da plötzlich und total real bei der Party im Flur trafen. Es fing ja damit an, dass ich eine Bleibe suchte und dein Zimmer schon ein halbes Jahr im Voraus bezahlt war. Es sah alles so aus, als würdest du wieder zurückkommen, und Jasmin half mir, Platz zu schaffen. Schließlich waren einige Umzugskartons auf dem Boden in der großen Abstellkammer und ich hatte einen halben Schrank und einen Teil des Zimmers für meine Sachen. Mehr brauchte ich auch nicht. Ab und zu kochte ich für die Bande. Alle waren glücklich. Manchmal stöberte ich in deinen CDs, fand den Werkzeugkasten unter dem Bett ganz interessant, schaute deine Bücher an.

Und dann kam die Nachricht vom Absturz. Da war plötzlich alles so anders. Ich hatte da in deinem Zimmer gelebt, als würdest du bald ganz selbstverständlich wiederkommen und dann bei mir bleiben.

Das merkte ich aber erst, als es zu spät war. Plötzlich hatte alles von dir eine völlig neue Bedeutung. Ich habe dein Bettzeug aus der anderen Schrankhälfte geholt, in deinen Sachen nach dir gesucht. Abends bin ich in deiner Unterwäsche ins Bett gegangen und habe an deinem Kopfkissen geschnuppert. Du warst wohl nicht mehr dazu gekommen, alles zu waschen. So blieb mir noch etwas zum Erforschen übrig.

Aber dann wurde es heftig! Am Wochenende war ich oft alleine und an einem einsamen, traurigen Samstagabend kuschelte ich mich in dein Bettzeug ein. Und dann habe ich so deutlich und realistisch von dir geträumt, das kann ich gar nicht beschreiben. Das war wie gestern Abend mit uns. Mitten in der Nacht komme ich völlig aufgelöst zu mir, liege auf dir drauf, genauer gesagt, auf deiner Bettdecke und habe einen Orgie, der gar nicht aufhören will. Bis ich immer wacher werde und plötzlich die Frage auftaucht: Mit wem bin ich da denn gerade im Gange. Und sofort bekam ich Panik. Ich bin unter die Decke und traute mich kaum zu atmen. Da war definitiv jemand! Ich spürte deutlich diese Anwesenheit. Nach einer gefühlten Ewigkeit schnappte ich ganz schnell mein Handy und rief unter der Decke versteckt, Kimiko an. Die ist im gleichen Semester, Japanerin und Außenseiter, so wie ich. Und ich klang wohl so jämmerlich, dass sie nur *bis gleich* rief und tatsächlich eine Viertelstunde später vor der Tür stand. Ich sprang dann auf, knipste jeden Lichtschalter an. Als sie mich sah, musste sie erst mal loslachen. Ich stand vor ihr in einer St.-Pauli-Unterhose und einem Nirvana-T-Shirt von dir und trug einen dieser weichen Arbeitshandschuhe aus Leder. Und ich zitterte am ganzen Körper! Sie blieb dann bei mir, wir tranken den Rum aus. Lagen beide auf dem Bett. Als es draußen schon hell wurde, lachte sie plötzlich los: *Du bist ein super Glückpilz! Dein Freund ist ein Geist. Das ist perfekt! Der blamiert dich nicht auf Partys, diskutiert nicht mit dir und schenkt dir prima Sex. Was willst du denn mehr?*

Es dauerte allerdings noch einige Zeit, bis ich das auch zulassen konnte. Aber mit der Zeit hatte ich wirklich eine Beziehung mit dir oder deinem Geist. Monate später war dein Mietvorschuss irgendwann zu Ende. Nils hatte inzwischen mit dem Hausbesitzer wegen der Dachwohnung geredet. Mit Hilfe von Leuten aus der Architektur wurde das Zimmer richtig schön und insektenfrei, dank einiger Kartons Silikon. Einer hatte einen Nebenjob im Baumarkt. Der fabrizierte Sonderangebote für mich. Weißt schon.

In dem neuen Zimmer war ich dann auch der Schizophrenie entkommen. Der Geisterwahn hatte mich völlig fertig gemacht. Ich hatte mich überall zurückgezogen, sogar öfter mal krankgemeldet. Alles drohte schiefzugehen.

Und dann trommelte Nils an meiner Tür und nahm mich mit feuchten Augen in die Arme und brüllte: *Die sind durchgekommen! Frank lebt! Der alte Sack hat's geschafft! Die sind gerade auf dem Weg nach Deutschland!*

Ich war geschockt und wusste überhaupt nicht mehr, was mit mir und der Welt los ist, und habe mich mit Nils zusammen erst mal betrunken.

Bis zu unserem Kuss in der Küche war ich völlig überfordert, wusste nicht mehr, was ich denken oder wünschen sollte. Ich erkannte deinen Geruch, der in dem Kissen schon ganz schön verblasst war. Plötzlich wurde alles weiß, so als würde ich in Ohnmacht fallen. Du hast mich gehalten und dann gab es kein Zurück mehr.

Puh, ich musste dir das jetzt erzählen. Und es ist so schön mit uns. Frank, du bist genau mein Typ!"

Wir halten uns ein paar Augenblicke fest. Monique rutscht wieder zur Seite. Was für eine Geschichte. Ich fühle mich schlagartig legitimiert, ab jetzt und für immer an ihrer Seite zu sein.

"Bin ich froh, dass das mit uns geklappt hat", plappere ich los, nehme mir Brot, Tomate und wieder Rotwein.

Monique kichert. "Mhmm, find ich auch, Frank." Und das sagt sie auf dieser nicht so ernsten, amüsanten Ebene, so wie man manchmal bemüht ist, eine Situation im banalen Gerede zu belassen. Sie spielt einfach mit, wenn ich mich tollpatschig anstelle. Es ist klasse, wir können uns auch wie in einem Bühnenstück in verschiedenen Rollen auseinandersetzen, ohne unsere Gefühle füreinander zu schmälern.

Gestern zum Beispiel hatten wir so eine Art nüchterne Gleichgültigkeit aufgegriffen und beschlossen, im Fernsehen einen Krimi zu schauen. Wie ein Ehepaar nach hundert Jahren saßen wir auf dem ausgeleierten Sofa und hielten Händchen. Irgendwann waren die Morde gemacht, es gab Verdächtige und Gute und Böse und Monique ging raus, brachte eine Kerze mit, die dann abseits auf dem Tisch flackerte. Schließlich war es im Film doch jemand, den man nicht vermutet hatte, der Fernseher drohte mit Nachrichten. Wir schauten uns nur kurz an, klar, das brauchten wir nicht, und Monique schaltete den Fernseher aus und dafür die kleine Musikanlage ein. Sie suchte auf dem angeschlossenen MP3-Player etwas raus und machte laut. Joe Cocker krächzte zu Bar Musik: *Baby take off your coat, real slow* ...[260] und Monique fing an zu tanzen, machte ihre Haare auf, schaute mir ohne Unterbrechung tief in die Augen.

Sie schenkte mir einen Striptease vom Feinsten. Und sie trug keine Totenkopf-Unterhose von St. Pauli, sondern ein edles Seidenhöschen mit Stickerei. Das zog sie schließlich auch aus, wickelte es irgendwie zusammen und band dann damit ihre Haare wieder zusammen. Ihre alte Blinddarmnarbe zierte ein Henna-Ornament. Wunderschön und filigran.

Irgendwann hatte sie ihren großen Strohhut geschnappt und trug nur noch diesen Hut und spielte damit und Cocker sang schon zum dritten oder x-ten Mal in der Schleife: *You can leave your hat on, you give me reason to live ...*[261]

Mit geschmeidigen Bewegungen und der Flasche Rum in der Hand setzte sie sich mir auf den Schoß, ließ den Hut zur Seite fallen und nahm einen großen Schluck Rum, küsste mich und der Rum war plötzlich überall. Ich trank und trank. Der wahnsinnigste Kuss meines Lebens!

Sie riss mein T-Shirt auseinander, schmiegte sich wieder ganz sanft an und hauchte mir ins Ohr: *Ich brauch dich jetzt.*

Cocker sang gerade *They don't know what love is ...*[262] und sie dann mit ihm zusammen: "But I know what love is![263]"

Morgens schlief sie noch halb zugedeckt, als ich wach wurde, ich habe sie minutenlang im Dämmerlicht angeschaut. Da sie ja ihre Nase früher mal gebrochen hatte, macht sie immer ganz leise Geräusche. Es ist ihr eher unangenehm, wenn sie darüber spricht, mich erinnert es allerdings eher an das Schnurren einer Katze. Einfach schön!

Einen halben Tag davor dachte ich noch, dass ich schon mit wenigen, aber dafür spannenden Frauen zu tun hatte, und Monique ist natürlich die absolute Favoritin, aber heute Morgen war klar, dass sie die außergewöhnlichste und schönste und normalste und lustvollste Frau ist, der ich jemals begegnet bin.

"Hier ist noch mehr Brot. Da kann man auch was drauflegen, schau mal!"

Ich war weggetreten, völlig, und ich habe dabei ein Stück trockenes Brot gegessen, ohne es zu merken.

"Löst du gerade ein mathematisches Problem oder hat dich meine Geisterstory geschockt? Suchst du vielleicht einen Weg, mich wieder loszuwerden? Das kannst du übrigens vergessen, mon chér, es ist zu gut mit dir, du hast mich betört! Hihi!

Ça va?

Ich besorg dir natürlich ein neues T-Shirt. Soll ich dir eins von meinen geben, vielleicht eines, das ich schon getragen habe?" Sie schaut mich fragend an.

"Monique, du bist so eine Hammer-Frau, ich kann es nicht fassen!"

Ihre Augenbrauen zucken kurz, da ist wieder dieser Blick.

"Salud, dinero y amor! Mi Amigo."

Ich bekomme mein Glas und nachgeschenkt. Sie trinkt und dreht sich dabei etwas, damit sie mir weiter in die Augen schauen kann. Ich bin außer Atem.

Ein Fußball kullert dann über unsere Decke. Sofort kommt jemand und holt ihn sich wieder. "Sorry!", quatscht er schnell los.

Es sind vier junge Typen, schlaksige halbe Portionen, Schüler vermutlich, Oberstufe oder vielleicht doch schon Studenten. Und obwohl man hier mehrere Fußballfelder aufspannen könnte, müssen sich die Jungs offensichtlich genau neben uns einrichten. Circa vier Meter entfernt stehen zwei Rucksäcke, einer misst den Abstand dazwischen, macht ein paar Schritte hin und her, hüpft auf der Stelle, die drei anderen legen ihre Jacken beiseite, machen Witze und kicken den Ball locker hin und her. Monique wirft sich eine Cocktail-Tomate in den Mund, schaut sich um.

"Nee, oder?" Sie schüttelt den Kopf. "Ist ja auch wirklich kein Platz hier!"

Das war zwar laut genug, aber unsere Amateur Kicker reagieren natürlich nicht. Also gut, wir sind nicht alleine auf dieser Welt.

Diesmal bewusst, beiße ich vom Brot ab, es ist sogar Käse und eine Scheibe vegetarische Salami obendrauf. Monique hatte noch etwas Pfeffer darübergemahlen. Sie hält mir einen Stück Paprika hin. "Ist gesund", betont sie noch mal und nimmt auch einen der roten Streifen.

Schweigend frühstücken wir jetzt und beobachten das Rahmenprogramm. Zwei tricksen den einen Verteidiger aus und versuchen durch die beiden Rucksäcke hindurchzuschießen. Manchmal steht der Torwart im Weg, manchmal klappt es. Und, jawohl, sauber gehalten, aber der Ball rollt schließlich über unsere Decke, die Flasche kippt um. Die ist natürlich verkorkt.

"Ja sorry, nö?", und schon geht es weiter.

"Merde, wir gehen woandershin oder gleich wieder kuscheln?!"

Monique wird energisch, fängt an zusammenzuräumen, trinkt ihr Glas aus, schaut zu mir, weil ich auch noch ein bisschen in meinem habe. Sie wickelt dabei ihren Teller in das Handtuch, steckt mir die letzte Tomatenhälfte in den Mund. Fast alles ist im Korb verschwunden, da fliegt der Ball in einem schönen Bogen zu uns rüber und landet auf Moniques Schulter. Die Flasche, die sie gerade verstauen wollte, landet unsanft als letztes in der Klapptasche. Monique springt auf und wirft den Ball in Richtung des Torwarts. Der grinst frech und kickt ihn wieder in einem großen Bogen zu Monique zurück. Sie trippelt kurz auf der Stelle, springt einen Schritt vor und drischt den Ball zurück. Dabei dreht sie in der Luft eine Pirouette, landet in der Hocke, stützt sich kurz ab und springt wieder hoch in die Senkrechte. Von mir aus gesehen hinter ihr, prallt der Ball ab und fliegt schräg zur Seite weg. Monique tänzelt wie ein Boxer, gibt dann den Blick frei. Da sehe ich hinter ihr, wie der Torwart mit den Händen vor seinem Gesicht auf die Knie geht. Monique nimmt den Korb. Inzwischen bin ich aus meinem Phlegma herausgekommen und verspüre sogar Kampfeslust aufsteigen, überlege mir, welchem der jungen Typen ich als erstes eins auf die Nuss betonieren sollte. Einer fängt schadenfreudig an zu kichern, der andere lacht: "Ey, total stark ey! Hast du das gesehn? Ist das geil!"

Der Dritte kommt auf Monique zu und ich beschließe, der wird sich gleich was einfangen, bin schon an ihrer Seite und es kribbelt in den Fäusten.

"Sag mal bist du nicht diese, ehmm, mir fällt dein Name nicht ein, bist du nicht in der Deutschen Nationalmannschaft?"

"Non, Senegal! Und bleib da stehn, sonst blutest du auch!"

Jetzt sehe ich erst, dass der kniende Mann im Tor ein Taschentuch herauskramt und um seine blutende Nase herumwischt. *Himmlischer Vater, was für eine Frau!,* denke ich und habe Schwierigkeiten, den anderen gutgelaunten Witzemacher mit dem nötigen Ernst anzusehen.

"Hey cool, total stark ey, kannst du vielleicht mal'n paar Tricks zeigen, ey?"

Der zweite bleibt jetzt in respektvollem Abstand stehen, schaukelt hin und her, als wüsste er nicht so recht weiter.

"Den besten Trick hast du schon gesehn!"

Moniques Stimme hat etwas Knarrendes bekommen, wie eine strenge Politesse klingt sie jetzt.

"Was soll das denn für'n Trick gewesen sein, ey?" Der Zappelphillipp ist anscheinend nicht zufrieden.

"Treffen! Du Pfeife!"

Ich bin beeindruckt, Monique dreht sich weg, legt die Decke zusammen, schüttelt immer mal Gräser und Laub von der Unterseite ab. Diesmal bekomme ich die Decke, Monique geht ohne Schnörkel mit der Tasche vor. Nach einigen Schritten hole ich sie ein,

"Monique, du bist wunderbar, ich liebe dich!"

Sie dreht sich um, schaut mich an, Entspannung glättet dann ihre Stirn wieder.

"Solche Idioten! Merde! Aber das war Zufall, nicht, dass du auch denkst, ich bin Fußballerin!"

"Der Schuss hatte aber schon Power, meine Güte."

"In der Privatschule, da in Dakar, wurden wir gut auf das Leben vorbereitet. Fußball ist natürlich eigentlich zu trivial, hat aber Spaß gemacht. Du weiß ja, bei Golf und Tennis blamiere ich dich auch nicht."

"Das sowieso, du brauchst nur dastehn und die Sonnenbrille putzen, dann sind schon alle weg vor Begeisterung!"

"Hör auf, ich dich doch auch!"

Na gut, wieder normal werden, Frank.

Wir folgen Wegen, die an immer mehr alten Bäumen vorbeiführen. Monique scheint nachdenklich zu sein, ihr wird doch wohl nicht dieser Lappen von Student leidtun, der sie schließlich provoziert hat!

"Alles in Ordnung?", frage ich sicherheitshalber mal nach.

"Ja ja, mach dir keine Sorgen."

Und nach weiteren drei Minuten.

"Wirklich?"

"Oh Madonna, excuse-moi! Ach, ich weiß auch nicht. Ich habe das Gefühl, dass ich mich verändere, weiß nicht."

Damit kann ich nicht so viel anfangen, aber ich bin mal still, irgendetwas bewegt sie gerade.

Noch ein paar wenige Minuten und wir erreichen eine Bank im Schatten und mit Blick auf den kleinen See. Monique ist gleich darauf zugegangen und kramt schon in unserem Frühstückskorb.

"Na? Weitermachen?", frage ich und wundere mich, dass sie Abstand hält.

"Ich muss kurz Maman anrufen, ein paar Minuten, nur ganz kurz."

Mit dem Handy geht sie den Weg zurück, hat es bereits am Ohr. Komisch, das hat mit den Sportsfreunden sicher nichts zu tun.

"Oui Maman, il est merveilleux!

Oui, oui, Maman.

Non.

Maman, j'ai pris du poids! Mes seins grossissent!

Maman, suis-je enceinte maintenant?

Quelles sont ces pilules de beauté?

Beaux cheveux ? C'est ce qui fait une belle femme ? Pardon, je suis une belle femme!

Maman, je comprends bien! Tu aurais dû me le dire!

Maman!

Oui, Maman, je t'aime aussi! Je reviendrai chez toi bientôt!

Oui, on va téléphoner!

Oui, il est bon! Oui, salut, au revoir, Maman.[264]"

Französisch müsste man können. Ein paar Brocken hatte ich mitbekommen, aber ich habe keine Ahnung, worum es ging.

"Frank, mein Schatz!", sie setzt sich neben mich, wirft das Handy in den Korb, nimmt meinen Arm.

"Maman ist verrückt, ich sag's dir!"

"Was ist denn los mit euch?" Was das wohl für eine Weibergeschichte wird. Bin gespannt, was sie mir erzählt.

"Mir fiel vorhin wieder auf, dass ich zugenommen habe und das, obwohl wir schließlich hart trainieren, oder, Frank? Und mein Busen ist dicker geworden, also ich merk das an den Sachen und so beim Gehen, verstehst du? Ich dachte gerade eben, dass ich vielleicht schwanger bin, trotz der kleinen Tabletten. Die Idee war etwas erschreckend. Ich weiß nicht, mir schossen tausend Sachen durch den Kopf. Du verlässt mich deshalb und ich sitze dann hundert Jahre in einem leeren Café in Dakar oder verkaufe Secondhand-Klamotten bei Maman. Und dann erzählt sie mir jetzt, dass diese Schönheitspillen das Weibliche fördern. Sie ist verrückt und vor allem erzählt sie mir vorher nichts davon oder nur, dass es den Haaren und den Fingernägeln guttut. Also ehrlich, sie nimmt die zwar auch, aber sie nimmt diese Pillen, um ihre Oberweite zu pushen, wenn ein neuer Lover in die Nähe kommt. Wirklich, also so was!"

Oh, eine starke Woche üben und schon schwanger, das wäre … jetzt weiß ich nicht mehr weiter.

"Ihr macht Sachen, deine Mutter ist wirklich ein schräger Vogel."

"Ich bekomme Zweifel, sie dir vorzustellen. Wenn sie dich schief anschaut, vergifte ich sie! Nee, mach ich nicht, aber ich befürchte, sie wird dich beeindrucken. Du stehst son bisschen auf schräge Weiber!"

"Entspann dich erst mal. Nachher üben wir noch etwas."

"Ja bitte, ich muss aber noch ein Stück gehen. Das war vielleicht ein Schocker, echt!"

Diesmal nimmt sie wieder die Decke, geht los, in die Richtung, in der die Bäume dichter werden. Die Decke fest an sich gedrückt läuft sie einige Meter, dreht sich um, winkt, schüttelt den Kopf, lacht endlich mal wieder und geht dann weiter, als würde sie einen Laufsteg entlangstolzieren.

Klasse Frau! Hoffentlich kann ich ihr genug bieten. Das muss unbedingt halten! Ein sanfter Lufthauch hüllt mich ein, ich möchte unsterblich werden, wenn leben so sein kann.

Der Wind trägt uns den Duft der Pinien entgegen. Monique ist einfach der Hammer. Ich bin so verknallt. Ihr Gang, der Duft ihrer Haare fällt mir ein. Ich fühle mich leicht. Mir ist gerade als könne ich abheben.

Wieder im Wohnzimmer

Oh, mir scheint, ich war eingenickt. Ich habe von ihr geträumt. Und von allem Möglichen. Das war krass! Ich bin noch ganz verwirrt, überlege, in welche Welt ich jetzt hineinschaue.

Aber sie ist jetzt wirklich hier und pustet mir sanft den Nacken entlang, am Ohr vorbei, gibt mir einen Kuss.

"Salut, chéri. Je t'aime. Comment ça va?[265]", flüstert sie. Ich rekele mich, mache ihr Platz. Und ich liebe es, wenn sie Französisch spricht. Sie trinkt Rotwein und legt dann ihren Kopf auf meine Schulter, streichelt mich. Sie ist so sanft und anschmiegsam, Wahnsinn!

"Der Wein ist toll", sagt sie. "Hast du gut eingekauft. Und du hast auch schon mit unserem Essen angefangen! Ach, bin ich froh, dass ich zu Hause bin. Und jetzt ist wochenlang frei! Ich kann es kaum glauben. Und wir machen nichts, verstanden? Nur kuscheln, ausschlafen, gut essen, Tango tanzen, wieder kuscheln, vielleicht mal ins Theater gehen oder selber Musik machen.

Ach übrigens, deine Monique wurde gelobt. Jedenfalls am Schluss. Ich habe überall eine gute Zwei, aber Herr Nielsen gab mir dann eine CD mit Videoaufnahmen von dem Vorspiel-Abend, du weißt schon. Vor drei Wochen in der Aula, als ich auch was spielen musste. Oh Madonna, ich bin unmöglich! Ich habe auch keine Ahnung, wie ich auf die Idee kommen konnte, einen Wickelrock anzuziehen. Zum Cello-Vorspielen. Also so was! Es dauerte keine Minute bis ich sozusagen im Freien saß. Dir hatte es gefallen, glaube ich. Zum Tangotanzen ist der Rock schön sexy. Aber da waren doch auch all die vornehmen Professoren mit ihren chronisch eifersüchtigen Ehefrauen. Das war wohl echt daneben. Und dann meinte Herr Nielsen noch ganz ernst: *Ich hatte selten eine so begabte Studentin wie Sie, aber Sie berauben mich meiner letzten Nerven!*

Und mein Bogenstrich ist phantastisch, aber ohne Disziplin gibt es irgendwann eine Bauchlandung geben. Und wenn ich ein Blatt auf dem Notenständer habe, muss ich spielen, was dort steht. Alles andere ist nicht vorgesehen. Er meinte das Vorspiel. Ich hatte vor lauter Stress mit dem Rock den Abzweiger in die parallele Tonart verpasst und die Passage stattdessen in so einem Bossa-Nova-Rhythmus gespielt. Der arme Vivaldi hat wahrscheinlich unter Tränen in seinen Grabstein gebissen. Am Anfang war Herr Nielsen ganz anders als sonst, ich dachte schon, der schmeißt mich raus, ich fing an zu heulen. Ich fühlte mich wie ein kleines Mädchen, das Mist gebaut hat. Und dann kam das Schärfste, der nimmt mich in die Arme und tröstet mich. Mein schwuler Musiklehrer, obwohl er sonst so unnahbar ist und Abstand hält. Ich war geschockt, sag ich dir!

So und jetzt lass ich dich weiter schlummern, kreuze zehn Minuten die Beine für eine kleine Meditation, mach mich frisch und koche unser Essen fertig."

Sie küsst mich auf den Mund, ihre weichen Lippen berühren dann mein Ohr. Ich schnuppere in ihren Haaren.

"Monique", fange ich unbeholfen an. "Ich muss dir was sagen."

"Oh Madonna, ich bin nicht gut im Bett, ach, was hast du mir denn jetzt noch zu sagen? Ich kann nicht mehr."

"Wenn ich wüsste, bei wem ich mich bedanken kann, dass ich so viel Glück habe, dann würde ich eine Woche lang beten, vielleicht heilige Feuer entfachen. Ich bin so dankbar, dass ich dich kenne und dass wir jetzt zusammen sind. Es ist so groß! Der Urknall wäre völlig sinnlos gewesen, wenn du nicht in dieser

Zeit gelandet wärst und wir uns gefunden hätten! Ehrlich, ich bin so fertig, wenn mir das einen Moment lang klar wird, das ist der Wahnsinn."

Monique hat sich aufgerichtet, schaut mich mit großen Augen an, Tränen kullern.

"Oh non, mein lieber Schatz, ich dich auch, ich dich auch, ich dich auch, ich dich auch!" Sie küsst mich, eine salzige Träne mischt sich dazwischen.

"Madonna, ich habe einen Schreck bekommen! Du bist vielleicht ein Typ, mon cher. Ich will tausend Jahre bei dir sein."

Ich höre das Glas, sie hat ausgetrunken, sehe ich dann und ich bekomme noch einen Kuss.

"Oh halt, da war etwas in der Post."

Monique springt auf und huscht schnell um die Ecke, in den Flur und kommt mit zwei Briefumschlägen zurück.

"Schau mal. Das eine sieht sehr offiziell aus. Das ist wohl das Knöllchen aus der 30er-Zone letztens. Aber hier, Luftpost aus Venezuela. Von S. & D. van Steevens. Kann es sein, dass die beiden geheiratet haben?"

Nanu, ich bin überrascht. Andererseits war das auch mein erster Gedanke, als ich die zwei bei unserer Rückkehr beobachtet hatte.

"Mach mal auf. Das ist ja verrückt."

Monique bekommt mein Taschenmesser und setzt sich neben mich. Der Umschlag aus diesem dünnen Papier mit den typischen rot-blauen Markierungen am Rand trägt bunte Briefmarken mit Stempeln und Aufkleber. Monique zieht ein ebenfalls dünnes Blatt Papier heraus.

"Darf ich vorlesen?" Sie lächelt mich an und lehnt sich zurück.

"Also, hier steht: Hallo ihr beiden! Danny und Suzanne machen Honeymoon in Canaima! Wir waren schon in Montana bei mein Bruder. Danny hat probiert, ein wildes Pferd zu reiten. Der ist fünf Mal runtergeflogen, hat sich ordentlich blaue Flecke geholt. Der ist voll mein Typ! Den geb ich nich mehr her! Jetz sind wir in Canaima bei Esperanza. Als wir ankamen, haben wir alle geheult. Aber das ist ein Paradies hier. Bleiben noch ungefähr zehn Tage. In Caracas haben wir Pedro in den Hangar getroffen. Wenn er ein Flug von Canaima zurück hat in diese Zeit, nimmt er uns wieder als blinde Passagier zurück. So wie bei letzten Mal. Dann wollen wir Lucas in der Schweiz besuchen und euch auch. Ihr habt doch Ferien? Ich weiß noch nicht, ob ich mit Danny nach Holland geh oder er mit mir kommt. Mal sehn.

Und weißt was! Wir haben ein neuen Menschen gemacht! Ich dachte immer das wird nix mehr mit mir, aber Danny hat das hingekriegt! Er hat mir gleich ein Poncho aus Silbergewebe besorgt, gegen die Strahlen im Flugzeug. Also da oben ist immer Strahlung, sagt er. Jetz is erstmal vorbei mit gefährliche Drinks.

So, das war das erst mal. Liebe Grüße aus den Paradies,

Suzy und Danny."

Monique legt den Brief wieder weg und schmiegt sich an.

"Trés bien. Schön zu hören, finde ich. Suzanne ist schwanger? Total Stark!"

"Ich glaube, das hatte bei denen beiden sofort gefunkt, als wir uns in Caracas trafen. Total irre, die sind seelenverwandt. Und die machen jetzt neue Menschen, ich wird' verrückt."

"So, Liebster, und ich kümmere mich jetzt kurz um mich und um das Essen. Und Ich freue mich so auf unsere freie Zeit."

Als sie über das Parkett geht, knarrt das Holz leise. Jeder ihrer Schritte ist wie eine freundschaftliche Berührung. Ganz egal was sie macht, es ist Tanz. Ich könnte ihr stundenlang dabei zuschauen. Sie berührt alles mit Respekt und in Liebe. Was für eine Frau!

Und der Rest ist dann ganz normal, erklärte mir Suzanne bei unserer ersten Begegnung. Also wenn das jetzt der Rest ist, will ich alles davon haben.

Anhang

---

[1] À bientôt.

Bis bald / Bis später.

[2] Chéri, tu me manques!

Liebling, du fehlst mir!

[3] Heavy duty

Hoch belastbar, für hohe Beanspruchung

[4] Please fasten your seatbelts, we reach Caracas-Airport in a view minutes.

Bitte Sicherheitsgurte anlegen, wir erreichen Caracas-Flughafen in wenigen Minuten

[5] Come on, Frank, this way!

Komm schon, Frank, hier längs!

[6] Hey Frankyboy, just there, da vorne ist es!

Hey Frankyboy, gleich dort ...

[7] ... hey Frank, what's up?

... hey Frank, was ist los?

[8] Right!

Genau! / Richtig!

[9] Me gustaría sugerir Capique Gran Reserva, muy bien, señor! Good for jetleg, Sir!

Ich möchte Capique Gran Reserva empfehlen, sehr gut, mein Herr! Gut für Jetleg, Sir!

[10] I guess, I need a double.

Ich denke, ich brauche einen doppelten.

[11] I need a double too.

Ich brauche auch einen doppelten.

[12] And some water for us.

Und ein bisschen Wasser für uns.

[13] What about beer?

Was ist mit Bier?

[14] Cuatro Polar, por favor.

Gut, vier Polar, bitte.

[15] Muy bien ...

Sehr gut ... / sehr gerne ...

[16] And for me such a Orinoco grill plate, you know with steak and chicken, please.

Und für mir so eine Orinoco Grill-Platte, Sie wissen schon, mit Steak und Huhn, bitte.

[17] Qué más puedo señalar?

Was darf ich noch notieren?

[18] Arrancadores.

Vorspeisen.

¹⁹ Okay, for me that Grill Plate too and for my colleague this here called Jardinera.

Gut, für mich auch diese Grill-Platte und für meinen Kollegen das hier, Jardinera genannt.

²⁰ Lomito Guayanes, por favor.

Lomito Guayanes, bitte.

²¹ Muchas gracias, las bebidas vienen enseguida.

Vielen Dank, die Getränke kommen sofort.

²² Qué bueno, gracias.

Gut, vielen Dank.

²³ Suck me!" "Marc, I'm starving. Oh, by the way, sollen wir in Deutsch sprechen?

Meine Güte! Marc, ich verhungere. Oh, im Übrigen …

²⁴ Five!

Gib mit fünf!

²⁵ Así pues. Estas son las bebidas.

So, dies sind die Getränke.

²⁶ Salud!

Prost!

²⁷ Cheers!

Prost!

²⁸ Cheerio, friends!

Zum Wohl, Freunde!

²⁹ Godverdomme, helemaal te gek!

Gottverdammt / verdammt nochmal, das ist der Hammer!

³⁰ Jep dude!

Ja, Alter! / Ja, Kumpel!

³¹ Eight Polar, please.

Acht Polar, bitte.

³² Así, un poco de cerveza para tí.

Also, etwas Bier für dich.

³³ Muchas gracias!

Vielen Dank!

³⁴ De nada!

Gern geschehen!

³⁵ Good choice, that's what I need …

Gute Wahl, das brauche ich …

³⁶ Buen apetito.

Guten Appetit.

³⁷ Thank's a lot.

Vielen Dank.

³⁸ Sounds good …

Klingt gut …

b

³⁹ Never heard ...
Nie gehört ...
⁴⁰ Damn shit ...
Verdammter Mist ...
⁴¹ Come on, in malt we trust!
Na los, wir vertrauen in Malz(-Whiskey)!
⁴² You know what I mean.
Du weißt, was ich meine.
⁴³ Is it Aberlour a'bunadh over there?
Ist das Aberlour a'bunadh da drüben?
⁴⁴ Cask strength of cause.
Fassstärke sebstverständlich.
⁴⁵ Hope so, four double, please.
Das hoffe ich doch, vier Doppelte, bitte.
⁴⁶ My bill.
Meine Rechnung.
⁴⁷ Okay, gentlemen, let's go.
Gut, meine Herren, auf geht's.
⁴⁸ Jaja, schmeckt wie some kind of paint-stripper.
Jaja, schmeckt wie eine Art Farbverdünner.
⁴⁹ What about that yellow stuff, right corner, looks like german Eierlikör. Yes,
Verporto, I don't know, four double, please.
Was ist mit dem gelben Zeug, rechte Ecke, Sieht aus wie deutscher Eierlikör. Ja,
Verporten, ich weiß nicht, vier Doppelte, bitte.
⁵⁰ What's up?
Wie geht's?
⁵¹ Hey brother! Done!
Hey Bruder! Geschafft!
⁵² True enough!
Allerdings!
⁵³ Call me Sue, just trust me!
Nenne mich Sue, vertraue mir einfach!
⁵⁴ Really?
Wirklich?
⁵⁵ Sue, let's marry!
Sue, lass uns heiraten!
⁵⁶ Later, Danny.
Später, Danny
⁵⁷ Without alcohol, please ...
Ohne Alkohol, bitte ...
⁵⁸ Look, how beautiful!
Schaut nur, wie schön!

c

⁵⁹ We just sidestep that weather front and then follow it snugly back, to our little airport. Just stay cool and relax!

Wir umgehen die Wetterfront und folgen ihr dann gemütlich zu unserem kleinen Flughafen. Bleib cool und entspann dich!

⁶⁰ Damn shit ... I hate that!

Verdammter Mist ... ich hasse das!

⁶¹ That paperwork is your job, Sir!

Der Papierkram ist dein Job, mein Herr!

⁶² Stay tuned, Frankyboy!

Bleib dran, Frankyboy!

⁶³ How's it going, Sue? Do you find your way here, with all that psycho-folks?

Wie geht's, Sue? Kommst du klar mit all den Psycho-Typen hier?

⁶⁴ Hey, you're speaking! I'm shocked!

Hey, du sprichst! Ich bin geschockt!

⁶⁵ Absolutely!

Unbedingt!

⁶⁶ Mensch, Frank, wir sind hier in the middle of nowhere!

Mensch Frank, wir sind hier in der Mitte von Nirgendwo!

⁶⁷ WHAT? No way, kann nicht sein, Mensch!

WAS? Sicher nicht ... / auf keinen Fall ...

⁶⁸ ... we'll be back!

... wir werden zurück sein!

⁶⁹ I sware!

Ich schwöre!

⁷⁰ Deine spricht! Oh good Lord, I give up.

Deine spricht! Oh guter Gott, ich gebe es auf.

⁷¹ Looks like closing time.

Sieht nach Feierabend aus.

⁷² You're right, I'm seeing you back home. Or better, back to your shelter.

Das stimmt. Ich bringe dich zurück nach Hause. Oder besser gesagt, zurück zu deiner Unterkunft.

⁷³ Keep going!

Lass dich nicht unterkriegen!

⁷⁴ Sure? Good Lord! Stop that dream please!

Sicher? Gütiger Gott! Halte bitte diesen Traum an!

⁷⁵ Holy shit!

Heilige Scheiße!

⁷⁶ Oh no, not a burial ceremony! I'll crack, good Lord.

Oh nein, nicht eine Beerdigung! Ich breche zusammen, Gütiger Gott!

⁷⁷ The other way around ...

Anders herum ...

[78] Goodness. Ich krieg ein Vogel. Wir müssen hier weg. Can't bear this any longer.
Meine Güte ... Ich halte das nicht länger aus!
[79] ... hey what's up? Let's party!
... hey, was ist los? Lass uns Party machen!
[80] So let's go for it! Back home, Frankyboy.
Also ran an die Buletten! Zurück nach Hause, Frankyboy.
[81] How's it going, bro?
Wie geht's, Bruder?
[82] Well, to battle! Rock'n'Roll, Frankyboy!
Gut, auf in den Kampf! Ab geht die Post, Frankyboy!
[83] natural superheroes
natürliche Superhelden
[84] Where are you coming from?
Wo kommt ihr denn her?
[85] We are from Germany. Our Airplane crashed down. Now we search for a way to Canaima and then back home.
Wir sind aus Deutschland. Unser Flugzeug stürzte ab. Jetzt suchen wir einen Weg nach Canaima und dann zurück nach Hause.
[86] Okay, sounds good!
Okay, klngt gut!
[87] Never-Never Land
Nimmerland (Peter Pan), Traumwelt
[88] Pretty good
Ziemlich gut!
[89] Exactly!
Haargenau!
[90] You're done, man!
Du blst erledigt, Alter!
[91] Take care of this guy. We see us in Canaima.
Pass auf diesen Burschen auf. Wir sehen uns in Canaima.
[92] Watch out, Frankyboy, ...
Aufpassen, Frankyboy, ...
[93] Damn right, my friend
Verdammt richtig, mein Freund, ...
[94] Hey, here we are!"
Hey, hier sind wir!
[95] We need a ride!
Wir brauchen eine Mitfahrgelegenheit!
[96] Hello, good to see you!
Hallo, schön, dich zu sehen!
[07] Hello, my name is Rico, what you doin here? Where is Klaus and Franz? Did you meet them?
Hallo, mein Name ist Rico, was macht ihr hier? Wo sind Klaus und Franz? Habt ihr sie getroffen?

[98] My name is Suzanne, this is my colleague Frank. Klaus and Franz went out to a ceremony with their aboriginals. We crashed down with an airplane a while ago. Did you know Antonio?

Ich heiße Suzanne, das ist mein Kollege Frank. Klaus und Franz sind mit ihren Eingeborenen bei einer Zeremonie. Wir sind mit einem Flugzeug abgestürzt. Kanntest du Antonio?

[99] What you say? Antonio Álvarez?

Was sagst du da? Antonio Álvarez?

[100] Yes, he passed away, we crashed down in a thunderstorm. And we both survived somehow. Did you know Antonio?

Ja, er ist gegangen, wir sind in einem Gewitter abgestürzt. Und wir beide haben irgendwie überlebt. Kanntest du Antonio?

[101] Yeah, Antonio, friend o' mine ...

Ja, Antonio, ein Freund von mir ...

[102] Sometimes he turned around left and right and so he did fly right into the thunderstorm instead of leaving it behind. Lightning stroke the little plane and Antonio too.

Manchmal hat er links und rechts verwechselt und so flog er genau in das Gewitter hinein, anstatt es hinter sich zu lassen. Ein Blitz traf das kleine Flugzeug und auch Antonio.

[103] So sad, good friend o' mine! Yeah, I know, other left side, Antonio! Oh Jesus. Holy Lord, save his soul.

We go Canaima, will reach in evening maybe. Come on board, you're okay. Come on here

Bin so traurig, ein guter Freund von mir! Ja, ich weiß, andere linke Seite, Antonio! Oh Jesus. Heiliger Herr, rette seine Seele. Wir fahren nach Canaima, kommen wahrscheinlich gegen Abend an. Komm an Bord, ihr seid okay. Komm hierher.

[104] Where do you come from? ... My name is Lucas, I live in Bern. But they all call me Luc.

Wo kommt ihr her? ... Mein Name ist Lucas, Ich lebe in Bern. Aber alle nennen mich Luc.

[105] Cool, we are Germans more or less. Suzanne is born in Australia.

Klasse, wir sind Deutsche, mehr oder weniger. Suzanne ist in Australien geboren.

[106] Gopferdammi! De isch am Tüfel ab èm Charrè gheit!

Gott verdammt noch mal! Der ist dem Teufel vom Karren gefallen!

[107] She here, please. Not so heavy.

Sie hier, bitte. Nicht so schwer.

[108] Thank you!", sagt Suzanne. It's great, thank you very much, Rico!

Vielen Dank! ... Großartig, vielen Dank, Rico!

[109] Luc, have lifebelt?

Luc, hast du Schwimmwesten?

f

---

¹¹⁰ Here are some cork things on a rope, no lifebelts.

Hier sind ein paar Korkstücke auf einer Schnur. Keine Schwimmwesten.

¹¹¹ That good! Give the guys, please.

Okay, das ist gut! Gib es den Leuten, bitte.

¹¹² Other sholder and between legs.

Andere Schulter und zwischen die Beine.

¹¹³ Attention! Watch out there ...

Achtung! ... Pass auf, dort

¹¹⁴ About four hours left!

Noch etwa vier Stunden!

¹¹⁵ Were's the chippy? I'll take a fried chicken and beer!

Wo ist die Imbissbude? Ich nehme ein gebratenes Huhn und ein Bier!

¹¹⁶ Oh sorry! Comes later ...

Oh, tut mir leid! Kommt später ...

¹¹⁷ This is Toilet Island!

Dies ist die Toiletteninsel!

¹¹⁸ We are still a few hours away from Canaima.

Wir sind immer noch ein paar Stunden von Canaima entfernt.

¹¹⁹ Please waitin, please waitin moment!

Bitte warten, bitte einen Moment warten!

¹²⁰ We look if save!

Schauen, ob es sicher ist!

¹²¹ Guess we made it, bro!

Glaube, wir haben es geschafft, Bruder!

¹²² Try to take a leak too.

Probiere auch, etwas wegzubringen!

¹²³ Please let go!

Bitte lasst uns gehen!

¹²⁴ Some minutes, good people, soon in Canaima.

Einige Minuten, Leute, sind bald in Canaima.

¹²⁵ Thanks a lot! This morning, I thought I was done.

Vielen Dank! Heute morgen dachte ich, ich wäre erledigt.

¹²⁶ Just keep going, finally there's the sun comowhoro!

Einfach weitermachen. Am Schluss scheint irgendwo die Sonne!

¹²⁷ Damn right, now I know!

Verdammt richtig, jetzt weiß ich's auch!

¹²⁸ Wow, still working!"

Wow, funktioniert noch!

¹²⁹ Unbelievable! Works too! Cool stuff.

Unglaublich! Geht auch noch! Klasse Material.

¹³⁰ I'll come back and help you with the battery, okay, Rico?

Ich komme zurück und helfe dir mit der Batterie, okay, Rico?

¹³¹ Oh, that good, Luc! But guess we take it tomorrow. Tank you. Tank you, Luc.

Oh, gut, Luc! Aber ich glaube, wir holen sie morgen. Danke, danke dir, Luc.

¹³² Let's go for a beer. I know the way from my last trip, when I was here.

Lass uns auf ein Bierchen losgehen. Ich kenne den Weg von meinem letzten Trip, als ich hier war.

¹³³ Ready, boys and girls?

Bereit, Jungs und Mädels?

¹³⁴ There's a pint waiting! Frankyboy, we'll be dirty drunken tonight!

Da wartet eine Halbe auf mich! Frankyboy, wir werden heute Abend besoffen sein!

¹³⁵ You're all booked in Waku Lodge, aint you?

Ihr habt alle in der Waku Lodge gebucht, oder?

¹³⁶ Does someone know the way to Waku Lodge? You might see it over there.

Kennt jemand den Weg zur Waku Lodge? Man kann es da drüben sehen.

¹³⁷ Bienvenidos Amigos! Puedes quedarte todo el tiempo que quieras.

Willkommen Freunde! Ihr könnt bleiben, solange ihr wollt.

¹³⁸ Muchas gracias, es muy bonito. Hemos recorrido un largo camino!

Vielen Dank, das ist sehr schön. Wir haben einen langen Weg hinter uns!

¹³⁹ Eso es imposible. Que Dios me ayude!

Das ist unmöglich. Gott helfe mir!

¹⁴⁰ Chuck Berry, no, I meen, Pedro. Your are Pedro!

Chuck Berry, ich meine, Pedro. Du bist Pedro!

¹⁴¹ Yes, young lady. One year ago, Caracas ... We talk, you know? The Hangar.

Ja, junge Dame. Vor einem Jahr, Caracas ... Wir redeten, weißt du noch? Der Hangar.

¹⁴² And Antonio, is he really gone?

Und Antonio ist wirklich gegangen?

¹⁴³ Yes, Pedro. I'm so sorry. He didn't make it. We both were very lucky. Allmost impossible. Some Indigenous found us and we survived somehow.

Ja, Pedro. Tut mir so leid. Er hat es nicht geschafft. Wir beide hatten sehr viel Glück. Fast unmöglich. Einige Eingeborenen fanden uns und wir überlebten irgendwie.

¹⁴⁴ Es hora de un buen ron!

Zeit für einen guten Rum.

¹⁴⁵ Pasad!

Kommt herein!

¹⁴⁶ Lo siento mucho!

Es tut mir sehr leid!

¹⁴⁷ Dame un poco de esa Tafia.

Gib mir was von dem Tafia (alte Bezeichnung für einfachen Rum).

h

148 Tourist water! With cleaning pills, you know?
Touristen-Wasser! Mit Desinfektions-Pillen, versteht ihr?
149 Oh, great! Thank you, Esperanza!
Oh, großartig! Danke, Esperanza!
150 Salud, a nuestro Antonio!
Zum Wohl, auf unseren Antonio!
151 Si, a Antonio! Que Dios te proteja ...
Ja, für Antonio! Möge Gott dich beschützen ...
152 He was a good guy!
Er war ein feiner Kerl!
153 Hola ...
Hallo ...
154 Pasad, vosotros dos. Ya lo sabéis, verdad?
Kommt rein, ihr zwei. Du weißt das, nicht wahr?
155 Si ...
Ja ...
156 Sad and crazy story.
Traurige und verrückte Geschichte.
157 Alguno de ustedes, bandidos, tiene hambre?
Hat einer von euch Banditen Hunger?
158 Hope so!
Das hoffe ich doch.
159 Where do you fly next, Pedro?
Wo fliegst du als Nächstes hin, Pedro?
160 I'm only Cargo Pilot, normally no passengers. – But, never mind, I take them back.
Ich bin nur Fracht-Pilot. Keine Passagiere normalerweise. Aber, was soll's, ich nehme euch mit zurück.
161 Oh really, wow, cool, thank you so much!
Oh wirklich, borr, klasse, vielen, vielen Dank!
162 Los amigos de Antonio también son mis amigos!
Die Freunde von Antonio sind auch meine Freunde!
163 Great!
Großartig!
164 Pedro, eres nuestra salvación ...
Pedro, du bist unsere Rettung ...
165 ... podemos quedarnos aquí unos días?
... können wir hier ein paar Tage bleiben?
166 Si, no problem. I show you.
Ja, kein Problem. Ich zeig's dir.
167 Así que, sírvanse y buen apetito!
Also, bedient euch und guten Appetit!			i

[168] El agua es preciosa, lo sabes, verdad.
Wasser ist schön, das weißt du doch, oder?
[169] Padre nuestro que estás en el cielo, santificado sea tu nombre. Danos hoy el pan de cada día. Y perdona nuestras ofensas.
Y sé bueno con Antonio, a quien has llamado a ti, Amén.
Vater unser im Himmel, geheiligt werde dein Name. Unser tägliches Brot gib uns heute. Und sei gut zu Antonio, den du zu dir gerufen hast, Amen.
[170] Y gracias, Esperanza! Eres el mejor!
Und danke, Esperanza! Du bist die Beste!
[171] Pruébalo primero ...
Probiere erst mal ...
[172] The best food since one year! Esperanza, you're great!
Das beste Essen seit einem Jahr! Esperanza, du bist großartig!
[173] Espera a que te llegue la factura.
Warte die Rechnung ab.
[174] Okay, that's cool!
Gut, das ist klasse!
[175] Sorry, Pedro, may I have that broken smoke, emm, cigarro you know?
Entschuldige Pedro, darf ich die abgbrochene Kippe, emm, Zigarillo, weißt schon?
[176] Sí, con mucho gusto!
Aber ja, mit Vergnügen!
[177] Wow, qué bien se siente!
Wow, das fühlt sich gut an!
[178] Frankyboy, we're back in the race!
Frankyboy, wir sind wieder zurück im Rennen!
[179] I take you back, young lady. You are cool guys. Guess in one or two days, maybe tomorrow. We'll see.
Ich bringe euch zurück, junge Dame. Ihr seid starke Typen.Vermutlich in ein oder zwei Tagen. Vielleicht morgen. Wir werden sehen.
[180] Wow, strong! Luc, do you want to finish it?
Wow, stark! Luc, magst du es zu Ende rauchen?
[181] Thank you very much! That's awesome, really. Thank you so much! And we have some money left to pay you.
Vielen, vielen Dank! Das ist der Hammer, wirklich! Vielen Dank! Und wir haben ein bisschen Geld übrig, um dich zu bezahlen.
[182] Some Dollars for fuel, maybe. It's okay anyway.
Ein paar Dollar für Benzin, vielleicht. Es ist sowieso egal.
[183] Of course!" ... "Pedro, thank you! And Rico, thank you so much!
Ganz bestimmt! ... Pedro, danke dir! Und Rico, vielen Dank!
[184] You're okay, see you
Ihr seid in Ordnung, wir sehen uns.
[185] Good night, Lady ...
Gute Nacht, die Dame ...   j

186 Buenas noches

Gute Nacht

187 Thank you very much, that's great!

Danke dir sehr, das ist großartig!

188 Hey, Lisa! Wow, you're the fastest cat ever!

Hey, Lisa! Wow, du bist die schnellste Katze überhaupt!

189 He's still sleeping, but breakfast will be the secret code to wake him up! I'll try.

Er schläft noch, aber Frühstück ist der Geheimcode, um ihn wach zu kriegen. Ich versuch's mal.

190 Hey, how's it going, Frank?

Hey, wie geht's, Frank?

191 ... headache ...

... Kopfschmerzen ...

192 Hey folks, good morning.

Hey, Leute, guten Morgen!

193 Puedo ayudarte?

Kann ich helfen?

194 Sí, gracias Buenos días, Franco.

Ja, danke dir. Guten Morgen, Frank.

195 Ya están preparados.

Diese sind fertig.

196 Sentarse.

Hinsetzen.

197 Y ahora diviértete!

Und jetzt viel Spaß!

198 Frankyboy, we're still alive!

Frakyboy, wir sind noch am Leben!

199 Yes, good idea, Luc!

Ja, gute Idee, Luc!

200 Young lady, Luc, you will go to airport? Please don't tell, that I take you back to Caracas. I have no licence, just cargopilot. It's a stealth mission, you know.

Junge Dame, Luc, ihr geht zum Flughafen? Bitte erzählt niemandem, dass ich euch zurück nach Caracas bringe. Ich habe keine Lizenz, nur Frachtpilot. Es ist eine Geheim-Mission, versteht ihr.

201 Yes, sure. Stealth mission is cool! That's what I like, Pedro. We're so happy, that you're here. We talk later, thank you!"

Ja, klar. Geheim-Mission ist klasse! Das gefällt mir, Pedro. Wir sind so glücklich, dass du hier bist. Wir sprechen uns später. Danke!

202 Okay, young Lady. I go and look for orders, then we talk.

Okay, junge Dame. Ich schaue nach Aufträgen, dann reden wir

203 Frankyboy, hihi! You're a nice guy!

Frankyboy, hihi! Du bist ein süßer Typ!

k

---

²⁰⁴ Pedro, thanks a lot. Good that we meet you here! I just rest for a spell. See you.

Pedro, vielen Dank. Gut, dass wir dich hier getroffen haben! Ich nehme eine Mütze voll Schlaf, bis dann.

²⁰⁵ Franco. You got good and hard luck the last while. See you.

Frank. Du hattest Glück im Unglück, das braucht eine Weile. Okay, see you.

²⁰⁶ Fankyboy. Hey, wake up. It's suppertime and I have good news.

Frankyboy. Hey, wach auf. Es ist Zeit für's Abendessen und ich habe gute Nachrichten.

²⁰⁷ Frankyboy. We did it Frankyboy. We did it!

Frakyboy, wir haben's geschafft!

²⁰⁸ Are you ready, friends? Please stay here in the back part, till we are up in the air. Than you can take place over there. I will do the checklist and ask the tower for takeoff.

Seid ihr bereit, Freunde? Bitte bleibt hier im hinteren Teil, bis wir in der Luft sind. Dann könnt ihr da drüben sitzen. Ich gehe die Checkliste durch und frage den Tower wegen des Starts.

²⁰⁹ We'll duck down for a while. And thank you. It's great that you take us back.

Wir verstecken uns für eine Weile. Und nochmals vielen Dank. Es ist großartig, dass du uns zurückbringst.

²¹⁰ Guess, we reach it soon. San Fernando klingt cool, wie in ein Hollywood-Film.

Glaube, wir sind bald da. San Fernando klingt klasse, oder?

²¹¹ Folks, this is San Fernando. We stay for about an hour. But you have to duck down. Sorry, no other way.

Leute, das hier ist San Fernando. Wir bleiben ungefähr eine Stunde. Aber ihr müsst euch verstecken. Tut mir leid, geht nicht anders.

²¹² It's okay! We are so lucky that you take us back, Pedro!

Ist in Ordnung! Wir sind so froh, dass du uns mit zurücknimmst, Pedro!

²¹³ Good night!

Gute Nacht!

²¹⁴ One hour adventure camping is inclusive. And this is your emergency toilette. Good luck!

Eine Stunde Abenteuercamping ist im Preis enthalten. Und dies ist eure Notfalltoilette. Viel Glück!

²¹⁵ Now we swap the load and take fuel and in three hours we are in Caracas.

Jetzt wird die Ladung ausgetauscht und getankt, in drei Stunden sind wir in Caracas.

²¹⁶ Alright, Pedro. We don't move.

Alles klar, Pedro. Wir bewegen uns nicht.

²¹⁷ Don't run away!

Nicht weglaufen!

²¹⁸ Hello, my stowaways! Now we get two pallets with machine parts for Caracas. Then comes the petrol attendant for refuelling.

Hallo, meine blinden Passagiere! Jetzt bekommen wir zwei Paletten mit
Maschinenteilen für Caracas. Dann kommt der Tankwagen zum Tanken.
219 It's a cosy place here. All's well!
Es ist gemütlich hier. Alles in Ordnung!
220 Frankyboy, we did it! That's great!
Frankyboy, wir haben es geschafft. Das ist großartig.
221 Please stay there. We're waiting for fuel now.
Bleibt bitte da. Wir warten jetzt auf Benzin.
222 Suzy, oh damn it, really?
Suzy, oh verdammt, wirklich?
223 Sounds good, Frank. That's fuel.
Klingt gut, Frank. Das ist Benzin.
224 Alright. Now we go for Caracas. Just stay there till we're up in the air.
So. Jetzt geht's nach Caracas. Bleibt dort, bis wir in der Luft sind.
225 Let's go home.
Lass uns nach Hause gehen.
226 Good people, this is Caracas. Just stay here, until the load is out. Then I move
the machine to our hangar. When the coast is clear, we go out for a drink. Than you
are save.
Ihr Lieben, dies ist Caracas. Bleibt dort, bis entladen wurde. Dann bringe ich die
Maschine in den Hangar. Wenn die Luft rein ist, genehmigen wir uns einen Drink.
Dann seid ihr sicher.
227 Good news! Thank you, Pedro!
Gute Nachrichten! Danke dir, Pedro!
228 Stay cool. One piece left.
Bleibt entspannt. Ein Teil noch.
229 That's it. Just some paperwork. Please wait till we are in our hangar. Normally
there are no officials.
Das war's. Nur noch etwas Papierkram. Wartet bitte, bis wir im Hangar sind.
Normalerweise sind da keine Beamten.
230 Okay, Pedro. We'll wait.
Okay, Pedro. Wir warten.
231 Alright, we did it! Come out. No one here.
In Ordnung, wir haben es geschafft! Kommt raus. Niemand hier.
232 Hey, Frankyboy, look, diesen shithole da unten is Frankfurt.
Hey, Frankyboy, schau mal, dieses Dreckloch da unten ist Frankfurt.
233 Here we are, Zombies back home again.
Hier sind wir, die Zombies sind zurück.
234 Frankyboy, let's go for it!
Frankyboy, auf geht's!
235 Welcome back!
Willkommen zurück!   m

236 Crazy guys!
Verrückte Typen!
237 Verdomme, ich wusste das …
Verdammt, ich wusste das …
238 Holy shit!
Heilige Scheiße!
239 I'm done. Thank you, my friend.
Ich bin erledigt. Danke dir, mein Freund.
240 Non non non, mon cher.
Nein, nein, nein, mein Lieber.
241 … aber la tête me tourne.
… aber mir ist schwindelig.
242 Je ne me sens pas bien ici.
Ich fühle mich hier nicht wohl.
243 Dhyānaṁ śṛṇu mahādevi sarvānandapradāyakam
Sarvasaukhyakaraṁ nityaṁ bhuktimuktividhāyakam
Śrīmatparabrahma guruṁ smarāmi śrimatparabrahma guruṁ vadāmi
Śrīmatparabrahma guruṁ namāmi śrimatparabrahma guruṁ bhajāmi
rahmānandaṁ paramasukhadaṁ kevalaṁ jñānamūrtiṁ
dvandvātītaṁ gaganasadṛśaṁ tattvamasyādilakṣyam
Ekaṁ nityaṁ vimalamacalaṁ sarvadhīsākṣibhūtaṁ
bhāvātītaṁ triguṇarahitaṁ sadguruṁ taṁ namāmi.
Oh Große Göttin, höre auf die Meditation, die alle Glückseligkeit schenkt, die alles
Glück uns immer gewährt. Genuss und Befreiung gibt. Ich erinnere mich an den
Guru, der der ehrwürdige Parabrahma ist, die Höchste Wirklichkeit, ich spreche vom
Guru, der der ehrwürdige Parabrahma ist. Ich verneige mich vor diesem wahren
Guru, der die Glückseligkeit des Absoluten ist, der die höchste Freude gibt, der der
Einzige und die Form des Wissens ist. Ich verneige mich vor dem wahren Guru, der
jenseits des Gegensatzpaares ist und wie der Himmel ist, der Eine ist, der
bezeichnet wird in den Mahāvākyas oder Großen Äußerungen der Upaniṣaden. Ich
verneige mich vor dem wahren Guru, der Eins, immerwährend, makellos,
unbeweglich ist und der der Zeuge aller Gedanken ist. Ich verneige mich vor dem
wahren Guru, der jenseits der Zustände des Geistes und des Körpers ist und die drei
Qualitäten Guṇas von Prakriti verkörpert.
244 Tu ne dois pas t'excuser …
Du sollst dich nicht entschuldigen …
245 … bon alors!
… also gut!
246 Trés bien …
Sehr gut …
247 Un miracle peut arriver, …
Ein Wunder könnte geschehen, …

n

248 Abuela
Oma/Großmutter
249 Ay que susto, ...
Oh Schreck, ...
250 Muchas gracias, Yaya Laila! Te quiero!
Vielen Dank, Oma Laila! Ich liebe dich!
251 Qu'en penses-tu, chéri?
Was denkst du, Schatz?
252 ..., j'ai fini.
..., ich bin fertig.
253 Oh sorry, guess I'm wrong. Isn't it Frank's Apartment?
Oh Entschuldigung, ich bin wohl falsch. Ist dies nicht Franks Apartment?
254 Oh, wait a minute, you must be Suzanne, ain't you?
Oh, Moment mal, du musst Suzanne sein, stimmt's?
255 Yes, oh good Lord, and you are Frankie's flame?! Wow, have no words. Now I
know why he spurns me. You're really atractive, Jesus!
Ja, oh Gott, und du bist Franks Flamme?! Ich find keine Worte. Jetzt weiß ich warum
er mich verschmäht hat. Du bist wirklich attraktiv, Jesus!
256 Thanks, but just walk right in. Frank showers.
Danke, aber komm doch einfach herein. Frank duscht.
257 No no, I won't trouble you! Nothing important. Just greetings, see you.
Nein, nein, ich will ncht stören. Nichts Wichtiges. Nur Grüße, wir sehen uns.
258 If you think so? Alright, so long.
Wenn du meinst? In Ordnung, bis dann.
259 Maybe we talk later, I would be happy. Bye.
Vielleicht sprechen wir uns später, ich würde mich freuen. Tschüs.
260 Baby take off your coat, real slow ...
Schatz zieh' deinen Mantel aus, schön langsam ...
261 You can leave your hat on, you give me reason to live ...
Du kannst deinen Hut aufbehalten, du gibst mir Grund zu leben ...
262 They don't know what love is ...
Sie wissen nicht, was Liebe ist ...
263 But I know what love is!
Aber ich weiß, was Liebe ist!
264 Oui, Maman, il est merveilleux!
Oui, oui, Maman.
Non.
Maman, j'ai pris du poids! Mes seins grossissent!
Maman, suis-je enceinte maintenant?
Quelles sont ces pilules de beauté?
Beaux cheveux? C'est ce qui fait une belle femme? Pardon, je suis une belle femme!
Maman, je comprends bien! Tu aurais dû me le dire!
Maman!
Oui Maman, je t'aime aussi! Je reviendrai chez toi bientôt!
Oui, on va téléphoner!
Oui, il est bon! Oui, salut, au revoir Maman.
Ja, Mama, er ist wunderbar!

Ja, ja, Mama.
Nein.
Mama, ich habe zugenommen! Meine Brüste werden größer!
Mama, bin ich jetzt schwanger?
Was sind das für Schönheitspillen?
Schönes Haar? Macht das eine schöne Frau aus? Entschuldigung, ich bin eine schöne Frau!
Mama, ich verstehe dich gut! Du hättest es mir sagen sollen!
Mama!
Ja, Mama, ich liebe dich auch! Ich komme bald wieder zu dir!
Ja, wir werden telefonieren!
Ja, er ist gut! Ja, bis dann, auf Wiedersehen, Mama.
[265] Salut chéri. Je t'aime. Comment ça va?
Hallo, mein Schatz. Ich liebe dich. Wie geht es dir?

p